KB081140

책벌레의 하극상

사서가 되기 위해서라면 뭐든지 할 수 있어

제 5 부 **여신의 화신 VI**

카즈키 미야
miya kazuki

길찾기

등장인물

4부 줄거리

귀족원에서 로제마인은 최우수인 동시에 문제아. 축복으로 마술구의 주인이 되기도 하고 대영주와 디터를 하고, 왕에게 사랑에 대해 조언을 하고, 검은 마물을 쓰러트리고, 채집 장소를 치유하고…… 그러던 중에 페르디난드의 출생 비밀을 알고 있는 중앙 기사단장의 진언 때문에, 페르디난드에게 결혼하라는 왕명이 내려왔다. 그 명령을 받고, 페르디난드는 아렌스바흐로 떠났다.

로제마인

주인공. 조금 성장해서 외모는 9세 정도. 정신은 딱히 달라지지 않았다. 귀족원에서도 책을 읽기 위해서라면 수단을 가리지 않는다. 귀족원 3학년생.

에렌페스트 영주 일족

질베스타

로제마인을 양녀로 삼은 에렌페스트 영주이자 로제마인의 양아버지.

플로렌치아

질베스타의 아내이자 세 아이의 어머니. 로제마인의 양어머니.

빌프리트

질베스타의 아들. 로제마인의 오빠이자 귀족원 3학년생.

샤를로테

질베스타의 딸. 로제마인의 여동생이고 귀족원 2학년생.

멜키오르

질베스타의 아들. 로제마인의 남동생.

보니파티우스

질베스타의 숙부. 칼스테드의 아버지. 로제마인의 할아버지.

페르디난드

에렌페스트 영주 일족. 왕명을 받고 아렌스바흐로 갔다.

오틸리에
로제마인의 수석 시종.
하르트무트의 어머니.

리젤레타
중급 시종. 안게리카의
동생.

그레티아
중급 견습 시종. 4학
생. 이름을 바쳤다.

하르트무트
상급 문관이자 신관장.
오틸리에의 아들.

클라리사
상급 문관. 하르트무트
의 약혼자.

로데리히
중급 견습 문관. 3학
생. 이름을 바쳤다.

필린느
하급 견습 문관. 3학
년생.

코르넬리우스
상급 호위기사. 칼스테
드의 아들.

레오노레
상급 호위기사. 코르넬
리우스의 약혼자.

안게리카
중급 호위기사. 리젤레
타의 언니.

마티아스
중급 견습 기사. 5학
생. 이름을 바쳤다.

라우렌츠
중급 견습 기사. 4학
생. 이름을 바쳤다.

유디트
중급 견습 호위기사. 4
학년생.

다무엘
하급 호위기사.

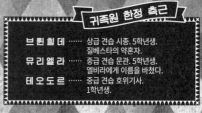

브륀힐데 ······ 상급 견습 시종. 5학년생.
질베스타의 약혼자.
뮤리엘라 ······ 중급 견습 문관. 5학년생.
엘비라에게 이름을 바쳤다.
테오도르 ······ 중급 견습 호위기사.
1학년생.

에렌페스트의 귀족

리카르다	⋯⋯	질베스타의 상급 시종.
칼스테드	⋯⋯	기사단장이자 로제마인의 귀족으로 서의 아버지.
엘비라	⋯⋯	칼스테드의 첫째 부인. 로제마인의 어머니.
람프레히트	⋯⋯	빌프리트의 상급 호위 기사. 칼스테드의 아들.
아우렐리아	⋯⋯	람프레히트의 첫째 부인.
지크레히트	⋯⋯	람프레히트의 아들.
트루델리데	⋯⋯	칼스테드의 둘째 부인.
니콜라우스	⋯⋯	칼스테드와 둘째 부인의 아들. 견습 청색 신관.
트라우고트	⋯⋯	견습 상급 호위 기사. 보니파티우스의 손자.
레베레히트	⋯⋯	플로렌치아의 상급 문관. 하르트무트의 아버지.
이그나츠	⋯⋯	빌프리트의 견습 상급 문관.
토르스텐	⋯⋯	빌프리트의 상급 문관.
바르톨트	⋯⋯	빌프리트의 견습 중급 문관.
오즈발트	⋯⋯	전 빌프리트의 수석 시종.
베르틸데	⋯⋯	브륀힐데의 여동생. 로제마인의 측근 후보.
브리기테	⋯⋯	전 로제마인의 호위 기사. 기베 일크너의 여동생.
라자팜	⋯⋯	페르디난드의 하급 시종.
에크하르트	⋯⋯	페르디난드의 상급 호위 기사. 칼스테드의 아들.
유스톡스	⋯⋯	페르디난드의 시종 겸 문관. 리카르다의 아들.
베로니카	⋯⋯	질베스타의 어머니. 현재 유폐 중.

다른 영지의 귀족

트라오크발	⋯⋯	왕. 첸트라고 불린다.
지기스발트	⋯⋯	중앙의 제1 왕자. 차기 왕.
아돌피네	⋯⋯	지기스발트의 첫째 부인.
아나스타지우스	⋯⋯	중앙의 제2 왕자.
에그란티느	⋯⋯	아나스타지우스의 첫째 부인.
오르텐시아	⋯⋯	귀족원 도서관의 상급 사서.
한넬로레	⋯⋯	단켈페르거의 영주후보생.
게오르기네	⋯⋯	아렌스바흐의 첫째 부인. 질베스타의 누나.
디트린데	⋯⋯	아렌스바흐의 영주일족. 게오르기네의 딸.
레티치아	⋯⋯	아렌스바흐의 영주후보생.
마르티나	⋯⋯	디트린데의 상급 시종.

신전 관계자

프랑	⋯⋯	신전장실 수석 시종.
잠	⋯⋯	신전장실 담당.
모니카	⋯⋯	신전장실 담당 겸 요리 조수.
길	⋯⋯	공방 담당.
프리츠	⋯⋯	공방 담당.
빌마	⋯⋯	고아원 담당.
델리아	⋯⋯	견습 회색 무녀. 디르크의 누나.
디르크	⋯⋯	고아. 델리아의 동생.
콘라트	⋯⋯	고아. 필린느의 동생.
벨트람	⋯⋯	고아. 라우렌츠의 동생.
캄펠	⋯⋯	청색 신관.
프리닥	⋯⋯	청색 신관.

로제마인의 전속

후고	⋯⋯	전속 요리사.
엘라	⋯⋯	전속 요리사.
로지나	⋯⋯	전속 악사.

구텐베르크

벤노	⋯⋯	플랑탱 상회의 주인장.
마르크	⋯⋯	플랑탱 상회의 다프라.
루츠	⋯⋯	플랑탱 상회의 수습 다프라.
다미안	⋯⋯	플랑탱 상회의 다루아.
인고	⋯⋯	목공 공방의 주인장.
디모	⋯⋯	목공 공방의 다프라. 인고의 제자.
자크	⋯⋯	대장장이 공방 다프라. 발상 담당.
요한	⋯⋯	대장장이 공방의 다프라. 기술 담당.
다닐로	⋯⋯	대장장이 공방의 다프라. 요한의 제자.
요제프	⋯⋯	잉크 장인. 하이디의 남편.
하이디	⋯⋯	잉크 장인. 요제프의 아내.
호레스	⋯⋯	잉크 공방의 다프라. 요제프의 제자.

평민 마을 관계자

코린나	⋯⋯	길베르타 상회의 재봉사.
귄터	⋯⋯	마인의 친부.
에파	⋯⋯	마인의 친모. 전속 염색 장인.
투리	⋯⋯	마인의 언니. 전속 머리 장식 장인.
카밀	⋯⋯	마인의 동생.
디도	⋯⋯	루츠의 친부.
칼라	⋯⋯	루츠의 친모.
랄프	⋯⋯	루츠의 형.

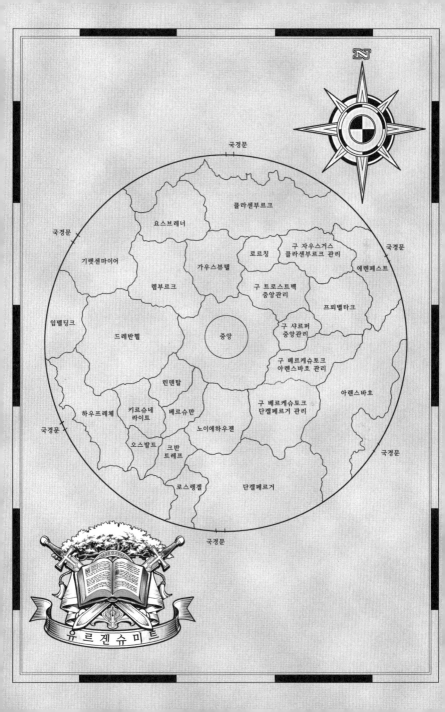

제5부 **여신의 화신 VI**

일러스트 시이나 유우 **지도제작** 후지시로 요 **번역** 김정규

디자인 백진화 **편집** 정성학 김일철 **교정** 김보람 **마케팅** 이수빈

제 5 부

여신의 화신 VI

프롤로그

"영주 회의는 이걸로 끝인가. 플로렌치아, 몸은 좀 어때?"

아무리 옷으로 숨겨 보려고 해도 조금 눈에 띌 만큼 커진 배를 내려다보며, 플로렌치아는 잠시 생각했다. 솔직한 심정으로는 쉬고 싶다. 하지만 영지로 돌아갈 때까지 반드시 해 둬야만 하는 일들이 잔뜩 있다.

"지금은 괜찮아요. 여러 대응에 대한 의논이 필요하죠? 옷을 갈아입고 당신 방으로 가겠어요."

올해 영주 회의는 놀라운 전개가 연속으로 벌어졌다. 신구에서 밤하늘이 나타난 성결식, 로제마인을 중앙 신전에 보내려 했던 다른 영지의 귀족들, 로제마인의 차기 첸트 후보 자격 발각, 왕족의 호출, 귀족원에서의 봉납식, 채집 장소 치유……. 무엇 하나 지금까지의 영주 회의에서는 없었던 일들이다. 영지로 돌아갈 때까지 조정해 둬야 할 일들이 많다.

……설마 빌프리트와 로제마인의 약혼이 취소될 줄이야…….

약혼이 취소되면 빌프리트는 차기 영주 자리에서 내려오게 된다. 빌프리트는 약혼을 취소하길 바라고 있었으니 기뻐하려나. 샤를로테는 두 사람의 약혼 때문에 영주 후보 자리에서 내려오게 됐었다. '부조리해요'라면서 울던 딸은 약혼을 취소한다고 하면 어떤 표정을 지을까. 잃었던 선택지가 돌아왔다고 기뻐할까, 동복 오빠의 장래를 부조리하게 빼앗겼다고 울게 될까. 플로렌치아는 알 수가 없다.

멜키오르는 남자아이지만 빌프리트와 대립하지 않도록 보좌역 영주 일족이 되기 위한 교육을 받아 왔다. 아직 차기 영주 교육을 시작하기에 늦은 나이는 아니지만, 이미 신전장이 되기로 결정된 몸이다. 멜키오르도 로제마인처럼 귀족으로서의 교류와 교육이 부족해질지도 모른다. 플로렌치아가 걱정하는 부분이다.

……하지만, 제일 걱정되는 건 빌프리트다.

영주 일족 중에서 가장 나이가 많은 남자아이라는 입장은 위험하다. 특히 빌프리트는 차기 영주로 여겨지던 기간이 있고, 귀족원에서도 우수한 성적을 거뒀고, 주위의 생각에 넘어가기 쉬운 성정이다. 앞으로도 쓸데없이 추켜세울 가능성이 있다고 생각해 보면 최악의 경우에는 암살당할 수도 있다. 아니면 하얀 탑에 유폐돼서 베로니카처럼 마력을 쥐어짜일 뿐인 존재가 된다. 그렇게까지 가지는 않더라도, 영주 일족에서 제외될 가능성은 크다.

……겨우 오즈발트가 수석 시종 자리를 그만두도록 만들었는데…….

약혼을 통해 차기 영주로 결정되면서 오즈발트가 거만해졌고, 베로니카의 방식을 답습하기 시작했다. 플로렌치아는 씁쓸하게 생각했지만, 측근 임명권은 빌프리트 본인에게 있다. 측근 교체를 권해 봤지만 '함께 위기를 헤쳐 나온 측근을 아무런 잘못도 없이 바꿀 수는 없다'면서 받아들이지 않았다.

숙청을 이유로 겨우 오즈발트를 측근에서 제외했지만, 동시에 영주 부부의 측근도 크게 줄었다. 부부가 측근을 공유해야 하는 지경에 이르렀고, 빌프리트에게 보내 줄 인재도 없었다. 영주 회의가 끝나면 업무에 조금이나마 여유가 생기니까 플로렌치아의 측근 중에서 한

명을 보내 줄 예정이었다. 그런데, 영주 회의 중에 약혼 취소가 결정되고 말았다.

……정말로 어떻게 해야 좋을지.

영주 회의 중에 빌프리트의 호위 기사로부터 아직까지 남몰래 오즈발트와 연락을 주고받는 것 같다는 보고가 들어왔다. 이름을 바친 측근인 바르톨트가 편지를 중개하고 있다는 모양이다.

……계속해서 문제만 일으키고……. 신들을 원망하고 싶을 정도로 운이 없군요.

빌프리트가 영주 일족인 이상, 옛 측근과 친하게 지내는 것은 문제다. 해임당하거나 사임한 이유를 이해하지 못했다고 주위에 떠들고 다니는 것이나 마찬가지고, 쓸데없는 소동으로 발전할 가능성이 크다.

……측근을 다루는 방법과 거리감을 두는 법에 관한 교재가 필요하군요. 레베레히트에게 상담해 봐야겠어요.

"플로렌치아 님은 조금 쉬시는 쪽이 좋지 않겠습니까?"

"걱정해 주는 건 고맙지만, 에렌페스트로 돌아갈 때까지는 아우브와 정해 두고 싶어요. 당신들은 귀환 준비를 계속해 주세요."

플로렌치아는 자기 방에서 낙낙한 의상으로 갈아입고는 시종들에게 귀환 준비를 맡기고서 남편 방으로 갔다. 차를 내놓을 준비를 마친 측근들을 칸막이 너머로 보내고, 단둘이서 도청 방지 마술구를 사용했다. 이번 영주 회의의 결정은 그만큼 숨겨야만 하는 것이었다.

"그나저나 너무나 예상 밖이잖아."

장의자에 나란히 앉은 질베스타가 크게 한숨을 쉬었다. 동시에 영주다운 표정이 사라지고, 귀찮은 기분을 숨기려 하지도 않는 솔직한 표정이 됐다.

"로제마인이 차기 첸트 후보에, 왕의 양녀가 되리라고는 상상도 못 했어."

구르트리스하이트를 찾아내는 일은 유르겐슈미트를 통치하기 위해 무엇보다 중요한 일이다. 그것이 없으면 영지의 경계선을 다시 긋는 것은 물론 폐영지에 새로운 주춧를 설치해서 새로운 영지로 만드는 것도, 국경문을 여닫는 것도 할 수가 없다. 그래서 중앙 신전은 트라오크발을 첸트로 인정할 수 없다고 주장하고 있고, 같은 주장을 하는 반란이 일어나고, 정변이 끝난 지 약 10년이 지난 지금까지도 진정한 의미에서의 뒤처리는 끝나지 않았다.

"원래는 에렌페스트 같은 중급 영지에서 왕족이 나오게 됐다고 기뻐하고 자랑스러워해야 하겠죠. 구르트리스하이트를 찾아낼 가능성이 있다면 무슨 수를 써서라도 왕족에게 협력해야 하니까."

플로렌치아는 에렌페스트를 승자 영지로 취급하겠다고 결정됐을 때, 승자 영지가 지금의 유르겐슈미트를 지탱하기 위해서 얼마나 큰 부담을 지고 있는지 알게 됐다.

대영지들이 분담해서 폐영지를 관리하고 있다. 구르트리스하이트가 없고, 주춧를 관리할 수 없는 상태로 마력만 쏟아부어야 하기에 마력적인 부담이 상당히 크다. 짧은 기간이라면 모를까, 기간이 길어지면 길어질수록 부담이 무겁게 짓눌러 온다. 실제로 아렌스바흐가 관리를 맡은 구 베르케슈토크는 주어지는 마력이 너무 적어서 곤궁한 상태라는 보고가 있었다.

"상위 대영지조차도 그렇게 마력에 여유가 없는데, 왕국의 마술구

하나가 무너졌잖아요? 영주 일족이라면 붕괴했다는 말을 듣고 주추에 가까운 마술구라고 추측할 수 있으니까, 왕족의 초조함과 사태의 긴급성을 이해할 수 있어요."

이 보고는 로제마인을 왕의 양녀로 삼겠다는 이야기 중에 왕족 측에서 기밀 사항이라며 가르쳐준 것이다. 구르트리스하이트가 없더라도 왕족이 마력을 공급하면 어떻게든 통치할 수 있을 거라고 생각했지만, 도저히 어찌할 도리가 없다는 사실이 눈에 보이는 형태로 나타나고 말았다. 유르겐슈미트의 붕괴가 다가오고, 한시라도 바삐 구르트리스하이트를 손에 넣어야만 하는 긴급 사태다.

그런 현재 상황을 생각해 보면 10년도 넘게 아무리 찾아도 나타나지 않았던 구르트리스하이트에 가까이 다가갈 가능성이 얼마나 희소한 것인지 이해할 수 있다. 로제마인이 구르트리스하이트와 가장 가까운 곳에 있는 차기 첸트 후보라고 판명됐다면, 왕족이 양자 결연을 맺어서까지 최대한 빨리 받아들이려 하는 것은 당연한 일이다. 만약 로제마인이 차기 영주였다고 해도 왕의 양녀로 삼았을 거라고 플로렌치아는 생각했다.

"하지만, 지금의 에렌페스트로서는 도저히 기뻐할 수 없는 일입니다. 아무 조건도 없이 웃는 얼굴로 보내 주지도 못하다니, 로제마인의 어머니로서도 왕족을 돕는 영주 일족으로서도 너무나 한심한 일이 아닌가요."

플로렌치아는 차를 꿀꺽 마시고는 살짝 한숨을 내쉬었다. 그녀가 나서 자란 프뢰벨타크도 구르트리스하이트가 없는 탓에 고생하고 있다. 아직도 반란을 일으키는 자들이 나오고 있는데,.폐영지인 탓에 아우브가 없다 보니 등록 메달을 사용한 적절한 처벌을 내리지도 못

하고 있기 때문이다.

"지금, 로제마인이 에렌페스트에서 없어지면 정말 곤란해."

"맞아요. 지금이 아니면 로제마인도 그렇게까지 거부감을 보이거나 조건을 달지도 않았을 텐데……. 직접 교섭한 지기스발트 왕자님이 정말 놀라셨겠죠."

피식, 하고 플로렌치아가 살짝 웃음소리를 흘렸다. 평범한 영주 후보생이라면 나라의 현재 상황을 이해하고 있으니 영지를 위해서라도 구르트리스하이트를 최우선으로 손에 넣어야 한다고 생각했을 것이다. 왕족이 중급 영지의 사정보다 나라의 사정을 우선하는 것이 당연하다고 수긍했겠지. 구르트리스하이트만 손에 넣으면 모든 상황이 개선될 테니까.

하지만 로제마인은 정변의 피해가 적었던 중급 영지, 그것도 신전에서 자란 아이다. 왕족이나 다른 영지의 피해를 실감하지 못했다. 자기 영지를 최우선으로 생각해서 바로 협력한다는 대답을 하지 않았고, 여러 조건을 내걸었다. 왕족이 놀란 것도 당연한 일이다. 동시에, 에렌페스트에게는 그 교섭이 상당히 고마운 일이었다. 누가 지적하지 않았다면 플로렌치아는 왕족에게 조건을 건다는 일 자체를 생각도 못 했을 테니까.

"어쩔 수 없다고 이해는 하지만, 다른 영지에 대한 영향이 너무 커서 골치가 아파. 이 일이 일 년 전에 일어났다면 페르디난드의 연좌 회피가 아니라 왕명에 의한 약혼 취소를 조건으로 내걸 수도 있었을 텐데……."

"그러게나 말이죠. 페르디난드 님의 결혼 문제만 아니었어도, 로제마인이 왕족에게 강경한 태도를 보이지도 않았겠죠. 하다못해 페르디난드 님의 이동이 당초에 정한 대로 이번 영주 회의 기간이었더라면 좋았을 텐데……."

페르디난드의 이동이 가을 끝 무렵으로 당겨지지만 않았어도 그가 다른 영지의 집무에 크게 관여하는 일도 없었을 테니 성결식이 연기됐어도 아무런 문제가 없었을 것이다. 디트린데와 아무런 관계가 없으니까 로제마인이 연좌 회피를 위해서 신경을 곤두세우는 일도 없었을 테고. 영지 내부의 각종 사업에 관한 인수인계도 조금이나마 여유가 있을 테고, 숙청의 뒤처리도 훨씬 편하게 끝났을 것이다.

그리고…… 빌프리트가 문제 행동을 일으키는 시기도 달라졌을 테고.

빌프리트는 봄이 되면서부터 갑자기 페르디난드에 대한 로제마인의 걱정이나 헌신을 문제시하기 시작했고, 반발하거나 대항하는 모습을 보이기 시작했다. 물론 페르디난드가 혼인을 위해 이동한 뒤에도 로제마인이 계속 걱정했다면, 언젠가는 똑같이 반발했을 것이다. 하지만 그 반발을 보이는 때가 지금은 아니었겠지. 약혼자와의 관계가 틀어진 지금 같은 상태가 아니라, 더욱 조용한 상태에서 약혼을 취소할 수 있었을 것이다.

"정말 마음대로 안 되는군요."

플로렌치아가 한숨을 쉬자, 질베스타는 달래 주려는 것처럼 살며시 등을 쓰다듬어 줬다. 긴장이 풀어지는 것처럼 몸에서 힘이 빠져나갔다. 시선을 돌려 보니 옆에 앉아 있는 남편의 얼굴에도 피곤한 기색이 짙다. 플로렌치아도 손을 뻗어서 남편의 얼굴을 살며시 쓰다듬어 줬다. 사소한 접촉을 통해 천천히 전해지는 온기를 느끼는 시간은 귀중한 것이다.

"이번 일을 통해서 새삼 알게 됐는데, 왕의 양녀가 되기에는 로제마인의 시야가 조금 좁은 것 같아요."

"그런가?"

"유르겐슈미트의 주추에 무슨 일이 생기면 에렌페스트도 아렌스바흐에 있는 페르디난드 님도 무사하지 못해요. 위정자인 영주 일족이라면 희생자가 적은 쪽을 선택해야 하죠. 하지만 로제마인은 자기 감정이나 호불호로 판단하잖아요? 빌프리트도 그렇고, 나이에 비해 너무 어린 구석이 있어요."

두 사람 모두 귀족원 성적은 좋지만, 영주 일족으로서 근본적인 부분에서 교육 부족이 눈에 띄었다. 한쪽은 베로니카가 가르쳐서, 한쪽은 신전에서 자란 탓이다. 어린 시절의 교육 환경은 플로렌치아가 생각하던 이상으로 영향이 컸다.

"하긴, 로제마인은 유레베에서 2년이나 잠들어 있었고, 신전에 있던 시간이 길어서 아직도 귀족으로서의 상식이 부족해. 겉으로는 어떻게든 꾸밀 수 있지만, 근본적으로 다르다고 느낄 때가 있지. 자기가 하고 싶은 일이 가장 우선이고, 내키지 않는 일은 뒤로 미룬다고 들었어."

귀족 여성에게 필요한 자수 연습도 계속 미루고 있다는 것 같다. 그것은 플로렌치아도 측근들의 보고를 통해서 알고 있는 일이다.

"하지만 로제마인은 시야가 좁다기보다 자신과 가까운 사람만 보려고 하는 경향이 있다고 봐야 할 것 같아. 어린 시절부터 관계가 있던 평민들을 귀족보다 소중히 여기는 것도, 약혼자인 빌프리트보다 후견인이었던 페르디난드를 걱정하는 것도, 유르겐슈미트의 큰일보다 에렌페스트의 현재 상황 쪽을 걱정하는 것도 아마 근본적으로는 똑같은 일이야. 자기 손이 미치는 범위에는 최대한 손을 뻗지만, 그것 외에는 신경 쓰질 않아."

플로렌치아는 자신보다 로제마인에 대해 잘 알고 있는 남편의 말을 듣고서 이해했다. 분명히, 로제마인의 언동은 어른인 자신들이 혀를 내두를 정도로 시야가 넓고 임기응변이 뛰어나기도 하지만, 세례식 전후인 아이들도 알고 있는 것조차도 잘 모르는 경우가 있다. 상당히 엉망이다.

"반대로 생각해 보면, 왕의 양녀가 돼서 중앙이나 왕족을 소중히 여기게 된다면 유르겐슈미트를 최우선으로 생각하게 되겠지. 그러기 위해서는 그 녀석의 소중한 존재를 중앙으로 만들 필요가 있어."

"그런 로제마인의 사고방식이 중앙에서도 통한다면 좋겠지만, 과연 어떨까요? 지금까지는 신전에서 자란 탓에 귀족의 상식이 부족한 부분이 왕족의 이익으로 이어졌지만, 중앙으로 이동하면 교육이 부족하다는 흠으로 여겨질지도 몰라요."

아나스타지우스와 에그란티느의 결혼에서도, 귀족원에서 봉납식을 행하고 마력을 모은 일도, 다른 귀족들은 전혀 생각도 못 하고 제안도 하지 않을 일이다. 로제마인이 무지해서 가능했던 일이라고 플로렌치아는 생각했다.

"저도 교육 부족을 어떻게든 하고 싶다고 생각은 했지만, 로제마인 본인이 성에 오려고 하질 않아서 정말 어렵더군요."

저녁 식사나 다과회 시간에 잡담을 나누는 가운데 플로렌치아는 어머니로서 아이들에게 전하고 싶은 것들을 가르치고는 했다. 하지만 성에 없는 로제마인은 그런 지식을 배울 수가 없다. 귀족과의 교류 자체가 적다 보니 원래는 저절로 몸에 익어야 할 것들을 배우지 못하는 것이다.

"중앙으로 이동할 때까지 조금은…… 이라고 생각은 하지만, 로제마인의 이동 준비와 집무 인수인계로 바빠서 지금까지보다 더 성에 올 시간이 없겠죠?"

제1 부인으로서의 교육을 해야겠다고 말했던 때도, 신전 집무가 우선이라고 거절했다. 주위에서도 '로제마인의 교육은 서두를 필요가 없다', '제1 부인으로서의 교육보다 우선해야 할 일이 있다'고 말했기 때문에 강행하지는 않았다. 그리고 지금에 와서는 로제마인은 물론이고 플로렌치아도 여유가 없다. 출산을 마치면 젖먹이를 우선해야 하니까.

"로제마인은 신전에서 엘비라와 만나고 있고, 본가에 출입을 금지한 것도 아니니까 친어머니에게 귀족 여성으로서 필요한 교육을 받고 있겠죠. 하지만 상급 귀족과 영주 일족은 처지가 다르니까, 그 점이 조금 걱정되네요."

플로렌치아의 걱정에 질베스타는 쓸쓸하게 웃으면서 살짝 손을 흔들어 보였다.

"로제마인은 자기가 어떻게든 할 거야. 그 녀석은 지금까지 그렇게 해 왔어. 왕족과 직접 교섭해서 자기 요구를 밀어붙이는 힘이 있지. 지금까지 곤란하다고 생각했던 것들을 임기응변과 이해할 수 없는 방법으로 처리해 왔고. 그래서 난 크게 걱정하지 않아."

"……당신은 여전히 낙관적이라고 해야 할지, 방임이 도가 지나치다고 해야 할지……."

귀족의 상식이 부족하다는 점을 걱정하고 있는데 그냥 두면 된다고 말하는 질베스타 때문에 플로렌치아는 이마에 살며시 손을 얹었다.

"시간이 없어서 어떻게 할 도리가 없는 로제마인의 교육보다, 다른 영지와의 관계나 에렌페스트 내부의 일이 우선이겠지. 영향이 너무나 커. 로제마인은 평범한 미성년 영주 후보생이 아니야. 인수인계해야 할 일들이 너무 많다고."

"이동할 때까지 일 년 동안 어떻게든 될 거예요. 로제마인도 그걸 계산하고 왕족과 교섭하지 않았나요."

질베스타처럼 로제마인은 자신이 이동하게 되면서 영지에 미칠 영향을 아주 크게 걱정했다. 자기가 맡고 있던 일을 누구에게 어떻게 인수인계할지 이미 다 계산해 뒀을 것이다.

"신전은 멜키오르가 인수인계를 시작했고, 인쇄업은 엘비라가 책임자를 맡았습니다. 평민 마을과의 거래는 브륀힐데를 중심으로 자기 측근들에게 분담시키겠죠. 지금의 두 사람 간의 관계에서는 힘들겠지만, 가능하다면 빌프리트한테도 인계해 줬으면 싶어요."

"그건 아무리 생각해도 무리야. 인수인계가 원활하게 될 리가 없어. 측근들 사이의 관계도 험악하니까. 여기저기서 반발이 일어날 거야."

로제마인에게도 빌프리트에게도 괜한 부담이 가리라는 것은 플로렌치아도 잘 알고 있다. 하지만 아들의 장래 입장을 조금이라도 개선해 두기 위해서는, 로제마인의 업무 중 일부를 인수인계하는 쪽이 좋을 것 같다고 생각한다.

"하다못해, 샤를로테한테 뭔가를 맡겨 주지 않을까요? 그 아이는 로제마인과 사이가 좋았으니까, 큰 문제는 일어나지 않을 것 같아요."

샤를로테한테 로제마인의 일을 인계받게 한다면, 나중에 빌프리트가 관여하는 것도 가능해진다.

"아니, 샤를로테는 플로렌치아의 보좌를 맡아야만 하니까. 출산한 뒤로 반년 정도는 그쪽에만 매달려 있어야 해. 일 년 안에 인수인계를 마쳐야 하는 로제마인의 일을 물려받을 여유는 없겠지."

"……브륀힐데에게 제 보좌를 맡기면 좋겠지만, 미성년자인데다 아직 약혼자니까요."

아직 정식으로 영주 일족이 된 것은 아닌 브륀힐데에게 제1 부인의 일을 보좌하라고 하기는 힘들다. 출산한 뒤에도 질문을 하기 위해 플로렌치아의 방에 드나들 수 있는 샤를로테에게 보좌를 맡기고, 브륀힐데가 로제마인의 일을 물려받는 쪽이 무난한 방법이다. 그걸 알면서도 플로렌치아는 반항기가 한창인 아들의 장래가 너무나 걱정됐다.

"당신은 빌프리트의 업무 분담을 어떻게 생각하나요?"

빌프리트의 교육은 영주 회의가 끝난 뒤에 본격적으로 시작할 예정이었다. 그런데, 그 회의 중에 약혼 취소가 결정되고 말았다. 교육 부족보다 앞으로의 입장이 더 걱정이다.

"빌프리트는 지금까지 했던 것처럼 내 보좌야. 내 일도 늘어날 테니까."

"그걸 얌전히 받아들일까요? 약혼이 취소되면서 차기 영주가 아니게 됐는데…… 라면서, 또 삐친 태도를 보이는 건 아닐지 불안해요."

보니파티우스가 '이대로라면 더는 책임질 수 없다'는 말로 차기 영주 교육 중지를 언급했던 것이 영주 회의 직전의 일이다. 영주 회의 중에 측근에게서 들어온 보고서를 봤지만, 태도가 그렇게 달라진 것 같지는 않았다. 오히려 차기 영주 교육이 중지됐다고 기뻐하는 것처럼 보이기까지 했다. 플로렌치아가 눈살을 찌푸리며 불안을 토로하자, 질베스타는 플로렌치아의 미간을 풀어 주려는 것처럼 손가락으로 누르면서 씁쓸하게 웃었다.

"내가 빌프리트한테 맡기려는 건 차기 영주로서의 일이 아니야. 약혼이 취소돼서 차기 영주가 아니게 되더라도 영주 일족의 의무는 사라지지 않아. 그리고 빌프리트 자신이 로제마인과의 약혼 취소를 바라고 있었으니까. 불쾌했던 일이 해소되면 반항할 방법도 없어지겠지."

남편은 귀족들의 눈에 보이는 형태로 영주 일족의 일을 맡겨서 빌프리트의 입장을 지켜 주려 하고 있다. 플로렌치아는 그의 마음 씀씀이를 이해할 수 있지만, 과연 귀족들에게 얼마나 통할까. 약혼이 취소되면 빌프리트는 차기 영주라는 입장에서 떨어져 흠집을 가진 영주 후보생이 된다. 차기 영주로 있을 수 없게 된 영주 일족이 에렌페스트에서 어떤 취급을 받는지는 기베 그레첼의 경우를 보면 알 수 있다.

……차라리 그 둘 사이에 연정이 싹텄더라면 일이 간단했을 텐데.

두 사람 사이에 연정이 있다면 왕의 양녀가 된 로제마인의 약혼 상대로서 빌프리트를 왕가에 데릴사위로 들이거나 구르트리스하이트를 왕족에게 넘긴 뒤에 로제마인을 에렌페스트로 시집오게 하는 등의 교섭이 가능했다. 그게 가능했다면 플로렌치아도 빌프리트의 장래를 걱정하지 않아도 됐을 것이다.

하지만 빌프리트는 약혼 취소를 바라며 부모에게 반발하고 있고,

로제마인에게 약혼은 단순한 의무일 뿐이라서 아무런 관심이 없고, 왕족은 장래에 로제마인을 자기들 안으로 끌어들이려 하고 있다. 약혼을 유지할 방법이 전혀 없었다.

"……귀족들이 눈엣가시로 여기는 그 아이가, 계속 영주 일족인 채로 있을 수 있다고 생각하나요?"

"그걸 지키는 게 아버지이자 영주인 내 역할이잖아. 그리고 플로렌치아가 지금 제일 우선해서 생각해야 하는 건 출산이야."

질베스타가 훗, 하고 웃으면서 플로렌치아의 배에 손을 댔다. 플로렌치아는 그 흔들림 없는 자신감이 믿음직하다고 생각하는 동시에 너무나 걱정됐다. 남편이 멋있는 척하면서 무리하고 있다는 걸 알고 있기 때문이다.

"라이제강계 귀족은 로제마인의 이동에 반대하겠지만, 왕의 양녀가 되는 것은 영광스러운 일이야. 이동해 버리면 조용해질 테고, 브륀힐데와의 약혼도 있으니까. 시간은 걸리겠지만 수습할 수는 있을 거야."

숙청 때문에 구 베로니카 파벌이 와해되었고, 그 기수였던 빌프리트가 약혼이 취소되며 차기 영주 자리에서 내려오게 되면 라이제강 귀족들의 난리도 오래 가지 않을 거라고, 질베스타는 그렇게 생각하고 있는 듯하다. 하지만 플로렌치아는 그렇게 낙관적으로 생각할 수 없었다. 차기 영주라는 입장이 흔들린 적이 없었던 질베스타와 제3부인의 딸로 태어났기에 혼처에 따라서는 영주 일족이 아니게 될 가능성이 컸던 플로렌치아는 같은 영주 일족이지만 사고방식이 달랐다.

……실제로 로제마인이 이동할 때까지 라이제강 노인들의 힘을

조금 깎아 두는 쪽이 좋을까?

약혼이 취소되더라도 빌프리트가 영주 일족으로 남을 수 있도록 먼저 뭔가 손을 써 두는 쪽이 좋을지도 모른다.

"그렇게 복잡한 표정 하지 마. 나도 잘될지 어떨지 모르겠다고 생각하니까. 하지만, 로제마인이 이동한다는 사실이 전해지지만 않으면 라이제강계 귀족들이 움직이지도 않을 거야."

현재 상황에서 로제마인이 왕족의 양녀가 된다는 사실을 알고 있는 사람은 회의에 참여했던 왕족, 에렌페스트 영주 부부, 로제마인 본인뿐이다. 측근들이나 영주 회의에 동행했던 귀족들은 몇 번이나 왕족에게 불려 갔다는 건 알고 있어도, 회의 내용까지는 알리지 않았다.

"그렇다면 이동 직전까지 귀족들에게는 정보를 숨겨 두는 쪽이 좋겠군요. 지금은 귀족들 사이의 정치적 조정에 할애할 여력이 없으니까요. 로제마인이 이동할 무렵이면 아마 최소한의 수유 기간도 끝날 테니, 저도 움직일 수 있겠죠."

"음. 당분간은 입 밖에 내지 말고 인수인계에 필요한 일부 측근에게만 개별적으로 전하는 쪽이 좋겠지."

인수인계를 받는 사람에게는 은근슬쩍 알려 줄 필요가 있을 테고, 로제마인의 이동을 준비하는 과정에서 알게 되는 사람도 있겠지. 거기까지 생각이 미치자 플로렌치아는 깜짝 놀랐다.

"로제마인의 이동 준비는 어떻게 하죠? 저는, 아마도 출산하면 활동할 수가 없어요."

에렌페스트의 이익을 최대한으로 생각해 준 로제마인을 위해 플로렌치아는 영주의 제1 부인으로서, 그리고 양어머니로서 가능한 많은 준비를 갖춰 주고 싶다고 생각했다. 하지만 마음만 가지고 어떻게 할 수 있는 일이 아니다. 산후의 몸 상태나 신생아를 돌보는 것이 어떤 일인지, 세 아이를 낳아서 키워 본 플로렌치아는 징그러울 정도로 잘 알고 있다.

"굳이 당신이 움직이지 않아도 로제마인한테는 어머니 엘비라가 있으니까. 이동 준비는 그쪽에 맡기면 돼. 성에서 하는 것보다는 정보가 새어 나갈 우려도 적고, 로제마인도 마음이 편하겠지. 내가 칼스테드를 통해서 말을 전해 둘게."

엘비라는 인쇄업 인수인계 일도 있으니 딱히 한가하지는 않을 것이다. 그래도 딸에 대한 그녀의 애정은 잘 알고 있다. 로제마인도 양어머니보다 어머니와 보내는 시간을 더 소중히 여기겠지. 플로렌치아는 남편의 제안에 고개를 끄덕였다.

"그렇군요. 로제마인의 측근에게 협력을 요청하는 것도 신전에서 교류하는 일이 많은 엘비라 쪽이 잘할지도 모르겠네요. 저도 가능한 협력하겠다고 전해 주세요."

로제마인의 이동 준비와 인수인계, 약혼 취소가 자식들에게 미치는 영향, 아렌스바흐의 장례식, 출산 준비, 그레첼의 개혁 등등 생각해야만 할 일들이 너무나 많다. 플로렌치아는 "같이 열심히 해요."라고 중얼거리면서 배를 살짝 어루만졌다.

영주 회의 보고회(3학년)

"다녀오셨어요, 언니."

"돌아왔느냐, 로제마인!"

전이진의 방에서 나왔더니 샤를로테와 보니파티우스와 성에 남아 있던 측근들이 맞이해 줬다. 그 뒤에는 멜키오르와 빌프리트도 있다. 돌아올 때는 신분이 높은 사람부터 귀환하기 때문에, 먼저 돌아온 영주 부부와 이야기하고 있는 모습이 보였다.

"로제마인, 샤를로테. 영주 일족의 회의는 내일 오후에 한다. 늦지 않도록 주의해라."

내 도착을 알아차린 질베스타가 아무렇지도 않은 얼굴로 그렇게 말했다. 내가 왕의 왕녀가 된다는 것을 보고하는 회의라는 사실을 주위 사람들이 전혀 느끼지 못하게 만드는 표정이다. 영주다운 태도에 아주 조금 감탄하고, 나도 질베스타를 흉내 내서 미소를 지으며 "알겠습니다."라고 대답했다.

"내일 회의에 나올 수 있도록 오늘은 푹 쉬어 둬라."

플로렌치아를 에스코트해서 본관 거주 구역으로 향하는 질베스타를 배웅한 뒤, 우리도 각자 자기 방이 있는 북쪽 별채로 이동해야 한다. 다른 귀족들이 전이진을 쓸 수 없기 때문이다.

"로제마인, 이렇게 하면 에스코트할 수 있지 않겠느냐?"

보니파티우스가 손을 허리에 대고 말했다.

"정말 죄송합니다만 보니파티우스 님. 원래 에스코트는 약혼자인 빌프리트 님의 역할이 아닌가 싶습니다만······.”

레오노레가 조금 곤란하다는 얼굴로 말했다. 보니파티우스는 “그 약혼자가 손녀와 어울릴 희소한 기회를 양보해 주겠다고 했다.”라고 반론하면서 빌프리트에게 동의를 구했다.

“······파티 등에서 보니파티우스 님이 로제마인을 에스코트하는 건 힘드니까, 여기서 북쪽 별채까지라면 괜찮지 않을까?”

빌프리트는 허가했지만, 코르넬리우스가 얼굴을 찌푸리면서 난색을 보였다.

“할아버님께 로제마인의 에스코트를 맡기는 건 위험입니다.”

“코르넬리우스, 무슨 소리냐?! 허리에 댄 손만 움직이지 않으면 아무 문제가 없지 않으냐?!”

조부와 손녀의 교류에서 나는 몇 번이나 위험한 상황에 빠졌었다. 그래서 호위 기사들이 경계하는 건데, 보니파티우스는 손을 허리에 댄 채로 가슴을 활짝 폈다.

“그럼, 정말로 할아버님이 허리에 댄 손을 움직이지 않을 수 있는지 확인하겠습니다.”

코르넬리우스와 안게리카가 진지한 얼굴로 보니파티우스가 허리에 댄 손을 움직여 보려 하고, 몇 번인가 매달려 보기도 하면서 강도를 확인하기 시작했다.

······너무 엄중해! 두 사람은 진지하겠지만, 다른 사람들은 웃음을 참고 있다고!

멜키오르 혼자만 “재미있겠네요.”라면서 부러워하는 얼굴로 보고 있을 뿐, 빌프리트와 샤를로테는 한눈에 봐도 웃음을 참고 있는 얼굴이다.

"보다시피 전혀 무너지지 않았습니다. 이 언저리를 잡으시면 로제마인 님의 팔도 피곤하지 않으시리라고 생각됩니다."

조금 시간을 들여서 검증한 결과, 코르넬리우스는 어쩔 수 없다는 것처럼 내가 보니파티우스의 팔을 잡는 걸 허락해 줬다. 나는 코르넬리우스가 가리킨 보니파티우스의 손목 언저리에 내 손을 얹고서 걸어 봤다. 보니파티우스가 속도에 상당히 신경 써 주는 듯하니 간신히 에스코트하는 것처럼 보이기는 하겠지. 보통 에스코트처럼 보이기에는 아직 내 키가 부족하다. 옆에서 보면 '팔짱을 끼었다'라기보다는 '버스 손잡이를 잡은' 것처럼 보이겠지.

……자, 와라. 불의 신 라이덴샤프트의 가호! 나는 성장을 애타게 기다리고 있다!

"언니, 첫 영주 회의는 어떠셨나요? 보니파티우스 님께 첫날 성결식은 물론이고 마지막 날에 봉납식까지 하셨다는 이야기를 듣고 정말 놀랐습니다."

"저도 놀랐어요. 지하 서고에서 현대어 번역을 하던 중에 왕족께서 부탁하셨으니까요."

실제로는 '부탁하게 했다'라는 표현이 정확하겠지만, 샤를로테한테는 말하지 않았다. 나는 지하 서고에서 한넬로레, 왕족과 함께 현대어 번역을 하던 때의 이야기 중에서 다른 사람에게 알려도 문제없는 화제를 몇 가지 이야기하고, 샤를로테 일행으로부터 부재중에 있었던 일에 관한 이야기를 들었다.

"저희는 보니파티우스 님을 도와서 마력 공급을 했습니다. 그리고 멜키오르와 빌프리트 오라버니와 같이 축사를 외웠죠."

"그래, 멜키오르가 세례식 축사를 외워야만 한다고 해서…… 같이 외웠다. 혼자서 외우는 것보다는 효율이 높겠지?"

신전에서 하르트무트가 내준 과제가 너무 많아서 멜키오르의 측근이 울먹이며 과제와 씨름하고 있다는 것 같다. 그래서 빌프리트와 샤를로테가 멜키오르의 암기를 도와줬다는 것 같고.

"성과는 있었나요?"

"세례식 축사를 외웠습니다. 그리고 마력 공급을 한 뒤에도 움직일 수 있게 됐습니다."

멜키오르는 신전에서 봉납을 하고 있기에 주추 마술에 대한 마력 공급에도 빨리 익숙해진 것 같다. 그런 에렌페스트에서 있었던 일상에 관한 이야기를 듣는 사이에 북쪽 별채에 도착했다.

"할아버님, 에스코트해 주셔서 진심으로 감사합니다."

"음. 그럼, 저녁때 또……."

허리에 댄 손에 온 신경을 집중하고 있었던 것 같은 보니파티우스는, 에스코트를 무사히 마치고 안심했다는 것처럼 한숨을 한 번 크게 쉬고는 상당히 만족했는지 기분 좋게 발을 돌렸다.

내 방으로 돌아와서는 영주 회의에 동행했던 성인 측근들에게 내일 오후 회의 때까지 쉬라고 말하고, 미성년자 측근들과 교대하게 했다. 호위 기사와 문관은 인원에 여유가 있어서 간단했지만, 시종은 그레티아 한 사람밖에 없는데 어떻게 해야 좋을지 생각하고 있었더니, 리젤레타가 한 걸음 앞으로 나섰다.

"로제마인 님, 그레티아 혼자서는 힘들 테니까 제가 남겠습니다."

"리젤레타, 하지만……."

"지하 서고에 동행했던 오틸리에와 달리, 저는 기숙사에 있었을 뿐이니까요."

차를 준비해 주고 기숙사에서부터 점심 식사를 가져다주기도 했으니 리젤레타가 그냥 기숙사에만 있었던 게 아니라는 건 알고 있다. 그래도 시종의 배려를 무시하고 그레티아에게 부담을 주는 것도 주인으로서 실격이겠지.

"그럼 리젤레타에게는 모레부터 이틀 동안 휴가를 줄 테니까, 오늘과 내일은 잘 부탁드릴게요."

"알겠습니다."

호위 기사들은 각자 기숙사와 자택으로 돌아가고, 문관 두 사람은 오틸리에와 함께 돌아갔다. 리젤레타와 그레티아가 가지고 돌아온 짐을 정리하기 시작했고, 나는 필린느와 로데리히에게서 신전의 상황에 대한 보고를 받고, 필사해 준 것을 읽으면서 시간을 보냈다.

······측근들을 전부 모아서 이야기하는 건 영주 일족 회의 직후에 하면 되려나? 아, 브륀힐데한테도 말해야겠다.

저녁 식사 자리는 에렌페스트에 남아 있던 사람들의 보고를 듣는 시간이었고, 영주 회의 보고는 회의 때 하기로 했다.

오늘은 오후부터 영주 일족의 보고 회의다. 영주 일족과 그 측근들, 기사단, 문관 상층부가 많이 모이는 회의인데, 올해가 예년과 아주 조금 다른 점은 아직 귀족원에 입학할 나이가 아닌 멜키오르에게도 출석하라는 명이 내려졌다는 점이다.

"어째서 제가 불렸는지 모르겠습니다."

"나이와 관계없는 중요한 보고가 있는 게 아닐까? 로제마인은 뭔가 알고 있지?"

빌프리트의 시선에 나는 싱긋 웃어 보이면서 "회의에 가면 알게 될 거예요."라고 대답했다. 여기서 '제가 왕의 양녀가 되기 때문에, 멜키오르는 겨우 일 년 만에 신전장 인수인계를 마쳐야 한다고 정해졌습니다'라고 폭로할 수는 없다.

긴장한 멜키오르를 형과 누나들이 둘러싸는 모양으로 회의실로 갔고, 정해진 자리에 앉았다. 영주 일족이 동행해도 되는 측근은 각자 한 명씩. 나는 시종인 오틸리에, 문관 하르트무트, 호위 기사 코르넬리우스를 데리고 왔다. 문관과 시종들이 재빨리 준비하고, 참가자들도 준비를 마친 뒤에 영주 부부가 들어오는 것도 예전과 마찬가지다.

"다들 모인 것 같군. 지금부터 영주 회의 보고를 하겠다."

질베스타의 말로 보고회가 시작됐다.

"올해도 큰 변화가 있었기 때문에 전달할 내용이 많다. 중요한 결정이 많았으니 놓치는 것이 없도록 주의해 주게."

예년과 마찬가지로 순위 발표부터 시작했다. 영지 대항전에서 아나스타지우스에게 부탁한 덕분에 순위는 유지하게 됐고, 대신에 승자 영지로 취급받게 됐다고 말했다.

"오오, 그것참⋯⋯."

순위가 올라가지 않았다는 사실에 안도와 기쁨의 목소리가 여럿 들려온 걸 보자 정말로 어른들이 따라오지 못하는 상황이라는 걸 잘 알 수 있었다.

"하지만 승자 영지가 되면 지금까지 없었던 부담도 생긴다. 클라센부르크가 구 자우스거스, 단켈페르거와 아렌스바흐가 구 베르케슈토크를 공동으로 관리하고 있다는 건 알고 있겠지? 패자 영지가 멀어서 토지를 관리하지 않고 있는 드레반헬은 대신 중앙을 지원하기 위해서 상급 귀족을 여러 명 보냈다. 그래서 중앙으로 이동할 수 없는 영주 일족은 많지만, 영지 안에 상급 귀족이 적은 상황이 됐다는 모양이다."

왕족과 혼인해서 인척이 된 기렛센마이어와 하우프레체도 당연한 얘기지만 지금의 왕족을 지원하기 위해서 큰 부담을 안고 있다는 것 같다. 지금까지 중립 영지였던 에렌페스트도 승자 영지가 된 이상, 왕족을 지원하기 위한 부담을 져야만 한다.

"……그게, 대체 어떤……?"

전전긍긍하는 귀족들을 둘러보고 나한테서 시선이 잠깐 멈춘 뒤에, 질베스타는 "내년에 발표하겠다"라고 말했다.

"하지만 부담만 있는 건 아니다. 에렌페스트의 귀족을 빠르게 늘리기 위해, 5년 동안은 에렌페스트와의 결혼을 신랑과 신부를 받아들이는 것으로 한정하는 것을 허락받았다. 그리고 태어난 아이에게 줄 마술구를 마흔 개 받기로 했고. 부담은 있지만, 에렌페스트의 귀족을 늘릴 수는 있겠지."

아…… 내가 왕족의 양녀가 되는 게 에렌페스트가 지는 부담이라는 형태가 되는 건가.

그만한 보상이 있다면 부담도 어쩔 수 없다고 생각하는 귀족과 대체 얼마나 큰 부담을 강요받게 될지 불안해하는 귀족으로 반응이 나뉘는 가운데, 페르디난드의 성결식이 연기됐다는 것과 영주 회의에서 봉납식을 치렀다는 것, 어른도 가호를 얻는 의식에 다시 도전하는 일이 가능해졌다는 이야기 등등, 제사 관련 보고가 이루어졌다. 왕족이 봉납춤으로 마법진을 빛나게 하면서 차기 첸트 후보가 디트린데 하나가 아니게 됐다는 사실도 전했다.

그리고 슈타프 취득 학년이 변경됐다는 것, 그에 따라 강의 내용이 변경된다는 것, 귀족원에서도 클라센부르크와의 공동 연구라는 형태로 봉납식을 치르게 됐다는 것 등등, 내년부터 귀족원에서 생기는 변화에 대해 말했다.

"슈타프 취득 시기가 3학년으로 돌아오는 것입니까? 귀족의 숫자가 늘어나서 여유가 생겼다는 이유 때문은 아니겠지요?"

"마력 압축이나 받은 가호에 따라 슈타프의 품질이 달라진다는 것 같다. 단켈페르거와 에렌페스트의 공동 연구 덕분에 앞으로 여러 신들에게서 가호를 받는 학생들이 늘어난다. 그리고 영주 회의에서 봉납식을 치르면 어른도 가호를 다시 취득할 수 있게 된다. 하지만 슈타프는 평생에 한 번만 받을 수 있다. 가능한 한 품질을 높여 두는 것도 중요하다."

질베스타의 말에 귀족들은 일단 수긍한 표정을 보였다.

"내년부터 교육 과정이 달라진다. 아이들 방의 공부에도 큰 변경이 필요하지 않을까?"

질베스타가 의견을 구한다는 것처럼 나를 보면서 말했다. 아이들 방에서 가르치던 것은 기본적으로 이론 교육뿐이었으니까, 커리큘럼을 크게 변경할 필요는 없을 것 같다.

"슈타프가 관계되는 건 실기입니다. 이론에는 변경이 없겠죠. 슈타프 취득이 3학년이었던 시절의 교육 과정에 대해서는 모리츠 선생님께 여쭤 보면 알 수 있을 거로 생각합니다."

흐음, 하고. 질베스타가 고개를 끄덕였다.

"오히려 판매를 시작한 성전 그림책과 교육 완구 덕분에 몇 년 뒤에는 많은 영지의 평균점이 상승하리라는 점을 고려하는 쪽이 좋지 않을까요?"

"그렇군. 발매가 가능해진 성전 그림책과 교육 완구에 대해서는 왕족께 진상한 그 자리에서 선전해 뒀다. 상당히 관심을 끌었으리라고 본다. 플랑탱 상회에는 많이 준비하라고 전해 두도록."

"인쇄물은 겨울에 수작업으로 만드는 경우가 많아서 지금부터 여름까지는 그렇게 많이 늘릴 수가 없습니다. 그레첼에 준비가 갖춰지고 거래처를 늘리게 되는 내년 이후를 위해 겨울에 양산하라고 하는 쪽이 좋겠죠."

벤노에게 성전 그림책 발매 가능에 대해 전해 뒀었고, 어느 정도는 양산하고 있다는 보고를 받았다. 그래도 지금부터 상인들이 찾아오는 여름까지 인쇄물을 대폭 늘리는 건 무리다.

"흠. 영주 회의에서 다른 영지들에게 내년에는 거래 숫자를 조금 늘릴 수 있을 거라고 말해 뒀으니까 그쪽 준비를 우선해야겠지."

그레첼의 준비는 어느 정도 진척됐을까. 이 보고회 결과를 연락할 때 물어봐야겠지.

"초여름에는 아우브 아렌스바흐의 장례식이 있는데, 거기에 출석해야만 한다. 몸이 무거운 플로렌치아는 남고, 나 혼자서 가게 된다. 그에 관한 준비도 부탁한다."

게오르기네와의 문제가 있기는 해도 이웃 영지의 장례식에는 출석해야만 한다고 질베스타가 말했다. 왕족이 약속해 준 페르디난드의 비밀의 방이 정말로 만들어졌는지 아닌지도 확인해야 하니까 질베스타가 결석하면 곤란하다.

……사실은 내가 직접 눈으로 확인하고 싶지만…….

인수인계와 새로운 생활 준비만으로도 벅찬 데다 원래 체력이 없어서 긴 여행은 힘들고, 내 호위 기사 중에 두 명은 게오르기네 앞으로 데려갈 수 없다. 이런 상태다 보니 아렌스바흐에 가도 된다는 허가는 받을 수 없겠지.

그 외에도 란체나베의 공주가 방문한다는 것을 왕이 거절했다든지, 토르크를 사용한 기사들이 처분받아서 중앙 기사단에서 제명됐다든지, 사람들이 제사를 경험하면서 제사에 관한 관심이 커졌다든지 등등 자잘한 일들을 보고했다.

"모두에게 전할 사항은 이상이다. 사람을 물리겠다. 지금부터는 정말로 영주 일족만 있으면 된다. 측근들을 포함해 모두 퇴실하도록."

보고가 일단락된 뒤, 질베스타는 측근들에게 회의실에서 나가도록 명령했다. 영주 회의 보고회 뒤에 측근들까지 내보내고서 이야기를 나눈 일은 지금까지 단 한 번도 없었다.

"아우브?!"

"대체 무슨……."

사람들이 놀란 목소리로 말하는 가운데, 질베스타는 입을 다문 채 조용히 퇴실하기를 기다렸다.

"로제마인 님……."

"아우브의 명령입니다. 하르트무트도 코르넬리우스도 퇴실해 주세요."

걱정된다는 눈빛으로 나를 보는 측근들에게 퇴실하라고 말하고, 나는 천천히 숨을 내쉬었다. 상층부와 측근들은 대체 무슨 일인지 서로 눈치를 살피면서 퇴실했다. 남겨진 영주 일족은 모든 사정을 알고 있는 영주 부부와 나를 제외하고는 하나같이 아주 긴장한 표정이었다.

약혼 취소와 미래의 선택

"다들 이쪽으로 모이도록."

영주 일족이 지시대로 모이자, 질베스타는 범위 지정 도청 방지 마술구를 작동했다. 측근들을 퇴실시킨 데다 도청 방지 마술구까지 사용할 정도로 공을 들이는 모습에 멜키오르는 살짝 떨면서 파랗게 빛나는 경계를 올려다봤다.

"이렇게까지 해서 이야기해야만 하는 일이 있는 것인가? 대체 무슨 일이냐?"

보니파티우스가 말하자, 질베스타는 겨우 무거운 입을 열었다.

"일 년 뒤, 로제마인이 왕의 양녀가 되기로 결정됐다. 성인이 된 뒤에 로제마인은 지기스발트 왕자와 약혼하게 될 것이다."

영주 회의에 동행하지 않았던 사람들은 하나같이 눈이 휘둥그레졌다. 당장 뭐라고 할 말이 생각나지 않았는지, 입만 살짝 벙긋거릴 뿐이고 소리는 나오지 않았다. 이해하지 못했다는 것처럼 쳐다보고 있는 사람들에게 질베스타가 조용한 어조로 말했다.

"중앙으로 이동하기 위한 준비로서 일 년이라는 시간이 주어졌다. 그동안 로제마인의 신변 안전을 고려해 양녀 내정에 대해서는 알리지 않기로 했다. 에렌페스트에서 인수인계가 필요한 이들에게 가르쳐 줄 수 있는 내용은 '일 년 뒤에는 왕의 양녀가 돼서 중앙으로 간다'는 것까지만이다."

내가 왕의 양녀가 된 결과로 무슨 일이 일어나게 되는지 가장 잘 이해한 사람은 샤를로테인지도 모른다. 휙, 빌프리트 쪽으로 고개를 돌렸다. 빌프리트는 눈이 휘둥그레진 채로 얼어붙은 것처럼 움직이지 않았다. 그저 딱 한 곳, 질베스타를 잡아먹을 것처럼 쳐다보고 있을 뿐이다.

멜키오르가 "그럼, 신전은……."이라고 작게 중얼거린 목소리와 보니파티우스의 목소리가 겹쳐졌다.

"무, 무슨 소리를 하는 것이냐, 질베스타! 로제마인이 왕의 양녀라고?! 영주 후보생은 중앙으로 이동할 수 없다."

거친 목소리로 당황해서 물고 늘어졌지만, 질베스타는 천천히 고개를 저을 뿐이었다.

"로제마인은 내 양녀다. 양자 결연을 해제하면 칼스테드의 딸인 상급 귀족 신분으로 돌아간다. 중앙으로 이동하는 데 아무런 문제도 없게 된다."

"너는 그런 말도 안 되는 요구를 받아들였다는 말이냐?!"

"왕명이니까. 여러 조건을 걸기는 했지만, 결국 받아들이는 수밖에 없었다."

질베스타는 딱 잘라서 그렇게 말했다. 보니파티우스가 눈을 부릅뜨고 노려보면서 "조건이라고?"라고 말했다. 하지만 질베스타는 상상했던 반응이라는 것처럼 조용히 대답했다.

"아까도 말했지 않은가? 귀족을 늘릴 수 있도록 오 년 동안은 결혼에 제약을 두고, 아이용 마술구를 받는 것이다."

"겨우 그것뿐이냐?! 겨우 그걸로 로제마인을 중앙에 팔았다는 말이냐?!"

자리를 박차고 일어나서 화를 내는 보니파티우스에게 질베스타는 보고회에서는 말하지 않았던 것들을 설명했다.

"중앙에 간 에렌페스트의 귀족에게 귀환 명령을 내리는 것, 로제마인을 양녀로 삼는 일이 에렌페스트가 지는 부담이라고 인정하는 것, 그리고 페르디난드의 연좌 회피와 처우 개선. 이상이다. 페르디난드가 멋대로 왕족과 약속하는 바람에 에렌페스트에 제대로 된 이익을 가져다주지도 못했던 작년과 비교하면 나는 훨씬 아우브다운 일을 했다."

질베스타의 말을 듣고 있던 보니파티우스가 파란 눈을 번쩍 뜨고서 말했다.

"페르디난드의 연좌 회피와 처우 개선? 그딴 것이 대체 뭐란 말이냐? 사위가 돼서 다른 영지로 간 자의 연좌 회피와 처우 회피 따위, 로제마인의 양자 결연과는 비교할 수도 없는 일이다. 에렌페스트의 이익으로 이어지지도 않는 일이 아닌가. 동생을 아끼는 마음에 정신이라도 나갔느냐? 아우브 에렌페스트라면 좀 더 제대로 된 조건을 제시해야지!"

고함을 지르는 보니파티우스에게 짜증이 난다는 표정을 지어 보이며, 질베스타가 손가락으로 나를 가리켰다.

"페르디난드의 연좌 회피와 처우 개선은 로제마인이 제시한 조건이다. 내가 제시한 조건이 아니야."

그 순간, 사람들의 시선이 내게로 향했다. 보니파티우스는 턱뼈가 빠질 정도로 경악했고, 시선이 이리저리 헤매고 있다.

"너, 설마 페르디난드에게 연정을 품고 있었느냐? 혹시 신전에서 무슨……."

"할아버님, 저는 딱히 페르디난드 님께 연정을 품어서 그런 것이 아닙니다. 가족과도 같은 분을 걱정하는 것이 그렇게나 이상한 일인가요? ……할아버님은 제가 중앙으로 가면 바로 저를 잊어버리실 건가요? 손녀라고 불러 주지도 않으시고, 아무런 관계도 아니라고 말씀하실 건가요?"

그건 좀 슬프다고 생각하면서 물었더니, 보니파티우스는 곧바로 "그럴 리가 있겠느냐."라고 부정했다.

"질베스타와 양자 결연을 해소한다고 해도, 내 손녀라는 데는 변함이 없겠지."

"그렇다면, 그것이 연정이라고 부르는 감정인가요?"

"……뭐, 뭐라고?"

깜짝 놀란 표정이 된 보니파티우스에게 나는 빙그레 미소 지어 보였다.

"제가 페르디난드 님을 걱정하는 건, 할아버님이 먼 곳으로 가려고 하는 저를 걱정해 주시는 것과 같은 마음이라고 생각합니다. 왕족께서는 받아들여 주지 않으셨지만, 저는 사실 페르디난드 님을 에렌페스트로 돌려보내 주셨으면 한다고 부탁했었습니다."

그렇게 되면 마력, 라이제강, 신전과 인쇄 업무 인수인계 등등 에렌페스트의 문제들이 대부분 해결되는데 말이죠, 라는 말도 덧붙였고. 보니파티우스는 "……참으로 묘한 생각을 했구나."라고 말하고는 어깨를 축 늘어트리고서 자리에 앉았다.

"로제마인은 중앙에 가는 일에 대해 꺼리는 마음은 없는 것이냐?"

"있습니다. 제 소중한 인쇄 공방도 도서관도 전부 포기하고, 금세 새로운 책이 들어오는 환경에서 제가 사는 건물 안에 도서관을 만드는 것조차도 허락하지 않는 환경으로 가야 하니까요. 불만투성이에요."

생활 수준 저하에 대한 불만은 그리 쉽게 사라지지 않는다. 조금이라도 빨리 중앙에도 인쇄 공방을 만들고 싶다는 생각이고, 에렌페스트와 중앙을 연결하는 전이진을 개량해서 신간을 빨리 받을 수 있도록 해야겠다고 생각하고 있다.

"하지만, 페르디난드 님도 왕명을 거역하지 못하고 아렌스바흐로 갔습니다. 저도 왕명이니까 어쩔 수 없어요. 왕의 양녀가 돼서 에렌페스트를 지원하는 정도밖에 못 하겠지만, 조금이나마 도움이 되고 싶다고 생각합니다."

또 뭔가 말하려던 것처럼 입을 벌린 보니파티우스를 보며, 질베스타가 어깨를 으쓱거렸다.

"그쪽 손녀가 왕족에게 시집가는 것이다. 기뻐할 일이 아닌가? 빌프리트와는 어울리지 않는다. 로제마인은 빌프리트한테는 너무나 아깝다고, 그렇게 열심히 말하지 않았던가."

질베스타가 한숨 섞인 목소리로 그렇게 말했더니 보니파티우스의 안색이 순식간에 달라졌고, 빌프리트 쪽으로 시선을 돌렸다. 빌프리트는 빈정대는 미소를 짓고서 보니파티우스를 쳐다봤다.

"인제 와서 그렇게 놀라실 필요는 없다고 생각합니다, 보니파티우스 님. 계속 그런 말을 들어 왔으니까요. ……어디를 가건 로제마인이 더 뛰어나다느니, 로제마인 쪽이 차기 아우브에 어울린다, 라고."

빌프리트는 천천히 한숨을 쉬면서 그렇게 말하고, 보니파티우스에서 질베스타 쪽으로 시선을 옮겼다. 테이블 위에 올려놓은 손은 주먹을 꽉 쥐었고, 그 상태로 바들바들 떨고 있는 게 눈에 보였다.

이 자리에 앉아 있는 빌프리트가 온갖 감정을 삼키고 있다는 것을 알 수 있었다. 하지만, 빌프리트는 조금 전에 보니파티우스가 그랬던 것처럼 흥분하지도 않고, 거친 목소리를 내지도 않은 채로 말했다.

"로제마인을 에렌페스트에 붙잡아 둘 수 있는 영주 후보생은 저밖에 없다. 이 약혼을 유지하는 것은 에렌페스트 영주 후보생의 의무다, 라고 말씀하셨던 약혼이 취소된다는 것입니다만……."

담담한 말투를 통해 나와의 약혼이 빌프리트에게는 그저 의무에 불과했다는 것을 알 수 있었다. 어쩌면 본인은 취소하고 싶었지만, 주위에서 말렸는지도 모른다.

그렇다면…… 빌프리트 오라버니에게는 이번 왕명이 아주 좋은 기회, 려나?

왕명에 의한 약혼 취소 때문에 빌프리트가 크게 상처받지 않고 넘어갈 수 있다면, 그게 제일이다. 나는 그렇게 안이한 생각을 하고서 살며시 안도의 한숨을 쉬었다.

"그런데 아버님. 에렌페스트의 차기 아우브는 어떻게 되는 것입니까?"

"차기 아우브를 정하는 것은 나중 일이다. 당장 할 필요는 없다."

빌프리트의 시선을 받은 질베스타도 상대를 똑바로 마주 보면서 조용한 목소리로 말했다. 담담한 말투 속에 당장이라도 뚝, 하고 끊어져 버리는 게 아닌가 싶을 정도로 팽팽한 긴장감이 담겨 있었다. 약혼 취소를 바라고 있었기에 왕명으로 취소하게 돼서 다행이라는, 그런 단순한 분위기가 아니다. 빌프리트가 필사적으로 감정을 억누르려고 하는 것이 뼈저리게 느껴져서, 위 언저리가 조여드는 듯한 기분이 들었다.

"샤를로테가 영주 후보생을 사위로 들여도 되고, 멜키오르가 목표로 삼아도 좋다. 플로렌치아의 배 속에 있는 아이가 될 수도 있고, 로제마인과 약혼을 취소한 뒤에 네가 목표로 삼아도 좋다."

"저, 아버님. 그건……."

샤를로테가 믿을 수 없는 말을 들었다는 것처럼 남색 눈동자를 크게 뜨고는 빌프리트와 질베스타를 번갈아서 쳐다봤다. 지금까지 조용히 있었던 플로렌치아가 빙긋 미소를 지었다.

"샤를로테, 당신은 계속 참아 왔었죠. 빌프리트를 구해 주기 위해, 로제마인의 입장을 확실하게 해 주기 위한 약혼 때문에 영주 후보생인 당신이 아우브를 목표로 삼을 가능성의 싹이 뽑혀 버렸었습니다. 그래도 불만을 노골적으로 드러내지 않고, 자진해서 두 사람을 돕고, 항상 보좌하는 입장에 있어 줬죠? 에렌페스트를 이끌기 위해, 당신이 얼마나 많은 노력을 해 왔는지……."

플로렌치아의 말을 듣자 샤를로테의 남색 눈동자가 촉촉해졌다. 자신의 노력과 고생을 이해하고 위로받은 데 대한 기쁨이 담긴 표정에 나는 샤를로테에 대한 감사가 부족했음을 알아차렸다. 배려심이 많아서 나를 위로해 주거나 도와주고는 했었는데, 나는 샤를로테한테 제대로 보답해 주지 못한 듯하다는 생각이 들었다.

……나, 언니 자격이 없네.

영주가 되는 데는 남성을 우선하고, 바로 위에는 빌프리트가 있다. 게다가 나 자신이 영주가 되는 데 관심이 없다. 그래서 나는 샤를로테가 차기 영주 자리를 바라고 있을 가능성은 생각도 못 하고 있었다.

……약혼을 결정한 사람은 양아버님이지만, 샤를로테한테 나는…….

만약에 샤를로테가 차기 영주가 되기를 바라고 노력하고 있었다면 빌프리트를 구하기 위해서 약혼하고 차기 영주 자리를 가로챈 나는 너무나 방해되고 귀찮은 존재였던 게 아닐까.

나는 샤를로테의 분위기를 살폈다. 샤를로테는 가만히 플로렌치아만 보고 있을 뿐이고, 나는 쳐다보지도 않았다.

"왕명에 따라 빌프리트와 로제마인의 약혼이 취소된다면, 저는 샤를로테에게도 선택지를 주고 싶다고 생각했습니다. 샤를로테가 차기 아우브가 되기를 바란다면, 혼인에 제한이 있는 5년 이내에 자신의 부족한 점을 보충하고, 아우브 에렌페스트의 배우자에 걸맞을 남성을 찾으세요. 로제마인이 중앙으로 가게 되면 에렌페스트를 둘러싼 환경은 또다시 크게 달라질 겁니다. 그 변화를 잘 보고, 자신에게 좋다고 생각되는 선택을 하세요."

차기 영주를 목표로 삼아도 좋고, 장래의 에렌페스트를 지원하기 위해 상급 귀족과 결혼해서 남는 것도 좋고, 다른 영지로 가고 싶다면 5년 이후에 결혼하면 가능하다며 플로렌치아는 샤를로테에게 미래의 선택지를 제시했다. 샤를로테는 기쁘다는 듯 웃으면서 고개를 끄덕이며 그 말을 듣고 있다.

"아버님, 차기 아우브를 결정하는 것은 언제가 될까요?"

샤를로테의 질문을 듣고, 질베스타는 일단 눈을 감았다.

"조금 전에도 말한 것처럼 당장 어떻게 된다고 말할 수는 없다. 먼저 일 년 뒤에, 정말로 양자 결연이 취소되는지 아닌지도 지금 시점에서는 확정이라고 말할 수는 없다. 상당한 확률로 그렇게 되리라고 말하고는 있지만, 일 년 동안은 현재 상황을 유지한다. 측근들에게도 말하지 않고 지금 이 상태를 유지한다. 부주의한 언동은 자제하도록."

고개를 끄덕이는 동안에도 머릿속에서는 온갖 생각들이 지나갔겠지. 눈으로는 질베스타를 보고 있지만, 샤를로테의 머릿속은 자기 생각에 잠겨 있는 것처럼 보인다.

"나로서는 차기 아우브를 정하는 것은 나나 보니파티우스가 죽은 뒤에 해도 좋다고 생각한다. 로제마인을 에렌페스트에 받아들이기 위해 로제마인을 아우브로 삼으려고 획책하는 라이제강을 억누르기 위해서는 약혼과 차기 아우브 결정을 서둘러야 했지만, 이제는 천천히 해도 된다. 보니파티우스는 임시 아우브가 될 수 있도록 교육받았으니까, 만약에 내가 먼저 죽는다고 해도 시간을 들여서 선택할 것이다."

샤를로테가 눈을 밝게 빛내면서 "알겠습니다."라고 대답했다. 그런 딸의 모습을 눈부신 것처럼 바라본 뒤에, 플로렌치아는 멜키오르를 보면서 말했다.

"멜키오르도 마찬가지입니다. 장래에 차기 아우브가 되고자 한다면, 그에 걸맞은 사람이 되기 위해 노력해야 합니다."

플로렌치아의 말을 들은 멜키오르는 잠시 생각한 뒤에 고개를 저었다.

"그건…… 성인이 된 뒤에 생각하겠습니다. 제가 먼저 되어야 하는 것은 신전장이니까요. 지금은 배워야 할 것들이 너무 많아서 정말 바쁩니다. 그런데 로제마인 누님이 일 년 만에 없어진다고 하셨습니다. 차기 아우브는 생각도 할 수 없습니다."

차기 영주보다 신전장 업무를 우선하고 싶다는 멜키오르의 말에 플로렌치아는 눈이 살짝 휘둥그레진 뒤에 부드럽게 미소를 지었다.

"예, 그렇군요. 신전장으로서 기도하고 가호를 늘리는 것도 앞으로는 아우브에게도 필요한 일이 되겠죠. 자신이 맡은 바를 확실하게 완수하면서, 성인이 될 때까지 시간을 들여서 자신의 장래에 대해 생각하도록 하세요."

"예, 어머님. ……로제마인 누님, 일 년 동안 지도를 부탁드리겠습니다."

신전장이 되기 위해서 노력하겠다고 결심한 얼굴의 멜키오르가 부탁하자, 나는 얼굴이 헤벌쭉하고 풀어지는 것이 느껴졌다.

"괜찮아요, 멜키오르. 제 측근을 전부 중앙으로 데리고 갈 수는 없으니까, 신전에도 남게 돼요. 그 사람들과 상담하면 반드시 힘이 돼주겠죠. 그리고 지금까지 교육했던 캄펠이나 프리닥 같은 청색 신관들도 멜키오르를 도와줄 거예요. 저도 많은 분의 도움을 받아서 간신히 신전장 업무를 해 올 수 있었으니까요."

"……집무는 그들에게 맡길 수 있을지도 모르지만, 신전장으로서 가장 중요한 역할인데, 제게는 로제마인 누님처럼 축복을 주는 것이 가장 어렵습니다."

멜키오르가 살짝 삐친 표정을 짓자, 질베스타가 씁쓸하게 웃으면서 살짝 손을 흔들었다.

"로제마인은 왕족이 원할 정도로 많은 마력을 지녔다. 목표로 삼는 것은 좋지만, 똑같이 하는 건 멜키오르에게는 아직 무리다. 로제마인과 똑같이 하겠다고 자신을 너무 혹사하지 않도록 조심해라."

귀족원에서 마력 압축을 배우고 마력을 늘려 가면 점점 할 수 있게 되는 일이라고 질베스타가 멜키오르를 달랬다.

"일 년 동안, 로제마인은 신전 업무와 인쇄 업무 등, 지금까지 끌어안고 있던 일들을 인수인계해야만 한다. 그런 와중에 새로운 생활에 대한 준비도 해야 한다. 상당히 힘들겠지. 로제마인을 최대한 도와주도록."

"예!"

샤를로테와 멜키오르가 희망에 가득 찬 표정으로 대답했지만, 빌프리트의 안색은 어두웠다. 귀족다운 미소만 지은 채, 한마디도 하지 않고 굳은 자세로 가만히 앉아 있다.

"샤를로테, 멜키오르, 보니파티우스. 로제마인이 왕의 양녀가 되는 건은 부디 다른 곳에서는 발설하지 않도록. 측근들에게 새어 나가면 라이제강이 어떻게 움직일지 모른다. 그리고 다른 영지에 알려지면 귀족원에서 로제마인이 훨씬 위험해지게 된다."

"알겠습니다."

"그럼, 그대들은 여기서 퇴실하도록. ……이쪽은 아직 할 이야기가 남았다."

질베스타는 그렇게 말하고 빌프리트를 바라봤다. 세 사람은 뭔가 신경 쓰는 것처럼 빌프리트를 본 뒤에 조용히 퇴실했다. 질베스타, 플로렌치아, 빌프리트와 나만 회의실에 남았다.

"잘 참았구나, 빌프리트."

질베스타의 말에 빌프리트가 분하다는 것처럼 얼굴을 찌푸렸다.

"저는 유일하게 할머님께서 키워 주신 영주 후보생이고, 게다가 하얀 탑에 들어갔던 범죄자고, 원래는 겨울 숙청에서 구 베로니카 파벌처럼 연좌 처분됐어도 이상하지 않을 입장입니다. 차기 아우브에 가장 어울리지 않는 영주 후보생이니까 로제마인과의 약혼이 취소되면 차기 아우브로 남아 있을 수가 없습니다. 까딱하면 영주 후보생으로도 있을 수 없을 거라고 그때 아버님이 말씀하셨죠. 로제마인과의 약혼이 취소되면 저는 어떤 취급을 받게 되는 겁니까?"

"……모르겠다. 그때도 그렇게 말했을 텐데."

"아버님!"

빌프리트가 소리치면서 테이블을 쾅, 하고 때렸다. 예상보다 큰 고함과 탁자를 두드리며 난 큰 소리에 나도 모르게 움찔 놀랐다.

"저, 약혼을 취소한 이후에 빌프리트 오라버니가 어떤 취급을 받을지 모르겠다는 말씀이 무슨 뜻인가요? 그때라는 건 언제인가요? 무슨 일이 있었죠?"

질베스타, 플로렌치아와 빌프리트 세 사람은 알고 있는 것 같지만, 나는 무슨 이야기인지 하나도 모르겠다. 나 혼자 엉뚱한 자리에 있다는 기분까지 들었다.

"이번 숙청 때문에 빌프리트는 지지 세력이었던 구 베로니카 파벌을 잃었다. 라이제강의 기세가 거세지는 가운데 로제마인과의 약혼이 취소되면 차기 아우브의 싹을 뽑아 버리기 위해 여론을 이용해서 빌프리트를 하얀 탑에 유폐시켜 버리려고 하는 것도 이상하지 않을 것이다. 현재 상황을 유지하는 일 년 동안에 라이제강을 얼마나 억누르는지에 따라서 어떤 상황이 벌어지게 될 것인지 지금은 전혀 알 수가 없다."

유일하게 베로니카가 키운 영주 후보생인데다 하얀 탑에 들어갔던 범죄자가 차기 아우브가 되는 것은 말도 안 되는 일이다. 처분하라고 큰소리로 주장하는 라이제강계 귀족이 있다는 것 같다.

"예? 페르디난드 님과 제가 에렌페스트에서 나가면서 에렌페스트를 유지하기 위한 마력이 부족하게 될지도 모르는 때에 우수한 영주

후보생인 빌프리트 오라버니를 처분하라고 한다는 건가요? 무슨 바보 같은 짓을……. 라이제강이야말로 에렌페스트의 현실을 보지 못하고 있어요."

"……너무 노골적이기는 하지만, 맞는 말이다."

질베스타는 그렇게 말하고 한숨을 쉬었지만, 빌프리트는 위험한 눈으로 날 쳐다봤다.

"원래 그 라이제강을 억누르는 일은 라이제강이 받드는 아가씨인 네 역할이다. 자기 일을 내던지고 너는 대체 무슨 속 편한 소리를 하는 거지?"

"예?"

눈을 깜박이는 나와 그런 나를 노려보는 빌프리트 사이에 질베스타가 끼어들었다.

"빌프리트, 그만해라. 신전에서 자란 로제마인은 라이제강이 자기 혈족이라는 의식이 희박하다. 오히려 보니파티우스나 칼스테드, 엘비라가 해야 할 역할이고, 앞으로는 브륀힐데의 역할이 될 일이다."

"하지만 아버님! 저는 기원식 때 라이제강으로부터 로제마인과 나이가 같고, 제가 아들이고 친자식이기 때문에 아버님이 편애하고 계실 뿐이라든지, 제가 없어지면 틀림없이 로제마인이 차기 아우브가 될 것이라든지, 건방지게 차기 아우브가 될 생각이냐느니, 자진해서 사퇴할 정도의 견식도 없느냐는 소리를 들었습니다. 라이제강의 피를 이어받은 약혼자라면, 로제마인이 조금이나마 억눌러 줘도 좋았을 것입니다."

그 외에도 매년 최우수를 차지했으니 능력적으로는 로제마인이 영주 후보생 중에서도 가장 뛰어날 것이라든지, 핏줄에도 경력에도 아무런 흠집이 없으니까 도저히 비교할 상대가 안 된다는 등등 온갖 소리를 들었다는 모양이다.

"어째서 나는 그런 소리를 들으면서까지 아우브가 돼야 하는 거지? 그렇게까지 미움받는 내가 굳이 라이제강계의 협력을 받아 낼 필요가 있나? 나는 평생 그런 말들을 듣고서 참아 가며 살아가야 하는 건가? 왜 너와 계속 비교당하고, 네가 있어서 아우브가 됐으니까 고마운 줄 알라는 말을 계속 듣고, 어린 시절의 기억을 그립다고 생각하는 것조차도 죄를 짓는 것처럼 생각해야 하는 거지?"

에렌페스트에 여러모로 곤란한 짓을 저지르고 페르디난드를 박해했던 베로니카지만, 빌프리트한테는 상냥한 할머니였고 어린 시절에 계속 키워 줬던 사람이다. 하얀 탑에 들어갔어도 그립다고 생각할 수는 있겠지.

그건 아마 아렌스바흐로 가 버린 페르디난드를 그리워하는 것과 같은 기분이라고 생각한다. '걱정하지 마라. 고민하지 마라'라는 말을 듣는다고 해서 안 할 수 있는 일이 아니다.

"로제마인, 나는 나보다 숙부님을 걱정하고, 날 돕는 것보다 숙부님을 돕는 것을 우선하는 네 남편으로 살아가고 싶은 생각이 전혀 없다. 네 곁에 서 있기만 해도 귀족들은 나와 너를 계속 비교하고, 너한테는 숙부님과 비교당하는 생활은 질색이다. 아무리 약혼 마석을 만들라는 말을 들어도, 약혼자다운 선물을 하라는 말을 들어도, 숙부님과 비교당할 것이 뻔하다는 생각만 들었다. 그래서, 도저히 할 수가 없었다."

나는 페르디난드에게 받은 부적들을 봤다. 아무래도 이 부적이 남자의 자존심을 엄청나게 자극하는 것 같다.

하지만…… 부적이니까 몸에서 뗄 수는 없어.

"숙부님만 신경 쓰는 너와의 약혼을 계속 이어 가고 싶지 않다고 생각하던 때에 나는 이미 라이제강의 지지를 받는 네가 아우브가 되면 그만이라고 생각했다. 그리고…… 나는 아버님과 직접 담판을 지었다."

빌프리트의 말을 듣고서 나는 질베스타를 봤다.

"저는, 그런 이야기는 못 들은 것 같은데요……."

"당연하지. 네가 들으면 빌프리트와의 약혼을 취소하려고 했겠지? 하지만 너는 차기 아우브가 될 생각이 없으니 약혼을 취소하면 왕족이나 상위 영지에게 너를 빼앗길 게 뻔하다. 에렌페스트를 혼란에 빠트리기만 할 뿐이고, 누구에게도 불이익만을 불러온다는 뻔한 이야기도 들으려 하지 않을 테고. 너희 둘이 공모해서 약혼을 취소하지 못하게 하려고 측근들이 열심히 저지했을 텐데."

그 말을 듣고서 이해했다. 생각해 보니 측근들이 빌프리트와의 접촉을 방해했던 것 같은 기분이 든다.

……나, 그런 시기에 걱정된다는 올도난츠를 보냈던 건가. 약혼은 의무니까 참으라는 말을 듣고 있는데, 매일 걱정된다는 올도난츠가 날아오면 정말 짜증이 났겠지.

솔직히 왜 질베스타는 그럴 때 나한테 '빌프리트를 걱정해 줘라'라는 말을 했던 걸까. 나와 빌프리트의 관계라는 점에서는 완전히 역효과가 난 것 같은데.

"아버님이 로제마인에게 차기 아우브가 되라고 명하시면 그만이었을 텐데, 내가 아무리 말해도 들어주시질 않았다. 로제마인을 차기 아우브로 삼을 수는 없다, 차기 아우브는 빌프리트다, 라면서. 그리고 너를 에렌페스트에 잡아 두기 위해서는 나와의 약혼을 취소해선 안 된다고. 최종적으로 선택한 사람은 나니까 책임을 지라고 말씀하셨다."

빌프리트는 모르고 있지만, 질베스타도 칼스테드도 페르디난드도 평민 출신인 나를 아우브로 삼을 생각은 없다. 그건 받아들일 수 없겠지.

"나로서도 약혼을 타진했을 때 빌프리트가 거절했다면, 또는 일 년 전에 페르디난드가 왕명을 받기 전이었다면 약혼을 취소해 줬을 것이다. 하지만 빌프리트가 약혼 취소를 바랐을 때는 시기가 너무나 좋지 않았다."

질베스타는 피곤하다는 얼굴로 그렇게 말했다. 약혼을 취소하면 왕족이나 상위 영지에 날 빼앗길 게 확실하고, 숙청 이후에 라이제강의 세력이 강해지고 있는 상태에서는 빌프리트 자신도 위험해진다. 기껏 폐적 상태에서 구해 냈고, 노력을 거듭해서 지금은 영주 후보생에 우수자까지 됐는데 이제 와서 빌프리트를 다시 하얀 탑에 보낼 생각은 없다고 말했었다. 나도 빌프리트가 그런 취급을 받는 일은 원하지 않는다.

"아버님은 아우브 에렌페스트로서 로제마인을 포기하는 선택은 하지 않으신다. 약혼은 의무로서 받아들이라고, 그때 말씀하셨죠? ……제게 그렇게까지 말씀하시고 참으라고 하셨으면서, 로제마인이 왕의 양녀가 된다는 게 대체 무슨 일입니까? 그리고, 앞으로 일 년 동안은 현재 상황을 유지하면서 약혼자 역할을 하라는 말씀이십니까? 아무 일도 없는 척 일 년을 보내고, 로제마인은 왕족이 돼서 에렌페스트를 버리는데, 저는 차기 아우브도 아닌 존재로 남겨져서 또

다시 라이제강의 화살을 맞으라는 겁니까?"

빌프리트의 비통한 외침을 들으니 가슴이 아파 왔다. 일단 입을 다물었던 빌프리트가 뿌득, 하고 이를 악문 뒤에 또다시 쾅, 하고 테이블을 때렸다.

"웃기지 말라고! 아버님이 결단만 했으면 로제마인은 왕의 양녀 따위는 되지 않았어! 로제마인이 차기 아우브였다면 왕족의 요망도 물리칠 수 있었을 텐데!"

빌프리트가 소리쳤다. 하지만 이번에는 구르트리스하이트 취득과 관련된 문제가 있으므로 내가 차기 영주라고 해도 왕족의 요망을 물리치는 일은 힘들었을 것이다.

"로제마인이 차기 아우브가 돼서 약혼을 취소할 수만 있다면 나는 자유로워졌을 텐데. 라이제강은 자신들의 바람이 이루어졌다고 만족해서는 내가 죽건 말건, 영주 후보생이건 아니건 신경 쓰지도 않았을 테고. 하지만, 로제마인이 왕의 양녀가 돼서 없어지게 된다면, 에렌페스트는 무슨 수를 쓰더라도 어지러워지겠지. 난 대체 어떻게 해야 하는 거지?!"

앞날이 보이지 않고 자신의 입장이나 목숨조차도 잃을 가능성이 있다는 것은 너무나 불안한 일이다. 그건 나도 이해한다. 질베스타가 자신을 바라보는 빌프리트를 진녹색 눈동자로 마주봤다.

"……네 마음대로 살아가면 된다, 빌프리트."

"예?"

"차기 아우브가 되지 않겠다면 굳이 네가 라이제강을 장악할 필요도 없다. 굳이 화살을 맞으러 나서지 않아도 나나 브륀힐데, 그리고 차기 아우브가 되고자 하는 사람에게 맡기면 그만이다. 영주 일족으로서의 책임만 잊지 않으면 그 이상의 괜한 책임을 질 필요는 없겠지. 그런 짐은 역할을 짊어지고 있는 자에게 떠넘겨 버리면 된다."

빌프리트는 넋이 나간 사람 같은 얼굴이 됐다.

"일 년 뒤에, 로제마인과의 약혼이 취소되면 넌 자유로운 몸이다. 보니파티우스처럼 영주 후보생으로서 에렌페스트를 지원해 주는 것도 가능하고, 5년 뒤라면 결혼해서 다른 영지로 갈 수도 있다. 지금 에렌페스트에 부족한 기베가 돼도 좋고, 로제마인처럼 에렌페스트에서 새로운 사업을 만들어 내도 된다. 기사 코스 중에서 원하는 강의를 수강해서 보니파티우스나 페르디난드처럼 기사단장이 될 수도 있겠지. 물론 로제마인과 비교당하지 않는 상태에서 차기 아우브를 목표로 삼겠다면 그것도 네 마음대로 해도 좋다."

플로렌치아가 샤를로테에게 길을 보여 준 것처럼, 질베스타는 빌프리트에게 이 자리에서 생각나는 모든 장래를 보여 줬다.

"빌프리트 오라버니는 어떻게 되고 싶으신가요?"

"……내가…… 어떻게?"

"앞으로 일 년 동안은 현재 상황을 유지하게 됩니다. 그동안에 자신이 어떻게 살아갈지를 생각하면서 지내시면 되지 않을까요? 뭘 하더라도 준비가 필요하니까요. 일 년을 유효하게 이용하시는 건 어떨까요?"

내 제안을 들은 빌프리트는 "내게 네 약혼자 역할은 무리다."라고 말하면서 회의적인 시선을 보내 왔다.

"저도 마찬가지예요. 빌프리트 오라버니가 저를 약혼자로서 보실 수 없었던 것처럼, 저도 빌프리트 오라버니를 약혼자로서 볼 수가 없었습니다. 약혼자에게 어떻게 대하는 것이 정답인지도 모릅니다. 약혼자답게 행동하라는 말을 듣는 것이, 솔직히 말해서 너무나 고통스러웠습니다."

원해서 한 약혼도 아닌데 주위에서 사랑 이야기를 하라고 강요받는 것도, 어떻게 해야 좋은지도 모르는데 약혼자답게 행동하라는 말을 듣는 것도 결코 좋은 기분은 아니었다.

"하지만 앞으로 일 년 동안, 오누이로서라면 잘 지낼 수 있을 것 같습니다."

약혼자로서는 무리였지만, 그럭저럭 사이좋은 오누이라면 지금까지도 해 왔던 일이다. 나는 "빌프리트 오라버니는 오누이조차도 싫으신가요?"라고 말하며 손을 내밀었다.

잠시 내 손을 바라보면서 뭔가를 생각한 빌프리트가 훗, 하고 미소를 지으면서 내 손을 잡았다.

"……그래. 나도 약혼자로서의 너와 있는 건 고통이지만, 동생으로서의 너라면 딱히 아무렇지도 않아. 현재 상황을 유지하는 척하면서 그다음을 생각해 보도록 하자."

측근들의 선택

뭔가 여러모로 부조리한 말도, 반론하고 싶은 말도 들었지만, 어쨌거나 일단 빌프리트가 한 번 폭발하고, 일 년 동안 현재 상황을 유지하는 것을 받아들였다는 사실에 안도의 한숨을 쉬었다. 앞으로는 빌프리트가 어떤 길을 선택하건 질베스타와 플로렌치아가 잘 지켜 주겠지. 이젠 나하고 상관없는 일이다.

"그럼, 저도 방으로 돌아가겠습니다. 측근들에게 어떻게 처신할지 생각하라고 해야만 하니까요."

"아, 그렇지. 이름을 바치지 않은 미성년은 부모의 허가가 필요하다. 일 년 동안은 현재 상황을 유지한다는 것과 정보 누설 방지라는 관점에서 볼 때 기본적으로는 두고 가는 것으로 생각하는 쪽이 좋겠지. 굳이 너를 섬기고 싶다면 성인이 된 뒤에 중앙으로 들어가면 된다."

질베스타의 말에 고개를 끄덕이고 문 쪽으로 가기 위해 한 걸음 내디뎠을 때, 꼭 물어봐야 할 일이 생각났다.

"저기…… 양아버님. 제가, 페르디난드 님께 편지를 보내고 싶은데, 그래도 될까요? 아직 더 참아야 하나요?"

현상 유지라고 해도 빌프리트의 약혼자로서 행동할 필요가 없다면, 편지 정도는 허락해 줬으면 싶다. 질베스타는 "지금까지 주위에서 그렇게 말했는데도 또 페르디난드냐."라면서 질렸다는 표정을 지었지만, 내용을 확인하는 것을 조건으로 허가해 줬다.

"……너는 정말로 숙부님을 좋아하는구나."

나와 같이 문으로 걸어가던 빌프리트가 한숨 섞인 목소리로 말했다.

"좋아는 하지만, 빌프리트 오라버니가 베로니카 님을 소중히 여기고 걱정하는 것과 같은 감정이라고 생각해요. 세례식을 치르기 이전의 어린 시절부터 돌봐 주신 가족 같은 스승이 왕명으로 쉽사리 만날 수 없는 곳으로 가게 됐고, 가까이 가면 회복약 냄새가 풍길 정도로 약을 상용하면서 집무를 보고 있는 환경으로 가 버렸으니까요. 당연히 걱정도 되겠죠. 영지 대항전 때에 다과회실에서 주무셨던 때도 회복약 냄새가 났었죠?"

그 말을 듣고 빌프리트는 약간 난감한 표정이 됐다.

"숙부님은 항상 약 냄새가 났는데, 그게 조합하면서 밴 냄새인지 상용하는 약 냄새인지 어떻게 판별하지?"

"예? 그게 판별이 안 되나요? 빌프리트 오라버니는 자신이 조합하는 기회가 너무 적은 게 아닌가요? 조합할 때와 상용하는 약 냄새 정도는 판별할 수 있도록 연습해 두지 않으면 필요한 때에 필요한 것을 조합할 수가 없어요."

회복약도 부적도 못 만들면 곤란하지 않겠느냐고 말했더니 빌프리트는 엄청나게 싫다는 표정을 지었다.

"로제마인, 이건 오빠로서 하는 충고인데, 너는 상식이 이상하다. 보통 영주 일족은 스스로 조합하는 일이 거의 없다."

"예? 페르디난드 님은 항상 직접 약과 부적을 만들어 주셨는데……."

"숙부님은 취미가 연구와 조합이었지? 영주 일족의 상식이 아니다.”

너무나 당연하다는 얼굴로 말하기에 나는 내 상식이 무너지는 기분을 느끼면서 확인했다.

“세상에…… . 그럼 일단은 측근에게도 가르쳐 주거나 자기 약 정도는 스스로 만들 수 있는 게 좋다는 말을 들었는데, 그건 상식의 범주에 들어가나요?”

“만들 수 있어서 나쁠 건 없고, 만약의 경우를 위해서 배워 두는 게 좋다고 생각은 하지만, 일상적으로 만드는 건 문관이 할 일이겠지?”

페르디난드가 혼자서 신전 공방에 틀어박히는 일은 있어도 유스톡스를 들이는 일은 없었고, 유스톡스가 일상적으로 약을 가져가는 일도 없었다. 일상적으로 자기가 사용할 약을 스스로 만드는 것이 당연하다고 생각했었는데, 아무래도 아닌 것 같다.

……역시 페르디난드 님의 기준이 이상했던 거야!

이세계의 상식에 평민 시절의 상식까지 더해져서 안 그래도 내 상식이 다른 사람들과 어긋나고 이상한데, 귀족의 기준으로 삼고 있었던 페르디난드가 일반적인 귀족의 상식에서 벗어나 있으리라고는 생각도 못 했었다.

……아냐, 예전부터 조금 이상하다고 생각하기는 했어. 하지만 이렇게까지 딱 잘라서 말할 줄이야.

“대체 뭣 때문에 측근과 문관이 있겠어?”

“제 문관의 주된 일은 신전 집무와 필사와 귀족원에서 이야기를 모으는 것과 신작을 쓰는 일이에요. 약이나 부적 만들기는 어렵기도 하고, 페르디난드 님의 제조법을 함부로 유출할 수도 없고, 마력도 꽤 필요하니까요."

필린느나 로데리히한테 내 회복약을 만들게 하는 건 기술적인 면에서도 마력적인 면에서도 어려운 일이고, 하르트무트는 신전 업무를 우선해 줬으면 싶다.

"문관에게 조합할 기회를 주는 쪽이 좋다. 영주 일족의 측근인데 실기 점수가 너무 낮은 결과가 될 수도 있지 않겠어?"

"……하급 귀족과 중급 귀족이니까 원래 그런 거라고 생각했는데, 조금 다시 생각하는 쪽이 좋을지도 모르겠네요."

서류 업무는 불만이 없을 정도로 우수하지만, 조합은 마력을 사용한다는 점 때문에 필린느와 로데리히에게 부탁하려고 생각한 적이 없었다. 나 자신이 문관이기도 하니까 조합은 기본적으로 직접 하고 있지만, 조금 인식을 바꿔야 하는지도 모르겠다.

"로제마인 님."

샤를로테가 나왔는데도 한참 동안 나오지 않아서 걱정하고 있던 듯한 코르넬리우스가 달려왔다. 같이 있는 빌프리트에게 슬쩍 경계하는 시선을 보내면서 내 상태를 확인하고 있다는 게 느껴져서 왠지 낯간지러운 기분이 들었다.

"방으로 돌아가겠습니다. 중요한 이야기가 있으니까 측근들을 전부 모이게 해 주시겠어요? ……오틸리에, 브륀힐데에게도 말해 주세요."

"알겠습니다."

방으로 돌아온 나는 전부 모인 측근들을 보며 말했다.

"여러분이 본인의 처신에 대해 생각해야만 하니까 가르쳐 드리기는 합니다만, 이건 극비 사항입니다. 결코 다른 사람에게 말하지 말아 주세요."

"예."

모든 사람이 대답한 것을 확인한 뒤 나는 입을 열었다. 딱 일 년 뒤, 내년 영주 회의 무렵에 영주와의 양자 결연을 취소하고 왕과 양자 결연을 맺어서 중앙으로 가게 된다고 말했다.

"왕족의 사정으로 무산될 가능성도 있기는 합니다만, 중앙으로 이동할 가능성이 크다고 인식해 주셨으면 합니다."

갑작스러운 이야기에 다들 살짝 놀랐다. 하르트무트 혼자만 마치 예상했다는 것 같은 얼굴로 "빌프리트 님은 어떻게 되시는 것입니까?"라고 물었다.

"아우브와 양자 결연을 취소한 시점에서 약혼도 취소됩니다. 하지만 앞으로 일 년 동안은 현재 상황을 유지합니다."

"그걸 받아들이셨습니까?"

하르트무트가 약간 의외라는 표정을 지은 것으로 보아 빌프리트가 받아들이리라 생각하지 않았다는 뜻이겠지. 나는 뭔가를 생각하는 듯한 하르트무트에게서 브륀힐데 쪽으로 시선을 옮겼다. 아우브의 제2 부인이 되는 길을 선택한 브륀힐데는 아무리 생각해도 중앙에 갈 수 없다.

"저를 돕기 위한 마음에 양아버님의 제2 부인이 되겠다고 결심해 준 브륀힐데에게는 정말 미안하다고 생각합니다. 하지만, 머리 장식이나 식사 등의 유행과 함께 평민 마을의 장인들을 지켜 주고, 그러면서 브륀힐데가 생각한 새로운 유행까지 더해서 에렌페스트를 발전시켜 줬으면 싶어요."

전부 평민에게 떠넘기면 된다고 말했던 브륀힐데지만, 명령한다고 뭐든지 되는 게 아니라는 사실을 알게 됐다. 평민 상인들과의 회합에 나가서 서로의 상황을 조정할 수 있게도 됐다. 그런 브륀힐데가 영주 일족으로서 남아 주게 되면 정말 마음이 든든하다.

"저는 스스로 결의한 일이나 상관없습니다. 에렌페스트를 위해 온 힘을 다할 뿐입니다. 그런데, 베르틸데는 어떻게 할까요?"

"이번 겨울에 제가 다시 한번 정식 견습 시종으로 취급하도록 하겠습니다. 그렇게 하면 에렌페스트에 남는 측근들과도 똑같이 취급할 수 있고, 봄부터 브륀힐데를 섬기기 위해 겨울에는 저와 브륀힐데 밑에서 경험을 쌓는 형식으로 할 수도 있습니다. 베르틸데의 경력 등을 생각해서 언니인 브륀힐데가 이끌어 주세요. ……측근이 아닌 경우에는 정보를 말할 수 없으니까, 설명하기가 힘들어질 것 같지만."

"알겠습니다."

교육을 위해서 출입하고는 있었지만 아직 정식 측근이 된 것은 아닌 베르틸데의 모습은 이 자리에 없고, 정보를 말할 수도 없다. 브륀힐데에게 대응해 달라고 하는 수밖에 없겠지.

영지에 남는다는 점을 이해하고 있는 브륀힐데와의 이야기를 마치고, 나는 불안해 보이는 측근들을 둘러봤다.

"이런 상황이니 이름을 바친 미성년자를 에렌페스트에 두고 갈 수는 없고, 왕족에게 받아들일 수 있도록 허가도 받아 뒀습니다. 그 외의 미성년은 무엇을 하려고 해도 부모님의 허락이 필요하니까 에렌페스트에 남고, 희망자는 성인이 된 뒤에 중앙으로 이동하도록 할 예정입니다."

나는 그렇게 말하면서 이름을 바친 사람들을 한 사람씩 쳐다봤다.

"로데리히, 마티아스, 라우렌츠, 그레티아 네 사람, 이름을 바친 사람은 같이 중앙으로 가도록 하겠습니다. 처음부터 엘비라에게 이름을 바치고 싶다고 말했던 뮤리엘라 외에는 전부 평생 책임질 각오로 이름을 받았습니다. 여러분의 목숨을 맡은 이상, 내보낼 생각은 없습니다."

내 말을 듣고 마티아스의 표정이 조금 풀어졌다.

"감사할 따름입니다. 저도 평생 모실 생각으로 이름을 바쳤으니, 이름을 돌려주겠다고 하지 않으셔서 정말 다행이라고 생각합니다."

"부모님의 손길이 닿지 않는 이유만으로도, 중앙에 가는 것은 정말 감사한 일입니다."

가정 사정이 복잡한 로데리히와 그레티아도 안심한 얼굴이 됐다. 하지만 라우렌츠 혼자만 안도하는 표정이 아니었다.

"고아원에 있는 동생이 걱정되기는 합니다만, 이름을 바친 이상 주인의 말씀에는 따르겠습니다."

"……아무래도 벨트람을 데리고 가는 건 무리겠죠. 세례식을 치르기도 전에 데리고 가 버리면 귀족이 될 수가 없고, 세례식을 치른다고 해도 귀족원에 들어가서 정식 견습이 될 수 있는 나이도 아닌 어린아이를 제 측근으로 삼을 수는 없으니까요."

여러 의미로 에렌페스트보다 더 위험한 중앙인데, 보호자도 없는 세례식 직후의 아이를 데려가는 건 내가 책임질 수 없는 일이다.

"제 후임으로 멜키오르가 신전장이 되기로 정해졌습니다. 제 신관 시종도 두고 갈 테니까, 갑자기 고아원의 취급이 나빠지는 일은 없겠죠."

"배려해 주셔서 감사합니다."

라우렌츠가 두 팔을 교차하면서 무릎을 꿇었다. 이야기가 끝났다고 여겼는지 로데리히가 손을 살짝 들고서 "중앙으로 이동한 경우, 귀족원에서는 어떤 취급을 받게 됩니까?"라고 질문했다. 그것은 미성년 측근들에게는 신경 쓰이는 일일 수도 있다. 필린느가 몸을 살짝 앞으로 내밀었다.

"중앙 귀족의 아이들은 부모의 출신 영지에서 귀족원에 다닌다는 건 알고 계시겠죠? 그러니까 저희처럼 측근으로서 중앙에 간 미성년자는 귀족원에 있는 기간에는 에렌페스트의 기숙사에서 지내게 됩니다. 정보 교환이라는 면에서도 활약해 주시기를 기대하고 있습니다."

수긍했다는 표정으로 고개를 끄덕이는 로데리히와 그레티아를 보고 있던 필린느가 뭔가를 생각하는 것처럼 뺨에 손을 댔다. 그리고 하르트무트가 한 걸음 앞으로 나섰다.

"로제마인 님, 부디 제 이름도 받아 주십시오."

"하르트무트, 전에 제가 바라지 않으면 바치지 않겠다고 말하지 않았던가요?"

"마음이 바뀌었습니다. 로제마인 님이 중앙으로 이동하시는 이 중요한 국면에서 데려가시는 인원으로서 가장 먼저 이름을 말씀하시는 사람이 이름을 바친 이들이라면, 저도 거기에 들어가겠습니다."

처음에 말했던 사람 중에 자기 이름이 없었던 것이 불만이니까 이름을 바치겠다고 말할 줄은 몰랐다. 나는 생각도 못 했던 일에 당황해서 이름을 바치려는 일을 막기 위해서 입을 열었다.

"저, 저기요, 하르트무트. 이름을 바친 사람들에게는 선택지가 없고 하르트무트에게는 선택지가 있다는 차이뿐이고, 딱히 우선도 같

은 건 생각하지 않았어요. 그러니까…… 하르트무트에게는 무조건
적인 신뢰라고 할까, 확신이 있다고 할까…… 그러니까…….”

본인 앞에서 하르트무트가 따라오겠다고 할 줄은 생각도 못 했다
는 말을 할 수가 없어서 약간 얼버무리며 말했다. 하르트무트가 상
쾌한 미소를 지으면서 “그 무조건적인 신뢰가 문제입니다.”라고 말
했다.

“아우브 에렌페스트와 다른 귀족들이 곤란해 할 것이 뻔히 보이는
이상, 로제마인 님은 지금의 에렌페스트에서 너무 많은 인원을 데려
가지 않는 것이 좋다고 생각하고 계시겠죠? 그리고 저는 무조건적인
신뢰를 방패로 로제마인 님이 소중히 여기시는 신전, 도서관, 상인들
을 지키기 위해서라는 명목으로 에렌페스트에 남게 될 가능성이 큽
니다.”

“솔직히 남아 준다면 마음이 든든할 거라고 생각해요. 하지
만…….”

하르트무트가 남는 건 생각할 수도 없다고 말하기도 전에, 하르트
무트가 내 앞에서 한쪽 무릎을 꿇더니 내 손을 잡았다.

“언제 어느 때건, 누구의 시선도 거리끼지 않고 로제마인 님과 함
께 하고 싶으니, 제 이름을 받아 주십시오. 반드시 당신께 도움이 될
것이라고 맹세합니다.”

“그런 말은 클라리사한테 해 주세요! 약혼자 앞에서 할 말은 아니
잖아요.”

내가 손을 빼내며 클라리사를 가리켰더니 클라리사는 바로 하르
트무트 옆으로 와서 똑같이 무릎을 꿇고는 반짝반짝 빛나는 파란 눈
동자로 나를 바라봤다.

"저도! 하르트무트의 이름을 받으시겠다면 제 이름도 받아 주세요, 로제마인 님!"

……어라? 이 반응은 뭐지?!

"클라리사, 이름을 바치는 건 그렇게 간단히 결정할 일이 아닙니다. 두 사람은 부부가 될 테니까, 제가 아니라 서로에게 이름을 바치고 사랑을 맹세하는 쪽이 좋지 않을까요."

약혼자 앞에서 다른 사람에게 이름을 바치려고 하다니, 아무리 생각해도 이상하잖아. 내가 지적했더니 두 사람은 무릎을 꿇은 채로 서로 얼굴을 마주 보면서 고개를 갸웃거렸다.

"어라? 하르트무트한테 이름을 바친다고요? ……그런 일은 생각도 못 하겠습니다."

"진심으로 동의합니다. 클라리사에게 이름을 바칠 의미가 없습니다. 오히려 둘이서 로제마인 님께 이름을 바치는 쪽이 서로가 이어져 있다는 기분이 들지 않겠습니까?"

"어머나, 그거 정말 멋지네요!"

……어디가?! 저기, 어디가 멋진 거야? 전부터 생각했는데, 두 사람 다 너무 이상해.

혹시 빌프리트가 지적했던 것처럼 내 상식이 잘못된 걸까. 두 사람의 의견이 너무 잘 맞아서 조금 자신이 없어졌다.

"오틸리에, 저기, 이 두 사람의 반응은 귀족의 상식 범위에 들어가나요? 약혼자 앞에서 다른 사람에게 이름을 바친다고 말하거나, 둘이서 같은 주인에게 이름을 바치면 서로가 이어진 것 같은 기분이 든다든지 하는 걸까요?"

아들과 그 약혼자를 말려 줬으면 싶다고 절실하게 생각하면서 나는 오틸리에에게 도움을 요청하는 시선을 보냈다. 오틸리에는 3초 정도 말없이 미소를 지은 뒤, 천천히 고개를 저었다.

"귀족의 상식이 아닙니다. 로제마인 님이 잘못되신 것이 아니니 안심하세요. 그저…… 영주 회의 동안에 로제마인 님을 곁에서 모셨던 시간이 짧았던 데다가 두고 가실 가능성이 조금이나마 있다는 사실 때문에 감정이 고양된 것 같습니다. 정말 죄송합니다, 로제마인 님. 이름은 받지 않으시더라도, 이 둘은 로제마인 님이 중앙으로 데려가 주세요."

오틸리에는 마치 남의 일이라는 것 같은 얼굴로, 내 앞에서 무릎을 꿇고 있는 두 사람을 바라봤다. 데려가지 않으면 멋대로 따라올 것 같은 기분이 든다. 아마도, 그냥 기분 탓 같은 건 아니겠지.

"저는 남편도 있어서 같이 중앙으로 갈 수는 없습니다만, 그 둘은 어디까지고 따라가겠지요. 너무 폭주했을 때를 위해서 이름을 받아 두시는 것도 하나의 수단일지도 모르겠습니다."

이 두 사람을 한 번에 말리려면 고생할 테니까요, 라고 말하면서 미소 짓는 오틸리에를 귀족의 기준이라고 생각해도 되는 걸까. 내 주위에 상식적인 사람이 있기는 한지, 너무나 불안해졌다.

"오틸리에, 어머니가 그런 말을 해도 되는 건가요? 이름을 바친다는 것은 목숨을 바치는 것과 같은 뜻이잖아요?"

"이름을 바쳐도 바치지 않아도 두 사람의 언동에는 변함이 없으리라 확신하고 드리는 말씀입니다. 그러니까 로제마인 님이 다루기 편한 쪽으로 하시는 것이 제일이 아닐까요? 두 사람 모두 성인이고, 자신의 발언에 대해 스스로 책임을 질 수 있는 나이입니다. 감시할 사람이 필요하다면 말씀해 주세요."

……포기해 버렸어! 오틸리에가 이젠 생각도 하기 싫다는 모드가
돼 버렸잖아?!

이 두 사람의 고삐를 붙잡을 수 있을 것 같았던 오틸리에가 체념
해 버릴 줄이야, 큰 오산이었다. 내가 쭈뼛쭈뼛 아래쪽을 봤더니, 하
르트무트가 너무나 기쁘다는 것처럼 주황색 눈동자를 반짝거리고
있었다.

……피, 필요 없다고 말하고 싶은데, 그런 눈으로 쳐다보면 정말
말하기 힘들잖아.

"어머님께서도 허가하셨으니, 부디 이름을 받아 주십시오. 이미
소재는 준비해 뒀으니, 당장 내일이라도 만들어서 가지고 오겠습
니다."

……으아아아! 왜 이름 바치기를 강매하려고 드는 건데! 나한테
거부권은 없는 거야?!

나는 주위를 둘러보면서 측근 중에 누군가가 말려 주지는 않을지
구원의 손길을 찾아봤다. 하지만, 아무도 나와 눈을 마주치려고 하지
않았다. 은근슬쩍 하르트무트와 클라리사한테서도 눈을 돌렸고.

"코르넬리우스, 다무엘."

지명해서 도와 달라고 했더니, 두 사람은 곤란하다는 얼굴로 한숨
을 쉬었다.

"로제마인 님의 신변에 위험이 닥친 것도 아닌 상황에서 이름을
바치는 것 같은 개인적인 일에는 참견할 수 없습니다. 이름을 받지
않으시겠다면 딱 잘라서 거절하시면 그만입니다. 고민된다면 받는
쪽이 좋다고 생각합니다. 주위의 피해가 줄어드니까요."

어깨를 으쓱거린 코르넬리우스 옆에서 다무엘은 날 도와주는 게

아니라 하르트무트의 이름을 받으라고 권했다.

"코르넬리우스 말대로, 가능하다면 하르트무트의 이름을 받아 주시면 측근 일동에게 상당히 큰 도움이 됩니다."

"주위에 뭔가 피해가 있었나요?"

내가 경계하면서 물었더니, 말하기 거북한 듯한 다무엘 대신 코르넬리우스가 입을 열었다.

"하르트무트가 이름을 바친 측근들을 질투해서 험하게 대했을 뿐입니다. 대단한 일은 아닙니다."

……하르트무트, 그런 짓을 했어?!

"코르넬리우스, 로제마인 님의 귀에 쓸데없는 일을 전할 필요는 없다고 생각하지는 않으십니까?"

"사실이지 않습니까? 그리고 저는 로제마인 님께서 이름을 받아 주시도록 권하는 중이라 생각합니다만."

하르트무트가 빙긋 웃었더니 코르넬리우스도 빙긋 웃었다. 속이 시커먼 미소를 짓고 있는 두 사람이 왠지 너무나 사이좋게 보인다. 다른 사람들한테서 부정하는 말이 나오지 않은 걸 보면, 코르넬리우스의 말이 사실이겠지.

"알겠습니다. 받겠습니다. 받으면 되는 거죠?"

"언제 가지고 오면 되겠습니까? 역시 최대한 빨리 하는 것이 좋겠죠."

"로제마인 님, 제 이름도 받아 주세요!"

"잘됐네요. 정말로……."

"이제 조금 진정하지 않을까요?"

내가 승낙했더니 하르트무트 본인이 아니라 주위의 다른 사람들이 기뻐했다.

……이름을 바치는 게 원래 이런 분위기로 하는 일이었나? 아니잖아? 내가 잘못된 게 아니지?

이젠 나 자신조차 믿을 수 없다고 생각하고 있는데, 필린느가 "로제마인 님, 제 이름도 받아주세요."라고 말하면서 앞으로 나섰다.

"저는 로제마인 님께 이야기를 바칠 것을 맹세하고 메스티오노라의 가호를 받았습니다. 저는 그때 제가 섬길 주인을 정했습니다. 그리고 에렌페스트에 남으면 본가로 돌아가게 됩니다. 이름을 바쳐야만 따라갈 수 있다면 바치겠습니다. 그러니까 저도 중앙으로 데려가 주세요!"

필린느는 밝은 녹색 눈동자로 나를 똑바로 보면서 말했다. 이렇게 각오한 필린느의 얼굴은 지금까지 몇 번인가 본 적이 있다. 자기가 나아갈 길을 필사적으로 개척하고 있는 필린느의 결의가 굳다는 건 알고 있지만, 바로 받아들일 수는 없다.

"필린느, 콘라트는 어떻게 할 거죠? 이미 이름을 바친 라우렌츠와 달리, 당신에게는 선택지가 있잖아요?"

필린느의 표정이 굳어지더니 입을 꾹 다물었다. 그리고, 나를 보면서 말했다.

"콘라트를 제가 사들일 생각입니다. 세례식을 치르지 않은 지금이라면 어머님의 유품을 팔면 사들일 수도 있겠죠."

"필린느의 의욕과 콘라트를 두고 갈 수 없다고 생각하는 마음은 이해하지만, 중앙에 데려가서 어떻게 할 생각이죠?"

콘라트는 남자다. 측근에게 딸린 견습 시종으로 필린느의 방에 둘수도 없다. 너무 어려서 중앙에서 하인으로 일하게 할 수도 없다. 콘라트가 고아원에 있는 지금도 의상은 주위에서 물려준 것을 입고 있고, 귀족원에서 필요한 학용품이나 마석 등을 준비하기 위해서 고생하고 있는 필린느에게는 콘라트의 의식주를 감당할 여유도 없을 것이다.

"그건……."

필린느가 도움을 바란다는 듯 나를 쳐다봤다. 하지만 나는 이미 너무 깊이 관여했다고 페르디난드에게 야단맞은 적이 있다. 지금 이상으로 필린느를 돕기 위해 콘라트를 돌봐 주겠다고 할 수는 없다. 무엇보다 고아 평민이 된 콘라트를 중앙으로 데려간다고 해서 행복해지리라는 생각이 들지 않는다.

"성급하게 결론을 내릴 필요는 없습니다. 좀 더 시간을 들여서 콘라트의 요망도 들어 본 뒤에 결론을 내려도 늦지는 않을 거예요. 일 년 동안 고민해 보는 건 어떨까요?"

"……예."

필린느가 어깨를 늘어트리고서 물러났다.

"로제마인 님, 저도 생각할 시간을 주십시오. 따라가더라도 결혼 전에 따라갈지 결혼 후에 따라갈지에 따라서 대우도 달라지고, 그에 따라 여름에 결혼해 버리는 것이 좋은지 아닌지 등등 생각해야 할 일들이 많이 있습니다."

에크하르트한테 저택을 물려받고 결혼 준비를 시작한 코르넬리우스가 말했다. 레오노레는 "저는 코르넬리우스의 결정을 따르겠습니다."라고 말하면서 미소를 지었다. 뜨거워 보여서 정말 다행이네.

아아…… 그런데, 아버님과 어머님께도 보고해야겠지.

칼스테드는 내가 처음에 '차기 첸트 후보입니다'라고 선언했을 때

있었고, 에렌페스트의 양자 결연을 취소하기 위해서 동의가 필요하니까 사정을 알고 있다. 하지만 엘비라한테까지 이야기가 전해졌는지 아닌지는 모른다.

……인쇄 업무 인수인계도 해야 하니까, 내가 중앙에 간다는 건 말해 두고 싶은데 말이야.

또 질베스타한테 물어봐야겠지. 그런 생각을 하면서 코르넬리우스와 레오노레한테서 어느샌가 나와 거리를 두고 있는 다무엘 쪽으로 시선을 옮겼다.

"다무엘은 어떻게 할 건가요?"

나로서는 이런저런 사정을 알고 있는 다무엘이 같이 가 줬으면 싶지만, 에렌페스트에서도 하급 귀족이라는 이유로 고생하는 상황이다 보니 강요할 수는 없다. 평민 마을의 병사들에게는 얼굴이 잘 알려져 있고 인기도 좋으니 여기 남아서 평민 마을을 지켜 달라고 부탁하는 것도 나쁘지 않을 것 같다.

"……아무래도 당장은 결단을 내릴 수가 없습니다. 저도 잠시 생각하게 해 주십시오."

"알겠습니다. 유디트는……?"

내가 시선을 옮기자, 유디트는 약간 슬퍼 보이는 미소를 지었다.

"저는 아마도 에렌페스트에 남게 되지 않을까 싶습니다. 퀼른베르거에 돌아갔을 때 아버님께서 혼인 이야기를 꺼내셨으니까요. 성인이 되더라도 중앙으로 이적하는 허가를 받을 수는 없을 테고, 이름을 바쳐서까지 따라갈 용기는 없습니다."

미성년자는 무슨 일을 하건 부모의 허가가 필수다. 결혼도 부모가 정한다. 유디트는 집안에 복잡한 사정도 없는 보통 귀족이다. 유디트와 테오도르가 대화하는 모습을 보면 사이좋은 가족이라는 걸 알 수 있다. 집에서 뛰쳐나오는 일은 없겠지. 그리고 마티아스처럼 이름을 바쳐서 다른 사람에게 목숨을 맡기지 않아도 살아갈 수 있다.

"유디트는 왠지 남는 걸 미안하게 여기는 것 같은데, 미성년이 남는 것도 부모의 허가가 필요한 것도 이름을 바치지 못하는 것도 평범한 일입니다. 하르트무트와 클라리사가 이상한 거예요."

내가 딱 잘라서 말했더니 유디트는 두 사람을 보고 이해했다는 표정을 지었다.

"브륀힐데도 오틸리에도 남을 겁니다. 남는다는 선택이 나쁘다는 게 아니에요. 유디트도 에렌페스트에 남아서 브륀힐데의 힘이 되어 주세요."

"예!"

어깨에서 힘이 빠져나간 유디트의 밝은 표정을 보고서 나는 안도의 한숨을 쉬었다. 리젤레타가 유디트의 어깨를 가볍게 두드리고, "같이 열심히 해요."라고 말하며 미소를 지었다.

"저는 후계자가 되어야 할 딸이고, 이미 토르스텐 님과 약혼도 했습니다. 그래서 그리 쉽게 에렌페스트 밖으로 나갈 수가 없습니다. 로제마인 님이 중앙으로 가신 뒤에는 브륀힐데의 시종이 돼서 에렌페스트의 책을 중앙으로 보내는 역할을 맡도록 하겠습니다."

리젤레타가 그렇게 자기 생각을 말하고 나니, 이제 아무런 대답도 하지 않은 측근은 안게리카 한 사람만 남았다. 다른 시선들의 시선이 자연스레 안게리카 쪽으로 향했다.

"안게리카는 어떻게 할 건가요?"

"로제마인 님은 어떻게 하는 쪽이 좋다고 생각하십니까?"

안게리카는 고개를 갸웃거리면서 내게 답을 물었다.

아니…… 질문한 사람은 나거든. 그리고 안게리카의 인생에 관한 선택이잖아?

여전히 스스로 생각할 생각이 없는 안게리카 때문에 머리를 쥐어뜯고 싶은 기분이 들었는데, 그때 리젤레타가 작은 소리로 웃었다.

"언니는 로제마인 님과 중앙으로 가는 쪽이 좋을 것 같아요. 언니가 정말로 보니파티우스 님과 결혼하는 것보다는 그쪽이 부모님도 안심하실 테고, 중앙의 기사단은 에렌페스트보다 강하니까요."

"가겠습니다."

리젤레타의 말을 들은 안게리카는 바로 대답했다. 하지만, 조금만 더 생각해 줬으면 싶다. 칼스테드와 엘비라는 안게리카의 결혼 상대를 정하기 위해 일족 회의를 열었던 적도 있다. 트라우고트나 보니파티우스와 결혼시키겠다는 약속은 대체 어떻게 되는 걸까.

"안게리카, 하지만, 결혼은……."

"못 하게 돼도 크게 문제는 없고, 로제마인 님 외에 다른 사람을 주인으로 모실 생각은 없습니다."

……그건 그럴 수도 있겠지만, 그렇게 다부진 얼굴로 할 말은 아니잖아!

안게리카의 마음을 있는 그대로 받아들여도 되는지 고민하고 있는데, 코르넬리우스가 잠시 생각한 뒤에 오빠라는 입장을 이용해서 도와줬다.

"안게리카의 결혼에는 할아버님을 비롯한 우리 가문의 부모님들이 관여하고 있다. 중앙으로 이동하는 일도 안게리카 혼자서 결정하지 않는 쪽이 좋겠지. 로제마인 님이 양자 결연을 취소한다면 한 번

쯤은 우리 가문에서 이야기를 하겠지? 그때 부모님과 이야기를 나누는 것이 좋을 것 같아."

"코르넬리우스 오라버니 말씀이 맞네요. 아버님과 어머님의 의견도 여쭙고 싶은데 말이죠. 할아버님을 통하는 것도, 아버님께 직접 부탁드리는 것도 상관없습니다. 어머님께 왕의 양녀가 된다는 이야기를 해도 좋은지 여쭤봐 주시겠어요?"

괜히 문서로 적었다가는 다른 문관이 보게 될 가능성도 있다. 사정을 알고, 질베스타는 물론이고 칼스테드와도 비밀리에 이야기를 나눌 수 있는 코르넬리우스에게 부탁하는 게 제일 좋겠지.

"영주님께서 허락해 주시면 아버님, 어머님과 이야기하기 위한 자리를 만들어 주세요. 안게리카의 중앙 이전에 대해 논의하고 싶다고 부탁해 주시고요."

"알았다. 그 일은 나한테 맡겨 두고 로제마인은 좀 더 쉬는 쪽이 좋겠다. 일단 의견은 들었으니까, 이제 일상 업무로 돌아가야지?"

쉬라는 말을 들을 줄은 몰랐기 때문에 눈만 깜박거리고 있었더니, 코르넬리우스가 다무엘을 가리켰다.

"측근을 물리고 영주 일족끼리만 이야기를 나눴다면 퍽 피곤해지는 내용이었겠지? 다무엘이 회의실에서 나온 로제마인을 보고서 안색이 좋지 않다고 걱정했었다."

"다무엘이?"

영주 회의에서 돌아온 직후니까 쉬어 두라는 말을 남기고 코르넬리우스는 방에서 나갔다. 시종들이 아무 말도 하지 않은 걸 보면 그렇게 좋은 상태가 아니라는 말이 맞는 모양이다. 왠지 신기하다는 기분이 든 나는 문 앞에 서 있는 다무엘에게 다가갔다.

"다무엘, 제가, 안색이 좋지 않은가요?"

"……안색이라기보다는 자세라고 할까 움직임이라고 할까……
그러니까……."

정말 말하기 힘들다는 것처럼 얼버무린 뒤, 다무엘은 몸을 굽히고
작은 소리로 속삭였다.

"신전에서 페르디난드 님 뒤를 따라가며 걷던 때처럼 불안정한 모
습이 보인 듯한 기분이 들었습니다. 제가 괜한 말을 한 것이라면 정
말 죄송합니다."

"……다무엘이 알아차릴 줄은 몰랐네요."

영주 일가의 가족다운 대화를 보고 나니 누군가에게 엄청나게 응
석을 부리고 싶은 기분이었다. 그 탓에 처음으로 신전에서 겨울을 났
던 때와 같은 기분이 들었는지도 모른다.

"비밀방에서 페르디난드 님께 보낼 편지를 쓰고 오겠어요."

"그럼 내일은 꼭 쉬도록 하세요. 안색이 좋지 않아요. 페르디난드
님께서 꾸중하실 겁니다."

리젤레타가 난로 위의 제자리를 지키던 잔소리 슈밀을 가지고 와
서 작동시켰다. '시종의 말을 잘 듣도록'이라는 목소리를 들으니 어
째선지 몸에서 힘이 빠져나갔다. 다른 잔소리도 들으려고 했더니, 리
젤레타가 슈밀을 빼앗아 갔다.

"쉴 준비를 하시죠, 로제마인 님. 잔소리 시간은 다음에 가지시
고요."

이래저래 하는 사이에 취침 준비를 하게 됐고, 리젤레타가 나와
잔소리 슈밀을 같이 침대에 밀어 넣었다. 리젤레타는 슈밀 인형을 다
루는 데 뭔가 고집 같은 게 있는 모양인지, "이렇게 하고 주무시면 좋

습니다."라고 말하면서 인형을 나한테 안겨 줬고, 각도와 위치 등을 조금씩 조정하더니 큰일을 해냈다는 만족스러운 얼굴로 고개를 몇 번 끄덕이고는 방에서 나갔다.

그리고 나는 그대로, 리젤레타가 시킨 대로 잔소리 슈밀을 안고서 잠이 들었다. 잠들 때까지 계속 잔소리만 들렸기 때문에, 도서관의 비밀의 방에 가서 '잘했다'라는 말을 듣고 싶다는 생각이 엄청나게 들었다.

칼스테드의 저택에서

오늘은 리젤레타가 쉬는 날이다. 중앙에 같이 가기로 결정된 시종은 그레티아 한 사람뿐이라 오틸리에로부터 인수인계와 교육이 시작됐다. 나는 그 모습을 슬쩍 곁눈질하며 비밀방에 들어가려고 했다.

"좋은 아침입니다, 로제마인 님. 제 이름을 받아 주십시오."

"정말로 하룻밤 만에 준비했나요……."

하르트무트가 '상쾌한'과 '기분 나쁜'의 딱 경계 정도에 자리잡은 웃는 얼굴로 이름을 바치기 위한 돌을 내밀었다. 증인 역할을 맡기로 한 오틸리에가 정말 싫다는 것처럼 눈을 돌리는 모습이 보였다.

……오틸리에! 증인이니까 눈을 돌리지 마세요! 저는 정면으로 보고 있잖아요!

다른 사람들은 이름을 바칠 때 고통스러워하는 표정을 짓는데, 하르트무트는 내 마력에 묶이면서 '이것이 로제마인 님의 마력입니까'라고 말하면서 황홀한 표정을 지었다. 나는 그 표정이 너무나 무서워서 눈물을 글썽여 가며 단번에 마력을 때려 넣었고, 그렇게 해서 최대한 빨리 이름을 바치는 의식을 끝냈다.

……으으, 괴로워해야 할 터인데 기분 좋게 황홀한 표정을 짓는 하르트무트가 너무 무서워.

"클라리사는 소재를 준비하지 못해서 조금 더 있어야 할 것 같다고 합니다. 정말 억울해했습니다."

"그런가요……."

이렇게 피곤한 일을 하루에 두 번이나 겪으면 쓰러져서 자리에 누워 버릴 것 같다. 클라리사가 소재를 모으지 못해서 정말 다행이다.

"저는 비밀방에서 편지를 쓰고 오겠습니다."

"알겠습니다. 저는 잠시 정보를 수집하러 나가려고 합니다만, 괜찮으실까요?"

"부탁드리겠습니다."

신이 난 하르트무트한테서 떨어져 숨겨진 방에 들어가서는 사라지는 잉크를 사용해서 페르디난드에게 편지를 썼다.

영주 회의 동안 지하 서고에서 열심히 현대어 번역을 했던 상으로 연좌 회피와 비밀의 방 획득에 성공했다는 것. 여름의 장례식 때에 질베스타와 왕족에게 비밀의 방을 받았는지 확인시켜 줘야 한다는 것. 전 기베 게를라흐가 가지고 있었다는 듯한 은색 천과 에렌페스트의 기사들이 슈타프 이외의 무기를 상비하게 됐다는 것. 오르텐시아가 디트린데에게 말했던 의미를 알 수 없는 말에 대해서도 적었다.

……왕의 양녀가 된다는 이야기와 차기 첸트 후보라는 이야기는 빼고 필요한 정보만 잘 적은 것 같지?

다른 영지에 정보를 흘려선 안 된다는 말을 잘 지킨 문장인지 몇 번이나 확인한 뒤에 고개를 끄덕였다. 이 정도면 문제없겠지.

앞쪽에는 돌아가신 아우브 아렌스바흐에 대한 조사와 항상 하던 대로 몸 상태를 걱정하는 내용, 여름 장례식 때 질베스타를 통해서 짐을 전달하겠다는 내용, 레티치아에게 줄 과자도 같이 보내겠다는 내용 등등, 누가 읽어도 이상하다고 생각하지 않을 내용으로 적었다.

잉크를 말리기 위해서 편지를 그냥 놔둔 채로 비밀의 방에서 나왔더니 코르넬리우스가 있었는데, 내가 나올 때까지 기다리고 있었다고 했다.

"로제마인 님, 어머님으로부터 전언입니다. 인수인계 등을 생각하면 가능한 한 빨리 이야기하는 쪽이 좋겠죠. 내일 저녁에 초대하고 싶습니다만, 괜찮으실까요? 밤에는 우리 집에서 주무시고 가세요, 라고 하셨습니다."

나는 오틸리에에게 저녁 식사와 외박 예정으로 준비를 부탁했고, 내일은 오랜만에 본가에 돌아가기로 했다.

본가로 돌아가기 전에, 나는 여러 곳에 보낼 편지를 썼다.

일크너의 브리기테에게는 마지를 최대한 많이 준비해서 가능한 한 빨리 성으로 가져와 줬으면 한다고 부탁했다.

내 도서관에 있는 라자팜에게는 영주 회의 동안 페르디난드한테서 편지가 왔다는 것, 페르디난드의 짐 관리가 질베스타 쪽으로 넘어갔으니까 여름 장례식 때에 가지고 갈 짐에 대해 질베스타와 이야기했으면 좋겠다는 내용, 연좌 회피와 처우 개선 요구가 통과됐다는 내용을 적었다.

신전에는 봄의 성인식 때까지 돌아가겠다고 전하고, 바쁜 상인들에게는 편지로 올해 영주 회의에 관한 보고를 하기로 했다. 작년과 달리 거래량이 늘어나는 건 아니니까, 의논할 일은 거의 없다. 그것보다 그레첼의 개혁을 위한 준비를 열심히 해 줘야만 한다.

······그런데, 중앙에 간다는 이야기를 벤노 씨한테만은 해 주고 싶은데 말이야. 루츠는 지금 퀼른베르거에 있고······.

극비 사항이니까 몰래 불러서 고아원장실 비밀의 방에서 만나기로 했다. 이름을 바친 측근들이 늘어났으니까 발설을 금지하고 동석하게 하는 것도 가능하겠지.

"다녀오셨습니까, 로제마인 님."

코르넬리우스, 레오노레, 안게리카, 리젤레타와 함께 본가로 돌아왔더니 본가의 시종들이 맞이해 줬다.

쉬고 있어야 할 리젤레타가 같이 온 것은 엘비라가 초대했기 때문이다. 안게리카한테 물어봐도 소용없음을 엘비라는 징그러울 정도로 잘 알고 있다. 그리고 자세한 사정을 말할 수 없는 이상 안게리카의 부모에게 의견을 물을 수도 없다. 그래서 내 시종이라서 사정을 알고, 후계자로서 일족의 의견을 말할 수 있는 리젤레타를 초대한 것이다.

……안게리카도 일단 초대를 받기는 했는데, 아마 어머님은 리젤레타가 있으면 안게리카는 필요 없다고 생각하고 계실 거야.

저녁 식사 자리에는 보니파티우스도 있었다. 급사를 맡은 시종이 오가는 식사 자리에서는 무난한 이야기만 나눴는데, 영주 회의에서 이야기했던 인쇄 관련 보고와 앞으로 인쇄 업무를 어떻게 해 나갈 것인지에 관한 이야기가 중심이었다.

식사를 마친 뒤에는 다른 방으로 이동했고, 시종들은 차와 술을 준비한 뒤에 퇴실했다. 전부 나간 것을 확인한 뒤, 범위 지정 도청 방지 마술구를 작동시키고는 칼스테드가 말을 꺼냈다.

"아우브께서 허락한 시점에서 엘비라에게는 전부 말했다. 새삼 설명할 필요는 없겠지. ……안게리카를 어떻게 할지에 대한 이야기였지?"

"그렇습니다. 에크하르트 오라버니와의 약혼이 취소되면서 안게리카의 평가에 흠집이 나지 않도록, 트라우고트나 할아버님과 결혼하기로 했죠?"

내가 그렇게 말했더니 보니파티우스는 "안게리카와 결혼할 수 있도록, 트라우고트가 빨리 성장했으면 좋겠다."라고 중얼거렸다. 아무래도 손주 세대이자 손녀의 시종인 안게리카를 아내로 맞이하는 일은 내키지 않는 모양이다.

……할아버님, 트라우고트가 자신을 뛰어넘었으면 좋겠다고 생각하신다면, 가호 재취득은 안 하시는 게 좋지 않았을까요?

"하지만 안게리카 본인은 중앙으로 이동하기를 희망하고 있습니다. 귀족의 인간관계상 결혼 약속이 어떤 취급을 받게 되는지, 제가 안게리카를 호위 기사로 데리고 가도 되는지에 대해 아버님과 어머님께 확인해야겠다고 생각했습니다."

엘비라는 내가 멋대로 판단하지 않아서 다행이라고 칭찬했고, 그리고는 리젤레타 쪽으로 시선을 옮겼다.

"당신 일족의 견해는 어떻게 될 것 같나요?"

"에크하르트 님과의 약혼도, 취소에 대한 보완도 중급 귀족인 저희 가문에게는 정말 감사한 일이었습니다. 그러니, 앞으로 일족을 이끌어 주시는 등의 일로 도와주신다면, 언니의 혼인에 대해서는 더는 바라는 것이 없습니다. 왕의 양녀의 측근이 되는 것도 영광스러운 일이고, 언니는 이미 중앙 기사단과의 훈련을 기대하고 있습니다. 가능하다면 본인의 바람을 이뤄 주고 싶습니다."

리젤레타는 그렇게 말하면서 안게리카를 봤다. 안게리카는 빙긋 미소를 지으며 고개를 끄덕였다. 안게리카에게 보통 귀족 영애다운 반응을 바라는 것이 얼마나 무의미한 일인지를 알고 있는 엘비라는 바로 중앙에 가는 것을 허가했다.

"안게리카가 중앙에 가기를 바란다면 호위 기사로서 중앙으로 보내도록 하겠습니다. 그 뒤의 보전 문제는 일 년 뒤에 본인의 양친과 함께 생각하도록 하죠. ……코르넬리우스와 레오노레는 어떻게 할 생각인가요?"

엘비라가 코르넬리우스와 레오노레에게 물었더니 보니파티우스가 술이 든 잔을 탁, 소리까지 내며 탁자 위에 내려놨다.

"중앙으로 가라! 그리고, 로제마인을 지켜라!"

"저, 할아버님. 어머님은 두 사람의 생각을 묻고 있는데요……."

내가 이미 술에 취한 것처럼 큰 소리로 말하고 있는 보니파티우스에게 말했더니, 보니파티우스가 눈을 번쩍 떴다.

"사실은 내가 가고 싶었다, 로제마인! 하지만 영주 일족은 호위 기사가 될 수도 없고, 중앙에 갈 수도 없다. 대체 누가 정한 것이냐?!"

"혼인 이외의 사유로 중앙으로 이동하는 일을 금한 사람은 옛 첸트 게제츠케테였습니다, 할아버님. 법률 과목에서 시험에 나왔어요."

"게제츠케테 왕, 그 양반이 쓸데없는 짓을!"

보니파티우스가 아주 먼 옛날의 첸트에게 화를 내는 모습을 본 칼스테드는 곤란하다는 표정으로 한숨을 쉬었다.

"코르넬리우스가 중앙에 가 준다면 로제마인 주변이야 안심이 되지만, 기사단의 빈 구멍을 생각하면 조금 골치가 아프군."

페르디난드, 에크하르트 두 사람이 빠진 겨울의 주인 토벌에서 코르넬리우스가 상당히 활약했다는 모양이다. 여기서 코르넬리우스까지 빠지면 상당히 힘들어질 듯하다.

"그렇다면 코르넬리우스 오라버니와 레오노레는 에렌페스트에 남는 쪽이…….”

“아니다 로제마인. 그런 걱정은 필요 없다.”

내가 말리려고 했더니 보니파티우스가 고개를 좌우로 저었다.

“네가 단켈페르거의 옛 의식을 부활시킨 덕분에 여러 신들로부터 가호를 받고 싸움에 임할 수 있게 됐다. 네가 고안한 마력 압축으로 기사단의 마력도 조금씩 늘어나고 있고. 귀족원에서 기도의 유효성을 보여 준 덕분에 영주 회의에서 가호 재취득도 가능해졌다. 본인의 노력에 따라 개개인이 강해질 수 있고, 앞으로 성인이 될 기사들은 질적으로도 향상되겠지. 그리고 이번 영주 회의 기간에 채집지에서 얻은 소재가 있으면 회복약과 마술구를 만드는 일도 용이해지지 않겠느냐. 에렌페스트의 전력 부족은 로제마인의 호위를 줄일 이유가 되지 않는다.”

강해지려고 마음만 먹으면 강해질 수 있으니까 에렌페스트의 기사들이 한층 더 노력하면 된다고 보니파티우스가 딱 잘라서 말했다.

“그렇습니다, 칼스테드 님. 보니파티우스 님 말씀이 맞습니다. 그리고 왕의 양녀로서 중앙으로 가는 딸의 호위 기사에 상급 기사가 없다면 그것도 한심한 일이 아닐까요. 친오라비였던 사람이 호위 기사 임무를 맡고 있었다는 사실은 귀족원에서도 알려져 있을 테니까, 저는 코르넬리우스가 중앙으로 가 줬으면 싶습니다.”

“엘비라, 하지만…….”

아우브의 호위 기사로서 에렌페스트 기사단의 사정에 대해 가장 잘 알고 있을 칼스테드의 말을 엘비라가 일축해 버렸다.

“로제마인에게 가장 호위가 필요한 때에 따라가지 못하면 그것이 무슨 호위 기사입니까. 코르넬리우스가 스스로 선택한 주인입니다.

기사가 주인을 지키지 않으면 대체 무슨 소용입니까? 오라버인데도 로제마인을 움직이지 못하는 것이냐느니, 라이제강을 억제하지도 못하는 것이냐는 빌프리트 님의 화풀이를 받는 램프레히트조차도 호위 기사로서 주인을 지키고 있습니다. 저는 갈림길에 선 때에 주인을 버리는 모자란 기사를 키운 적이 없습니다."

기사 가문 사람으로서 아들을 키워 온 엘비라다운 말에 코르넬리우스는 진지한 표정으로 고개를 끄덕였다.

"저도 기본적으로는 중앙으로 가고 싶다고 생각합니다. 영주 회의 때 왕족과 중앙 기사단의 상황을 보고, 제대로 된 보호도 없는 상태로 로제마인을 보낼 곳이 아니라고 생각했습니다."

"그렇습니다. 토루크 사용자는 벌을 받았다는 모양이지만 누가 갖고 있었는지는 찾아내지 못했다는 것 같으니까 경계가 필요하다고 생각합니다. 토루크 냄새에 민감한 마티아스가 동행하면 마음이 든든하겠군요."

코르넬리우스와 레오노레의 의견은 같이 가는 쪽으로 기운 것 같다. 단지 결혼 타이밍을 어떻게 할지가 문제라는 듯하다. 코르넬리우스에게는 에크하르트에게서 받은 저택도 있다.

"결혼하면 레오노레는 일을 그만둬야 하니까 본래 예정대로 2년 동안 준비 기간을 두면 되겠지요. 중앙으로 가서 일 년 이내에 로제마인 주위에 둘 수 있을 여성 기사를 찾도록 하세요. 에크하르트의 저택은 제가 관리하겠습니다. 당신과 에크하르트가 돌아왔을 때 언제든 사용할 수 있도록……."

엘비라의 말에 코르넬리우스가 살짝 웃고는, "지크레히트가 성인이 됐을 때 주는 것도 좋을지도 모르겠군요."라는 말로 램프레히트와 아우렐리아의 아이에게 양보하겠다고 제안했다.

"정말 한참 뒤의 일이군요. 그 아이는 이제야 기어 다니기 시작했는데요."

"어머님. 저는 아직 지크레히트를 본 적이 없습니다만……."

사실은 오늘 잠깐이라도 만날 수 있을지도 모른다고 기대했지만 저녁 식사 때는 램프레히트와 아우렐리아가 참석하지 않았고, 그러다 보니 아기도 볼 수 없었다.

"숙청 때 함께 아렌스바흐에서 왔던 베니타가 잡혀갔고, 주위의 긴장감이 높아졌으니까요. 아우렐리아도 자식을 지키기 위해서 조금 신경질적인 상태입니다. 자신이 모르는 측근들을 잔뜩 거느리고 있는 로제마인과 만나는 일은 조금 힘들 겁니다. 하지만 당신이 보내준 선물은 기뻐했습니다. 나중에 그 이야기도 하도록 하죠. 지금은 당신이 중앙에 갈 준비를 우선해야겠죠."

엘비라는 내가 데리고 갈 측근들이 누구인지 물었다. 나는 이미 확정된 사람, 보류 중인 사람, 잔류가 결정된 사람으로 구분해서 대답했다. 고개를 끄덕이면서 듣고 있던 엘비라는 깊은 한숨을 쉬면서 리젤레타를 봤다.

"아무리 그래도 이제 막 측근으로 들어온 그레티아 한 사람이면 시종이 너무 적습니다. 시종은 가장 가까운 곳에서 생활을 도와주는 측근이니까, 익숙한 사람이 있어야만 로제마인이 방에서 편히 쉴 수 있겠죠. 리젤레타는 안 가는 건가요?"

"어머님, 리젤레타는 후계자가 될 딸이고, 이미 빌프리트 오라버니의 문관인 토르스텐과 약혼했습니다. 그래서 에렌페스트에서 나갈 수가 없습니다……."

리젤레타를 나무라지 않도록 내가 먼저 설명했더니, 엘비라가 한심하다는 얼굴로 고개를 저었다.

"정보를 숨길 것을 강요해서 부모에게도 약혼자에게도 상담할 수 없는 상태였으니 리젤레타도 그렇게 대답하는 수밖에 없었겠죠. 그리고, 당신의 성격을 고려해 보면 사람들의 희망만 묻고 자신의 희망은 말하지도 않았겠죠?"

"그건, 그렇긴 합니다만……. 솔직히, 제 희망을 말하면 명령이 되지 않나요?"

신분이 위인 사람이 바란다면 아래인 사람은 거역할 수 없다. 그래서 나는 사람들의 희망을 듣기만 했고 내 희망을 말하지는 않았다.

"상대를 존중하는 것도 중요하지만, 자신의 희망을 전하는 것도 중요한 일입니다. 주인이 바란다는 확신도 없는데 중앙으로 이동하는 것은 아랫사람에게는 정말 힘든 일이니까요. 당신이 리젤레타를 필요로 하고, 그리고 리젤레타에게 거기에 응해 줄 생각이 있다면 제가 손을 쓰도록 하겠습니다."

엘비라의 말을 듣고 나는 리젤레타를 봤다. 사실은 같이 가 줬으면 싶다. 내가 귀족원에 입학했던 때부터 지금까지 계속 함께 있어 준 시종이고, 평소에 일하는 솜씨는 특징이 없는 것 같으면서도 아쉬운 곳을 확실하게 해결해 주는 훌륭한 수완을 보여주고 있다. 같이 있어 준다면 정말 안심할 수 있을 것이다.

하지만 리젤레타는 어떻게 하고 싶은지 물었을 때 망설이지 않고 잔류하겠다고 말했다. 지금도 평소처럼 생글생글 웃는 얼굴이지만, 안게리카와는 달리 중앙에 가고 싶은지 아닌지를 알 수가 없다. 내가 내 희망을 말해버리면, 자매가 둘 다 약혼을 깨트리게 될 가능성도 있다.

"안 그래도 인재가 부족한 에렌페스트에서 그렇게 많이 데리고 나갈 수는 없잖아요? 제 측근은 전부 아주 우수하니까요. 제2 부인이 될 브륀힐데를 도와서 에렌페스트를 위해……."

"그 입 다무세요. 아무리 우수하다고는 해도 기본적으로는 신전에 틀어박혀 있는 로제마인의 측근이 빠지더라도 성의 일상 업무에는 큰 지장이 없습니다. 중앙에 파벌을 만들기 위해서 사람을 잔뜩 빼간다면 또 모를까, 자기 측근을 데리고 가는 데 대체 무슨 문제가 있다는 건가요?"

측근을 데려갈지 말지는 개인적인 사정을 고려하는 일이고, 영지 전체의 문제는 아니라고 했다. 그리고 왕의 왕녀로서 중앙으로 가는 데 최소한의 측근조차도 갖춰서 보내지 않으면 에렌페스트는 물론이고 나도 주위에서 무시당할 거라고 말했다.

"자기 몸과 마음을 지키는 데 필요하다고 생각되는 사람은 데리고 가세요. 그러려면 자신의 희망을 말하고 진지하게 부탁하세요. 쌍방의 생각이 일치한다면, 주변에 손을 쓰는 일은 제가 처리하도록 하겠습니다. 저는 당신 어머니입니다. 딸의 희망 하나 정도는 이뤄 줄 수 있어요. 자, 리젤레타에게 중앙에 가도 좋다는 말을 받아 내세요."

나는 엘비라에게 등을 떠밀려 리젤레타 앞으로 갔다. 보니파티우스와 칼스테드가 '힘내라'라고 말하는 듯한 얼굴로 날 보고 있고 코르넬리우스는 싱글싱글, 재미있다는 표정을 짓고 있다. 레오노레도 아주 흐뭇한 뭔가를 보는 것 같은 얼굴이다. 리젤레타는 생글생글 웃으면서 내가 말하기를 기다리고 있고, 리젤레타 옆에 앉아 있는 안게리카는 평소처럼 웃는 얼굴이다.

……뭐야, 이 공개 고백?! 나, 이 상황에서 리젤레타한테 같이 중앙에 가자고 말해야 하는 거야?!

사람들의 시선을 받자 얼굴이 뜨거워졌다. 지금 당장이라도 뛰어서 도망쳐 버리고 싶은 기분이 들고, 눈시울이 제멋대로 촉촉해졌다. 이런 상태에서 리젤레타에게 '같이 가자'라고 말했다가 '안 갈래요'라고 한다면, 난 절대로 재기하지 못할 거야.

"어머니임……."

"상대의 양해를 받아 내는 것도 당신이 할 일입니다. 정신 똑바로 차리세요."

누가 봐도 재미있어하는 듯한 얼굴로 엘비라는 나한테서 떨어져 자기가 앉아 있던 자리로 돌아갔다. 아무튼, 무슨 말이라도 하지 않으면 나는 이 자리에서 움직일 수도 없다.

"으아, 아으……. 저기! 리젤레타!"

"예, 무슨 일이신가요?"

어째선지 리젤레타도 정말 즐거워 보인다. 생글생글 웃는 모양으로 가늘어진 진녹색 눈동자가 약간 짓궂은 아이 같은 표정이 된 것 같다. 하지만 리젤레타가 내 말을 기다리고 있는 표정에는 아주 약간 쑥스러워하는 느낌도 섞여 있는 게, 귀찮아하거나 난처해하는 얼굴은 아니었다. 서로가 쑥스러워하는 탓에 엄청나게 창피하지만, 리젤레타가 받아들여 줄 듯한 분위기라는 걸 알게 되니까 왠지 모르게 용기가 솟아났다.

일단 숨을 들이쉬고, 나는 단숨에 말을 토해 냈다.

"저, 저는, 리젤레타가 중앙에 같이 가 준다면……. 엄청나게 마음이 든든해요. 리젤레타가 싫다고 생각하거나, 일하기 힘들다고 느끼지 않도록 최대한 지켜 줄 테고, 그리고, 그리고, 급료도 올려 줄 테고, 방에서 스밀을 키워도 되고……. 그러니까, 같이 가 주세요!"

일단 생각난 것들은 전부 말했다. 왠지 머릿속이 새하얘졌지만, 끝까지 말했다.

내가 하아, 하고 숨을 내쉬었더니 리젤레타가 기쁘다는 것처럼 웃고는, 내 눈꼬리의 눈물을 살짝 훔쳐 줬다.

"저희 집안의 문제가 해결된다면 기꺼이 그렇게 하겠습니다."

리젤레타가 받아들여 줬다는 게 너무 기뻐서 웃고 있었더니, 코르넬리우스가 가까이 다가와서 내 손을 잡았다. 재미있다는 것처럼 싱글싱글 웃으면서, 아직 열기가 가시지 않은 내 얼굴을 들여다봤다.

"로제마인, 내게도 리젤레타에게 한 것과 같은 말을 해 줬으면 싶은데."

"더는 무리예요!"

어머니와 딸

창피했던 공개 고백을 마치자 안게리카, 리젤레타, 레오노레는 집으로 돌아가야 할 시간이 됐다. 이야기는 다 끝났다. 코르넬리우스와 보니파티우스가 세 사람을 분담해서 바래다주기로 했고, 나는 현관에서 사람들을 배웅했다.

"어머님, 저도 방으로 돌아가겠습니다."

"잠깐만 기다려 주세요. 잠시 당신 방에서 이야기하도록 하죠."

엘비라는 그렇게 말하고는 내 방으로 향했다. 이 집에 있는 내 방을 사용한 기간은 정말 짧았지만, 언제든 사용할 수 있도록 정리해 줬다는 건 솔직히 말해서 정말 기쁘다.

"로제마인은 여기서는 비밀의 방을 등록하지 않았죠? 이리로 오세요. 당신 나이가 되면 부모와 같이 사용하지 않는 법이지만, 한 번쯤은 같이 쓰도록 해요. 나중에 자기 아이와 같이 등록할 때 그 방법을 모르면 곤란할 테니까."

……페르디난드 님과 같이 신전의 비밀의 방을 등록한 적이 있으니까 괜찮아요, 라는 말은 안 하는 게 좋겠지. 어디선가 메모장이 튀어나올 것 같으니까.

엘비라가 눈을 반짝거리는 모습이 너무나도 쉽게 머릿속에 떠올라 나는 "정말 감사합니다." 라는 말만 했고, 쓸데없는 말은 하지 않고 숨겨진 방을 등록했다. 침대 안쪽에 있는 문의 마석에 손을 겹쳐 대고서 같이 마력을 흘려 넣으면서, 엘비라는 그립다는 것처럼 미소를 지었다.

"사실은 세례식 전…… 새로운 집에 데리고 온 당신이 정신적으로 불안정하던 시절에 어머니로서 준비해 주려고 했었어요. 하지만 페르디난드 님께서 이삼일 간격으로 상황을 보러 와 주신 덕분에 당신은 낯선 집에 와서 낯선 사람을 가족이라고 부르게 됐는데도 딱히 불안정한 모습을 보이지 않았잖아요? 이제 막 어머니가 된 저와 비밀의 방을 사용하는 것보다 페르디난드 님과 있는 쪽이 마음이 놓이는 듯 보여서 결국 만들지 못했어요."

내 손 위에 겹친 엘비라의 손이 따뜻하다. 왠지 낯간지러운 기분을 맛보면서, 마력 선이 그어지고 비밀의 방이 만들어지는 모습을 지켜봤다. 내가 막 이 집에 왔을 무렵부터 엘비라는 정말 자기 딸로 받아들이겠다는 마음의 준비를 하고 있었다고, 새삼 확인했다.

시종들에게 지금 막 새로 만든 살풍경한 비밀의 방에 의자 두 개와 테이블 한 개를 넣고 차도 준비해 달라고 했다. 비밀의 방에서 단둘만의 다과회다.

"무엇부터 이야기해야 할까요. ……그렇군요, 아까는 말하지 않았던 다무엘과 필린느에 관한 이야기부터 시작해 볼까요."

"다무엘과 필린느 말씀이신가요?"

그 자리에서 굳이 말하지 않았던 이유를 알 수가 없어서 고개를 갸웃거렸더니, 엘비라가 미소를 지었다.

"제가 그 자리에서 말해 버리면 결정돼 버릴 것 같다고 생각했어요. 측근과 관련된 일을 결정하는 것은 주인의 역할이니까. 저는 그저 제 요망을 말할 뿐이니 결정은 당신 스스로 하세요."

약간 편한 투로 그렇게 말하고, 엘비라는 "다무엘과 필린느는 에렌페스트에 두고 가면 안 될까요?"라고 말했다.

"여러 가지 이유가 있지만, 두 사람에 공통되는 이유라면 중앙에는 하급 귀족이 거의 없으니까 에렌페스트보다 훨씬 처신하기 힘든 상태가 될 거예요."

엘비라의 말을 들어 보니 상급 귀족이나 중급 귀족이 데리고 가는 시종 중에는 하급 귀족도 있지만, 기사나 문관으로서 중앙에 간 하급 귀족의 이야기는 들어 본 적이 없다는 것 같다. 게다가 왕족의 측근 정도가 되면 아예 없다는 모양이고.

구텐베르크를 이동시키는 건도 중앙의 상황을 본 뒤에 하기로 생각했으니까, 하급 귀족 두 사람을 이동시키는 일도 상황을 지켜보고서 하는 쪽이 좋다고 한다.

"그리고 평민 마을과 연락을 잘 주고받을 수 있는 사람, 당신의 방식을 알고 있는 사람을 조금이라도 오랫동안 남겨 뒀으면 싶어요. 로제마인이 없어지면 귀족들의 의식이 옛날로 돌아가는 것은 아닌지에 대한 우려도 크답니다."

평민 마을과 연락을 잘 주고받을 수 있고, 내 방식을 이해하고 있는 귀족은 아직 그리 많지 않다. 앞으로 일 년 동안 인수인계할 생각이지만, 귀족들의 의식을 바로 바꾸는 일은 어렵고, 아우브의 제2 부인이 될 브륀힐데 혼자서는 평민 마을과 빈번하게 연락을 주고받기는 힘들 것이라는 게 엘비라의 생각인 모양이다.

"신전 인수인계에 관해서도 마찬가지입니다. 당신의 바로 곁에서 오랫동안 페르디난드 님의 일을 도왔던 다무엘과 필린느가 남는 것과 남지 않는 것은 큰 차이가 나겠죠. 지금 이대로는 멜키오르 님과 그 측근들에게 부담이 너무 커지게 됩니다."

부담이 가지 않도록 나는 신전장실과 신관장실의 시종들을 멜키오르에게 남겨 줄 생각이고, 캄펠이나 프리닥을 비롯한 청색 신관들에게도 일을 많이 맡긴 상황이다. 제사를 치르는 멜키오르는 힘들겠지만, 신전의 업무는 어떻게든 될 거라고 본다. 내 주장에 엘비라가 씁쓸한 미소를 지으면서 고개를 저었다.

"로제마인은 신전에서 자라서 그다지 신경 쓰이지 않을지도 모르지만, 귀족의 긍지를 생각하면 영주 일족의 측근이 청색 신관에게 가르침을 청하기는 조금 어려운 일입니다. 하급이라고는 해도 귀족이고, 같은 영주 일족의 측근에게 가르쳐 달라고 부탁하는 것은 딱히 큰 저항감은 안 들겠지만……."

원래 평민이었던 내게는 가르쳐 달라고 부탁하기도 힘들 만큼 청색 신관의 격이 낮다는 의식이 없다. 귀족으로서의 의식이 부족하다는 지적을 받고, 인수인계를 원활하게 처리하고 싶다면 멜키오르의 측근들에 대한 배려가 필수라는 이야기를 들었다.

"하르트무트는 페르디난드 님의 교육을 받았잖아요? 처음에는 같은 신관장인 데다 상급 귀족이라서 귀족들에게도 영향력을 발휘하기 쉬운 하르트무트를 남겨 둘 방법은 없을지도 생각해 봤어요. 하지만 상급 문관은 로제마인에게 필요하고, 제가 이야기를 꺼내기도 전에 재빨리 이름을 바치고 말았으니, 이젠 부탁할 방법도 없네요."

……설마 하르트무트가 어머님보다 한 수 위였을 줄이야…….

하르트무트가 이름을 바치는 일을 서둘러 억지로 밀어붙인 데는 여러 가지 꿍꿍이가 있었던 모양이다.

"그런 이유가 있음에도 불구하고 로제마인이 다무엘과 필린느를 자기 곁에 두고 싶다면, 당신이 성인이 되는 때에 맞춰 두 사람을 구텐베르크들과 같이 중앙으로 보내는 건 어떨까요?"

"예?"

"당장은 구텐베르크를 이동시킬 수 없으니까, 그동안 당신의 진짜 가족을 지켜야 한다는 점을 생각해 봐도 당신 생각을 알고 있는 사람이 에렌페스트에 한 사람이나마 있는 것과 없는 것에는 큰 차이가 있겠죠?"

은근슬쩍 진짜 가족이라는 말까지 나오자 나는 흡, 하고 깜짝 놀랐다. 그런 내 반응을 보고 엘비라는 눈이 휘둥그레지더니 웃었다.

"왜 그런 표정을 짓는 거죠? 저는 당신을 받아들일 때부터 당신이 평민이라는 걸 알고 있었어요. 어디의 누구 딸인지까지 제게 자세히 가르쳐 주지는 않았지만, 당신이 특히 소중하게 여기는 평민을 조사하다가 어느 정도 알게 됐어요."

"예? 에에?"

엘비라한테 사정을 설명해 줬다는 말은 아무도 하지 않았다. 나는 필사적으로 귀족처럼 행동하려고 했는데 평민이었다는 사실을 알고 있었다니, 정말 깜짝 놀랐다.

"구텐베르크와 함께 당신 가족도 이동시킬 생각이죠? 그러니까, 그때까지는 다무엘이 지켜 주게 하는 쪽이 좋을 것 같아요."

"……어째서 성인이 될 때까지 기다려야 하나요?"

엘비라 말대로 중앙의 상황을 확인해야만 하지만, 나는 최대한 빨리 인쇄업을 중앙으로 옮겼으면 싶다고 생각한다. 성인이 될 때까지는 아직 삼 년이나 남았다. 인수인계 기간 일 년을 생각해 봐도, 2년이나 더 기다리는 건 너무 길다.

"어째서냐니, 당신……. 하아, 로제마인. 당신이 지금까지 살아온 방법과 아우브 에렌페스트의 관대함 덕분에 자꾸 잊어버리게 되지만, 원래 미성년자에게는 큰 사업을 맡기지 않아요. 에렌페스트에서 멋대로 굴었던 것처럼 중앙에서도 사업을 추진할 수 있을 거라고는 생각하지 않는 게 좋아요."

질베스타는 원래 내가 시작한 사업이니까 마음대로 하게 놔뒀지만, 원래는 영지의 사업으로서 추진해야 하는 일이다. 보통은 미성년자에게 맡길 사업이 아니라고 빼앗아 간다는 듯하다.

"그리고, 지금 당신이 구르트리스하이트에 가장 가까운 첸트 후보라는 이야기를 칼스테드 님께 들었어요. 그렇다면 당신에게는 인쇄업을 중앙으로 옮기기 전에 해야 할 일들이 잔뜩 있겠죠? 왕족으로서의 교육도 받아야 하지 않나요?"

"아!"

맹점이었다. 구르트리스하이트를 손에 넣은 뒤 지기스발트에게 넘겨 페르디난드를 구할 수만 있다면, 이후로 나는 내가 하고 싶은 일을 할 생각이었다. 하지만, 생각해 보니까 왕족으로서의 교육도 받아야만 하겠지.

"로제마인은 정말로 왕의 양녀가 돼도 괜찮을까요?"

"으, 으으……."

엘비라가 의심된다는 시선으로 쳐다보자, 나는 어깨를 축 늘어뜨렸다. 내가 생각해도 괜찮을 것 같지는 않지만, 어쨌거나 일은 진행되고 있다. 어떻게 할 방법이 없다.

"성인이 될 때까지, 라는 데는 다른 이유도 있습니다. 당신이 성인이 된다는 것은 필린느도 성인이 된다는 뜻이니까, 성인이 된 뒤에 이동하면 필린느는 이름을 바치지 않고도 중앙으로 이동할 수 있겠죠? 이름을 바치는 것은 중앙으로 이동하기 위한 수단이 아니고, 솔직히 말해서 당신이 더는 다른 사람의 목숨을 짊어지지 않았으면 싶기도 해요."

내가 끌어안은 고아원 고아들과 이름을 받은 측근들에 대한 대응을 보고 있자면 큰일을 너무 많이 끌어안고 있는 것 같아서 걱정된다는 모양이다.

"하지만 필린느를 측근으로 받아들인 사람도, 본가에서 나오게 한 사람도 저예요. 그 집으로 돌아가라는 말은 도저히 못 하겠어요."

아버지와 후처와 그 자식이 있는 집으로 필린느를 돌려보낸다는 선택지는 생각할 수도 없다.

"필린느의 아버지는 원래 데릴사위로 들어간 사람이니까 원래는 필린느가 후계자입니다. 돌아가도 상관없을 것 같지만, 돌려보낼 수 없다면 뮤리엘라처럼 제가 보호할 수도 있습니다. 하지만, 중앙으로 보내려면 필린느를 지키기 위한 약혼자가 필요하겠죠. ……로제마인은 다무엘과 필린느를 약혼시키는 것을 어떻게 생각하나요?"

"예에?!"

너무나 생각도 못 한 일이라서 얼빠진 소리가 나왔다. 눈이 휘둥그레진 나를 재미있다는 것처럼 쳐다보며, 엘비라는 중앙에 가 버리면 주변에 하급 귀족이 없으니 어차피 상대가 그 둘밖에 없게 된다고 말했다.

"로제마인의 측근에게 다가가고 싶어 하는 귀족은 얼마든지 있을 테니까 필린느는 그나마 걱정이 덜 되지만, 이대로 가면 다무엘의 신부 후보가 한 사람도 없을 것 같다는 생각이 들어요."

"예? 저기…… 다무엘이 중급 귀족의 데릴사위가 되는 건 무리려나요? 마력적으로는 중급 귀족 중에서도 아래에서 중간 정도는 된다고 들었으니까, 어떻게든 될 것 같은데 말이죠……."

가능하다면 계급을 올려 주고 싶다고 생각하면서 물었으니, 엘비라는 눈을 깜박이면서 나를 쳐다봤다.

"당신의 평가와 실제 능력은 높다고 해도 대외적인 평가가 낮고, 언제 당신에게 버림받을지 모르는 흠집이 있는 하급 귀족을 데릴사위로 받아들이고 싶어 하는 특이한 중급 귀족은 이 세상에 없어요. 브리기테는 본인이 약혼을 파기당한 데다 신전에 드나들었다는 흠집이 있고, 동료로서 다무엘의 사람 됨됨이를 잘 알게 될 기회가 있었다는 것, 기베 일크너가 당신과의 연줄을 원했다는 점, 브리기테가 적령기였을 때 다가온 다른 남성이 없었고, 일족을 늘리기를 열망했다는 등의 이유 덕분에 기적적으로 가장이 허가한 인연이에요."

브리기테와의 관계를 바탕으로 다무엘의 결혼 상대를 생각해서는 안 된다는 말을 듣고, 나는 다무엘과 필린느의 조합에 대해 생각해 봤다. 필린느가 다무엘에게 친근감을 가지고 있는 건 틀림없고, 서로 사랑하는 수준일 수도 있겠지만, 아무튼 아주 어렴풋한 마음을 품은 게 아닌지 생각해 본 적도 있었다.

하지만…… 다무엘은 좀…….

"예전에 필린느가 로데리히를 좋아한다고 다무엘이 말한 적이 있으니까…… 조금 힘들지 않을까요? 필린느를 노골적으로 어린애 취급하는 게, 아무리 봐도 약혼자가 될 대상으로 보고 있는 건 아닌 듯한데요."

"그렇군요. 본가와 결별하고 주인을 따라가고 싶다고 바라는 고독

한 소녀를 지키기 위해 약혼하고, 그 소녀가 성인이 될 때까지 지켜 주면서 주인에 대한 마음을 함께 지켜 가는 기사라는 것도 정말 훌륭하다고 생각하는데 말이죠……."

"어머님, 그건 혹시 차기작 구상인가요? 제 측근을 너무 소재로 삼지 말아 주세요."

내가 볼이 퉁퉁 부어서 말했더니, 엘비라는 칠흑의 눈동자를 반짝이면서 "생각난 것을 잊어버리기 전에 적어 두는 건 참 중요하죠."라고 말하면서 서자판을 꺼내서 적어 나가기 시작했다. 손을 계속 놀리며 엘비라가 말했다.

"로제마인, 제가 그런 타진을 했다는 사실을 일단 다무엘에게 전해 줘요. 저는 신부 후보를 소개해 주는 것뿐이고, 두 사람의 취급에 대해서도 제 개인적인 희망을 말했을 뿐이에요. 최종적으로 어떻게 할지 정하는 사람은 제가 아닙니다. 각자가 책임을 지도록 하세요."

엘비라의 말을 듣고서 생각해 봤다. 필린느는 엘비라가 거둘 수도 있다는 듯하다. 하지만 다무엘을 보호한다는 이야기는 한마디도 안 했다.

"어머님, 제가 없어지게 되면 다무엘의 입장이 불안정해지지 않나요? 필린느처럼 어머님께서 보호해 주실 건가요?"

내가 물었더니 엘비라는 "필린느의 약혼자라면 지켜 줄 수 있겠지만……"이라고 말하면서 고개를 들었다.

"남성은 남성에게 부탁하는 게 제일이에요, 로제마인. 영주 일족의 측근이라는 입장을 유지하기 위해서 보니파티우스 님께 맡기는 건 어떨까요? 중앙에 가려면 더더욱 실력을 연마할 필요도 있을 테고, 지금까지처럼 훈련장과 신전을 오간다면 귀족들에게 무정한 말을 듣는 일도 적어지겠죠.”

“알겠습니다. 다무엘의 대답에 따라서는 할아버님께 부탁해 보겠습니다.”

일단 다무엘에 대해서도 생각해 줬던 것 같다. 조금 안심하고 있었더니 엘비라가 검은 눈동자를 반짝이면서 조금 전에 나를 놀렸던 코르넬리우스와 똑같은 웃는 표정으로 나를 쳐다봤다.

“아까 리젤레타한테 부탁했던 것처럼 귀엽게 부탁한다면 보니파티우스 님이 바로 받아들여 주실 거예요.”

“어머님!”

놀리는 것처럼 웃는 엘비라를 나는 뚱한 표정으로 노려봤다. 하지만 엘비라는 쿡쿡 웃으면서 흘려 넘기고, 글을 쓰는 데 집중했다.

재빨리 메모를 마친 엘비라는 만족스럽게 웃는 얼굴로 차를 마시고는 천천히 숨을 내쉬었다.

“……이렇게 취미에 몰두할 수 있는 안온한 나날을 보낼 수 있게 될 줄은 몰랐어요. 저는, 당신에게 정말로 감사하고 있답니다.”

“예?”

“당신이 오기 전이 제가 제일 힘들 때였어요. 저, 로제마인. 조금 오래된 이야기인데 들어 줄 수 있을까요?”

엘비라가 천천히 이야기를 시작했다. 조금씩은 들은 적이 있는 이야기지만, 이렇게 찬찬히 들어 본 적은 없는 엘비라 자신의 이야기를.

“저와 칼스테드 님의 결혼은 베로니카 님의 괴롭힘에서 라이제강계 귀족을 조금이나마 지키기 위한 것이었어요. 사이가 좋은 것도 나쁜 것도 아닌 상태에서 서로가 의무를 다하는, 그런 결혼생활이었죠. 하지만, 베로니카 님의 시종이었던 트루델리데가 둘째 부인이 되고 칼스테드 님이 독단적으로 받아들이기로 한 로제마리가 셋째 부인이 된 이후, 집안은 정말 큰일이 났었죠."

둘째 부인과 셋째 부인이 대립하자 칼스테드는 로제마리 편을 들었다. 베로니카에 대한 표면적인 명분, 그리고 균형을 잡기 위해서 엘비라는 트루델리데 편에 붙어야만 했다.

"로제마리가 죽은 뒤 트루델리데에게 아이가 생기자 베로니카 님이 노골적으로 기뻐했고, 칼스테드의 후계자가 될 자격이 있다고 말씀하셨죠. 그 무렵, 저는 제 입장이 점점 궁지에 몰린다고 느끼고 있었어요."

선대 영주가 병으로 자리에 눕고, 베로니카의 권력이 점점 강해져 가는 중에 일어난 일이었다고 한다. 로제마리가 죽은 뒤에는 엘비라와 베로니카의 위세를 등에 업은 트루델리데의 대립이 시작됐고, 그러자 칼스테드는 일을 핑계로 집에 거의 오지도 않았다는 것 같다.

……귀찮다는 기분은 이해하지만, 그건 좀 아닌 것 같아요, 아버님!

"그리고 선대 영주께서 돌아가실 무렵에는 베로니카 님의 압력을 거스르지 못하고 페르디난드 님이 신전에 들어갔습니다. 페르디난드 님께 이름을 바쳤던 에크하르트는 엄청나게 풀이 죽었었죠. 그런 에크하르트를 도와줬던 사람이 하이데마리였어요."

하이데마리와 결혼하고 바로 아이가 생기면서 에크하르트는 어느 정도 힘을 되찾은 것처럼 보였다는 듯하다. 하지만 하이데마리는 임신 중에 독에 당해 사망했고, 아내와 자식을 한 번에 잃은 에크하르트는 도저히 눈 뜨고 봐줄 수 없는 상태가 됐다는 모양이다.

"저는, 에크하르트 오라버니가 그런 상태였다는 이야기는 처음 들었어요."

"……로제마인이 왔을 때는 에크하르트가 간신히 다시 일어난 때라서 아직 그런 사정을 말해 줄 수 있는 상태가 아니었으니까요."

주인은 신전에 들어가고 처자식도 잃고서 반쯤 죽은 사람처럼 돼버렸던 에크하르트에게 베로니카는 '빌프리트의 호위 기사를 맡도록'이라고 다과회에서 엘비라에게 타진했다는 것 같다. 엘비라가 '도저히 그럴 상태가 아니라'라고 거절했더니 이번에는 질베스타와 칼스테드를 통해서 부탁하라고 압력을 가했다고 했다.

"하지만, 여러모로 생각한 끝에 거절했습니다. 그랬더니 베로니카 님이 제 버릇이 나쁘다느니 페르디난드 님께 충성을 맹세하는 건 영주에 대해 역모를 저지를 생각이 있는 것이 틀림없다느니 등을 말씀하셨고, 그러면서 일이 정말 귀찮아졌습니다. 그런 상황을 알게 된 람프레히트가 빌프리트 님이 세례식을 치를 무렵에는 자신이 성인이 돼 있을 테니까, 라는 이유로 자기가 맡겠다고 자처했죠."

어머니와 형에게 귀찮은 일이 쏟아지는 상황을 어떻게든 타개하기 위해 람프레히트는 빌프리트의 호위 기사에 입후보했다는 모양이다.

"그러자마자 아렌스바흐의 귀족과 사이좋게 지내서 아내를 맞이하라느니, 신하인 호위 기사니까 주인인 빌프리트 님께는 거역하지 않도록 하라느니, 람프레히트도 베로니카 님으로부터 말도 안 되는 요구를 받았다는 것 같습니다. 아들들의 상황에 대해 아무리 호소해도, 칼스테드는 제 의견을 거의 들어주지 않았었죠."

엘비라는 램프레히트의 상태를 슬퍼하며 칼스테드가 질베스타에게 이야기를 전해서 상황을 개선해 달라고 호소했다. 하지만 원래 베로니카와 대립하고 있던 엘비라의 말이다 보니 이야기를 제대로 들어주지 않았다는 것 같다. 빌프리트가 싫은 일에서 자꾸만 도망친다는 이야기는 질베스타의 어린 시절과 닮았다면서 가볍게 웃어넘겼다는 모양이다.

······으아, 왠지 상상이 된다.

"주인에게 휘둘리는 형 둘을 보고 자란 코르넬리우스는 주인 따위는 정하고 싶지 않다고 말하면서 공부건 뭐건 전부 적당히 하고 그만두는 아이가 돼 버렸죠. 하면 할 수 있는데도 열심히 매달리지 않는 모습을 보고, 어머니로서 정말 화가 났었죠."

그러고 보니까······ 처음 만났을 때 코르넬리우스 오라버니도 딱히 성적 우수자는 아니었지.

분명 '안게리카의 성적을 올리는 모임'을 결성하기 전에는 상급 귀족으로서 부끄럽지 않을 정도의 성적만 받으면 된다는 자세였던 기억이 난다.

"선대 영주께서 돌아가신 이후 베로니카 님이 더더욱 권세를 휘두르는 한편, 친정인 하르덴첼의 상황은 힘들어지고 라이제강은 영향력을 점점 잃어 갔습니다. 이대로 저와 제 아들들은 베로니카 님에게 짓밟혀 버릴 것이란 예상만 하면서 매일매일 우울한 기분으로 지냈었죠."

귀족에 대해 여러모로 알게 된 지금에 와서 생각해 보면 당시의 엘비라는 기사단장의 제1 부인이면서도 선대 영주 부인과 영주, 자신의 남편과 사이가 좋지 않아서 상당히 미묘한 입장이었다는 걸 잘 알 수 있다.

"그런 와중에 갑자기 베로니카 님이 실각했습니다. 어머니의 꼭두각시가 되는 쪽을 선택했다고 생각했던 질베스타 님이 움직인 거죠."

다른 영지의 귀족에 관한 결정 사항을 발표했나 싶더니, 며칠 동안 모습을 감추는 일이 자주 발생해서 귀족들이 아우브에게 무슨 일이 난 건 아닌지 술렁거렸다는 모양이다. 그런가 싶더니 영주 회의 도중에 갑자기 돌아와서는 계속 베로니카의 비호를 받아 온 신전장을 경질하고, 베로니카의 부정을 규탄해서 하얀 탑에 유폐했다고 했다.

"영주 회의에 가 있어야 할 칼스테드 님이 중간에 갑자기 돌아와서는 에렌페스트 내부에서 범죄자를 처리하느라 열심히 뛰어다니기 시작했어요. 무슨 일인지 듣기는 했지만, 당장은 이해할 수가 없었죠."

……이렇게 들어 보니까 귀족 입장에서 보면 정말로 이해할 수가 없는 일이네. 영주 회의 도중에 아우브가 대체 뭐 하는 거야? 라고 생각하겠지.

"그렇게 혼란스러운 상태에서 칼스테드 님은 베로니카 님이 실각하는 원인이 된 평민 출신 청색 견습 무녀를 자기 딸로서 세례식을 치르게 하겠다는 말을 꺼냈습니다. 바로 아우브와 양자 결연을 맺을 테니 제게 큰 부담이 되지는 않을 거라고 말했었죠."

"예에?! 아무리 바로 양녀로 보낸다고 해도 친부모한테서 데려오는 거니까 어머님께 부담이 없을 리는 없잖아요?"

"그러게나 말이죠. 이래서 섬세하지 못한 남자들은 참 곤란하다니까요."

하지만 베로니카를 배제하는 원인이 됐다는 것과 하르덴첼에 마력이 가득 찬 작은 성배를 가져다준 실적이 있는 풍부한 마력을 지녔다는 점, 페르디난드가 비호했고 페르디난드 본인이 부탁했다는 이유로 엘비라는 받아들이기로 했다는 모양이다.

"그런 이유가 있다고 해도 정말 대단한 결정을 하셨네요. 평민을 딸로 받아들이시다니……."

"저도 고민을 하기는 했어요. 하지만, 칼스테드 님은 로제마인을 영주 일족으로 보내는 일을 통해 후견인인 페르디난드 님도 때를 봐서 환속할 수 있을 거라고 말씀하셨어요. 그 이야기를 들은 에크하르트가 기뻐했죠. 아들의 웃는 얼굴을 정말 오랜만에 봤어요. 페르디난드 님과 에크하르트를 위해서, 그것만으로도 당신을 받아들일 이유는 충분하다고 생각했답니다. 하지만, 당신은 그 이상의 것을 제게 가져다줬어요."

주인의 환속 덕분에 에크하르트는 활력을 되찾았고, 신나서 신전에 드나들며 페르디난드를 섬기게 됐다. 빌프리트를 폐적에서 구해주면서 호위 기사인 램프레히트도 구원받았다. 차례로 유행을 만들어 내면서 여성 파벌은 순식간에 베로니카 파벌을 물리칠 수 있었다. 코르넬리우스는 안게리카의 공부를 도와주면서 순식간에 성적을 올렸다.

"저는 인쇄 덕분에 취미에도 몰두할 수 있게 됐고, 친정인 하르덴첼에도 큰 결실을 가져다줬죠. 정말로, 당신이 양녀가 된 뒤로 갑자기 모든 일이 잘 풀리게 됐어요. ……부부관계도 로제마인을 어떻게 할지에 대해 이야기하게 되면서, 이제야 의무적인 것이 아닌 마음의 교류를 할 수 있게 됐죠."

페르디난드가 며칠에 한 번씩 저택에 찾아오면서 칼스테드도 집에 있는 시간이 길어졌다. 자기 자식이라면 '엘비라에게 물어봐라'라면서 적당히 무시할 수 있어도, 엘비라보다 자신이 더 많은 교류를 했고 자신이 데려온 어린아이에 대한 질문은 간단히 무시할 수가 없다. 나는 페르디난드가 칼스테드에게 맡긴 아이고, 자기 친자식으로서 영주의 양녀가 되기로 결정된 상황이었다. 그리고 세례식까지 시간이 얼마 남지도 않았다. 자신들에게는 너무나 당연한 귀족의 상식을 내게 가르쳐 주기 위해 칼스테드는 엘비라와 이야기하는 시간이 늘어났다는 모양이다.

"저는 당신에게 감사하고 있고, 어머니로서 도와주고 싶다고 생각했어요. 하지만 당신은 신전과 페르디난드 쪽이 더 마음이 편한 것 같으니까 무리해서 나설 필요는 없다고 생각했죠. 성에는 양어머니인 플로렌치아 님도 계시니까요."

아무래도 엘비라는 내 최종 안전장치라는 감각으로 지켜봐 주고 있었다는 듯하다. 페르디난드가 있으면 걱정할 필요는 없었다. 그런데 페르디난드는 왕명으로 아렌스바흐에 가게 됐다.

"의지할 곳이었던 페르디난드 님이 떠난 뒤의 당신이 걱정됐지만, 동시에 당신의 나이를 봤을 때 어디까지 손을 써야 좋을지 판단하기가 힘들기도 했어요. 페르디난드 님이 출발 준비를 하는 기간에 잘 작별할 수 있었더라면 좋았을 텐데, 아렌스바흐로 출발하는 시기가 앞당겨졌잖아요?"

페르디난드가 떠난 뒤에 바로 귀족원으로 이동할 예정이었기 때문에 아이들끼리만 지내는 동안에 혼자서 잘 극복할 수 있을지, 페르디난드 대신 약혼자인 빌프리트가 잘 도와줄 수 있을지, 어머니로서 손을 쓰는 쪽이 좋을지를 판단해야만 했다는 듯하다.

"저는 숙청 당시에 페르디난드 님으로부터 라이제강 쪽에 손써 달라는 부탁을 받았습니다. 겨울 사교계가 시작되고 라이제강과 접촉을 시작했을 때 귀족원에서 정보가 들어왔고, 숙청이 생각보다 많이 앞당겨졌죠? 제 일이 완전히 끝나지 않은 상태에서 숙청이 시작돼 버리자 라이제강이 생각했던 이상으로 들뜨게 돼 버렸죠."

브륀힐데가 제2 부인이 되기로 결정되면서 같이 협력해서 억누르기로 결정한 것까지는 좋았다는 모양이다. 지금은 아직 숙청이 끝난 직후다 보니 라이제강의 노인들이 흥분해서 난리를 피우고 있을 뿐이고, 시간이 지나면 어느 정도 진정됐어야 했다.

그런데, 그런 와중에 빌프리트가 기원식에서 자신에 대한 협력을 받아내기 위해 라이제강으로 가겠다는 말을 했다.

"이야기를 듣고 램프레히트에게 빌프리트 님이 완전히 손써 두지도 못한 라이제강으로 가는 것은 막아야 한다고 주의를 줬지만, 결국 막지 못하고 강행했었죠?"

결국 불에 기름을 퍼붓고 돌아왔다는 모양이다. 기베 라이제강에게서 '늙은이들이 귀찮아할 정도로 흥분해 있다'는 연락을 받고서 엘비라는 얼굴이 새파래졌다는 모양이다.

라이제강을 어떻게 억누를지 브륀힐데와 이야기를 시작했을 무렵에 영주 회의가 시작됐고, 끝날 무렵에는 내가 왕의 양녀가 되기로 결정돼 있었다.

"정말이지, 뭐가 뭔지도 모르는 사이에 상황이 빠르게 바뀌었다니까요. 페르디난드 님은 정말 잘도 대처하셨어요."

평시라면 모를까, 숙청이라는 큰일을 일으킨 뒤처리를 해야만 하는 혼란기에는 조정하는 역할을 혼자서 떠맡고 있던 페르디난드가 없어진 구멍이 너무 크게 느껴졌다는 듯하다.

"빌프리트 님이 아니라 페르디난드 님과 당신이 약혼했더라면 아렌스바흐로 가는 것도 피할 수 있었을 텐데, 라는 생각을 대체 몇 번이나 했는지 몰라요."

이제 와서 말해 봤자 소용없는 일이라며 엘비라는 슬퍼 보이는 미소를 지었다. 나는 차를 꿀꺽 삼키고서 살짝 웃었다.

"저는 제가 페르디난드 님과 약혼한다는 건 생각도 못 해 봤어요. 아렌스바흐에서 페르디난드 님께 무슨 일이 일어났을 때 어떻게 구해드려야 좋을지, 그것만 생각했었죠."

"그 결과가 연좌 회피인 거죠? 당신은 정말 잘했다고 봐요."

엘비라는 그렇게 말하면서 손을 뻗어서는 내 뺨을 만졌다. 조심스레 살며시 건드리는 손 끝에 나는 뺨을 가져다 댔다.

"연좌 회피를 칭찬받은 건…… 처음이에요."

천천히 전해져 오는 온기에 나는 살며시 눈을 감았다. 제멋대로 눈물이 떨어졌다.

"표면적으로는 다른 영지 사람에 대한 조치니까 그 누구도 공공연하게 칭찬할 수는 없을 테고, 그것이 필요하다고 생각하는 사람도 극히 소수일 거라고 생각해요. 그러니까, 제가 칭찬해주는 것도 지금뿐이겠죠. ……하지만, 정말 기쁘게 생각해요. 페르디난드 님의 연좌를 회피하면서, 당신이 도울 수 있는 목숨은 세 사람 몫이 됐으니까요."

엘비라는 페르디난드와 유스톡스와 에크하르트의 이름을 열거했다. 라자팜도 있다고 마음속으로 생각하면서 나는 몇 번이나 고개를 끄덕였다.

"그 사람들을 도울 수 있었던 건 당신이 행동했기 때문이에요. 자랑스러워하세요."

"어머님……."

"멀리 떨어진 상태에서 목숨이 위험하다고 들으면 걱정하는 게 당연한 일이죠. 그것을 겉으로 드러내는지 아닌지는 별개지만, 저는 에크하르트와 페르디난드 님을 걱정하고 있었어요. 리카르다는 유스톡스를 걱정했겠죠."

에렌페스트에서는 아무도 아렌스바흐로 간 세 사람을 걱정하지 않는 것 같았지만, 제대로 걱정해 주는 사람이 있었다. 그 사실을 알자 몸에서 힘이 빠져나갔다.

"페르디난드 님 일행을 걱정해 주지 말라는 말을 들었고, 아무도 같이 걱정해 주지 않았어요. 저는, 그게 마치 페르디난드 님 일행에게는 걱정해 줄 가치도 없다고 말하는 것처럼 여겨져서 정말 슬펐고요. 아무도 걱정해 주지 않는다면 저만이라도 해야겠다고 고집을 부렸던 것 같기도 해요."

엘비라는 나를 보면서 눈물을 글썽이고 고개를 숙였다.

"저기, 로제마인. 이 방에서 나가면 저는 왕족이 된 딸, 왕족의 측근으로 발탁된 아들을 가진 자랑스러운 어머니가 됩니다. 비밀의 방에 있는 지금 이 순간만은, 아들과 딸이 멀리 가 버린다고 슬퍼할 수 있도록 해 주세요."

"어머님……."

비밀의 방에서만 자신의 감정을 보여줄 수 있는 귀족의 존재 방식을 처음으로 봤다. 자신의 추억을 말할 때도 귀족다운 미소를 짓고 있던 엘비라의 얼굴이 확, 무너졌다.

"아렌스바흐로 간 그 사람들도 걱정되지만, 저는 이 작은 어깨에 유르겐슈미트의 장래가 걸려 있는 당신도 걱정된답니다."

뚝 떨어진 눈물을 통해 엘비라의 걱정하는 마음이 가슴 아플 정도로 솔직하게 전해져 왔다.

구르트리스하이트를 손에 넣을 수 있을지 아닐지, 입수한 뒤에 어떻게 해야 좋을지 의논했던 왕족. 내가 빠진 뒤에 에렌페스트를 어떻게 이끌어 가야 좋을지 이야기를 나눴던 영주 일족. 그중에 구르트리스하이트를 입수하는 나 자신을 걱정해 준 사람은 대체 얼마나 있었을까.

"어머님……."

나는 엘비라를 향해 손을 내밀었다. 귀족은 그렇게 응석을 부리는 게 아니라는 말을 들었기 때문에 지금까지는 뻗어 봤자 소용없다고 생각했던 손을 엄마한테 응석 부리던 때처럼 내밀었다.

내 손을, 꼭 잡아줬다.

여기에 마음을 받아 주는 사람이 있음을 확실하게 알 수 있도록, 엘비라는 내 손을 꽉 맞잡아 줬다.

"로제마인, 저는, 앞으로 당신이 어깨에 짊어지게 될 무거운 짐을 같이 짊어질 수는 없어요. 그러니까, 하다못해, 에렌페스트를 걱정하지 않고 갈 수 있도록 도와줄게요. 당신은 당신다운 모습을 잃지 말고 앞으로 나아가세요. 구르트리스하이트를 손에 넣었을 때는 거대한 권력에 휘둘리지 말고 자신이 바라는 것을 쟁취하세요. 당신이라면 할 수 있어요. 제 딸이니까."

어린이용 마술구

그 뒤에도 비밀의 방에서 엘비라와 이런저런 이야기를 나눴다. 나는 엘비라가 거의 볼 수 없는 귀족원에서 코르넬리우스와 어떻게 지냈는지, 신전에 찾아오는 에크하르트가 어떤 일을 했는지 등에 관해 이야기했고, 엘비라는 아우렐리아와 지크레히트의 이야기와 브륀힐데가 어떻게 노력하고 있는지를 말해 줬다.

정말로 졸릴 때까지 많은 이야기를 했고, 뭔가 후련한 기분으로 잠들었다. 내가 생각해도 깜짝 놀랄 정도로 깊이 잠들었는데, 일어났더니 완전히 늦잠을 잔 상태였다. 본가 시종의 '이제 곧 세 점 종이 울립니다'라는 말을 듣고 '왜 안 깨워 주셨어요?!'라고 나도 모르게 소리칠 정도로 푹 잠들어 버렸다.

아무래도 엘비라가 이야기에 너무 빠져들어서 평소 취침 시간보다 늦게 잤으니까 깨우지 말고 두세요, 라고 지시했다는 모양이다. 하지만 호위 기사에게 마중 나와 달라고 지시해 놓고 늦잠을 잔 건 너무 창피하다.

"아…… 안녕히 주무셨습니까."

"오늘은 꽤 늦게까지 잤네, 로제마인. 이미 다들 와 있어."

늦잠 때문에 코르넬리우스가 놀렸고, 마중 나온 호위 기사들에게 사과하고, 나는 꾸물꾸물 늦은 아침 식사를 했다.

"푹 잔 것 같아서 다행이군요. 성에 돌아가기 전에 잠시 이야기를 하고 싶은데, 괜찮을까요?"

아침 식사를 하는 내 옆에서 엘비라가 차를 마시면서 인쇄업 인수 인계에 관한 이야기를 시작했다. 엘비라 뒤에는 뮤리엘라가 서 있었고, 문관다운 일을 하는 모습이 보였다. 즐거워하는 분위기를 보고, 주종 관계가 잘 되어 가고 있는 것 같아서 마음이 놓였다.

"당신이 없이도 평민과의 대화가 가능하다면, 그 외에는 딱히 문제가 없을 것 같군요. ……그러고 보니 로제마인. 신전의 시종은 멜키오르 님을 위해서 두고 간다고 했는데, 당신 화가는 어떻게 할 생각인가요?"

"중앙에서 인쇄를 시작할 때는 빌마도 부를까 생각하고 있어요. 어머님께는 못 드립니다. 빌마는 제 화가니까요."

내가 주장했더니 엘비라는 "어머나, 아쉽군요." 라고, 크게 아쉽지도 않다는 투로 말하고는 피식 웃었다.

"하지만 당신이 신전에서 나오면 누군가가 사 갈 가능성도 있겠죠? 중앙에 데려간다고 해도 하급 귀족 이상으로 처신이 곤란할 테니까, 당신이 화가로서 사들여서 우리 집에 맡겨 두는 건 어떨까요? 당신이 성인이 될 때까지가 걱정되니까요."

"그동안 어머님께서는 빌마에게 그림을 그리게 하실 거죠?"

힐끔 엘비라를 봤더니, 재미있다는 것처럼 후훗 웃고 있었다. 빌마의 그림 재능을 인정해 주고 있다는 건 알고 있다.

……다른 곳에 맡기는 것보다는 안심이 되지만, 본인의 생각이 중요하겠지.

"저는 빌마에게 고아원을 맡겼으니까, 고아원 관리를 교대해 줄 사람이 있고, 그리고 빌마가 원한다면 그렇게 하겠습니다."

"그래서는 안 돼요, 로제마인. 당신이 없어지면 저는 제가 원하는 회색 무녀를 손에 넣을 수 있어요. 주인이 없어져서 시종이 아니게 된 회색 무녀에게는 선택지가 없습니다. 그걸 잘 이해한 상태에서 당신은 자기 시종을 어떻게 할지 생각하세요."

엘비라는 주인을 잃은 회색 무녀의 취급에 관해 설명해 줬다. 나는 '지시를 내려 두면 중앙에 간 뒤에도 신전은 원하는 대로 운영할 수 있다'고 막연하게 생각했었는데, 생각이 너무 어설펐던 것 같다.

"신전의 시종들에 대해 잘 생각해 보겠습니다."

"그래요. 그리고, 다무엘에게 어젯밤에 얘기했던 내용을 전해 뒀습니다."

어머니의 말을 듣고, 나는 아무렇지도 않다는 얼굴로 호위 업무를 수행하고 있는 다무엘을 봤다.

"저는 다무엘의 뜻을 존중하니까, 결론을 내리면 가르쳐 주세요."

"감사합니다"

그런 이야기를 하고 있는데 질베스타가 보낸 올도난츠가 왔다. 아무래도 왕족이 보낸 어린이용 마술구 열두 개가 도착했다는 모양이다.

"갑작스러운 데다 꽤 어중간한 숫자가 됐네요. 양녀가 되는 일이 파탄날 수도 있는데, 미리 보내다니……."

"아마도 그쪽은 파탄낼 생각이 없다는 뜻이겠죠. 보수 일부를 먼저 보내서 무슨 일이 있어도 당신을 양녀로 만들 생각인 것 같군요."

조금이라도 빨리 귀족을 늘릴 필요성과 귀족으로서 세례식을 치르기 위해서는 일 년이라는 시간 낭비가 엄청나게 크다는 점을 생각해 보면 에렌페스트는 거부하지 못한다고 생각했을 거라고 엘비라는 말했다.

"지금은 성으로 돌아가세요. 시간이 나면 언제든지 오도록 하고. 또 이야기를 나누도록 해요."

"예, 어머님."

성으로 돌아와 봤더니 이미 마술구를 받을지 돌려보낼지를 두고 영주 일족이 의논을 시작하고 있었다. 그 결과, 에렌페스트의 귀족을 빨리 늘리기 위해서 마술구를 받기로 했다. 보수를 먼저 보낼 만큼 양녀로 삼고 싶다는 뜻이니 돌려보낸다 하더라도 왕족의 의지는 달라지지 않을 것이다. 그렇다면 일 년을 헛되이 보내거나 세례식을 치르지 못하는 아이들이 생기는 것보다는 조금이라도 빨리 마술구를 주고 싶다.

"……양아버님, 마술구가 이만큼이나 왔습니다. 고아원에도 보내 주실 수 있을까요?"

"세례식 시점의 평균적인 중급 귀족 정도의 마력이 없으면 회복약을 낭비하게 되고, 아이의 몸에도 너무 많은 부담이 가게 된다. 그리고 마술구가 손에 들어왔다고는 해도 하급 귀족을 잔뜩 늘리는 것보다는 조금 뒤에 태어날 마력이 높은 아이를 위해서 남겨 두고 싶다."

역시 안 되는구나 싶었는데, 질베스타가 한쪽 눈썹을 들어 올렸다.

"따라서, 일정한 마력이 있고 사상 등의 문제가 없다는 조건을 충족한다면 고아원에 있는 아이에게도 주는 것을 허가한다. 단, 면접은 신관장 하르트무트에게 맡기도록 하고. 고아원 아이들에게 너무 무르게 대하는 네 면접 결과는 아무래도 신뢰할 수가 없으니까."

신뢰할 수 없다는 말을 들으니 살짝 발끈했다. 하지만 내가 내 식구들에게 약한 건 많은 사람이 지적하는 부분이니 어쩔 도리가 없다. 고아원장인 내가 아니라 신관장인 하르트무트가 책임을 지고 사상 등의 면접을 보기로 했다.

"파벌의 아이들만이 아니라 고아원에도 마술구를 주게 돼서 다행이군요, 로제마인 누님. 저도 신전에 동료가 늘어나게 돼서 기쁩니다."

웃는 얼굴의 멜키오르에게 고개를 끄덕여 대답하고, 나는 질베스타에게서 아이의 마력을 측정하는 마술구를 빌려 멜키오르, 측근들과 함께 신전으로 이동했다.

"다녀오셨습니까, 로제마인 님."

"다녀왔습니다."

신전 시종들이 맞이해 줬고, 나는 신전장실로 들어갔다. 신전장의상으로 갈아입고는 사람들에게서 보고를 받았다. 신전의 청색 견습 신관들도 고아원 아이들도 특별한 일 없이 하루하루를 보낸 것 같다. 그리고 이미 캄펠과 프리닥을 중심으로 봄의 성인식 준비를 마친 것 같다.

"아무 일도 없었던 것 같아서 안심했어요. ……저는 아주 중요한 보고가 있습니다."

시종들이 바른 자세로 듣고 있는 가운데, 나는 일 년 뒤에 에렌페스트를 떠난다는 것과 멜키오르가 다음 신전장이 된다는 이야기를 전했다. 중앙으로 간다는 이야기나 왕의 양녀가 된다는 등의 쓸데없는 정보는 말하지 않았다. 회색 신관과 무녀들은 귀족이 캐묻기라도 하면 대답할 수밖에 없으니까, 처음부터 모르는 게 제일이다.

"여러분은 신전장이 될 멜키오르를 섬기며, 최대한 지금의 신전을 유지할 수 있도록 노력해 주셨으면 싶습니다."

"로제마인 님이 성인이 되시는 동시에 신전장을 그만두시리라는 것은 알고 있던 일입니다. 그것이 조금 앞당겨졌을 뿐이죠……."

프랑은 조금 쓸쓸하다는 것처럼 말하면서 미소를 지었다. 주인이 자신을 두고 가는 데 익숙합니다, 라고 말하는 것 같아서 가슴이 아프다.

"원래는 여러분을 사들여서 제 도서관에 두는 것도 생각해 봤습니다. 하지만 전에 귀족가는 불편하다고 말씀하셨죠? 제가 에렌페스트를 떠나면 누가 도서관을 관리하게 될지도 모르고, 제가 갈 곳은 신전이 아니다 보니 여러분이 계실 곳은 없을 것 같습니다."

구르트리스하이트를 손에 넣어서 아렌스바흐를 해체할 수 있다면 페르디난드를 아렌스바흐에서 돌아오게 할 수도 있을 테고, 프랑 등을 맡길 수도 있으리라 생각한다. 하지만 확실한 비전이 보이지 않는 상태에서는 멜키오르에게 맡기는 쪽이 제일 안심할 수 있다.

"로제마인 님이 말씀하신 대로 앞날이 신전과는 비교할 수도 없을 만큼 불투명하군요. 저는 신전 외에 다른 곳에서 살아가는 방법을 모르고, 지금까지의 언동을 보면 나쁜 주인은 아니신 것 같으니까, 멜키오르 님을 섬기는 데는 아무 문제도 없습니다."

"다른 신전으로 옮긴다면 꼭 전부 데리고 갔을 텐데 말이죠."

그렇게 말했더니 프랑은 "그렇다면 핫세의 작은 신전에 있었던 적이 있는 저도 동행했겠죠."라고 말하면서 웃었다.

"하지만, 빌마 혼자만은 다른 선택을 해 줘야겠어요."

"다른 선택 말씀이신가요?"

내 시종이 되기 전과 마찬가지로 고아원에 돌아갈 생각이었던 듯한 빌마는 너무나 당혹스러운 얼굴이 됐다. 어느 정도 극복하기는 했지만, 남성 공포증이 완전히 나은 건 아니다. 빌마는 불안하다는 듯 나를 봤다.

"제 전속 화가가 될지 어머님의 전속 화가가 될지, 일 년 안에 선택해 주세요."

엘비라와 협의했던 내용을 말했더니 빌마는 "고아원은 어떻게 되나요?"라고, 자신이 아니라 고아원을 걱정했다.

"지금의 방식을 바꾸지 않기 위해 멜키오르에게 모니카나 릴리를 고아원을 관리하는 시종으로 받아 줄 수 있는지 교섭해 볼 생각입니다."

빌마의 방식을 알고 있는 사람을 후임으로 둘 생각이라고 말했더니, 빌마는 "걱정해 주셔서 감사합니다."라고 말하며 미소를 지었다. 하지만 안심하고 웃는 표정이 아니었다. 주위를 둘러보니 불안해 보이는 사람은 빌마 혼자만이 아니었다. 모니카와 프리츠도 마찬가지였다. 하지만 나와 눈이 마주치자 프리츠와 니콜라는 방긋, 온화하게 웃었다.

"로제마인 님, 저희는 신경 쓰지 마세요. 지금 얼굴을 보면 로제마인 님에게도 갑작스럽고 그다지 기쁘지 않은 이동이라는 걸 알 수 있습니다. 그리고, 저희에게 과도할 정도로 마음을 열어 주시는 것도 알고 있습니다."

타이르는 듯한 프리츠의 말에 잠이 고개를 끄덕이면서 추가로 설명했다.

"멜키오르 님은 고아원을 함부로 대할 분이 아니라고 생각합니다.

하지만, 책임자가 계속 바뀌는 지금 상황에서는 멜키오르 님도 언제까지 신전장 자리에 계실지 모릅니다. 언제까지 고아원과 회색 신관들을 생각해 주시는 윗분이 계실지, 저희는 그것이 불안합니다.”

언제 전 신전장 같은 귀족이 신전장으로 취임할지 모른다. 내가 전 신전장의 영향을 단번에 치워 버렸던 것처럼 새 신관장이 내 영향을 없애는 데도 그렇게 오랜 시간은 걸리지 않는다.

“멜키오르는 남자아이니까, 그리 쉽사리 에렌페스트에서 이동할 일은 없을 겁니다. 여러분이 조금이라도 안심하고 지내실 수 있도록, 저도 계속해서 힘을 쏟도록 하겠습니다.”

“잘 부탁드리겠습니다.”

사람들에게 이동한다고 이야기했으니, 그다음은 고아원 아이들에게 줄 마술구 이야기다. 마력량 검사와 면접을 통해 귀족 아이들에게 줄 마술구를 얻을 가능성이 있다는 이야기를 빌마를 통해 아이들에게 전하기로 했다.

“귀족이 되기 위해서는 일정량의 마력을 마술구의 마석에 담아 둬야만 합니다. 조금이라도 빨리 주지 않으면 귀족이 되지 못하는 아이가 나올 수도 있습니다. 언제쯤 면접이 가능할까요?”

“오늘은 아이들이 숲에 나가 있으니까, 내일 이후라면 괜찮습니다. 날짜를 가르쳐 주시면 마력을 가진 아이들을 고아원에서 대기하게 하겠습니다.”

나는 하르트무트와 이야기를 해서 날짜를 정하겠다고 말한 뒤에 시종들을 해산시켰다. 시종들은 각자 자기 일을 하러 갔다.

“프랑, 제 이동에 대해 플랑탱 상회의 벤노 씨와 이야기를 하고 싶어요. 고아원장실을 이용하고 싶은데⋯⋯.”

"알겠습니다. 연락을 취해서 편한 날을 정하도록 하겠습니다."

"잠, 신관장실에 가서 하르트무트와 고아원에서 면담할 날짜를 정해 주세요."

"알겠습니다."

"프리츠, 올해는 종이가 대량으로 필요해요. 타우 열매를 가능한 한 많이 모아 주세요."

"알겠습니다."

모니카가 가져온 편지와 서류를 훑어보며, 나는 차례로 지시를 내렸다. 일단락됐을 때, 필린느가 조용히 말을 걸었다.

"로제마인 님, 마술구를 받은 고아원 아이들의 회복약은 어떻게 하실 건가요?"

"제가 준비할 생각이에요. 아…… 제 견습 문관은 서류 업무만 우수하고 조합할 기회가 적다는 지적을 받기도 했으니까, 필린느와 로데리히한테 만들어 달라고 부탁해 볼까요."

아무래도 고아원 아이들의 회복약을 질베스타가 융통해 줄 것 같지는 않으니까. 고아원장인 내가 부담하는 수밖에 없다.

"저, 제 힘으로는 콘라트를 위한 회복약도 준비하지 못할 것 같아서 마술구를 되찾는다고 해도 콘라트를 귀족으로 만드는 건 포기했었어요. 하지만, 고아원 아이들에게 회복약을 주신다면 콘라트한테도 주셨으면 싶습니다. 부탁드려요, 로제마인 님."

콘라트가 귀족으로서 살아갈 수 있다면…… 그런 굳은 소망에 나는 필린느 쪽을 봤다.

"하급 귀족의 마력량으로는 몸에 너무 큰 부담이 간다고 들었습니다만, 그래도 콘라트가 원한다면 회복약을 줄 수는 있어요."

"정말이신가요? 정말 고맙습니다."

혼자서는 소재를 모으고 회복약을 잔뜩 준비해서 콘라트를 귀족으로 만들어 줄 수 없었을 거라고 말하면서 필린느는 얼굴이 풀어졌다. 기뻐하는 필린느의 웃는 얼굴은 귀엽지만, 동생을 귀족으로 만드는 것만 생각하고 현실은 못 보고 있는 것 같다.

"그런데 필린느. 당신은 제게 이름을 바치고 콘라트를 사들여서 중앙에 같이 가고 싶다고 말하지 않았던가요? 콘라트를 귀족으로 만든 뒤에는 어떻게 할 생각인가요? 제게 이름을 바치지도 않은 미성년자인 콘라트는 중앙으로 데려갈 수가 없어요."

"예? ……아."

"귀족으로서 키우려면 돈이 아주 많이 들어가요. 필린느 자신이 귀족원에 다니면서 콘라트의 생활비를 꾸리고 귀족원에 보내 줄 수 있겠나요?"

필린느는 입을 다물고서 자기 손을 봤다. 아무것도 없이 본가에서 뛰쳐나온 견습 하급 문관의 급여로는 자신의 생활비와 학비를 대는 정도가 한계겠지. 번역료나 제공하는 정보의 양 등에 따라서 조금씩 돈을 주고는 있지만, 조상에게 물려받은 것이 하나도 없는 상태에서 귀족으로서 살아가기란 정말 힘들다. 지금부터 돈을 모으지 않으면 성인식용 의상을 맞출 수도 없다.

"콘라트를 당신의 동생으로서 귀족으로 만들겠다면, 본가로 돌아갈 것을 권합니다."

"로제마인 님?!"

"어머님께 들었어요. 필린느의 아버지는 데릴사위고, 원래 후계자는 필린느라고."

필린느가 본가로 돌아가서 아버지와 후처가 차지한 집을 되찾으면 조상이 남겨 둔 마술구와 교재, 수선하면 입을 수 있는 의상 등이 있을 것이다. 유복한 생활은 못 하겠지. 그래도 성에서 방을 빌려 살면서 필린느 혼자서 두 사람 몫을 꾸려 나가야만 하는 생활보다는 나을 것이다.

"남자아이인 콘라트가 고아원에 들어갔으니 분명히 제가 진짜 후계자가 됩니다. 하지만 저는 미성년자니까 성인이 될 때까지는 대를 이을 수가 없습니다. 지금 돌아가 봤자 아버님과 요나사라 님에게 휘둘릴 뿐일 테고, 어머님께서 남긴 것이 얼마나 남아 있는지도 모릅니다."

생활비를 위해서 팔아 버린 것들도 많다고 필린느가 고개를 저으며 말했다.

"고아원에서 세례식을 받고 견습 청색 신관으로서 신전에서 생활할 수도 있지만, 아우브를 후견인으로 삼는 부모가 없는 귀족이 됩니다. 콘라트를 필린느의 동생으로서 귀족으로 삼겠다면 세례식 이전에 환속시키고 고아원에서 나오게 할 필요가 있어요."

고아원에 있는 상태에서는 귀족 사회에서 필린느의 동생으로 인식해 주지 않는다.

"두 사람이 본가에서 지낼 수 있도록 어머님이 뒤에서 지켜 주신다든지, 필린느가 성인이 된 남성과 약혼해서 부모로부터 지켜 주도록 한다든지……. 뭔가 방법을 생각할 필요가 있다고 봐요."

필린느가 넋 나간 듯한 얼굴로 날 쳐다봤다. 그런 얼굴로 쳐다봐도 세례식에서 부모가 정해진다든지 고아원에서 세례식에 나가는 아이는 아우브가 후견인이 된다는 것 등등은 내가 정한 일이 아니고,

바꿀 수 있는 일도 아니다.

"먼저 콘라트와 잘 이야기를 나눠 보세요. 회복약을 잔뜩 마시고 괴로워하면서까지 귀족으로서 세례식을 받고 싶은지, 귀족이 되겠다면 고아원에서 될 건지 본가로 돌아갈 건지."

필린느가 가지고 있는 어머니의 유품인 마술구가 있고, 고아원 아이들에게 회복약을 나눠 준다면 콘라트에게도 줄 수 있다고 생각하고 있다. 하지만 나는 두 사람의 부모가 아니고, 일 년 뒤에는 고아원장도 아니게 된다. 콘라트의 장래를 책임질 수 없다.

우리의 대화를 듣고 있던 다무엘이 복잡한 표정을 지었다.

"오늘은 이제부터 고아원에서 면담하고, 내일은 플랑탱 상회와 면회군요."

"봄의 성인식도 얼마 안 남았고, 여름 세례식도 이제 금방입니다. 행사가 끝나면 아우브께서 아렌스바흐로 가실 테니까, 정말 정신없이 바빠지겠군요, 로제마인 님."

마력량을 재기 위한 마술구를 품은 하르트무트와 예정을 확인하면서 나는 고아원으로 걸어갔다. 뒤에는 어머니의 유품인 마술구를 품에 안은 필린느도 있다. 다른 사람들처럼 귀족이 되고 싶다고 말했을 때 주려고 준비하는 것 같다.

앞에서 걸어가던 프랑과 잠이 고아원 문을 활짝 열자 거기에 줄지어서 한쪽 무릎을 꿇고 있던 다섯 아이의 모습이 보였다. 세 살 정도의 작은 아이부터 세례식 직전인 아이까지 줄지어 있는 가운데 디르크와 콘라트도 있다.

이미 빌마와 하르트무트가 무엇을 할 것인지 설명했는지, 하르트무트가 들고 있는 마술구를 보고는 긴장된 표정을 지었다.

"그럼, 바로 마력량을 재 볼까요. 이름과 나이를 말해 주세요."

하르트무트는 큰 아이부터 순서대로 빠르게 마력량을 측정했다. 나이를 먹으면 마력량이 늘어나니까 규정치도 달라진다. 하르트무트는 나이를 보고 아이의 마력량이 질베스타가 말했던 규정치에 도달했는지 아닌지를 판단하고, 아이들을 좌우로 구분해서 세웠다. 왼쪽에는 디르크와 또 한 사람의 남자아이가 있고, 오른쪽에는 콘라트와 남자아이 두 명이 있다.

"왼쪽에 있는 두 사람은 마력량이 아우브가 말한 규정치를 넘었습니다. 원한다면 아우브로부터 마술구를 받을 수 있겠죠."

하르트무트는 그렇게 말했지만, 디르크 옆에서 빌마에게 안기는 모양새로 서 있는 남자아이는 세 살 정도 되는 아주 어린 아이였고, 무슨 말을 하는지도 잘 모르겠다는 표정이었다.

"빌마, 그 아이에게는 중급 귀족 정도의 마력이 있고, 세례식까지는 아직 시간도 있습니다. 마술구를 주는 쪽이 좋겠죠. 아직 사상이고 뭐고 알 만한 것도 없는 나이니까……."

하르트무트는 세 살 정도의 아이에게 사상에 관해 묻는 일은 일찌감치 포기하고, 귀족을 확보하는 방향으로 결정했다. 그리고는 긴장해서 얼굴이 굳어 있는 디르크 쪽을 보며 말했다.

"자, 디르크. 당신의 마력량은 규정치를 넘었습니다. 마술구를 원한다면 손에 넣을 수 있는데, 어떻게 하시겠습니까?"

"잠깐 기다려 주세요! 디르크는 평범한 고아입니다. 귀족 아이가 아닙니다. 마술구를 받다니, 이상하다고 생각합니다!"

오른쪽에 서 있는 남자아이가 소리쳤다. 디르크는 얼굴을 찌푸리고 고개를 숙인 채로 그 아이의 말을 듣고 있다. 하르트무트는 이상하다는 얼굴로 고개를 갸웃거렸다.

"여기 있는 사람들은 전부 고아고, 디르크도 당신도 마찬가지입니다. 대체 무슨 소리를 하는 겁니까?"

"아닙니다. 저는 귀족 부모님이……."

"귀족으로서 세례식을 치르지 않은 아이는 귀족이 아닙니다. 귀족원에 있는 이상은 그저 고아일 뿐입니다. 귀족의 가치로 따지자면, 마력량이 많은 디르크 쪽이 가치가 있습니다."

아이의 반론을 매정하게 받아친 하르트무트가 다시 디르크를 보며 말했다.

"디르크, 마술구를 바랍니까?"

하르트무트의 주황색 눈동자는 지금까지 고아에게 보여줬던 부드러운 것이 아니었다. 귀족이 되기를 바라는 디르크의 결의를 조용히 바라보는 면접관의 얼굴이 되어 있었다.

디르크가 고개를 돌렸다.

나는 디르크의 시선을 따라가 봤다. 식당 안쪽에서 마른침을 삼키며 디르크의 대답을 기다리고 있는 델리아가 있었다. 두 손을 꼭 맞잡고, 입술을 깨물고서 바들바들 떨고 있었다. 그 창백한 얼굴은 전신전장에게 디르크를 빼앗겼던 때와 정말 닮았다. 부탁이니까, 마술구 같은 건 바라지 않으면 좋겠다. 자기 곁을 떠나지 말아 줬으면 좋겠다. 가족을 빼앗지 마. 그렇게, 마음속에서 외치는 소리가 들려오는 것 같았다.

디르크는 델리아에게서 시선을 돌려서 하르트무트 쪽을 봤다. 그리고, 천천히 숨을 들이쉬고서 고개를 들었다.

"……마술구를 바랍니다."

그 순간, 델리아가 눈이 휘둥그레져서 "안 돼!"라고 소리쳤다. 비명 같은 목소리였기 때문에 사람들의 시선이 델리아에게 집중됐다. 하지만, 디르크만은 그쪽을 보지 않았다. 하르트무트를 똑바로 보면서, 다시 한 번 마술구를 바란다고 말했다.

"하르트무트 님, 저는 마술구를 원합니다."

"디르크, 무엇을 위해서인가요? 지금부터 마석을 물들이는 일은 상당한 고통을 수반하는 힘든 작업이 될 테고, 디르크의 소중한 누나는 귀족이 되는 것을 바라지 않는 것 같습니다. 그런데, 어째서 귀족이 되기를 바라는 건가요? 그리고, 귀족이 돼서 뭘 할 생각입니까?"

조용히 묻는 하르트무트에게 디르크는 주먹을 쥐고서 대답했다.

"저는 귀족이 돼서 신전장이나 신관장이나 고아원장이 되고 싶습니다."

하르트무트가 "호오?"라는 소리와 함께, 조금 재미있다는 것처럼 디르크를 봤다. 하지만, 그 눈빛은 여전히 날카로웠다.

"로제마인 님이 오시기 전까지 고아원은 끔찍한 상태였는데, 로제마인 님이 좋게 해 주셨으니까, 저희는 식사도 받고, 겨울에 춥지 않게 지낼 수 있습니다."

"잘 알고 있는 것 같아서 다행이군요."

하르트무트는 훌륭한 학생을 보는 듯한 얼굴로 고개를 끄덕이면서 계속 말하라고 했다.

"그리고, 회색 신관에게 위험이 닥쳤을 때 도와주는 귀족은 로제마인 님뿐이고, 미성년자인 로제마인 님이 신전장으로 계실 수 있는 것은 신관장께서 잘 도와주고 계시기 때문입니다."

하르트무트는 디르크의 말이 아주 만족스러운 것 같다. 나도 도움을 받는다고 생각은 하고 있으니까 반론은 안 하지만 그래도 조금, 아주 조금 석연치 않은 부분도 있다. 왠지 디르크가 하르트무트에게 세뇌당한 듯한 기분이 들었거든.

"작년 봄에 신관장이 바뀐다는 이야기를 듣고 회색 신관과 회색 무녀들은 정말 난처해했습니다. 신관장이 바뀌면 신전과 고아원이 어떻게 달라질지 모른다고."

내가 고아원장으로서 이런저런 개혁을 할 수 있었던 것은 신관장이었던 페르디난드의 허가가 있었기 때문이다. 고아원장이 뭘 하건 간에 신관장에게 허락을 받는 모습을 보고 있으면 누가 더 위에 있는 입장인지는 저절로 알게 된다. 새로운 신관장이 내 계획에 반대하는 사람이라면 고아원은 원래대로 돌아가도 이상하지 않을 것이다. 예전 고아원을 알고 있는 성인 회색 신관들은 정말 걱정했던 모양이다.

"로제마인 님은 하르트무트 님을 신관장으로 삼으셨습니다. 상냥하고 로제마인 님에게 나쁜 짓을 하지 않는 신관장이셨기에 다들 기뻐했습니다. 하지만, 저는 로제마인 님이 계시는 고아원밖에 몰랐기 때문에 그때는 어른들이 왜 그렇게 기뻐했는지 잘 몰랐습니다."

세례를 치르기 전이라서 고아원에서 나가지도 못하고, 고아원에 찾아오는 귀족은 내 측근들뿐이라서 안 좋은 귀족을 만난 기억이 없는 디르크는 어른들의 불안과 안도에 공감하지 못했던 듯하다.

공감의 어긋남은 콘라트가 고아원에 왔던 때도 마찬가지였는데, 어른들은 귀족 아이라는 이유로 긴장했었지만 디르크는 그저 같은 또래 아이가 왔다고 기뻐했다는 모양이다.

"콘라트는 저희와 마찬가지였습니다. 그전까지는 프랑이 가져다

준 검은 돌을 쓰는 사람이 저 하나뿐이었는데, 콘라트도 같이 쓰게 됐을 뿐입니다."

신식인 디르크와 귀족 출신인 콘라트 두 사람은 마력이 넘치지 않도록 때때로 검은 마석으로 마력을 빼냈다. 혼자만 했던 마력 빼기를 둘이서 하게 되면서 콘라트와의 동료 의식은 더 강해졌다. 하지만 디르크는 귀족 아이와 고아의 차이는 느끼지 못했던 것 같다.

"하지만 겨울에 귀족 아이들이 잔뜩 왔던 때는 하나같이 잘난 척하고 어른들 말도 듣지 않았습니다. 귀족인 우리가 왜 그런 일을 해야만 하냐느니, 귀족으로 돌아갈 때까지만 참으면 된다고 말했습니다."

똑같이 고아원에서 살고 있는데 고아원 사람이 아니라는 생각을 가지고 있고, 어른들을 포함해서 자신들을 아랫것으로 보고 있음을 어쩔 수 없이 알게 됐다는 것 같다. 그것은 평등을 전제로 하는 고아원에서 디르크가 처음으로 만난, 안 좋은 의미에서의 신분 차이였던 듯하다.

"이런 귀족이 고아원장이나 신관장이 되면 우리는 어떻게 될까? 콘라트가 그렇게 말했을 때 겨우 알았습니다."

부모님이 데려가지도 않고 남겨진 아이들의 의식이 계절 하나가 지나도록 전혀 달라지지 않는 모습을 보고 디르크는 평범한 귀족 아이가 고아로서의 의식을 가질 리가 없음을 피부로 느꼈던 것 같다.

"요전번에 빌마가 고아원에 돌아와서는 앞으로 일 년 후면 로제마인 님과 하르트무트 님이 신전을 떠나시고 멜키오르 님이 신전장이 되신다고 했습니다. 누가 빌마를 산다고도 했고요."

신전장, 신관장, 고아원장, 고아원 관리자가 전부 바뀐다. 고아원은 혼란에 빠졌다는 모양이다. 평소에는 그렇게까지 난리를 피우지 않던 어른들이 혼란에 빠진 모습이 디르크한테는 너무 무서웠다고 말했다.

"고아원이 곤란하지 않게 하려면 어떻게 해야 좋을지 생각했는데, 알 수가 없었습니다. 고아원을 잘 배려해 주는 좋은 귀족이 있다면 좋겠지만, 좋은 귀족은 적잖아요? 옛날 고아원으로 돌아가는 건 곤란합니다. ……델리아는 고아원에서 나갈 수가 없으니까요."

디르크가 델리아 쪽으로 고개를 돌렸다. 델리아는 디르크를 너무 소중히 여긴 나머지 죄를 저질렀다. 원래는 전 신전장과 같이 처형당해야 했지만, 내가 중재한 결과 아우브가 평생 고아원에서 나갈 수 없다는 처분을 받아들여 줬다. 영지에 따라서는 처형 수준의 중죄를 저지른 델리아의 생활은 고아원의 존재 방식에 따라 크게 좌우된다.

"델리아가 불안해하지 않고 살아가려면 신전장과 신관장이 좋은 귀족이어야만 합니다."

"신전장도 신관장도 귀족이 아니라도 될 수 있습니다. 원래는 청색 신관 중에서 선출되는 직책입니다. 당신이 굳이 귀족이 될 필요는 없습니다."

하르트무트가 조용한 말투로 지적했더니 디르크가 고개를 저었다.

"전에는 그랬지만, 지금은 영주 일족이 신전장이고 귀족이 신전에 잔뜩 드나들게 됐으니까 달라졌다고 들었습니다. 귀족을 막을 수 있는 건 귀족뿐이라고요. 아닌가요?"

"맞습니다. 말한 대로 귀족이 아닌 청색 신관은 귀족을 막을 수 없죠."

숙청 이후에 고아원으로 돌아온 예전 시종들에게서 청색 신관과 귀족이기도 한 우리 사이에는 넘을 수 없는 벽이 있다고 들은 모양이다. 부모가 죄를 저지른 탓에 견습 청색 신관으로서 신전에서 생활하고 있는 귀족 아이들이 있을 정도니까 평범한 청색 신관은 무슨 일이 일어나더라도 대처할 수가 없다.

"저는 로제마인 님이 가르쳐 주신 방식을 지키고, 고아원 사람들과 델리아가 슬퍼하지 않고 살아갈 수 있게 해 주고 싶습니다. 그러기 위해서 귀족 신전장이나 신관장이 되고 싶습니다."

아무리 갖고 싶어 하더라도 귀족 지위는 손에 들어오는 것이 아니다. 디르크는 포기하고 있었다. 하지만, 마력이 있는 고아들에게 마력량에 따라 선별해서 마술구를 준다는 기회가 찾아왔다. 귀족으로서 세례식을 치르면 귀족으로 인정받을 기회가 온 것이다.

"……이 기회를 놓치면 두 번 다시 없습니다."

"디르크가 생각한 것처럼 귀족원에 귀족 아이들이 잔뜩 들어왔고, 구제 조치로서 마술구를 나눠주는 기회는 이번뿐이겠죠."

숙청이 벌어진 것, 아이들이 연좌를 회피했다는 것, 귀족의 숫자가 많이 줄어서 빨리 늘릴 필요가 있다는 것, 왕족으로부터 마술구를 받았다는 것, 디르크가 세례식 이전이라는 것. 여러 가지 의미로 지금밖에 없다.

"하지만, 디르크의 소중한 가족은 반대하는 것 같습니다만?"

하르트무트는 울면서 고개를 젓고 있는 델리아를 가리켰다. 디르크는 아주 곤란하다는 얼굴로 델리아 쪽을 봤다.

"디르크, 제발 부탁이야. 다시 생각해 줘. 귀족으로서 세례식을 치르면, 난 앞으로 디르크를 만나지 못해. 이젠 가족이라고 할 수도 없고, 말이나 태도도 바꿔야 한단 말이야. 아무리 힘든 상황이 되더라도 다 참을 테니까, 나한테서 떠나지 말아 줘."

델리아의 말 하나하나가 가슴을 찔러댔다. 가족과 떨어지기 싫다고 소리치던 과거의 나 자신을 보는 것 같다. 가족과 떨어져야만 하고, 앞으로 가족이라고 부르지도 못 하게 되는 것이 얼마나 괴로운 일인지, 나는 너무나 잘 알고 있다.

……디르크, 가지 말아 줘. 곁에 있어 줘. 델리아는 정말로 널 소중히 여기고 있었어. 살아가기 위해서 무엇보다 중요한 마음을 지탱해 주는 존재란 말이야!

마음속에서는 그렇게 소리치면서도, 나는 입을 꾹 다물고 있었다. 고아원장인 내가 말해 버리면 그건 명령이 된다. 그리고 지금은 하르트무트가 면접을 보는 중이다. 각자의 선택지를 존중한다고 말했던 내가 끼어들어서는 안 된다.

디르크는 하르트무트에게 허락을 받고 델리아 쪽으로 걸어갔다. 보내기 싫다는 것처럼 끌어안는 델리아를 달래려는 것처럼 진홍색 머리카락을 쓰다듬었다.

"델리아가 가르쳐 줬잖아. 로제마인 님이 우리에게 뭘 주셨는지, 고아원이 어떻게 달라졌는지. 그리고, 다른 귀족이나 고위 귀족한테서 우리를 어떻게 지켜 주셨는지."

델리아가 시종이었던 시절에는 신전장의 첩자라는 점을 경계해서 그다지 친하게 지내지 않았었다. 그런 관계였는데, 델리아는 디르크에게 나에 대해 아주 잘 말해 줬다. 디르크의 검은색에 가까운 진갈색 눈동자는 자신의 영웅에 대해 이야기하는 열기로 뜨겁게 타오르고 있다.

"델리아처럼 하르트무트 님도 고아원에 오시면 항상 가르쳐 주셨습니다. 로제마인 님이 얼마나 대단하신지. 얼마나 열심히 하고 계시는지."

……잠깐만, 하르트무트?! 고아원에서 무슨 짓을 한 거죠?!

내가 입을 떡 벌리고 싶은 기분으로 하르트무트를 쳐다봤더니, 하르트무트는 '만족'이라는 말이 딱 어울리는 표정으로 고개를 끄덕이고 있었다.

"로제마인 님도 자신의 소중한 것을 지키기 위해서 영주의 양녀가 되셨다고 하르트무트 님이 말씀하셨습니다. 저도 로제마인 님처럼 이 고아원과 같이 자란 동료들을 지키기 위해서 귀족이 되고 싶어요. 이해해 줘, 누나."

델리아가 울음을 터트렸다. 가족과 떨어지는 건 싫다. 하지만 디르크를 더 이상 붙잡을 수도 없다. 그 사이에서 흔들리는 탓에 디르크를 꼭 붙잡고 있던 델리아의 손에서 힘이 빠졌다.

디르크는 살짝 힘이 빠진 델리아의 팔에서 빠져나왔고, 다시 한 번 자신을 향해 뻗던 델리아의 손은 돌아보지도 않고서 하르트무트 앞으로 돌아왔다.

"기껏 로제마인 님이 좋게 만들어 주신 고아원이 원래 모습으로 돌아가지 않도록 막고 싶습니다. 부탁드립니다, 하르트무트 님. 서를 귀족으로 만들어 주세요."

하르트무트는 자기를 똑바로 쳐다보는 디르크의 눈을 조용히 바라봤다.

"회복약을 많이 사용해서 마력을 모으는 것도 힘듭니다만, 지금 고아원에서 세례식을 치르면 주위에서 범죄자의 아이로 보게 됩니다. 세간의 시선도 태도도 곱지 않을 겁니다."

디르크가 세례식을 치를 때는 질베스타를 후견인으로 삼고 구 베로니카 파벌의 아이들과 함께 치르게 된다. 다른 귀족들한테는 전부 범죄자의 자식으로 보일 테고, 같이 세례식을 치른 아이들한테는 원래는 평민인 주제에, 라는 말을 들을 가능성도 크다.

"그러함에도 당신들을 보호한 로제마인 님은 사라지게 됩니다. 어설픈 각오로는 귀족이 될 수 없습니다."

"……어설픈 각오로, 고아가 귀족이 되겠다는 말을 하겠습니까."

진갈색 눈동자와 주황색 눈동자가 교차했다.

몇 초 뒤에, 하르트무트의 표정이 훗, 하고 풀어졌다.

"좋습니다. 아우브께 부탁해서 당신의 마술구를 받도록 하겠습니다."

안심했는지 디르크의 몸에서 힘이 빠졌다. 두 팔을 교차시키고 무릎을 꿇은 뒤에, 일어나서 델리아한테 갔다.

"저기, 델리아."

디르크가 말을 걸었지만, 델리아는 눈물이 가득 고인 하늘색 눈으로 노려보기만 하고 대답은 하지 않았다. 그렇게 계속 노려보기만 하니까 조금 전까지 기세가 좋았던 디르크가 조금씩 당황하기 시작했다.

"델리아, 화났어?"

"……델리아가 아니라, 누나라고 불러 주지 않으면 대답 안 할 거예요."

"뭐?!"

생각지도 못한 말을 들은 디르크가 깜짝 놀랐고, 델리아는 턱을 들어 올리면서 고개를 돌렸다.

"디르크가 귀족이 될 때까지, 여기서 나갈 때까지, 누나라고 불러 주지 않으면 대답 안 하기로 했어요. 가족인 나도 모르게 이런 큰일을 결정한 벌입니다. 정말이지! 디르크는 이런 곤란한 일만 로제마인 님을 따라 한다니까!"

"곤란한 일이 아니라 멋있는 일!"

"갑자기 생각났다고 엄청난 일을 저지르는 거니까 곤란한 일이 맞아요! 정말이지! 로제마인 님은 옛날부터 그랬어요!"

……뭐야?! 내 탓이야?!

델리아가 쑥스러운 마음을 숨기기 위해서 보이는 반응이라는 건 알지만, 이건 완전히 화풀이다. 내 뒤에 서 있는 호위 기사들이 내가 예전에 저지른 짓들을 말하는 델리아와 '하지만 덕분에 이런 이익이 있었다'고 말하는 디르크의 흐뭇한 남매 싸움을 보면서 살짝 웃었다.

"로제마인 님이 즉흥적으로 이런저런 일을 하시는 건 예전부터 그랬던 일인가요."

"세례식 전이나 지금이나 다를 게 없으시군요."

"아뇨, 로제마인 님은 달라지셨습니다."

하르트무트가 의기양양하게 가슴을 활짝 폈다.

"예전보다 영향력은 더욱 광범위하게, 그리고 더욱 커졌으니 성장하신 것이 맞습니다."

……그거, 전혀 도와주는 말이 아니거든!

남매 싸움을 핑계로 날 놀려대고 있는데, 필린느가 조용히 말을 걸었다.

"로제마인 님, 콘라트와 이야기를 하고 와도 될까요?"

내가 허가했더니, 필린느는 마술구를 가지고 콘라트 쪽으로 걸어갔다.

"콘라트, 잠시 이야기해도 될까?"

"예, 누님."

콘라트가 대답하자 고개를 끄덕이고, 필린느는 자기가 안고 있던 마술구를 내밀었다.

"콘라트에게는 어머님께서 남겨 주신 마술구가 있어. 나는 준비하지 못한 회복약을 지금이라면 로제마인 님이 네게도 주시겠다고 말씀하셨어. 귀족으로 돌아갈 수 있다는 뜻이야. 내 동생으로서 세례식을 치러 주겠니?"

필린느의 말을 들은 콘라트가 깜짝 놀란 얼굴로 고개를 갸웃거렸다.

"회복약이 있어도 돈이 없는 제가 어떻게 귀족이 될 수 있죠? 영주님께 마술구를 받은 사람은 영주님이 후견인이 돼 주신다고 빌마가 말했지만, 저는 아니잖아요?"

고아원에서 세례식을 받는 아이들은 영주가 후견인이 되고, 그 교육에는 숙청당한 귀족에게서 몰수한 돈과 도구를 사용하기로 했다. 영주가 지정한 마력량을 충족하고 필린느의 동생으로서 세례식을 치른다면 콘라트에게는 영주가 후견인이 되지 않는다.

"누님은 고아원에 올 때마다 귀족원에서 필요한 물건들을 마련하느라 힘들다고 하셨잖아요. 제 것까지 준비하는 건 무리라고 생각합니다. 저희가 만드는 종이가 수십 장, 수백 장이나 필요할 정도로 돈이 드니까요."

집에서 나와 스스로 자기 생활비를 마련해야 하는 미성년자 필린

느가 콘라트 몫까지 부담하는 건 힘든 일이다. 그 사실은 콘라트 쪽
이 잘 알고 있는 것 같다.

"……콘라트가 귀족으로 돌아간다면, 나는 집으로 돌아갈 생각이
야. 어머님이 남겨 주신 것들이 아직 남아 있다면 귀족원에 다니는
것도 어떻게든 되겠지."

지금까지 자신이 샀던 교재도 있고, 집에 남아 있는 물건이 있다
면 둘이서 귀족원에 갈 수도 있고, 내 측근이라는 점을 내세워서 아
버지가 돈을 부담하게 해도 된다고 필린느가 말했다.

"누님, 저는 요나사라 님께 마술구를 빼앗겨서 귀족으로 살아갈
수 없으니까, 그리고 아버님이 저를 도와주실 생각이 없기에 고아원
에 왔습니다. 그 집에는 절대로 돌아가고 싶지 않습니다."

귀족이 되기 위해서 본가로 돌아간다는 제안을 콘라트는 '절대로
싫다'고 거절했다.

"저기, 콘라트. 네가 귀족으로 돌아갈 수 있는 건 지금뿐이야. 고
아들에게 마술구를 주고, 로제마인 님이 회복약을 주시는 지금…….
회색 신관으로 살아가는 것과 귀족이 되는 건 전혀 다르잖아?"

필린느가 다시 한 번 말했지만, 콘라트는 "그 마술구는 누님의 아
이를 위해서 챙겨 두세요."라고 말하면서 고개를 저었다. 거절당한
필린느는 슬픈 표정으로 눈살을 찌푸린 뒤, 일단 눈을 감고서 자기
자신을 진정시키려는 것처럼 살며시 숨을 내쉬었다.

"콘라트가 귀족이 되지 않는 길을 선택한다면, 내겐 앞으로 오누
이로서 살아가는 길이 없어지게 돼. 콘라트와 같이 살기 위해서는 사
들이는 방법밖에 없어."

"……저를 사겠다고요? 아무 도움도 안 될 텐데."

"동생과 같이 지내고 싶다는 내 고집이야."

필린느는 미소를 지으면서 손가락 넷을 세워 보였다.

"……나한테는 길이 네 개 있어. 콘라트를 고아원에 놔두고 이름을 바쳐서 로제마인 님을 따라가는 길. 성인이 될 때까지 에렌페스트에서 지내고, 콘라트를 고아원에 두고 로제마인 님을 따라가는 길. 콘라트를 귀족으로 만들기 위해서 본가로 돌아가는 길. 귀족이 되지 않겠다는 너와 지내기 위해서 에렌페스트에 남는 길."

느릿한 말투로 자신의 길을 말하는 필린느를 콘라트는 조용히 지켜보고 있었다.

"내가 내 장래를 선택할 수 있게, 콘라트가 자기 장래를 어떻게 생각하고 있는지 가르쳐 줘."

"……저는……."

콘라트는 거기서 제대로 말을 못 하고 얼버무렸다. 말을 해도 되는지 고민하는 것처럼 입을 벌렸다 다물었다 하면서 분위기를 살폈다. 필린느는 그런 모습을 보면서 곤란하다는 것처럼 웃었다.

"콘라트가 가르쳐 주지 않으면 내 고집대로 해 버릴 거야?"

"……저는, 고아원을 위해서 살아가고 싶습니다. 누님과 함께가 아니라, 제일 힘들었던 때에 도와줬던 고아원 사람들과 같이 살아가고 싶다고 생각합니다."

"그렇구나……."

필린느는 낙담했다는 것처럼 어깨를 늘어트린 뒤, "가르쳐 줘서 고마워."라고 중얼거렸다.

"고아원에서 어떻게 살아갈 생각이야?"

"프리닥 님 같은 청색 신관이 되고 싶습니다."

숙청 때 끌려갔지만 다시 데려올 정도로 신전장과 신관장의 신뢰가 두터운 청색 신관. 신전장과 신관장이 자리를 비울 때 신전을 맡길 수 있는 청색 신관. 스스로 돈을 벌어서 자기 생활을 꾸려 나갈 수 있는 청색 신관. 그가 콘라트의 이상이라는 것 같다.

……프리닥이 콘라트의 영웅이었다니, 처음 알았네.

"공방에 대해 잘 아는 청색 신관이 있었으면 좋겠다고 플랑탱 상회의 루츠가 말했습니다. 저는 공방에 들어갈 수 있는 청색 신관이 되고 싶습니다. 그리고, 디르크와 약속했습니다. 디르크가 귀족이 된다면 저는 스스로 생활할 수 있는 청색 신관이 돼서 디르크를 돕겠다고."

둘이서 고아원을 지키겠다고 말하며, 필린느와 많이 닮은 콘라트의 연두색 눈동자가 반짝 빛났다.

"누님처럼 저도 제 고집을 말해도 된다면, 성인이 될 때까지 에렌페스트에 계셔 주세요. 세례식을 마친 제가 청색 신관이 될 수 있도록 조금만 도와주시면 기쁘겠습니다."

귀족이 되는 정도는 아니지만, 견습 청색 신관이 되는 데도 돈이 든다. 콘라트는 하급 귀족이라서 마력이 적으니까 세례 직후에는 마력 공급에 거의 도움이 되지 않는다. 마력 공급량에 따라 영지에서 받을 수 있는 보조금에 차이가 나니까 조금 성장해서 마력이 늘어나고 혼자서 생활을 꾸려 나갈 수 있게 될 때까지 지원해 줬으면 싶다고 콘라트가 말했다.

"아버님께 버림받을 정도로 마력이 적은 제가 귀족이 되는 것보다는 청색 신관으로서 디르크나 멜키오르 님을 돕는 쪽이 훨씬 도움이 될 것 같습니다."

콘라트는 고아원에서 귀족 이외의 살아가는 방식을 찾아낸 것 같다. 간단히 사 버릴 수 있는 회색 신관이 아니라 자기 힘으로 살아갈 수 있는 청색 신관이 되기를 바라고 있다.

"알았어, 나는 성인이 될 때까지는 에렌페스트에서 콘라트를 지켜보며 같이 고아원을 지켜 나가겠어."

필린느가 싱긋 웃으면서 말했다. 두 사람이 스스로가 납득한 길을 선택한 것 같아서 나도 마음이 놓였다. 길을 선택했으니 주인인 나는 그것을 지원해 주면 된다.

필린느의 생활을 도와줄 수 있도록 엘비라에게 부탁하는 건 물론이고, 귀족이 드나드는 기회가 많아지더라도 신전이 어지럽혀지지 않도록 에렌페스트의 최고 권력자인 영주 일족에게 협력을 의뢰해야 한다.

……어디서부터 손을 써야 좋을까?

조금 밝아진 기분으로 앞일을 생각하며 필린느와 콘라트의 대화를 지켜봤다. 콘라트는 자기 희망을 말하고 그게 받아들여진 것이 너무나 기쁜 모양이다. 지금까지보다 훨씬 더 필린느한테 응석을 부리는 것처럼 보인다.

"예전에 누님이 상인과 귀족의 회합에도 나간다고 말씀하셨죠? 귀족과 상인이 어떻게 이야기를 나누는지, 로제마인 님이 어떻게 활약하시는지 가르쳐 주세요."

"그건 좋지만…… 콘라트는 상인과의 회합에도 나가고 싶니?"

상인과의 회합은 청색 신관의 일이 아닌 것 같은데…… 라고 생각했지만, 즐거워 보이는 콘라트에게는 말할 수 없었다. 그리고, 어쩌면 정말로 콘라트가 공방에 출입하는 청색 신관이 되는 경우 플랑탱 상회 측이 신전의 의견을 듣기 위해 회의 출석을 부탁할 수도 있는 일이니까.

"최근에는 공방에 오는 플랑탱 상회 사람들에게 장사에 관해서도 조금씩 배우고 있습니다. 저는 로제마인 님처럼 상혼에 불타고 교섭도 잘하는 청색 신관이 되고 싶습니다."

……잠깐만, 콘라트. 목표가 뭔가 이상하지 않아?!

"로제마인 님처럼 교섭할 수 있는 청색 신관인가……. 길은 멀고도 험할 거야."

의욕에 불타는 콘라트를 보고 있던 필린느가 나를 슬쩍 보고는 조용히 웃었다.

"필린느는 꽤 차분하게 콘라트와 이야기를 했네요."

나한테 상담했을 때는 꽤 혼란스러워하고 감정적인 상태였지만, 오늘 고아원에서는 많이 차분해진 것처럼 보였다. 물론 마음속에서는 온갖 감정들이 빙글빙글 맴돌고 있었겠지만, 그걸 밖으로 드러내지는 않았다. 내가 그 점에 대해 칭찬했더니 필린느는 쑥스럽다는 것처럼 볼을 붉혔다.

"다무엘에게 혼났거든요."

"예?"

"일 년 뒤에 로제마인 님이 없어지는 것 때문에 급하게 제가 나아갈 길을 선택해야 했고, 그리고 콘라트를 어떻게 해야 할지도 고민하던 와중에 갑자기 콘라트가 귀족으로 돌아올 가능성이 생겼다는 게 너무나 기뻐서 저는 무작정 거기에 매달려 버리고 말았어요."

필린느는 창피하다는 것처럼 자신의 실패담을 말했다.

"지금까지는 리카르다나 다른 사람들이 여러모로 상담을 해 줬지만, 리카르다도 브륀힐데도 없어지게 되고, 콘라트의 일은 성에 계신 분들과는 상담할 수 없습니다."

고아원에 들어간 이상 콘라트는 필린느의 동생이 아니니까 고민할 필요도 없다는 것이 귀족들의 기본적인 견해라는 듯하다. 하긴, 그렇게 생각한다면 상담도 못 하겠지.

"로제마인 님 외에는 육친처럼 친절하게 대해 준 사람이 없었어요."

필린느는 결국 나한테 의지하는 수밖에 없다고 생각한 것 같다.

"하지만, 다무엘이 야단쳤어요. 콘라트를 고아원에 들여보낸 시점에서 로제마인 님이 책임지는 부분은 끝났다. 그 이상 번거롭게 해서는 안 된다고."

필린느의 집에 쳐들어가서 콘라트를 구해낸 것만 해도 너무 깊이 파고들었다고 주위 사람들에게 혼났던 나한테 너무 많은 걸 바란다고 지적했다는 모양이다.

"콘라트를 귀족으로 삼는 것도 중앙으로 데려가는 것도 전부 제가 생각할 일이고, 이동 준비나 인수인계 때문에 바쁘신 로제마인 님께서 생각하실 일이 아니라고 했습니다. 로제마인 님은 제 주인이시고, 제 선택이나 장래 문제에 대해서는 친근하게 대해 주시고, 상담하면 콘라트 문제도 같이 고민해 주시겠지만, 거기에 무작정 매달려서는 안 된다. 제 주인이자 보호자시지만, 콘라트한테는 보호자도 아무것도 아니니까 고아를 대하는 것 이상의 원조를 바라서는 안 된다고 말이죠."

그리고 필린느에게 선택할 수 있는 길이나 가능한 범위의 원조에 관해 이야기해 주고, 일단 콘라트의 희망을 물어보라고 말했다는 듯하다.

……뭐야 그거, 다무엘 멋있어!

"어떻게든 콘라트를 귀족으로 만들고 싶어서 제가 원조하고 싶다고 생각한다면, 약혼자가 돼 줄 수도 있다고까지 했습니다."

"예?! 다무엘이 구혼했어요?"

"구혼이라기보다는 필요하다면 도와줄 수 있다는 선택지를 줬습니다. 하지만 다무엘의 의견에 의지하는 건 주인인 로제마인 님께 의지하는 것보다 더 잘못된 일이라고 생각했습니다."

필린느는 그렇게 말하고는 쑥스럽다는 것처럼 웃었다.

"저는 항상 다무엘이 손을 잡고 이끌어 줬습니다. 지켜 줘야만 하는 동생처럼 못 미더운 여자애를 졸업하고 당당하게 옆에서 걷고 싶다고 생각했어요. 그러니까, 다무엘에게 기대지 않는 길을 선택했습니다."

하긴, 필린느가 콘라트에게 말했던 선택지에 다무엘의 이름은 단 한 번도 안 나왔었다.

그런데…… 이건 다무엘 입장에서 생각하면 차인 모양새가 되는 게 아닌가?

나는 "자립한 여자가 되면 클라리사한테 들었던 것처럼, 제가 먼저 구혼할 생각입니다."라고 말하는 필린느를 응원하면서 다무엘 쪽을 봤다. 다무엘은 우리를 보려고도 하지 않았다.

……언젠가 필린느가 구혼할 거라고 알려 주는 게 좋으려나?

마지 준비

아침 식사를 마치고 페슈필 연습을 하고 있는데, 성에서 측근들이 찾아왔다. 호위 기사들의 교대와 오늘 예정의 확인을 위해서다.

"오늘 오후에 있는 벤노와의 만남은 최대한 밖에 알리고 싶지 않으니, 비밀의 방을 사용할까 합니다. 다무엘에게 호위를 부탁할 게요."

"로제마인 님, 문관 동행은 어찌하시겠습니까?"

하르트무트가 웃는 얼굴로 묻자, 나는 잠깐 말문이 막혔다. 내 비밀을 지키기 위해서는 명령을 반드시 지키는 이름을 바친 사람 중에서 선택하는 수밖에 없다. 의욕이 넘치는 하르트무트와 '하르트무트를 선택해 주세요'라고 말하는 것처럼 고개를 돌리고 있는 다른 사람들을 보면, 내 선택지는 하나뿐이다.

"아으. 하르트무트한테 부탁할게요."

"알겠습니다."

오전 중에는 모니카와 프랑에게 비밀의 방의 준비를 부탁하고, 신관장실에서 십무와 인수인계를 했다. 멜키오르와 그 측근들도 있었으니까, 고아원을 앞으로 어떻게 할지도 이야기했다. 내가 고아원장을 겸임하고 있었으니 멜키오르의 측근 중에서 고아원장도 임명했으면 좋겠다고 말했더니, 멜키오르가 엄청나게 곤란하다는 표정을 지었다.

"고아원장 말입니까……. 신관장 직책은 문관의 일과 비슷해서 제 측근 중에서 임명하는 것도 간단합니다. 하지만, 고아원장은 평민 아이들을 돌봐야 하죠? 일의 내용을 보면 문관보다는 시종 쪽이 가까울지도 모르겠습니다만, 지금까지 했던 일과 너무 달라서 일 년 안에 인수인계는 힘들 것 같습니다. 저는 아직 측근도 적고…… 여성 쪽이 적임이라고 생각합니다."

멜키오르의 측근은 아무래도 남성이 많다 보니 어린아이도 있는 고아원의 관리는 자기 담당이 아니라고 생각하는 사람들이 많다는 모양이다. 주위 귀족들의 눈을 생각하면 여성을 신전 시종으로 삼는 것도 측근들에게 심적 저항이 있다는 것 같고. 체면이 중요하다는 건 알겠지만, 곤란하네. 내 시종을 멜키오르에게 붙여 줄 생각이었는데, 모니카나 니콜라를 받아 줄 수 없다는 이야기가 됐다.

……당장 인상을 바꾸는 건 힘드니까. 어떻게 하지?

"고아원은 대부분 마력이 없는 사람들이었지만, 지금은 구 베로니카 파벌의 아이들이 있습니다. 그리고 인쇄 공방도 있으니까, 예전과 달리 영주 일족이 관리해야 한다고 생각합니다만……."

구 베로니카 파벌의 아이들이 어떻게 성장할지라던가 인쇄업에 조예가 깊은 사람을 사들이고 싶다고 부탁하는 사람이 나타났을 때 어떻게 대처해야 좋을지 등을 생각해 보면 영주 일족이나 그 측근처럼 아우브에게 보고하기 쉬운 사람이 고아원장을 맡는 쪽이 좋을 것 같다.

"누님이 브륀힐데의 측근에게 부탁한다면……. 아니, 어머님의 출산이 끝날 때까지 누님은 바쁘고 브륀힐데는 아직 약혼자니까 인수인계가 힘들겠군요. 로제마인 누님이 이쪽에 두고 가시는 측근이 브륀힐데 외에는 또 없나요?"

멜키오르의 제안에 탁, 하고 손뼉을 치고는 나는 같은 방에서 업무를 보고 있던 필린느를 바라봤다. 내 측근이고 인수인계가 쉬운 인물이라는 조건에 딱 맞는다.

"……필린느, 고아원장이 돼 줄래요?"

"제가 말인가요?!"

"성인이 될 때까지 삼 년 동안 콘라트를 지켜 줄 거잖아요? 그렇다면 고아원장은 그러기에 아주 좋은 일이라고 봐요. 업무 내용은 제 옆에서 봐 왔고, 고아원장에게는 직책 수당도 나와요. 제가 없어지게 되더라도 필린느는 안정된 수입이 필요하겠죠?"

견습의 급여 외에 신전에서 일을 도우면서 받는 돈과 책 필사 비용 등등으로 필린느에게 금전적인 원조를 해 왔다. 그래서 내가 없어지면 수입이 크게 줄어든다. 엘비라가 후견인이 되면 의식주는 문제가 없겠지만, 그 외에 필요한 지출을 생각하면 곤란하겠지.

"임시라는 형태로 3년 동안 고아원장에 취임하고, 필린느가 고아원장을 맡겨도 좋겠다는 사람에게 물려주세요. 양부모님께는 제가 이야기하겠습니다."

고아원에 몇 번이나 갔었고, 콘라트도 고아원에 있다. 필린느라면 고아원에 이상한 일을 하지도 않고, 다음 고아원장도 신중하게 골라 주겠지.

"하지만, 저는 방 준비도 아무것도 못 합니다."

"고아원장실을 가구까지 그대로 물려줄 테고, 시종은 모니카와 니콜라를 그대로, 그리고 프랑이나 잠 중에 한 사람을 붙여 주도록 하죠. 제 고집으로 필린느의 일을 늘리는 게 되니까 3년 동안의 고아원장실 유지비는 주인인 제가 대도록 하겠습니다."

확실한 이유가 없으면 필린느한테만 돈을 융통해 주기가 힘들다. 고아원장을 맡긴다는 이유가 있으면 원조해 주기도 쉽다.

"알겠습니다. 받아들이겠습니다."

"로제마인 누님의 측근이 고아원장이라면 안심이군요. 필린느, 신전에 왔을 때 저를 도와준다면 기쁘겠습니다. ……아무래도 일 년 동안에 전부 배울 수 있을지 불안하니까요."

그 제안에 필린느는 기쁘게 웃으며 고개를 끄덕였다. 나도 빙긋 미소를 지었다.

"멜키오르, 필린느에게 일을 시키는 건 유료랍니다. 일의 내용과 얼마나 붙잡아 두는가에 따라 얼마를 지불해야 하는지 표를 작성해 둘게요. 원래 업무 이상의 일을 부탁하는 것이니까, 자기 측근에게도 지불하는 게 좋을 거예요. 저는 제 측근들에게 비용을 지급하고 있습니다."

내가 가슴을 펴고 말했더니, 멜키오르의 측근들이 살짝 기대하는 얼굴로 자기 주인 쪽을 봤다.

점심 심사를 마치고, 나는 고아원장실로 이동했다. 고아원장실의 비밀의 방에 동행을 허락받은 일이 처음이라 들떠 있는 하르트무트. 그런 하르트무트와 살짝 질려 버린 듯한 나를 걱정된다는 것처럼 흘끗흘끗 보고 있는 다무엘. 평소처럼 문 앞에서 대기해 주는 안게리카. 동행한 귀족 측근은 그 세 명이다.

니콜라가 준비해 준 과자와 프랑이 준비한 차를 마시고 있는데 벤노와 마르크가 왔다. 인사를 나누고 비밀의 방으로 들어갔다. 여기까지는 평소와 똑같았다.

평소와 다른 점은 지금까지 프랑과 길과 다무엘만 들어올 수 있었던 비밀의 방에 하르트무트가 있다는 점이다. 맞은편에 앉은 벤노는 조금 놀란 표정을 보였고, 내 뒤에 선 하르트무트를 한 번 보고는 나에게 "괜찮으시겠습니까?" 라고 물었다. 얼마나 솔직하게 말해도 되는지 재고 있는 벤노를 보면서 나는 살짝 한숨을 쉬었다.

"……이름을 받았으니까 괜찮습니다. 주인의 명령은 위반할 수 없으니까, 여기서 들은 내용을 발설하지 말라고 명령하면 밖에서 발설하는 일은 없습니다."

"로제마인 님께서 이름을 받아 주셔서 그저 기쁠 따름입니다. 중요한 이야기는 비밀의 방에서 하신다는 이야기를 들은 이후로, 항상 이 자리에 동석하고 싶었습니다."

하르트무트가 감격했다는 것처럼 말하는 모습을 벤노가 약간 일그러진 미소를 지으며 보고 있다. 마음속에서는 틀림없이 지금 당장 가 버리고 싶다든지, 잘도 이런 놈의 이름을 받았다고 생각하고 있을 거야.

……이름을 받아 달라고 그렇게 강요하지만 않았다면 나도 받고 싶지 않았다.

"사양할 것 없이 뭐든지 말씀하십시오, 로제마인 님. 저는 평민 출신이라는 것도 귄터의 딸이라는 것도, 그 시절부터 벤노와 친교가 있다는 것도 알고 있으니까요."

전혀 생각도 못 했던 말에 나도 모르게 움직임이 멈춰 버렸다. 눈이 휘둥그레져서 하르트무트를 빤히 바라보는 자세에서 움직일 수 없었다. 벤노도 얼굴이 굳어졌다.

"고아원이나 공방에서 이야기를 듣고, 모순을 하나씩 해결하다 보면 어느 정도 정답에 도달할 수 있습니다. 최종적인 정답은 페르디난 드 님께서 주셨죠. 그러니, 신경 쓰지 마시고 말씀을 나누십시오."

"신경 쓰여요! 뭐죠, 그게?! 저, 지금까지 한 마디도 못 들었거든 요?! 다무엘은 알고 있었나요?!"

하르트무트가 조사했다는 걸 알고 있었는지, 나는 하르트무트 옆 에 서 있는 다무엘 쪽을 보면서 물었다. 다무엘은 놀란 표정을 지었 고, 눈이 마주치자 황급히 고개를 저었다.

"모릅니다. 지금 처음 알았습니다."

"아무래도 이름도 바치지 않은 상태에서 이 정보를 입에 담으면 로제마인 님께서 걱정하실 것 같았기에 말하지 않았습니다."

하르트무트는 상쾌하게 웃는 얼굴로 말했다. 입막음하려면 어떻 게 해야 좋을지, 평민 마을에 대한 영향은 어떻게 될지, 귀족들에게 그 이야기가 알려지면 어떻게 해야 좋을지 고민하지 않도록 이름을 바치기 전까지는 입을 꾹 다물고 있었다는 모양이다.

"하르트무트, 다른 사람에게 말한 적은……."

"그런 아까운 짓을 왜 하겠습니까. 고아원과 공방에 몇 번이고 드 나들어서 사람들의 긴장과 경계를 풀고, 무난한 말만 하는 회색 신 관들에게서 상당히 꼼꼼하게 정보를 모으고, 작은 모순을 하나하나 풀어 가면서 추측한 뒤, 그 자리에서 처분당하는 건 아닌가 싶은 생 각이 드는 페르디난드 님 등의 시선을 받으면서 손에 넣은 정보입니 다. 어째서 아무런 고생도 하지 않은 자에게 가르쳐 줘야만 하겠습 니까?"

하르트무트가 영문을 모르겠다는 얼굴로 하는 말을 듣자 나도 영 문을 모르겠다는 기분이 들었다. '다무엘을 중용하는 이유를 알고 싶었다'는 이유만으로 그렇게까지 할 수 있는 하르트무트의 기준을 이해할 수 없다. 그렇게까지 해서 정답을 손에 넣고, 자기 가슴속에만 품고서 만족하는 정신 구조를 도무지 모르겠다.

"……으으, 왠지 벌써 피곤하네요."

하르트무트 때문에 본론으로 들어가기도 전에 확 피곤해졌다. 어깨에서 힘을 뺐더니, 맞은편에 앉은 벤노가 마음을 다잡으려는 것처럼 자세를 바로잡는 모습이 눈에 들어왔다.

"이번에는 대체 무슨 이야기이십니까? 다른 영지의 상인이 언제 올지 모르는 이런 시기에 굳이 부르셨으니, 생각했던 것보다 큰일이 일어났겠죠. 영주 회의에서 무슨 일이 있었습니까?"

적갈색 눈동자가 바쁘니까 빨리 본론으로 들어가라는 것처럼 쳐다봤고, 나도 자세를 바로잡았다. 벤노의 예상이 맞았다. 예상했던 이상으로 큰일이다.

"길드장에게 전할 말은 여기 있는 편지에 적어 뒀습니다. 벤노에게는 다른 곳에서 발설할 수 없는 비밀 이야기를 하려고 합니다."

"잘 알고 있습니다."

벤노가 편지를 받아서 마르크에게 건네고는 다시 나를 봤다.

"자세한 사정은 말해 줄 수 없지만, 제가 일 년 뒤에는 에렌페스트를 떠나게 됐습니다."

"……일 년 뒤? 가을에는 그레첼의 개혁이 있고, 플랑탱 상회 2호점이 개점하는데 봄이 되면 다른 영지로 따라오라는 말씀이십니까?"

필사적으로 참고는 있지만, 벤노의 얼굴에는 '넌 나를 죽일 셈이냐?'라고 똑똑히 새겨져 있었다. 나는 급하게 고개를 저었다.

"아닙니다. 에렌페스트에서는 양부님이 허가해 주신 덕분에 제가 원하는 대로 사업에 관여할 수 있었습니다. 하지만 다른 영지에서는 미성년자에게 사업을 맡기지 않는다는 것 같습니다. 그러니까, 제가 성인이 되는 삼 년 뒤까지 인쇄 관계자의 이동은 없습니다. 그쪽의 상황 확인을 시작하고, 가게와 공방의 준비도 해야 하니까요······."

벤노는 살짝 손을 들어서 내 말을 막고는, 팔짱을 끼고는 질렸다는 것처럼 미소를 지었다.

"한마디로, 일 년 뒤에는 움직일 수 있게 해 두는 쪽이 좋다는 말씀이시군요?"

"예? 아닙니다. 삼 년 뒤에······."

"로제마인 님이 말씀하시는 사업 계획은 항상 크게 앞당겨졌습니다. 삼 년 뒤를 기준으로 준비했다가는 절대로 제때 맞추지 못하는 사태가 벌어집니다."

"하읏?! 벤노 씨, 너무해요!"

성인이 될 때까지는 움직일 수 없다고 했는데! 라고 말하면서 노려봤더니 벤노가 훗, 하고 웃었다.

"경험과 사실에 바탕을 둔 생각이니까 너무하지 않습니다. 이동은 구텐베르크 전원입니까? 영주 일족이 다른 영지로 이동한다면 전속을 데려가야겠죠?"

"가능하다면 와 줬으면 싶지만, 구텐베르크에게는 강요할 생각이 없습니다. 멀기도 하고, 현지 사람들과 알력도 있을 테고, 지금처럼 가까운 거리에서 편의를 봐줄 수 있다는 보장도 없고, 전부 데려가면 에렌페스트의 인쇄업이 후퇴할 테니까요."

겨우 후임을 키운 시기에 구텐베르크를 전부 빼 갈 수는 없다.

"그저…… 이동하는 곳에도 인쇄 공방이 있었으면 하니까, 준비가 되면 구텐베르크들에게 예년처럼 출장 정도는 부탁할 생각입니다. 그리고 삼 년이 지나기 전에 데려갈 사람도 있습니다. 길베스타 상회에서 투리와 그밖에 몇 명, 염색 전속 르네상스는 반드시 데려갈 생각입니다. 전속들에 대해서는 그들이 원한다면 가족까지 전부 받아들일 생각이니까, 이쪽의 의향을 전해 주세요."

"알겠습니다."

"그리고 푸고와 엘라도 제 전속 요리사로 데려가겠습니다. 마찬가지로 가족 전체를 받아들일 생각이니까, 비밀리에 손써 주실 수 있을까요? 엘라는 출산을 위해서 쉬고 있습니다."

평민 마을에서 연습을 위해 신전에 와 있는 견습 요리사들에 대해서는 필린느가 고아원장실을 사용하게 될 테니까 그쪽에서 연습하게 될 거라고 말했다.

"고아원장실 주방에는 니콜라가 있으니까 괜찮다고 생각합니다. 필린느가 성인이 될 때까지 삼 년 동안은 제가 고아원장실에 예산을 댈 테니까, 지금까지처럼 해 나갈 수 있겠죠."

"그렇군요. ……로제마인 공방의 책임자는 어떻게 되는 것입니까? 예전과 달리 인쇄업이 영주 주도 사업이 됐으니 이쪽에서 사들일 수도 없겠죠?"

영주 주도 사업이자 신전 고아원이라는 입지상, 플랑탱 상회가 사들여서 운영하는 건 힘들다.

"원래는 제가 손대기 힘든 일이지만, 삼 년 동안은 길도 붙여 주고 필린느에게 맡기면 지금까지처럼 경영할 수 있을 거라고 봅니다."

"삼 년 뒤에는?"

"고아원장으로 취임하는 영주 일족의 측근이나 인쇄업을 총괄하는 어머님이 책임자가 되실 거라고 봅니다. 삼 년 동안에 문관이 어느 정도 성장하기를 기대하는 수밖에 없겠죠. 그 뒤에는 디르크와 콘라트가 고아원과 공방을 지킬 수 있는 귀족과 청색 신관을 목표로 하고 있으니까, 지금부터 여러모로 가르쳐 주는 게 좋을 겁니다."

콘라트가 상인계 신관을 목표로 삼고 있는 것 같다고 말했더니 벤노가 재미있다는 것처럼 입꼬리를 끌어 올렸다.

"구텐베르크로서 다른 영지로 이동시키는 것까지 생각한다면, 길과 다른 몇 명의 회색 신관들은 어떻게 취급하게 되는지요?"

"삼 년 뒤의 이동을 목표로 제가 새로운 인쇄 공방의 직인으로 사들이고, 필린느와 같이 이동시킬 생각입니다. 니콜라도 그때 같이 사들일 생각입니다."

남겨 두고 가는 사람, 같이 데려갈 사람, 삼 년 뒤에 따라올 사람. 각각에 대해 질베스타와 이야기를 하고, 다른 곳에 빼앗기지 않도록 확보해 두고 싶다. 갑자기 사업이 망하지 않도록 남겨 두고 가는 사람과 그 이익을 조건으로 교섭한다면 어떻게든 되겠지.

"흐음, 전속의 이동과 인수인계에 대해서는 잘 알겠습니다. 구텐베르크들이 킬튼베르거에서 돌아오면 이야기를 하고 손을 쓰도록 하겠습니다. ……로제마인 님과 동시에 이동하는 전속에 플랑탱 상회는 필요 없으십니까?"

벤노가 그렇게 말하면서 나를 봤다. '자신의 희망을 전하세요'라는 엘비라의 말이 생각났고, 나는 뒤에 서 있는 하르트무트와 다무엘한테는 얼굴이 보이지 않는다고 계산하고서, 예전처럼 도전적으로 씩, 웃었다.

"물론 같이 와 주시면 기쁘겠죠. 삼 년 뒤에 구텐베르크들을 받아들이기가 상당히 편해질 테고, 같이 오시기만 해도 마음이 든든할 겁니다. 하지만, 죽도록 바빠질 것 같으니까…… 벤노 씨의 수완에 달려 있겠죠?"

"호오……. 제 수완 말씀이십니까?"

얼마든지 해 보이겠다는 것처럼 웃는 벤노에게 나는 토론베지 주문을 말했다. 뭘 준비하더라도 사전에 필요한 것들이 있는 법이니까.

"여러모로 힘드시겠지만, 가게의 이익에는 협력하겠습니다. 대량 주문입니다. 불연지를 있는 대로 팔아 주세요."

"불연지? ……있는 대로라니, 그건 또……."

"페르디난드 님의 요망이고, 최소한 삼백 장은 필요합니다."

최고 품질의 마지를 만들려면 토론베지라도 품질이 못 미칠 지경이다. 품질을 높이기 위한 연구와 조합이 필요해진다. 가능한 한 빨리 손에 넣어야 기한에 맞출 수 있겠지.

"지금부터 공방에서도 만들게 할 생각입니다만, 재고가 있다면 전부 주세요. 최대한 서둘러 주시면 고맙겠습니다."

"재고를 전부……. 결제는 그 자리에서 가능하시겠습니까?"

"페르디난드 님이 남겨 주신 돈이 있으니까 문제없습니다."

나한테 불려준 돈이지만, 나는 내가 벌고 있는 것도 있으니까, 페르디난드를 위해서 써도 아무런 문제가 없다.

"가게에 돌아가는 대로 재고를 확인하고, 마르크에게 시켜서 전해 드리겠습니다."

금액이 금액이다 보니 마르크가 직접 전해 준다는 듯하다. 벤노 뒤에 서 있는 마르크를 보면서 "잘 부탁드리겠습니다."라고 말했더니, 마르크는 낯익은 온화한 미소로 대답해 줬다.

벤노와의 대화를 마치고, '로제마인 님이 마음 편히 믿으시는 그들이 부럽습니다'라고 말하는 하르트무트를 '믿고 있으니까, 멜키오르과 측근들에 대한 인수인계와 교육을 부탁할게요'라는 말로 신관장실로 떠밀어 넣었다.

나는 신전장실로 돌아와서 사람들에게 필린느가 후임 고아원장이 될 거라고 확실하게 전하고, 모니카 등은 그대로 필린느의 시종으로 삼겠다고 말했다. 새로운 고아원장이 잘 아는 귀족이라는 사실에 신전 시종들이 안도한 표정을 지었다.

"모니카는 필린느의 시종이 될 테니까 빌마가 없어진 뒤의 고아원 관리는 릴리에게 맡길게요. 자, 필린느. 시간이 일 년밖에 없습니다. 귀족원에 가는 시기를 생각하면 실제로 남은 시간은 반년밖에 없다고 해도 과언이 아니에요. 바로 인수인계를 시작하죠."

모니카에게 고아원의 자료를 달라고 해서 필린느 앞에 쌓아 올렸다.

"필린느, 이쪽 자료는 고아원의 연간 자금 흐름입니다. 어느 계절에 어느 정도로 돈이 필요하게 되는지 파악해 두세요. 지금은 구 베로니카 파벌 아이들이 늘어났고 양부님의 원조도 늘어난 덕분에 자금 흐름이 변칙적인 상태입니다. 그 점을 주의해서 필린느에게 설명해 주세요, 모니카."

"알겠습니다, 로제마인 님."

쌓여 있는 목패 자료를 보자 필린느의 얼굴이 순간적으로 굳어졌지만, 바로 마음을 다잡고 목패를 집어 들고는 모니카와 둘이서 목패를 보면서 이야기를 시작했다.

"프랑, 잠시 후에 마르크가 올 테니까 차는 물론이고 돈 준비도 부탁드릴게요."

"알겠습니다."

마르크가 가지고 올 토론베지를 넣어 둘 수 있도록 비밀의 방의 문을 열고 있었더니, 올도난츠가 날아왔다. 하얀 새가 내 팔에 살며시 내려앉더니 부리를 벌렸다.

"오랜만입니다, 로제마인 님. 일크너의 브리기테입니다. 마지가 준비됐습니다. 전이진을 통해 성으로 보낼 테니, 편하신 날을 알려 주세요."

대금과 전이에 사용할 정도의 마력을 품은 마석을 나무상자에 넣어서 보내 주셨으면 한다는 말을 듣고, 나는 타이밍이 너무 좋다고 눈을 반짝거렸다.

"로제마인 님, 마지 연구라면 성의 공방을 쓰는 쪽이 좋지 않겠습니까?"

"……어째서죠?"

로데리히의 말에 나는 고개를 갸웃거렸다.

"신전 공방에는 클라리사가 들어가지 못하니까 큰 소동이 날 것 같습니다. 그리고 최고 품질의 마지를 조합하시려면 상급 문관 두 명에게 보좌를 부탁하는 쪽이 빨리 진행할 수 있습니다. 그리고, 성에는 작년에 드레반헬과 마지 공동 연구를 했던 마리안네 님과 이그나츠 님도 계시니까요."

나 대신 조합하거나 조합을 보좌하는 일은 문관의 업무니까 신전에서 조합하게 되면 클라리사가 참가하지 못하게 돼서 큰일이 날 수도 있다는 모양이다. 성에서 조합하기를 권하는 로데리히의 의견에도 일리는 있지만, 나는 바로 수긍할 수가 없었다.

"하지만, 성에서는 다들 정말 바쁘잖아요? 페르디난드 님을 위해서 조합하고 있으면 귀찮게 구는 분들이 잔뜩 있을 것 같아요. 저는 성에서 조합하는 건 그다지 내키지 않습니다."

"……로제마인 님께는 공방이 하나 더 있지 않으십니까. 도서관 공방에서 조합하시는 건 어떨까요? 클라리사도 들어갈 수 있습니다."

다무엘의 제안을 듣고 나는 탁, 하고 손뼉을 쳤다. 하긴, 도서관 공방이라면 클라리사도 들어올 수 있고, 시끄럽게 굴 사람들도 없다. 마지 이외의 소재를 찾는 데도 좋고.

브리기테에게는 '내일 세 점 종에 보내 주세요'라는 올도난츠를, 성에 있는 리젤레타에게는 '내일 일크너에서 종이가 올 테니까 대금과 마석과 기수에 종이를 운반할 사람을 준비해 주세요'라는 올도난츠를, 도서관의 라자팜에게는 내일 이후의 예정을 전하는 올도난츠를 보냈다.

집무가 끝나는 여섯 점 종을 아슬아슬하게 앞두고 마르크가 나무 상자를 안고서 찾아왔다. 정말 서둘러서 가게에 남아 있는 재고를 전부 긁어모아 준 모양이다. 프랑과 함께 서둘러서 숫자가 맞는지 확인하고 돈을 지불했다. 대금화 다섯 닢을 지불하는 모습에 측근들이 깜짝 놀랐지만 신경 쓰지 않았다.

프랑과 잠에게 종이를 비밀의 방으로 운반하게 하고, 하는 김에 공방에 마지 재고가 있는지 확인하고, 있다면 사들이기로 했다. 지금은 마지가 한 장이라도 더 필요하니까.

"로데리히, 성에 돌아가면 드레반헬과 공동 연구 때 사용했던 마지가 남아 있는지 샤를로테와 빌프리트 오라버니의 측근에게 물어봐 주세요. 내일 제가 사겠습니다."

다음날은 신전에 있는 마지를 전부 모아서 기수에 싣고는 예정대로 성으로 갔다. 리젤레타가 일크너의 종이를 받아 줬으니 그것도 기수에 실어 달라고 해야지. 그리고 조합을 보좌할 클라리사와 하르트무트, 호위 기사들을 데리고 내 도서관으로 이동했다.

"좋은 아침이에요, 라자팜."

"돌아오시기를 기다리고 있었습니다, 로제마인 님. 이쪽에 차를 준비해 뒀습니다."

웃는 얼굴의 라자팜에게 붙잡혀서 하인들이 기수에 있는 마지를 공방으로 옮기는 동안 차를 마시기로 했다. 그리고 라자팜에게 도청 방지 마술구를 건네받고 페르디난드 님의 상황과 연좌 회피에 대한 자세한 설명을 부탁받았다.

"페르디난드 님께서 이쪽에 남겨 둔 것을 양도한 상대는 로제마인 님입니다. 그런데, 어째서 갑자기 아우브께서 관리하시게 된 것입니까? 설명해 주실 수 있으시겠죠?"

클라리사와 하르트무트에게 조합 준비를 맡기고, 나는 차를 마시면서 라자팜과 이야기를 나눴다. 귀족들 사이에 이상한 소문이 퍼졌고, 혈연이 아닌 데다 이미 피후견인도 아니게 된 내가 페르디난드의 짐을 관리하는 것이 좋지 않다는 말을 들었다는 것. 짐 관리는 성에서 하지만, 저택의 열쇠와 권리는 내게 있다는 것. 아우브 아렌스바흐가 돌아가시고 페르디난드의 결혼이 일 년 동안 연기됐다는 것.

페르디난드의 연좌 회피와 비밀의 방을 갖게 하려고 왕족과 교섭했다는 것. 페르디난드의 의뢰로 지금 모으고 있는 소재로 최고 품질의 마지를 만든다는 것 등등…….

"그렇게 해서 아렌스바흐에 비밀의 방을 가질 수 있게 됐어요."

"정말 기뻐하시겠군요. 페르디난드 님께서 이 집에서 가장 오랜 시간을 보내셨던 곳은 공방이니까요."

라자팜은 내가 비밀의 방을 받아 낸 데 대해 웃는 얼굴로 상찬해 줬다.

"그러니까 라자팜은 페르디난드 님의 비밀의 방에 넣을 조합용 도구와 소재를 정리해서 성으로 보내 주세요. 양아버님께서 여름에 있을 장례식에 참석하실 때 가져가시겠다고 하셨으니까요."

"도서실의 장서 일부도 같이 보낼까요?"

"안 돼요. 도서실 장서는 제 것이니까요. 저기…… 라자팜이 필사한 책이라면 괜찮아요. 페르디난드 님께는 연구 자료도 필요할 테니까요."

반사적으로 안 된다고 대답해 버린 나는 눈이 휘둥그레진 라자팜을 보고서 급하게 수습했다. 라자팜은 훗, 하고 미소를 지으며 나를 봤다.

"페르디난드 님의 장서 중 일부분은 하이데마리가 기증한 것이니까 에크하르트도 반가워하리라 생각했을 뿐입니다. 로제마인 님께서 빼앗으려는 것이 아닙니다."

"그랬군요. 아쉽게도 저는 하이데마리에 대해서는 잘 몰라요."

에크하르트의 죽은 아내라는 건 알고 있지만, 그게 전부다. 하이데마리 본인에 대해 가르쳐 줄 사람은 없다. 라자팜에게 들어 보니

하이데마리는 필린느와 똑같은 처지였다는 모양이다. 베로니카 파벌의 후처에게 가문을 빼앗겼다던가.

"온갖 물건들이 팔려 나가고 저당 잡히는 가운데, 하이데마리는 자기 집의 도서실에서 책을 있는 대로 가지고 나왔습니다. 이 집에 전해지는 귀중한 지식은 넘겨줄 수 없다고 딱 잘라서 말하고, 자신의 주인인 페르디난드 님께 진상했습니다."

나도 모르게 도서실 쪽을 봤다. 여기 있는 책 중에 어느 정도가 하이데마리의 것일까. 귀중한 책이 흩어지지 않아서 다행이라고 진심으로 생각했다.

"에크하르트는 하이데마리가 생각난다고 이 저택의 도서실에는 그다지 가까이 가지 않았습니다. 하지만 상처가 조금이나마 아물었겠죠. 작년에는 도서실에 들어가서 그립다는 것처럼 장서를 바라보고 있었습니다."

"그랬군요……."

이야기가 어느 정도 마무리됐을 때 클라리사가 나를 불렀다. 조합 준비를 마쳤다는 모양이다.

"로제마인 님의 문관다운 일을 할 수 있게 돼서 기쁩니다. 어젯밤에 드레반헬과의 공동 연구 결과를 다시 보면서 조금이나마 개선할 수 있을지 생각해 봤습니다."

의욕적인 클라리사의 재촉에 일어나는 나를 라자팜이 어딘가 그립다는 얼굴로 보고 있었다.

"로제마인 님은 얼마나 공방에 머무르실 계획이십니까?"

"……그렇군요. 장례식 때까지 최고 품질 마지의 시제품을 만들고 페르디난드 님께 문제가 없는지 확인받을 생각이니까, 며칠 동안은 있어야 할 것 같습니다."

며칠 동안이라는 말에 걱정스러운 표정이 된 라자팜에게 나는 급하게 이런 말을 추가했다.

"하지만, 페르디난드 님과 달리 저는 식사 때는 공방에서 나올 테니까 걱정하지 마세요."

라자팜이 씁쓸하게 웃으면서 "알겠습니다."라고 말하며 고개를 끄덕였다.

최고 품질 샘플 만들기

"그럼, 시작해 볼까요."

나는 공방 탁자 위에 줄지어 있는 마지와 도구를 둘러보고는 페르디난드 님이 가지고 있던 소재의 속성과 품질을 측정하는 도구로 각 마지의 성질을 조사했다. 처음에는 숫자가 많은 에이폰지와 난세이브지로 어느 정도 품질을 높일 수 있는지 실험하고, 그 뒤에는 희소한 토론베지로 실험할 생각이다.

"이걸 최고 품질로 만드신다는 말씀이십니까?"

클라리사가 품질을 확인하기 위해서 작게 잘라 놓은 에이폰지를 집어 들고서 복잡한 표정을 지었다. 평민의 손으로 마력을 사용하지 않고 만드는 마지는 마술구로서의 품질은 낮다. 속성치도 낮고, 속성 숫자도 적고, 마력 용량도 적다. 토론베지는 마목지 중에서는 고품질이지만, 예전부터 마지로 사용해 온 마수 가죽으로 조합하는 양피지 같은 마수피지 중에서 찾으면 품질이 더 좋은 것들이 얼마든지 있다.

"마지 소재를 지정하지 않으셨다면 예전대로 마수 가죽을 채집해서 품질을 높이는 쪽이 더 편하지 않겠습니까?"

마수 가죽을 사용한 마지의 조합법은 귀족원에서 배울 수 있다. 마법진을 그리고 조합이나 마술을 쓸 때 보조로 사용하는 종이가 그것이다. 고도의 마술을 사용하려면 나름대로 품질이 좋은 소재가 필요하고, 고품질 소재를 얻기 위해서는 강한 마수를 잡아서 가죽을 얻어야만 한다. 그래서 최고 품질 마지는 간단히 만들 수 있는 물건이 아니다.

"품질만 생각한다면 마수 가죽을 사용하는 쪽이 간단하겠지만, 페르디난드 님의 요망은 최소한 삼백 장이니까 마수 가죽이 엄청나게 많이 필요하겠죠. 최고 품질이라면 소재 품질에도 타협할 수가 없잖아요? 상당히 강한 마수를 대체 얼마나 많이 잡아야 할까요?"

페르디난드의 공방에 있는 소재가 많기는 하지만, 그렇다고 해도 삼백 장의 마수피지를 만들 수 있을 정도의 양은 아니다. 내 말을 듣고 하르트무트가 고개를 끄덕였다.

"마수를 완전히 해치우면 가죽을 얻을 수 없습니다. 대량으로 모으는 건 정말 어려운 일이라고 생각됩니다. 로제마인 님의 호위 기사를 전원 투입한다고 해도 기한 내에 필요한 소재를 모을 수는 없겠죠."

"해 볼 가치는 있을 것 같다고 생각합니다."

클라리사의 파란 눈동자가 의욕에 불타고 있는데, 단켈페르거에서는 문관도 마수 사냥에 나가는 걸까. 기한이 3년 정도라면 사냥하러 가서 조금씩 소재를 모아도 좋겠지만, 인수인계가 바쁜 시기에 사냥을 나갈 시간은 없다. 아마도 조합으로 마목지의 품질을 높이는 수밖에 없으니까 페르디난드도 나한테 부탁했을 것이다.

"그나저나 최고 품질을 삼백 장 이상이라니…… 페르디난드 님은 대체 어디에 사용하려는 걸까요?"

"클라리사, 페르디난드 님은 편하게 조합하기 위해서 고품질 마지를 아낌없이 사용하시는 분입니다. 보통 사람과는 다릅니다."

최고 품질의 마지가 아니면 안 되는 것이 대체 어떤 경우인지, 나는 도저히 생각할 수가 없다. 하지만 페르디난드는 조합할 때에 고품질 마지를 자주 사용했었다. 조합에 관해서는 페르디난드의 상식을 믿어서는 안 된다. 나, 학습했어.

"일단 드레반헬과의 공동 연구를 참고해서 지금 있는 마목지의 품질을 최대한 높여 보도록 할까요."

불순한 마력을 빼내기도 하고 품질을 높이기 위해서 같은 속성의 고품질 소재를 투입하기도 하면서 조합 솥을 휘저으며 각 마지의 품질을 높여 봤다. 에이폰지도 난세이브지도 저품질에서 보통 품질 정도까지는 올라갔다.

"……품질이 너무 낮아요."

품질이 거북이 걸음처럼 꾸물꾸물 올라간다. 몇 번이나 몇 번이나 똑같은 조합을 하고 있자니 정말 징그럽다는 기분이 든다. 나는 지금까지 페르디난드가 실험을 거듭하면서 만든 제조법을 그대로 이용하거나 라이문트에게 개량을 의뢰했었기 때문에 나 스스로 납득이 갈 때까지 마술구 제조법을 개량해 본 적이 없다. 원했던 결과가 나오지 않은 지금 상황에 완전히 실망했다.

"페르디난드 님은 어째서 그렇게 간단히 마술구를 새로 만들거나 개량하거나 했던 걸까요? 저는 벌써 마음이 꺾여 버릴 것 같아요."

"로제마인 님, 그렇게 어깨를 늘어트리지 말아 주세요. 아직 첫날이고, 진보가 전혀 없는 것도 아닙니다. 소리를 내는 마지는 상당히 매끄러워졌고, 멋대로 모이는 마지는 움직임이 빨라졌습니다."

하르트무트가 격려해 주자 나는 개량한 에이폰지와 난세이브지를 봤다. 난세이브지는 소리가 뚝뚝 끊겨졌었는데, 품질을 향상시켰더니 소리가 매끄러워졌다. 오르골에 사용할 수 있는 정도 음질이 됐다. 난세이브지는 커다란 파편을 향해서 꾸물꾸물 움직일 뿐이었지만, 움직임이 빨라졌다.

"하지만 페르디난드 님이 바라는 최고 품질하고는 거리가 한참 멀잖아요……."

"갈 길이 멀어 보이기는 하지만, 여기서부터 품질을 더 올리다 보면 마지에서 어떤 변화가 나타날지 기대도 됩니다. 힘내서 해 보도록 하죠."

하르트무트와 클라리사가 마력을 크게 회복시키는 회복약을 마시고는 "기분전환도 할 겸 점심이라도 하시겠습니까?"라는 말로 조합 중단을 제안했다. 나는 조합에 질려 있었기 때문에, 그 제안을 받아들이고 공방에서 나왔다.

점심을 먹으면서 앞으로 어떻게 품질을 올릴지를 두고 이야기를 나눴다.

"로제마인 님, 속성을 늘려 보도록 하죠. 마목지와 상성이 좋은 소재를 찾는 건 힘들겠지만, 잘만 되면 속성이 늘어나면서 품질도 향상될 테니 전속성을 목표로 소재를 추가해 보시면 어떨까요?"

"지금까지보다 더 실패할 것 같아서 우울하기는 하지만, 그 방법밖에 없겠죠."

오후부터는 공방에 있던 소재 중에서 품질이 좋은 것들을 적당히 골라서 조금 투입해 봤다. 좋은 변화가 있으면 양을 늘리고 상황을 지켜본다. 그것을 반복하면서 조금씩 속성을 늘려 봤다. 하지만 중간 품질 정도가 됐을 뿐이지 고품질 수준에는 미치지 못했다.

……왠지 점점 귀찮아지기 시작했어.

제조법을 알고 있는 물건을 순서대로 만든다면 또 모를까, 이런 시시한 실험에 오랫동안 매달려 있을 만큼 조합을 좋아하는 건 아니다. 독서와 달라서 몇 시간이고 며칠이고 몰두할 수 있는 것도 아니고.

오후 휴식 시간에는 차 대신 회복약을 마시면서 나는 너무 진척이 없다는 이유로 입을 삐죽 내밀었다. 그런데 하르트무트와 클라리사의 말을 들어 보면 단 하루 만에 개량이 상당히 진척됐다는 듯하다.

"보통은 로제마인 님과는 달리 마력이 남아나지 않으니까 이렇게 몇 번이고 조합을 할 수가 없습니다. 상급 귀족인 제가 사흘 정도는 해야 할 실험을 단 하루 만에 해내셨습니다."

많은 마력을 이용해서 몇 번이고 몇 번이고 실험을 거듭할 수 있어서 나는 다른 문관들보다 상당히 유리하고, 결과도 제대로 나오고 있다는 모양이다.

"으음……. 많은 마력을 실험에 쏟아부을 수 있는 게 제 강점이라면, 다음에는 순수한 마력 덩어리인 금가루를 넣어 보는 건 어떨까요? 단번에 품질이 좋아질지도 몰라요."

"로제마인 님의 금가루입니까……. 그거라면 단번에 품질이 좋아질지도 모르겠군요. 자신의 마력이라면 호환성도 좋겠죠."

나는 회복약을 마셔서 마력을 회복해 가면서 먼저 마석에서 잡다한 마력을 빼서 마석 자체의 품질을 향상시켰다. 그 뒤에 내 마력을 주입해서 마석을 금가루로 만들어 갔다. 실험용 금가루가 계속 만들어지는 모습을 보고 하르트무트와 클라리사의 눈이 휘둥그레졌다.

……그러고 보니까, 영주 후보생 강의에서 금가루를 만들었을 때도 한넬로레 님이 깜짝 놀랐었지.

완전히 질린 분위기였던 한넬로레 님과는 달리 하르트무트와 클라리사는 눈을 반짝거리면서 잡아먹을 것 같은 기세로 쳐다보고 있는데, 어쨌거나 놀랐다는 점은 마찬가지다.

"정말 호쾌하군요."

"역시 로제마인 님이십니다. 보통 문관은 마석도 마력도 아까운 마음에 도저히 흉내도 못 낼 일입니다."

휴식 중에 만든 금가루를 사용해서 품질을 높였다. 조합 솥에 살랑살랑 금가루를 뿌려 넣고 내 마력을 주입하면서 계속 솥을 저어 줬다. 그렇게 완성된 에이폰지를 작게 잘라서 품질과 속성을 조사하는 마술구에 얹어 봤다.

"아, 일단 전속성의 고품질이 됐네요."

마력을 말도 안 되게 잔뜩 사용하기는 했지만, 그 덕분에 품질을 단숨에 끌어올리는 데 성공했다. 하지만 최고 품질은 아니다.

"이 이상은 대체 어떻게 해야 좋을지 모르겠어요. 페르디난드 님이 가르쳐 주셨으면 싶을 정도네요."

앞이 보이지 않아서 풀이 죽은 사람은 나 하나뿐이고, 하르트무트와 클라리사는 고품질이 된 마목지를 보고서 감격을 감출 수가 없는지, 조금 전부터 마목지를 가지고 이것저것 시험해 보고 있다.

"로제마인 님, 이 마지의 원래대로 돌아가는 성질을 잘 이용하면 마지 한 장을 몇 번이고 사용할 수 있을지도 모릅니다! 큰 발견입니다!"

파란 눈동자를 반짝이면서 말한 사람은 클라리사다. 고품질이 된 난세이브지는 원래 있던 곳으로 모여드는 건 물론이고, 멋대로 달라붙어서 원래의 종이 상태로 돌아가게 됐다는 것 같다. 재미있는 변화지만, 내가 필요한 건 최고 품질 마지다.

"로제마인 님, 이쪽은 마치 노래하는 것처럼 매끄러운 소리가 나오게 됐습니다. 악보가 아니라 마법진을 그리면 영창도 가능할지도 모릅니다."

하르트무트가 가슴이 두근거린다는 것처럼 주황색 눈을 반짝이면서 마법진을 그려서 실험해 보고 싶다고 말했다.

"이 마지에 마법진을 그렸을 때 보조가 얼마나 편해지는지 실험해 보도록 하죠."

"실험하고 싶다면 써도 돼요. 저는 용도까지 실험할 생각은 없으니까."

내 역할은 품질을 높이는 것이지, 용도를 찾거나 성질을 조사하는 것이 아니다. 금가루를 사용해도 고품질까지 도달했을 뿐이다. 오늘은 그만 조합을 끝내고 어떻게 해서 품질을 향상해야 좋을지 생각하는 쪽이 좋을 것 같다.

"스틸로."

하르트무트와 클라리사가 슈타프를 펜 모양으로 변화시키고는 마지 앞으로 갔다. 마지에 잉크로 쓸 수 있는 건 저품질까지다. 고품질 정도가 되면 마력을 잉크로 이용하는 마술구 펜을 사용하거나 스틸로 주문을 사용해서 슈타프로 쓰거나, 둘 중 하나다.

"……로제마인 님, 큰일입니다. 이 마지, 스틸로로도 쓸 수가 없습니다."

하르트무트의 말을 듣고 나는 급하게 고품질 에이폰지를 봤다. 하르트무트가 종이 위에서 슈타프 펜을 움직였지만, 아무것도 적히지 않았다. 클라리사도 마찬가지로, 마력 잉크가 종이에 묻지를 않았다.

"로제마인 님의 마력이 너무 강해서 튕겨내는 느낌이 듭니다. 로제마인 님은 적을 수 있으실까요?"

클라리사의 말을 듣고 나도 스틸로를 써 봤다. 아무렇지도 않게 선이 그어졌다. 하르트무트는 "역시 제작자인 로제마인 님은 적을 수 있는 것 같군요."라고 말하면서 수긍했다는 얼굴로 보고 있다. 하지만 나는 온몸의 핏기가 싹 가시는 기분이 들었다.

　"저만 쓸 수 있는 마지라면 완전히 실패작이잖아요. 페르디난드 님도 사용할 수 없는 마지라면 최고 품질이 된다고 해도 의미가 없어요."

　"제작자나 그 이상의 마력을 지닌 사람만 사용할 수 있는 마술구는 그렇게 신기한 것이 아닙니다. 저도 클라리사도 고품질 마지를 만들어 보겠습니다. 그리고 로제마인 님이 그것을 사용하실 수 있다면 로제마인 님의 마지를 페르디난드 님이 사용하는 게 가능할지도 모릅니다. ……마력은 페르디난드 님이 더 많으시죠?"

　하르트무트가 걱정하는 듯 묻자 나도 조금 걱정됐다. 귀족원에서는 마력이 넘쳐나지 않도록 밀도를 낮췄기 때문에 몸은 성장했어도 마력량은 그렇게 많이 늘어나지 않았다. 하지만 지금은 슈타프가 성장했고 조합, 제사, 엔트비켈른 준비 등등 영지 안에서 마력을 사용할 일들이 많아 지금은 마력 압축을 예전 기준 정도로 되돌려놨다. 몸이 성장한 만큼 몸에 담겨 있는 마력량도 늘어났을 것이다.

　……그래도, 페르디난드 님을 뛰어넘지는 않았을 것 같지만.

　사라지는 잉크를 사용했던 때도 그렇게 큰 변화는 없었으니까, 아직 뛰어넘지는 않았다고 본다.

　"페르디난드 님을 이길 거라고는 생각하지 않아요."

　"어째서죠? 로제마인 님이라면 언젠가 이길 거라고 생각합니다."

　"저는 페르디난드 님처럼 상식을 벗어난 영역까지 성장할 생각이 없으니까요."

그런 마력 멀미를 일으키면서 마력 압축을 거듭하는 매드 사이언티스트가 될 생각은 없다. 그렇게 선언했는데, 하르트무트와 클라리사는 기뻐하면서 "로제마인 님이 성인이 되실 무렵이 기대되는군요."라고 말했다.

"로제마인 님과는 달리 저와 클라리사는 금가루를 만드는 단계에 상당한 마력과 시간이 필요하니까 내일 계속하도록 하죠. 오늘 밤 안에 금가루를 준비하겠습니다."

"알겠습니다."

페르디난드 님도 쓸 수 있는 마지가 될지 아닌지는 내일 두 사람이 할 실험에 달렸다. 나는 두 사람을 위해서 마력만 크게 회복해 주는 회복약과 잡다한 마력을 빼낸 마석을 주고, 건투를 빌었다.

다음날, 꽤 힘들었던 것 같기는 하지만 두 사람은 금가루를 가지고 와서 마지 조합을 시작했다. 나는 어제 제작한 고품질 마지에 마법진을 그려서 두 사람이 해 보려던 실험을 대신하며 두 사람의 조합이 끝나기를 기다렸다.

하르트무트가 예상했던 대로, 에이폰지에 그린 마법진에 마력을 주입했더니 자동으로 영창해서 마법을 발동하는 마지가 됐다. 마력 소비량이 조금 많기는 하지만, 영창을 할 수 없는 곳에서 발동시키거나 영창이 너무나 긴 경우에는 편리할지도 모른다.

하지만…… 역시 다른 사람의 마력으로 마법진을 그릴 수 없는 건 곤란하단 말이야.

클라리사는 난세이브지를 몇 번이고 사용할 수 있는 마지로 만들 수는 없을지 고민했던 것 같은데, 고품질에서도 재사용은 불가능했다. 금색 불꽃에 휩싸이면서 끝나 버렸다. 하지만 타고 남은 재들이 다시 모이는 건 조금 재미있었다.

"로제마인 님, 다 됐습니다."

두 사람이 만든 고품질 마지에 내가 스틸로로 선을 그어 본 결과, 하르트무트가 만든 마지에는 선을 그을 수 있었지만, 클라리사가 만든 마지에는 그어지지 않았다.

"저보다 클라리사의 마력이 더 많다는 뜻일까요?"

"말도 안 됩니다."

두 사람이 바로 부정했다. 금가루를 만드는 속도를 생각해 봐도 클라리사와의 마력량 차이는 분명하니까 나도 진심으로 그렇게 생각하고 말한 건 아니다. 살짝 장난을 쳐 봤다.

"그렇다면 어째서 이런 차이가 생긴 걸까요?"

나는 고개를 갸웃거렸지만, 클라리사는 바로 뭔가가 짐작이 간 모양이다.

"틀림없이 이름을 바쳤기 때문입니다! 저와 하르트무트의 차이는 그것밖에 없으니까요."

아무래도 하르트무트와 클라리사의 차이가 그것밖에 없는 건 아니겠지만, 클라리사의 의견이 정확할 가능성이 크다.

"이름을 바치면 주인의 마력에 속박되니까, 영향을 줄 가능성이 있겠네요."

로데리히가 이름을 바친 뒤, 내 마력의 영향으로 소량이나마 전속성을 얻었다. 하르트무트도 내 마력에 묶여 있으니 나 혼자만 하르트무트의 마지에 뭔가를 적을 수 있을 가능성이 크다.

"제작자 본인이나 제작자가 이름을 바친 사람만이 사용할 수 있다면, 이건 틀렸네요."

"……마지가 마력을 튕겨내는 것 같으니까, 마력을 흡수하는 소재를 추가해 보는 건 어떨까요?"

하르트무트의 제안에 나는 고개를 갸웃거렸다.

"마력을 흡수한다면, 검은 마석이라는 얘긴가요?"

"검은 마물에서 얻은 소재를 사용해서 마지의 성질을 변화시키지 않고 마력을 흡수하는 성질만 추가할 수 있다면 마력 잉크가 흡수될 수 있을 거라고 생각합니다."

……검은 마물이라면 타니스베팔렌이나 토론베?

내가 싸워본 적이 있는 검은 마물을 생각하면서 토론베지를 봤다.

"그렇군요. 해 보도록 해요."

나는 하르트무트가 만든 고품질 에이폰지에 토론베지를 더해서 합성해 봤다. 완성된 종이를 클라리사에게 주고는 구석 부분을 조금 잘라서 뭔가를 적어 보라고 했다.

"선이 그어집니다, 로제마인 님!"

하르트무트의 예상대로 완성된 마지는 클라리사도 선을 그을 수 있었고, 최고 품질까지 '앞으로 한 걸음만 더' 정도까지 품질이 올라갔다. 아마도 토론베지를 조합할 때 내 마력을 잔뜩 흡수한 탓인 모양이다.

시간 단축 마법진을 그려서 에이폰지의 품질을 높일 때 사용해 본 결과, 멋대로 영창해서 발동하는 에이폰지의 성질에 잘 타지 않는 토론베지의 성질이 더해졌다는 사실이 판명됐다.

"……로제마인 님, 이 불연지는 고품질까지 향상시킨 것이 아니었죠?"

클라리사가 잉크로 선을 그은 부분만이 타서 후두둑 떨어진 재를 보고 눈을 깜박이면서 물었다.

"예. 아까는 그대로 사용했어요. 품질을 높이면 안 타고 완전히 남을지도 모르겠네요. 마지끼리는 크게 반발하지 않는 것 같으니까, 아예 모든 마지를 고품질로 만들고 전부 조합 솥에 넣어서 합성해 봐요."

전부 고품질로 만들어서 합성한다. 말은 쉽지만, 말도 안 되는 양의 마력이 필요한 조합이다. 하나하나를 고품질로 만들기 위해서 금가루를 만들어야 하고, 고품질 소재를 합성하려면 마력도 더 필요하다.

하지만 고생한 보람이 있어서 최고 품질 마지가 완성되었다. 작게 자른 조각에 두 사람한테 시험 삼아 선을 그어 보라고 했다. 선은 무사히 그어졌다. 그리고 그 파편은 두둥실, 커다란 파편으로 돌아가더니 멋대로 달라붙어서 원래 크기로 돌아갔다.

마법진을 그려서 실험해 본 결과 마력을 흘려 넣기만 해도 마술이 발동했고, 완전히 타 버리지 않고 남아서는 제멋대로 모여서 재생되는 마지가 탄생했다는 것을 알았다.

"용도는 잘 모르겠지만, 이거라면 페르디난드 님도 수긍해 주실까요?"

재생된 마지를 하르트무트에게 보여주면서 물었더니, 하르트무트는 "여기에 트집 잡을 문관은 없을 거라고 생각합니다." 라고 웃는 얼굴로 장담했다.

"그런데…… 이 마지, 로제마인 님만 만들 수 있는 게 아니던가요?"

"뭐, 시간이 조금 걸리겠네요."

저품질 마지에 금가루를 사용해서 고품질로 향상시키고, 마지막으로 세 가지 고품질 마지를 합성해서 만드는 것이다. 마력도 시간도 깜짝 놀랄 정도로 들어가는 최고급 마지다.

참고로 세 장을 조합하니 원래 종이 두 장 정도 크기의 마지가 됐다. 잘라도 원래대로 돌아가기 때문에 크기를 바꿀 수 없다는 게 고민되는 부분이다.

"저는 고품질 종이를 조합하기 위해 회복약을 사용해 가며 하룻밤 걸려서 금가루를 만들었습니다. 조합에도 회복약이 한 병 필요했고요. 시간이 조금 걸리는 정도가 아니에요."

클라리사가 "이게 무슨 일입니까." 라며 한탄을 시작했다. 영주 후보생 대신 조합을 하는 것이 문관의 역할인데, 그 역할을 만족스레 수행할 수 없다는 게 너무나 원통하다는 모양이다.

"마력을 늘리거나 신들께 기도를 바쳐서 가호를 늘리는 수밖에 없겠죠."

클라리사가 "반드시 도움이 되도록 하겠습니다." 라고 새롭게 결의를 불사르는 옆에서 하르트무트는 토론베지를 손에 들고서 뭔가 생각에 잠겨 있었다.

"로제마인 님, 이 불연지는 대체 어떤 소재로 만든 겁니까? 일크너가 아니라 플랑탱 상회에서 사들인 것이니까 로제마인 공방이나 주변에 있는 제지 공방에서 만든 것이겠죠?"

나는 빙긋 웃으면서 "쑥쑥이 나무로 만들었어요." 라고 대답했다. 바로 대답을 듣기는 했지만, 짐작 가는 마목이 없었는지 하르트무트는 한참 동안 생각했다.

"쑥쑥이 나무? 고아원 아이들에게 들은 적은 있습니다만, 불연지 소재였군요. ……그런데, 그런 마목은 들어 본 적이 없습니다."

이름을 받은 하르트무트한테라면 가르쳐 줘도 되겠지만, 클라리사가 있는 이 자리에서는 말할 생각이 없다.

"일크너에서 사들인 마지는 양이 충분했지만, 불연지는 부족했으니까요. 이번 여름에는 불연지를 잔뜩 만들어 달라고 해야겠어요."

타우 열매가 얼마나 필요할지 머릿속에서 계산하며 나는 최고 품질 마지를 한 장 더 만들었다. 이것으로 질베스타가 아렌스바흐에 갈 때 가지고 갈 샘플 제작은 끝났다. 페르디난드에게서 '아주 잘했다' 라는 말을 들으면 양산해야지.

"양아버님께는 이 시제품 외에도 조합 도구와 소재도 가져가시도록 부탁드릴 생각입니다. 그쪽도 준비해야겠군요."

아렌스바흐의 장례식에 가는 질베스타에게 뭘 들려서 보낼지 공방 안을 이리저리 뒤졌다. 회복약과 해독약 소재는 보내 주고 싶다. 하르트무트와 클라리사도 재미있다는 것처럼 공방의 소재 뒤지기를 도와줬다.

봄 끝 무렵의 성인식은 바로 눈앞으로, 여름도 아주 가까운 곳까지 다가와 있었다.

봄의 성인식과 양아버님의 출발

샘플 제작을 마치고 신전 생활로 돌아왔다. 봄의 성인식을 내일로 앞두고 신전장실에서는 나와 시종들 사이에서 의논이 벌어지고 있었다. 멜키오르를 비롯한 견습 청색 신관들을 봄 성인식에 참가시키고 싶다고 말했다가 각하당했기 때문이다.

"어째서 안 된다는 건가요? 다른 견습 청색 신관은 몰라도, 신전장을 이어받을 멜키오르는 반드시 성인식에 참가시키는 쪽이 좋다고 생각합니다."

흐으음, 하고 내가 프랑에게 의견을 말했더니 프랑과 잠이 시선을 주고받은 뒤, 프랑이 굳은 얼굴로 고개를 저었다.

"로제마인 님, 멜키오르 님을 비롯한 견습 청색 신관들은 미성년입니다. 의식에는 참가할 수 없습니다."

나로서는 멜키오르에게 신전장직을 인수인계하기 위해, 그리고 가을 수확제에 견습 청색 신관들을 보낼 수 있다면 그 사람들에게도 의식을 견학시키는 게 좋겠다고 생각하고 있다. 하지만 지금까지의 관습 때문에 미성년은 참가할 수 없고 관습을 바꿀 필요는 없다고 시종들이 주장했다.

"저는 미성년인데도 신전장으로서 의식을 치르고 있지 않나요?"

"로제마인 님은 신전장이시니까요. 청색…… 아니, 신전장이 되시기 전에는 참가하지 않으셨잖습니까. 멜키오르 님의 의식 참가는 신전장으로 취임하신 이후에 가능합니다."

견습 청색 무녀라고 말하려던 프랑이 귀족 측근들을 신경 써서 신전장이 되기 전이라고 고쳐 말했다. 호적 세탁에 나이까지 속였기 때문에, 옛날이야기를 함부로 해서는 안 된다.

"분명히 세례식과 성인식에는 참가하지 않았습니다. 하지만 페르디난드 님의 명령으로 토론베 토벌 이후의 치유 의식과 기원식을 치르지 않았나요. 절대로 안 되는 건 아닐 텐데요."

견습 청색 무녀 시절에 페르디난드가 했던 명령을 예로 들었더니, 페르디난드의 시종이었던 프랑과 잠은 살짝 말문이 막혔다.

"그건, 신전에 청색 신관이 부족해서 어쩔 수 없이 그랬던 것이 아닙니까."

"지금은 청색 신관이 그때부터 더 줄어들었고, 더 어쩔 수 없는 상태가 됐습니다. 저도 성인들이 잔뜩 있으면 미성년자를 제사에 보내지는 않습니다."

아무리 반대하더라도 이 건은 받아들이게 해야겠다고 생각했다. 지금의 신전은 성인 청색 신관이 일곱 명밖에 없다. 청색 신관만 가지고는 마력이 부족해서 미성년자 영주 후보생이 영지 안을 돌아다니면서 간신히 제사를 치르고 있는 상황이다.

기원식에서 라이제강계 귀족들에게 안 좋은 소리를 들었던 빌프리트와 플로렌치아의 출산 전후로 더 바빠질 샤를로테가 수확제에 가기 싫다고 한다면 그 순간 제사에 지장이 생긴다. 제사를 치러야 가호가 증가하기 때문에 두 사람은 도와줄 것이다. 하지만 너무나 넓은 범위를 맡기는 건 사람들에게 가는 부담을 고려하면 그다지 좋은 일은 아니고, 최악의 경우에는 신전 사람들만 데리고 제사를 치러야만 한다.

"실제로 견습 청색 신관들도 수확제에 참가하게 하지 않으면 사람이 부족합니다. 그리고 수확제에 가는 것은 그 사람들 자신을 위해서도 필요한 일입니다. 이번 봄에 받아들인 견습 청색 신관들은 보통 청색 신관과 달리 부모의 보조가 없습니다. 영지의 보조금과 수확제에서 얻는 수입으로 겨울을 날 준비를 해야 합니다."

구 베로니카 파벌 부모들에게서 접수한 돈이 있다고는 해도 질베스타가 얼마나 오랫동안, 어느 정도 금액을 고아원과 신전에 배정해 줄지는 모르는 일이다. 기본적으로는 고아원과 귀족원에서의 교육비로 사용할 예산이라고 생각하고 있다. 그렇다면 그들의 월동 준비를 위한 돈은 농촌이나 기베의 토지를 돌며 수확제에 참가해서 스스로 벌어야만 한다.

"가을 수확제 때 농촌으로 가면 거기서는 세례식, 성결식, 성인식 준비를 한 번에 해야 하잖아요? 하나도 본 적이 없는 상태에서 갑자기 의식을 치르는 건 정말 힘든 일이에요. 저는 제 경험상, 다른 사람은 당황하지 않고 치를 수 있도록 의식을 견학하게 해 주고 싶습니다."

신관장으로서 갑자기 제사를 치르게 됐던 나는 갑자기 실전을 치르는 게 얼마나 불안한 일인지 잘 알고 있다. 그리고 나는 마인 시절의 첫 세례식에서 평민의 의식이 어떤 것인지를 알았지만, 그 사람들은 평민의 의식을 본 적도 없다.

"일 년 뒤에 제가 신전을 떠나면, 저 한 사람의 빈 자리를 메우기 위해서 청색 신관이 여러 명 필요하겠죠? 그 사람은 아직 기수도 없고, 귀족원에 입학하지 않았기 때문에 마력도 적어서 전원이 제사를 치르러 가야만 할 거예요. 그렇게 되기 전에, 제 눈길이 미치는 동안에, 최대한 경험을 쌓게 해 주고 싶어요."

멜키오르가 신전장으로 취임해서 책임자가 되자마자 미성년자 견습 신관들을 이리저리 파견하게 된다면 멜키오르한테도 큰일이다. 내가 세례식을 치르기 전이나 귀족원에 들어가기 전인 아이들을 고아원과 신전에서 받아들이자고 제안했으니까, 그 아이들이 곤란하지 않게 생활할 수 있도록, 견습 청색으로서 살아갈 수 있게 길을 만들어 주는 것도 중요하다고 생각한다.

"로제마인 님의 생각은 잘 알겠습니다. 하지만, 하다못해 견습 청색 신관들의 견학은 여름 성인식부터로 해 주십시오. 새로운 일을 시작하려면 준비 기간이 필요하고, 청색 신관들에게도 각자 의견이 있지 않겠습니까. 그리고 견학한다고 해도 의식용 의상을 준비할 필요가 있습니다."

계절 하나만큼 여유가 있다면 의식용 의상을 준비하는 것도, 견습 청색 신관들을 따라갈 시종과 연계를 취하면서 교육하는 것도 가능하다고 했다. 여름 성인식과 가을 세례식을 견학하면 의식의 흐름과 분위기는 알 수 있을 거라는 말을 듣고 나는 고개를 끄덕였다.

"그럼 청색 신관들에 대한 의논과 준비는 프랑과 잠에게 맡기겠습니다. 의식용 의상은 돈이 있다면 새로 만들어도 좋고, 없다면 예전에 있던 청색 신관과 무녀가 두고 간 것을 고쳐서 입으라고 조언해 주세요."

나 때는 전 신전장이 적당한 크기가 없다느니, 평민에게 줄 것 따위는 없다고 했다든지 같은 여러 이유로 새로 짓는 수밖에 없었지만, 지금은 숙청 등의 이유로 보관해 두고 있는 청색 의상이 많아졌다. 계속 보관해 두기만 해 봤자 천만 상할 뿐이니까 쓸 수 있는 건 쓰는 게 좋다.

"알겠습니다. 견습 청색 신관들의 시종들에게 수확제 참가를 전하고, 교육과 준비 개시를 명하겠습니다. 가을 수확제를 위해서 멜키오르 님을 비롯한 견습 청색 신관들에게 여름 성인식, 가을 세례식을 견학시키기 위해 다른 청색 신관들의 의견도 모으도록 하겠습니다."

말은 해 두겠지만 정식 발표는 봄 성인식이 끝난 뒤에 하겠다는 이야기로 시종들과의 의논은 끝났다.

성인식 당일. 나는 나대로 꽤 긴장하고 있었다. 여름 성인식에서 투리가 성인이 되니까 이번 봄 성인식에는 루츠의 형인 랄프가 있을 것이다. 마인 시절에 알던 사람 중에 날 기억하고 있을 듯한 사람은 루츠네 형 정도인데, 자샤와 지크 때는 어떻게 내가 참가하지 않고 넘어갔다.

……랄프한테 들키지는 않겠지?

나는 거울을 보면서 의식용 의상을 살짝 집어 올려 봤다. 허름한 옷을 입던 마인과는 비교도 할 수 없는 차림새다. 그리고 벌써 몇 년 전에 죽은 동네 아이를 기억하고 있을 리가 없다는 생각도 들고. 내가 어린 신전장이라고 평민 마을에 소문이 났던 때도, 투리와 루츠는 아무 말도 없었다.

……나도 랄프 얼굴을 알아볼 수 있을지 모르니까…… 그래, 괜찮겠지.

그렇게 자신을 달래며 나는 프랑 및 호위 기사들과 함께 예배당 앞으로 이동했다.

"신전장, 입장."

끼긱, 하고 문이 열리자 수많은 시선 때문에 긴장하면서 나는 성전을 품에 안고서 예배당으로 들어갔다. 수군수군 오가는 대화에 귀를 기울이며 단상으로 올라갔다.

……누가 랄프지?

살짝 눈에 힘을 주고 새로 성인이 되는 사람들을 내려다봤다. 여기에 랄프가 있을 텐데, 다들 너무 많이 큰 데다 하나같이 봄의 귀색인 녹색 옷을 입어서 잘 모르겠다.

……랄프는 빨강 머리였으니까, 이쪽이나 저쪽이려나……. 음, 옛날 모습이 보이는 것 같기도 하고 아닌 것 같기도 하니까 저쪽이 랄프려나? 음~ 잘 모르겠네.

귀족다운 미소를 지은 채 생각하고 있었더니, 랄프 같은 사람이 자세히 보려는 듯 얼굴을 약간 찌푸리더니, 고개를 살짝 갸웃거렸다. 상대도 나를 확인하려고 하는 것처럼 보인다.

……어라? 뭔가 눈치챘나? 조금 불신감을 가졌나?

나는 서둘러 성전 쪽으로 시선을 돌리고 귀족 생활을 하면서 키워 온 가짜 미소를 지으며 평소처럼 의식을 치렀다.

"물의 여신 플류트레네시여, 제 기도에 귀를 기울이시고 새로운 성인의 탄생에 당신의 축복을 내려 주시옵소서. 당신께 바치는 것은 그들의 마음, 기도와 감사를 바치며, 새로운 가호를 받사옵니다."

축복을 내리면 제사는 끝이다. 새로운 성인들이 예배당에서 나가는 모습을 지켜보고 있는데, 랄프가 뒤를 돌아봤다.

……아, 아으, 랄프한테 들켰는지 아닌지 조사하고 싶어. 하지만 괜히 잘못 건드리는 쪽이 더 위험할 것 같지? 어떻게 하지?

만약에 무슨 일이 있으면 투리나 벤노가 연락하겠지. 당분간은 조용히 지켜보는 수밖에 없을 것 같다.

봄 성인식이 끝나자 신전에서는 견습 청색 신관들을 포함해서 회의가 열렸다. 이야기를 전달한 잠의 말에 따르면 성인 청색 신관들도 사람이 부족하다는 점은 절절하게 실감하고 있었는지 딱히 불만은 없었다는 모양이다. 오히려 영주의 후견을 받는 쪽이니까 일하라는 의견이 많았다는 것 같다.

사람이 부족해서, 그리고 각자의 월동 준비를 위해서 가을 수확제에 참가해야 한다는 것을 견습 청색 신관들에게도 전하고, 준비해 두라고 명했다. 축사 암기, 의식용 의상, 마차 수배, 요리사와 식료품 조달 등 해야 할 일들이 많다.

하지만 처음 참가하는 미성년자에게 제사를 전부 맡기기는 힘들기 때문에 올해 수확제만은 성인 청색 신관과 페어를 짜기로 새롭게 결정했다.

"저, 누님. 잠시 시간을 내 주실 수 있을까요?"

칼스테드의 둘째 부인의 아들, 니콜라우스가 살짝 불안하다는 표정으로 물었다. 오늘의 호위가 마티아스와 유디트고, 코르넬리우스가 없는 탓이라서 그런 것 같다. 니콜라우스는 매정하게 쫓아내는 코르넬리우스가 어려운 모양이다.

"괜찮습니다. 뭔가 질문이 있나요?"

"예. 제 월동 준비는 아버님이 도와주실까요?"

부모가 모두 숙청당한 아이도 있고, 니콜라우스처럼 부모 중에 한 사람만 처분된 아이도 있다. 니콜라우스는 아버지한테서도 버림받을 것 같다고 생각하는 듯한데, 이 아이의 생활비는 칼스테드가 내주고 있다. 월동 준비도 부탁하면 도와주겠지.

"아버님께 편지를 써 보면 어떨까요?"

"……받아 주시지 않으면 어떻게 해야 좋을지 알 수 없어서, 조금 무섭습니다. 엘비라 님이 저를 미워하셨으니까요."

어머니 트루델리데가 저지른 짓을 생각하면 엘비라가 니콜라우스를 싫어하는 것도 당연한 일이겠지. 하지만 집안이 가장 엉망이었던 시기에 공평이네 균형이네 하는 것을 생각했던 사람이 엘비라다. 내 어머니는 정말 대단한 사람이야.

"어지간히 무리한 부탁이 아닌 이상은 들어주실 거라고 생각해요. 하지만, 월동 준비를 했다고 수확제에 참가하지 않아도 된다는 건 아닙니다. 신들의 가호를 받기 위해서라도 진지하게 기도해 주세요."

"예. 조금씩이지만 시종들과 축사를 외우고 있습니다. 며칠 전에 신전에 단련시키러 와 주셨던 할아버님도 진지하게 기도해서 가호를 늘렸다고 하셨습니다."

내가 도서관에서 조합하던 때라서 얼굴을 보지는 못했는데, 보니 파티우스가 견습 신관들을 단련시켜 주기 위해서 신전에 왔다는 듯하다. 니콜라우스는 소질이 있다고 칭찬을 들었다는 모양이고.

"누님께서 할아버님께 감사드린다는 올도난츠를 보내 주세요. 누님이 신전에 안 계셔서 크게 실망하셨으니까요."

왠지…… 예전에 마티아스에게서도 똑같은 부탁을 받았던 것 같은데……?

게를라흐 조사 때를 떠올리고 있었더니, 마티아스도 똑같은 생각을 했던 것 같다. 왠지 니콜라우스를 보는 눈에 동정이 담겨 있는 것처럼 보인다. 유디트도 조금 먼눈을 팔면서 "그래서 어제……." 하고 중얼거렸다.

……유디트가 뭔가 할아버님하고 만날 일이 있었나?

고개를 갸웃거리면서 방으로 돌아왔더니, 마티아스가 "잊기 전에 보니파티우스 님께 올도난츠를 보내시죠." 라고 권했다. 유디트도 "바로 보내시는 게 좋을 것 같습니다." 라고 말하면서 노란색 마석을 내밀었다.

나는 머리 위에 물음표를 띄우면서 호위 기사들이 시키는 대로 보니파티우스에게 고맙다는 올도난츠를 보냈다. 마티아스와 유디트가 의견을 모은 결과, '신전을 기피하시는 듯하지만, 저와 한 약속을 잊지 않고 견습 신관들을 단련시키러 와 주시다니, 할아버님 정말 대단해요. 고마워요, 정말 좋아해요'라는 내용이 됐다.

바로 보니파티우스의 답장이 돌아왔다. '로제마인과의 약속을 지키는 것은 조부로서 당연한 일이 아니겠느냐'라는 짧은 것이었지만, 마티아스는 "이것으로 됐습니다." 라면서 만족스레 고개를 끄덕이고는 유디트와 악수까지 했다.

나중에 필린느가 몰래 가르쳐 줬는데, 보니파티우스의 심기가 불편하면 기사단 훈련 때 전혀 봐주지 않는다는 모양이다. 훈련하러 갔던 다무엘과 코르넬리우스를 위한 일이었다는 듯하다.

가을 수확제 참가가 결정된 견습 청색 신관들이 제사 때 쓰는 축사를 외우기 위해 뭔가 중얼거리면서 신전 안을 돌아다니는 모습이 보이기 시작했고, 어엿한 귀족의 자식들이 진지하게 제사에 임하는 모습을 본 청색 신관들도 더 진지하게 일하게 됐다.

첫 장기 출장에 뭐가 필요한지, 어떻게 해야 좋은지 고민하는 견습 청색 신관들과 차를 마시면서 제사 이야기를 나누고, 자란 뒤에도 사용할 수 있도록 내 의식용 의상을 지었던 때 이야기를 하면서 주의할 점에 대해 말해 줬다.

"의식용 의상을 새로 짓는 사람은 아버님께서 원조해 주시는 니콜라우스 정도입니다. 저는 예전에 견습 무녀가 입던 의상을 수선해 입는 수밖에 없습니다."

가족이 아닌 사람이 입었던 의상을 수선해 입는 일은 처음이라는 듯한 견습 청색 무녀는 작은 목소리로 처지의 변화가 조금 괴롭다는 말을 흘렸다. 금전적으로 절박한 생활이 처음이라 당혹을 감추지 못하는 모양이다.

"……목숨을 잃거나 성의 아이들 방에서 지내는 것보다는 쾌적합니다. 로제마인 님이나 아우브 에렌페스트께는 감사하고 있습니다. 하지만, 가끔씩 너무나 슬퍼집니다."

신전에서의 생활은 가족과 함께 있으면서 무엇 하나 불편한 것이 없었던 시절과는 비교할 수 없을 정도로 고독하고 힘든 생활이라는 것 같다. 분명히 힘들고 외로울 거라고 생각한다.

"저는 의상이란 성장하면 새로 맞추는 것으로 생각했었습니다. 같은 의상을 오랫동안 사용한다는 일은 생각해 본 적이 없습니다. 하지만, 여기서는 그렇게 해야 하는군요."

"여러분은 빨리 성장하니까, 매번 자기 돈으로 거기 맞춰서 새로 짓기는 정말 힘들어요."

예전에는 미성년자가 제사에 참석하는 일이 없었으니까 성인이 된 뒤에 지으면 오랫동안 입을 수 있었지만, 성장기인 미성년자는 그렇게 할 수가 없다.

"로제마인 님, 성장해도 입을 수 있는 옷을 짓는 방법을 가르쳐 주세요."

원래는 내가 알고 있던 기모노 짓는 방법을 응용한 물건이다. 코린나에게 판 지식이 아니니까 마음대로 퍼트려도 괜찮지만, 투리를 중앙으로 데려가는 데 조금이라도 협력하게 하려면 길베르타 상회에 이익이 가도록 하는 편이 좋다. 나는 코린나에게 편지를 써서 내 의식용 의상 짓는 방법을 견습 청색 신관들의 전속에게 팔라는 지시를 내렸다.

여름 세례식을 마치고, 질베스타가 아렌스바흐의 장례식에 가는 날이 다가왔다. 나는 페르디난드에게 전해 주기 위해서 도서관 공방에서 정리한 조합 세트와 음식을 잔뜩 담은 마술구를 라자팜에게 부탁해서 성으로 가지고 왔다.

최고 품질 마지 샘플은 준비했고, 편지도 썼다. 편지 앞면에는 계절과 장례식 관련 인사와 질베스타가 가지고 가는 소재의 목록, 그리고 '이것으로 문제가 없다면 양산하겠습니다'라고 적었다. 그 뒤에는 사라지는 잉크로 어떻게 만들었는지, 중간에 어떤 종이가 만들어졌는지에 대한 과정을 더한 최고 품질 마지의 제조법을 적었다.

틀림없이, 매드 사이언티스트인 페르디난드는 직접 만들어 보려고 할 테니까 전혀 가공하지 않은 마목지를 종류별로 몇 장씩 소재로 쓰라고 같이 넣어 보냈다. 왕족의 명령대로 공방을 받았다면 시간을 내서 알아서 연구할 테고, 개량점이 있다면 곧 가르쳐 주겠지.

"페르디난드 님께 공방을 주는 것은 왕족과 아우브의 약속이니까 꼭 직접 확인해 주세요. 그리고 주어지지 않았다면 왕명을 어겼다는 뜻이니까, 디트린데 님과 게오르기네 님께 뭔가 벌을 내리도록 부탁해 주시고요."

……맥없이 그냥 물러나면 안 돼!

출발 전날 저녁 식사 자리에서 내가 입에서 쉰내가 나도록 말했더니 질베스타는 지극히 귀찮아 죽겠다는 얼굴로 "빌프리트가 싫어한 것도 이해가 된다." 라고 말했다. 아무리 짜증이 난다는 표정을 지어도 난 멈추지 않았다. 내가 왕의 양녀가 되기 위한 조건이니까, 왕족 측에서 약속을 확실하게 지켜 주지 않으면 곤란하다.

"설령 페르디난드 님이 싫어한다고 해도, 정말로 제대로 된 의미로 비밀의 방을 받았는지 양아버님이 확인해 주세요."

"흐음, 그건 좀 재미있겠는데."

귀찮아 보이던 질베스타가 아주 조금 의욕을 보여서 살짝 안도의 한숨을 쉬었다. 나와 질베스타의 대화를 보고 있던 플로렌치아가 미소를 지으며, 크게 부푼 자기 배를 쓰다듬었다.

"그렇게 걱정하지 않아도 질베스타 님은 일을 확실하게 해 주실 거예요, 로제마인. 자기 눈으로 페르디난드 님의 상황을 확인할 수 있는 얼마 안 되는 기회니까."

……정말로 그랬으면 좋겠지만.

"로제마인도 멜키오르도 당분간은 성에 머물 거죠?"

"예. 사흘 정도 머물면서 주춧에 마력을 공급할 예정입니다. 성결식 준비가 있어서 저는 그렇게 오래 머물 수는 없습니다."

성결식 전후에 고아원 아이들과 '쑥쑥이 나무 사냥'도 해야 하니까. 성에서 느긋하게 보낼 시간은 없다.

"저희는 언니와 다과회 약속을 했습니다, 어머님."

"어머나, 아이들끼리만? 저는 초대하지 않는 건가요?"

"예, 제가 주최하는 아이들만의 다과회니까요."

샤를로테의 말에 나와 빌프리트가 고개를 끄덕였다. 성에 머무는 동안에 남매들끼리만 다과회를 하고, 측근들도 물리고서 정보를 교환할 예정이다.

"형님, 누님과 함께하는 다과회는 오랜만이라서 저도 정말 기대됩니다. 그리고 보니 저는 지난번에 신전의 견습 청색 신관들과 다과회를 했습니다. 그리고 고아원 사람이 일하는 공방도 견학했습니다. 책을 만드는 모습을 봤는데, 정말 대단했습니다."

멜키오르가 즐겁게 신전 생활 이야기를 시작하자, 모두가 흥미롭게 들었다. 식사를 보조하는 시종들의 반응을 봐도 신전에 대한 거부감이 조금씩 사라져 가고 있다는 것을 알 수 있었다.

"잘 다녀오세요, 양아버님. 그리고, 아버님도 부디 조심하시고요."

아우브와 호위 기사인 기사단장 칼스테드를 배웅했다. 다른 영지 아우브의 장례식이다 보니 꽤 많은 인원이 이동하게 된다. 플로렌치아는 배가 많이 부르기도 했고, 긴 여행은 위험해서 영지에 남기로 했다. 몸 상태가 허락하는 한에서 집무를 볼 예정이라는 모양이다.

배웅을 마치고 방으로 돌아왔다. 같이 배웅하러 갔던 측근들이 전부 들어왔다. 줄지어 선 측근들을 보니 왠지 그립다는 기분이 들었다.

"오랜만에 측근들이 다 모였네요. 지난번에 모였을 때는 왕의 양녀가 된다는 사실을 발표하고, 중앙으로 이동할 사람의 의견을 들었을 때였으니까요."

내가 살짝 웃었더니 유디트가 원망스럽다는 얼굴로 날 쳐다봤다.

"리젤레타가 따라간다고 들었을 때, 저는 울 뻔했습니다."

"어머나, 유디트는 울 뻔했던 게 아니라 리젤레타가 못됐다고, 배신자라고 정말로 울지 않았던가요. 저도 브륀힐데도 남는데, 혼자만 따돌림당했다고 탄식하는 유디트를 달래느라 정말 고생했답니다."

오틸리에가 쿡쿡 웃자, 유디트는 창피하다는 듯 얼굴이 빨개졌다. 필린느도 성인이 될 때까지는 남아 있기로 한 것을 알고, '앞으로 이름을 바치겠다고 희망해도 미성년자는 데려가지 않으실 수도 있다'는 사실을 깨닫고서야 진정했다는 모양이다.

"슬픈 일을 겪게 해서 미안해요. 하지만 유디트가 성인이 되고 중앙으로 와 준다면 대환영이에요. ……유디트의 부모님이 정하실 결혼 때까지 짧은 기간이라도 기쁘고, 마음이 든든합니다."

엘비라가 말한 대로 최대한 솔직한 기분으로 그렇게 권했더니, 유디트는 쑥스러워하는 미소를 지으며 고개를 끄덕였다.

"그리고, 필린느가 성인이 될 때까지는 신전에서 고아원장을 맡게 됐으니까, 상황을 보면서 견습 청색 신관들의 훈련도 도와주세요."

"예."

이제 거취가 정해지지 않은 사람은 다무엘뿐이지, 라고 생각하면서 시선을 옮겼다. 어째선지 불쑥, 시야 한가득 들어온 사람은 활짝 웃고 있는 클라리사였다. 콧노래라도 부를 것처럼 기분이 좋아 보이는 웃는 얼굴로 한 걸음 앞으로 나섰다.

"……클라리사, 무슨 일이죠?"

"겨우 이름을 바칠 준비가 됐습니다. 자, 로제마인 님. 제 모든 것을 받아들여 주세요!"

……싫어요. ……라고 말하고 싶은데. 하아…….

이렇게 억지로 이름을 바치는 사람은 두 명째다. 하르트무트와는 달리 클라리사는 내 마력에 묶일 때 황홀한 표정을 짓지 않고 평범한 반응을 보여서 아주 조금 안심했다.

……아니, 잠깐. 클라리사는 평범한 사람이 아니니까. 속으면 안 돼. 알았지?

아이들만의 다과회

"이렇게 공부하고 있습니다. 어떻습니까, 로제마인 님?"

클라리사는 그렇게 말하면서 최근에 일한 내용을 보여줬다. 영주 회의에서 단켈페르거와의 교섭 담당으로서 영주 부부의 문관들과 같이 일했던 클라리사지만, 영주 회의가 끝난 지금은 내 방에서 날 위해서 일하고 있다.

내가 성인이 된 이후에 본격적으로 시작되겠지만, 중앙에 간 뒤에도 인쇄업을 시작하기로 결정했다. 어쩌면, 중앙 신전의 고아원과 회색 신관들의 현재 상황에 따라서는 자선 사업에도 손을 댈지도 모른다. 그래서 클라리사는 중앙에서 가능한 한 매끄럽게 사업을 시작할 수 있도록, 내가 지금까지 해 왔던 사업에 관한 귀족 측의 자료들을 정리하고 있다.

구체적으로는 당시의 페르디난드가 귀족과 행했던 교섭에 대한 사정 청취와 맺었던 계약, 움직였던 상점의 숫자와 인원 등의 기록, 단켈페르거와 중앙의 거래를 참고해서 중앙에서는 어떻게 인쇄업을 시작해야 좋을지, 어느 부서의 문관을 통하는 것이 좋은지 등에 대한 계획을 세우고 있다.

"클라리사는 짧은 시간에 잘도 여기까지 조사했네요. 저는 제가 고아원에서 공방을 만들었을 때 페르디난드 님이 어떻게 움직였는지를 전혀 몰랐어요."

내가 벤노 일행과 바쁘게 뛰어다니고 있을 때, 그 뒤에서 페르디난드도 움직이고 있었음을 알 수 있는 자료를 보고는 내 시야가 얼마나 좁았는지를 새삼 확인했다. 당시에는 계속 보고하라고 하는 데다가 며칠이나 걸리는 면회 예약을 해야 한다는 점을 귀찮다고 생각했었는데, 전부 필요하고 중요한 일이었다.

"고아원장이 돼서 로제마인 님께 도움이 될 필린느에게는 질 수 없으니까요."

필린느는 오늘도 신전에서 모니카와 고아원장 업무에 관한 인수인계를 하고 있다. 얼마 전에 하르트무트가 신관장에 취임했던 때처럼 맹세의 의식을 하고 청색 옷을 줬다. 지금은 어엿한 견습 청색 무녀다.

그리고 로데리히는 내 지시로 플랑탱 상회와 길베르타 상회로부터 도착한 중앙에 낼 점포에 관한 희망 사항인 중앙에 어느 정도 넓이의 점포가 필요한지, 새로 장만해야 하는 작업용 도구, 동행하는 종업원들을 위한 방의 숫자와 넓이 등을 적는 중이다. 내가 다과회에 참석하는 동안 여기에서 작업할 예정이다.

나는 리젤레타와 그레티아가 다과회 준비를 마쳤음을 확인하고 오틸리에한테 내가 없는 동안 방을 부탁했다. 빌프리트와 멜키오르가 방에서 나오면 문밖에서 지키고 있는 다무엘이 가르쳐 주기로 했으니까, 그때까지는 대기다.

"로제마인 님, 다무엘로부터 연락입니다. 빌프리트 님과 멜키오르 님이 방에서 나오셨다고 합니다."

일단 방을 나갔던 안게리카가 돌아와서 보고해 줬다. 나는 시종과 호위 기사를 데리고 샤를로테의 다과회에 가기 위해 방에서 나왔다.

"다들 물러나 주세요."

인사를 마치고 자리로 안내받고, 차와 과자에 독이 들었는지 확인을 마친 시점에서 샤를로테가 측근들에게 물러나라는 지시를 내렸다. 그에 맞춰 우리도 각자의 측근들에게 물러나라고 말했다. 이것으로 이 방에는 우리 영주 후보생만 남았다.

"오늘은 이것을 사용하겠습니다."

그렇게 말하면서 샤를로테는 범위 지정 도청 방지 마술구를 작동시키려고 했다. 나는 황급히 샤를로테를 말렸다.

"샤를로테, 범위 지정을 사용하면 샤를로테한테만 부담이 가잖아요? 개인이 들고 사용하는 것이 더 좋지 않을까요?"

"아니에요, 언니. 오늘은 범위 지정이 더 좋습니다. 오래 사용하면 멜키오르가 지칠지도 모르니까요. 신전에서 빈번하게 마력을 봉납한다고 들었거든요."

……뭐라고?!

나는 처음부터 페르디난드가 도청 방지 마술구를 건네줬었고, 그걸 부담이라고 생각한 적이 없었기 때문에 몰랐는데, 개개인이 들고서 사용하는 도청 방지 마술구를 장시간 사용하는 일은 귀족원 입학 이전의 아이에게는 부담이 갈 수도 있다는 모양이다.

……그런 배려, 난, 페르디난드 님한테 받아 본 적이 없는데?!

루츠의 가족회의 때 처음으로 사용했던 것 같은데, 오랫동안 이야기를 나눌 것이 확실한 자리에서 내 입을 다물게 하려고만 사용했던 것 같다. 페르디난드는 내 마력량을 어느 정도 파악하고 있었겠지. 하지만, 어쩌면, 오랫동안 사용해서 몸 상태가 안 좋아지면 나를 퇴장시킬 수 있으니까 그건 그것대로 좋다고 생각했을지도 모른다.

……페르디난드 님, 너무해!

지난 일을 떠올리면서 혼자서 크윽, 하고 화를 내며 나는 샤를로테에게 "제가 범위 지정 마술구를 작동시킬게요." 라고 제안했다.

"샤를로테 혼자한테 마력을 부담하게 할 수는 없잖아요?"

"……언니는 항상 그렇게 혼자 부담을 짊어지려고 하시네요."

샤를로테가 남색 눈동자로 살짝, 귀엽게 나를 노려봤다. 가끔은 믿음직한 언니다운 일도 하고 싶으니까 샤를로테가 작동시키기 전에 의자에서 내려와 "에잇!" 하고 마술구를 준비해서 작동시켰다. 내 민첩성이 승리했다.

"마력만 부담하는 건 크게 힘들지 않으니까 샤를로테는 가끔이나마 언니인 제게 기대도 돼요. 제가 맡아야 했을 사교나 양어머님의 보좌를 전부 떠넘기고 있는 상황이잖아요. 그리고, 샤를로테가 이렇게까지 준비했다는 것은 내가 중앙에 가는 일에 대해 이야기를 하려는 거잖아요?"

자랑스레 그렇게 말하면서 나는 다시 자리에 앉았다. 샤를로테는 살짝 웃으면서 "저는 항상 언니께 의지하고 있어요." 라고 중얼거렸다.

"그렇지 않은 것 같은데……."

"그래요. 언니는 오라버니와 약혼이 결정됐을 때, 아버님께 제 결혼 상대는 선택지를 남겨 달라고 말씀하셨다고 들었어요. 이번에도 언니가 원해서 왕의 양녀가 되는 것도 아닌데, 제게는 다양한 선택지가 제시됐어요. ……저는, 언니께 어떻게 갚아 드릴 수 있을까요?"

……처음부터 엄~청 묵직한 얘기가 나왔네?! 샤를로테가 '언니, 멋져요! 존경해요!'라고 귀엽게 말해 주면 그걸로 됐어, 라고 말해도

될까? 안 되겠지?

갑자기 진지한 눈으로 던지는 질문을 받았다. 나는 가볍게 대답하면 되는지, 같이 진지하게 고민해야 하는지 대답하기가 곤란했다.

"언니 덕분에 저희는 하위 영지가 어떤 취급을 받는지에 대해 진정한 의미에서는 알지 못했습니다. 30대 이상인 분들과 이야기해 보면 그걸 실감할 수 있었어요."

샤를로테는 플로렌치아를 보좌하면서 제1 부인의 집무에 관여하고 성에서 일하는 귀족들을 다양하게 만난 결과, 예전부터 해 왔던 하위 영지의 방식밖에 모르는 어른과 하위 영지로 취급받은 일이 적은 젊은이들 사이의 의식이 완전히 구분된다는 사실을 실감했던 모양이다.

"……숙부님과 같이 귀족원에 재학했던 세대 정도에서 의식이 변화한 것으로 생각됩니다."

베로니카가 미워했던 페르디난드는 기본적으로 개인적으로만 우수한 성적을 냈고, 영지의 순위 변동에는 크게 공헌하지 않았다. 하지만 기사 코스 학생은 페르디난드의 악랄한 지휘하에 보물 빼앗기 디터에서 단켈페르거에게 승리를 거뒀다. 문관 코스도 자기 영지에서 최우수가 나온다면 조금이나마 따라잡을 수 있으리라는 생각을 하게 되면서 자연스레 의식이 향상된 듯하다.

페르디난드가 졸업하고 다무엘이 다니던 무렵은 정변이 끝나고 숙청이 벌어지면서 에렌페스트가 큰 고생 없이 순위를 올린 세대였다. 에렌페스트가 가장 밑바닥이었던 시절을 알고 있는 마지막 세대인 동시에, 각지의 청색 신관을 귀족으로 만들기 위한 특례가 실시되거나 숙청 때문에 교사들이 많이 바뀌고, 커리큘럼이 변경되기도 했던 격동의 세대였다.

그 뒤에는 순위만 올라갔을 뿐 주위의 대우가 하위 영지 그대로였던 시절이 있었고, 성전 그림책과 교육 완구가 발매되고 아이들 방의 교육이 정비되면서 주의의 의식이 조금 달라지기 시작한 세대가 됐다. 코르넬리우스 또래가 이 세대다. 하위 영지 취급과 급성장한 에렌페스트 양쪽을 모두 경험했다.

나와 빌프리트가 입학하면서 동시에 유행을 퍼뜨리기 시작했다. 성적 향상 위원회가 발족하고, 이론 성적이 크게 향상되고, 에렌페스트의 급격한 약진에 주위가 주목하게 됐다. 기숙사 음식은 맛있는 게 당연한 일이고, 다과회 초대장은 너무 많아서 선별해야 할 정도였다. 사교 시즌에는 상위 영지에서도 정신없이 말을 걸어 왔다. 매년 순위가 쭉쭉 올라갔기 때문에 하위 영지로 취급받아 본 적이 없는 세대다. 당연히 샤를로테도 하위 영지라는 의식이 없는 세대다.

"귀족원에서는 상위 영지로서의 의식이 없다느니, 상위 영지답게 행동하라는 말을 들었습니다. 하지만 에렌페스트 내부를 보면 의식은 분명히 달라지고 있습니다. 앞으로도 언니가 계신다면 저는 아무 생각도 없이 낡은 사고방식을 가진 분들은 곤란하다며 그저 비판만 하고 있었을 겁니다."

하지만 선두에 서서 기존 상식을 부숴 버린 내가 없어지면 순식간에 순위가 떨어질 거라고 샤를로테는 예상하는 것 같다. 에렌페스트에는 낡은 사고방식을 가진 어른들이 압도적으로 많고, 영주 일족과 그 측근들조차도 의식이 달라졌다고 할 수는 없는 상황이다. 다시 옛날로 돌아가지 않도록 어떻게든 해야 하는 게 에렌페스트에 남는 사람들의 역할이다. 샤를로테는 그렇게 말하고서 한숨을 쉬었다.

"어른들의 간섭을 잘 피하고 흘려 넘기면서 언니가 주신 것들을 소중하게 지켜 나가야만 합니다. 왕의 양녀가 될 언니의 본가로서 창피하지 않도록 유지해 가는 것이 언니께 드릴 수 있는 보답일 거라고, 저는 그렇게 생각했습니다."

영주 일족이 신전에 드나들면서 귀족들의 거부감도 희박해졌고, 제사를 통해서 가호를 늘렸다. 그 효과를 실증하는 작업을 통해 내가 신전에서 자랐음을 자랑할 수 있게 한다. 인쇄업을 발전시켜서 나한테 책을 보낸다. 이탈리안 레스토랑의 요리를 소중히 가꿔서 에렌페스트를 맛있는 음식이 넘치는 영지로 만든다. 아이들 방의 교육도 계속하고, 성적 향상 위원회도 유지해서 이론 성적이 떨어지지 않도록 한다. 내가 해 온 일들을 지키면서 의식을 바꿔 나간다.

샤를로테는 "그것이 제가 할 수 있는 일입니다." 라고 말하면서 웃었다. 내가 이뤄 온 것들을 소중히 지키고 싶다는 말을 들으니 마음이 따뜻해졌다. 그리고 나도 모르게 헤벌쭉한 표정이 돼 버렸다.

"언니, 제 능력은 보좌에 맞아요. 아쉽게도 영지의 발전을 위해서 대담한 결단을 내리거나 새로운 것을 시작하는 데는 그다지 맞질 않고요. 조정하거나 누군가가 정한 틀을 지키면서 보편화시키는 쪽이 특기예요."

샤를로테의 자기 비판은 자신을 아주 객관적으로 보았다고 생각한다. 샤를로테는 뒤에서 지원해 주는 느낌이고, 주변과의 조정에 상당히 큰 힘을 발휘한다.

"그런 만큼, 지금까지 언니가 바꿔 주신 체제 유지가 목적이라면 지금 에렌페스트에서는 제가 아우브에 가장 어울려요. 멜키오르나 곧 태어날 아기가 발전이 특기인 아우브가 될지도 모르죠. 그들이 자랄 때까지 중간에서 이어 주는 역할을 하고, 그 뒤에도 보좌하는 입장이 되고 싶어요. 언니는 저를 지지해 주시나요?"

자신의 장단점을 생각하고, 내가 바꿔 놓은 에렌페스트를 유지하고 싶다고 바라는 샤를로테에게 나는 고개를 끄덕였다.

"에렌페스트의 어른들 사이에서는 변화를 꺼리는 목소리가 컸으니까, 저는 제가 해 온 일에 자신을 가질 수 없었어요. 하지만, 변화를 유지하고 싶다고 말해 줘서 기뻐요. 저는 샤를로테의 선택을 응원해요. ……하지만, 샤를로테라면 상위 영지의 제1 부인이 될 수도 있을 텐데, 에렌페스트에 남아도 되겠어요?"

발전이 체질에 맞는 다음 영주가 자랄 때까지 중간에서 이어 주는 영주를 목표로 한다는 것은 말처럼 쉬운 일이 아니다. 남편을 고르는 문제와 변화를 꺼리는 귀족들의 반발 등, 다 포기하고 싶어지는 귀찮은 일들이 산더미처럼 많을 것이다. 빌프리트를 차기 영주에서 제외하게 되면 이번에는 라이제강계 귀족들이 브륀힐데의 아이가 태어날 때까지 끈질기게 버틸지도 모른다.

"앞으로 5년 동안은 배우자가 다른 영지에서 들어오는 결혼 외에는 할 수가 없으니 다른 영지 분들이 늘어나게 됩니다. 다른 여러 영지의 업무 처리 방식과 사고방식을 받아들여서 라이제강계 귀족들에게 당신들의 주장은 이상하다고 반론할 수 있는 토양을 만들어 가고자 합니다."

구 베로니카 파벌이 없어진 지 얼마 안 된 지금은 라이제강계의 목소리가 크지만, 이것을 조금씩 막아 가면서 에렌페스트의 사고방식에 변화를 가져올 생각인 것 같다. 그러기 위해서 영주 후보생인 샤를로테가 다른 영지에서 남편을 맞이하는 일도 전부 다음 세대에 도움을 주기 위해서라는 모양이다.

"그리고, 저는 마력 압축을 가르쳐 주실 때의 계약에 의해 언니와 적대할 수 없습니다. 그러니까 데릴사위를 맞이해서 에렌페스트에 남는 쪽이 제일 좋다고 생각합니다. 언니가 왕의 양녀가 되면 에렌페스트는 든든한 배경이 됩니다. 적대하는 일은 없겠죠. 하지만 제가 다른 영지로 시집을 간다면 그 영지가 어떤 입장을 취할지 모를 일입니다. 저희에게는 거의 실감이 가지 않는 정변조차도 아직 20년도 지나지 않았으니까요."

마력 압축 계약이 그런 부분에 엮여 있으리라고는 생각도 못 했다. 섬뜩한 기분이 들었다. 샤를로테를 에렌페스트에 묶어 둘 생각은 없었다. 생각이 너무 짧았다고 머리를 감싸고 있었더니, 샤를로테가 곤란하다는 듯한 미소를 지으며 상냥한 눈으로 나를 봤다.

"여러모로 생각한 뒤에 계약했고, 마력 압축으로 마력을 늘리는 쪽을 선택한 사람은 저 자신입니다. 제 선택 때문에 언니가 마음 아파하실 필요는 없어요. 설령 아버님과 양자 결연이 취소된다고 해도 어떤 상황이 되건 저는 언니 편이라고 생각해 주신다면 그것으로 충분합니다."

샤를로테가 해 준 말은 울고 싶어질 정도로 기뻤다. 가만히 샤를로테의 이야기를 듣고 있던 빌프리트도 고개를 끄덕였다.

"에렌페스트는 네게 많은 것을 받았다. 그런데 중앙으로 가는 네게 에렌페스트가 해 줄 수 있는 것은 많지 않다. 왕족의 후원 세력이라고 하기에도 너무나 빈약할 테고. 그러니까…… 절대적으로 같은 편이라는 안도감 정도는 가지고 가는 게 좋다."

"샤를로테만이 아니라, 빌프리트 오라버니도 제 편이 되어 주신다는 건가요?"

내가 확인하는 의미를 담아서 고개를 갸웃거리며 물었더니 빌프리트가 훗, 하고 웃었다.

"다른 영지로 간 숙부님에 대한 태도를 보면, 중앙에 간 네가 에렌페스트에 대해 못된 짓을 할 리는 없겠지. ……귀찮은 일은 떠넘길 것 같지만."

"어머나, 빌프리트 오라버니. 무슨 실례되는 말씀이신가요. 저는 아렌스바흐로 가 버린 페르디난드 님을 도와드린다고 자각하고는 있지만, 귀찮게 해드린 적은 없는데요."

도움이 되려고 열심히 하고 있는데, 그게 무슨 소리야. 단호하게 항의했다. 내 말을 들은 빌프리트가 "정말이지…." 라고 말하면서 어깨를 으쓱거린 뒤에, 손가락으로 나를 딱, 하고 가리켰다.

"그렇게 생각하는 사람은 너 하나뿐이다. 틀림없다."

"빌프리트 오라버니만 그렇게 생각하는 거예요. 저는 페르디난드 님을 귀찮게 해드리지 않으려고 열심히 하고 있다고요."

"엉뚱한 방향으로 열심히 하는 건 아니고?"

샤를로테와 멜키오르가 웃음을 터트리기는 했지만, 아무도 빌프리트의 말을 부정해 주지는 않았다.

……으윽. 나, 난 괜찮아.

"엉뚱하다는 말이 나와서 말인데, 네 이동을 굳이 숨길 필요가 있는 건가?"

"무슨 말씀이시죠?"

"여기저기서 네가 중앙에 간다는 소문이 돌고 있다."

"예?!"

영주 회의 동안에 다른 영지에서 중앙 신전 신전장을 시켜라, 라는 압력을 받았다는 이야기. 왕족이 영주 부부를 불러서 의향을 타진했다는 이야기. 거절은 했지만, 다시 한 번 측근들을 제외한 상태에서 의논을 했다는 이야기. 그리고 에렌페스트로 돌아온 뒤에 영주 일족만 모여서 회의를 했다는 이야기. 갑자기 신전 인수인계를 시작했다는 이야기. 이런 것들을 바탕으로 나를 중앙 신전 신전장으로 삼으라는 왕명이 내려온 것은 아닌가, 라는 추측이 돌고 있다는 것 같다.

"영주 회의 보고 중에 들은 이야기니까, 처음 들었을 때는 깜짝 놀랐다. 동시에 한 가지 걱정이 들어서, 네게 확인해야겠다고 생각했다. 너…… 왕의 양녀가 된 뒤에, 중앙 신전 신전장이 되는 건 아니겠지? 나는 다과회 자리 등에서 다른 영지 신전의 이야기를 들었는데, 에렌페스트의 신전과는 한참 다르다는 것 같다."

빌프리트가 걱정하는 얼굴로 말했지만 나는 고개를 저었다.

"시찰 정도는 할 수도 있겠지만, 신전장으로서 신전에 들어가는 일은 없을 거라고 생각해요. 제게 신전장을 시키겠다면 다른 왕족도 똑같이 해 달라고, 지기스발트 왕자님께 미리 부탁해 뒀으니까요."

빌프리트와 샤를로테는 일단 한 번 둘이서 얼굴을 마주 본 뒤에, 쭈뼛쭈뼛 나를 쳐다봤다.

"너, 너……. 아직 정식으로 왕의 양녀가 된 것도 아닌데, 지기스발트 왕자님께 그런 주문을 했다는 건가?"

내가 고개를 끄덕이자, 빌프리트는 "이래서 로제마인하고 같이 있는 게 싫다니까." 라면서 탄식했고, 샤를로테는 엄청나게 열심히 말을 고르는 것처럼 시선을 이리저리 돌린 뒤에, "언니는 빨리 왕의 양녀가 되는 쪽이 불경죄를 묻지 않을 것 같네요." 라고 말하면서 미소

를 지었다.

"그렇게 불경한 일인가요? 에렌페스트는 아우브를 시작으로 영주 일족이 드나들면서 제사를 치르고 있으니까 왕족에게도 똑같은 것을 요구하는 게 당연하다고 생각했거든요. 허약한 제가 아니라 건강한 왕족이 신전장이 돼서 제사를 치르는 게 좋지 않을까, 라고 제안했는데, 이건 괜찮을까요?"

"보통 귀족은 아무도 그런 소리를 안 한다!"

"하긴, 지기스발트 왕자님도 놀라기는 했네요. 말하지 않으면 우리 생각이 전혀 통하지 않을 것 같았으니까, 발언 자체는 전혀 후회하지 않지만요."

빌프리트는 어깨를 축 늘어트리고서 "나는 네 약혼자가 될 지기스발트 왕자님을 진심으로 동정한다."라고 말했는데, 대체 무슨 의미일까. 내가 노려봤더니 빌프리트는 멜키오르를 보면서 "사교는 절대로 로제마인을 본받으면 안 된다."라고 말하기 시작했다.

"제사와 공부는 본받아도 되지만, 사교와 상식만은 절대로 로제마인을 기준으로 삼아서는 안 된다. 숙부님조차도 골치를 썩일 정도였으니까. 우리가 대응할 수 있을 리가 없다. 사람에겐 잘하는 것과 못하는 것이 있다. 다른 사람의 장점만 흉내 내야 한다. 알겠지?"

멜키오르는 진지한 얼굴로 고개를 끄덕이면서 빌프리트의 말을 들었다.

"로제마인 누님은 뭐든지 정말 대단하시지만, 잘 못 하시는 것도 있군요. 똑같이 하려고 해도 안 되는 것투성이라서 낙심한 상태였는데, 조금 마음이 놓입니다."

"멜키오르, 로제마인은 목표로 삼는 정도가 좋다. 완전히 똑같아지려고 하면 숨이 막히는 기분이 들고, 자신감만 잃게 된다."

"저도 언니와 똑같이 할 수가 없어서 한때는 영주 후보생으로서 자신감을 잃은 적이 있어요. 저희 남매가 한 번은 거쳐야 할 길이랍니다."

빌프리트의 조언과 샤를로테의 경험담을 듣고, 멜키오르는 안도한 얼굴로 "저만 그런 것이 아니었군요."라고 대답했다. 셋이서만 마음이 통한 것 같아서 왠지 분하다.

"저만 빼놓고 말하지 말아 주세요."

"빼놓고 자시고, 너는 상식과 규격을 벗어난 형제를 둔 사람의 고생과 좌절을 모를 텐데?"

"규격을 벗어나고 상식을 벗어난 스승이라면 있어요! 저도 고생했다고요!"

그래서 나도 끼워 달라고 호소했더니, 빌프리트와 샤를로테가 얼굴을 마주 봤다.

"숙부님이나 너나 둘 다 똑같이 상식에 규격을 벗어났다고 생각한다."

"숙부님의 엄한 강의를 아무렇지도 않게 따라가는 언니가 좌절이라는 걸 해 보신 적이 있나요?"

"숙부님과 로제마인 누님은 규격을 벗어난 사람끼리 동지로군요."

……그쪽 동지로 만들지 말라고! 같은 남매 사이에 끼워 달라고!

아으, 하고 탄식하고 있는데 올도난츠가 날아왔다. 차와 과자 위에 내려앉지 않도록 모두가 테이블 위로 팔을 내밀었다. 올도난츠는 내 팔에 앉았다.

"하르트무트입니다. 로제마인 님을 중앙으로 보낸다는 이야기가 대체 무슨 말인지, 라는 이유로 라이제강의 노인들이 성으로 쳐들어 왔습니다. 아우브가 부재중인 틈을 노린 것인지도 모릅니다. 지금부터 플로렌치아 님이 혼자서 대응하신다는 것 같습니다. 태교라고 했던가요? 그것에 그다지 좋지는 않을 것 같습니다."

하르트무트의 말을 세 번 되풀이하고 노란색 마석으로 돌아간 올도난츠를 노려보면서 빌프리트가 "아버님이 안 계신 때를 노려서 어머님께 항의하러 올 줄이야……." 라고 말하고는 신음소리를 냈다. 질베스타 일행은 라이제강에서 한 번 쉰 뒤에 아렌스바흐로 갔다. 노인들은 영주의 부재를 알고서 행동한 것이다.

나는 슈타프를 꺼내서 노란 마석을 가볍게 톡톡 두드리고 "올도난츠." 라고 주문을 외웠다.

"하르트무트, 누가 라이제강 귀족에게 영주 회의에서 있었던 일을 알려 줬는지 조사해 주세요. 틀림없이 배후에 언동을 부추기는 자가 있습니다."

슈타프를 붕, 하고 휘둘렀더니 하얀 새는 하르트무트가 있는 곳으로 날아갔다. 슉, 하고 벽 너머로 사라진 올도난츠를 보고 있던 빌프리트가 발끈해서 일어났다.

"어머님께 가자."

"예, 빌프리트 오라버니. 저희가 대신 대응하도록 하죠. 아무리 생각해도, 라이제강계 귀족들은 양어머님 배에 있는 아기에게 좋지 않을 것 같아요."

나도 의자에서 내려왔다. 빌프리트가 고개를 끄덕이면서 동요하고 있는 샤를로테와 멜키오르 쪽을 봤다.

"샤를로테와 멜키오르는 어머님을 별실로 모셔서 라이제강에게서 떨어지시도록 해라. 나와 로제마인이 그들을 쫓아내겠다."

"……괜찮으시겠어요, 오라버니? 지금까지 안 좋은 일을 많이 겪으셨잖아요? 그리고, 라이제강계 귀족들과 앞으로의 관계를 생각하면……."

빌프리트는 불안하다는 것처럼 걱정해 주는 말을 하는 샤를로테의 어깨를 살짝 두드렸다.

"샤를로테, 난 더는 차기 아우브가 아니다. 그들의 협력을 받을 필요도 없고, 폭언을 감수할 필요도 없다. 전면에 나설 테니까 너는 이것을 좋은 기회로 여기고, 기베 라이제강에게 어떻게 항의하고 협력을 받아 낼지를 생각해라. 그쪽은 네 특기지?"

"오라버니……."

나는 빌프리트가 샤를로테와 멜키오르에게 역할 분담 이야기를 하는 사이에, 도청 방지 마술구의 작동을 멈추고 측근들을 불렀다. 무슨 일인가 하고 들어온 측근들에게 라이제강계 노인들이 찾아왔음을 알렸다.

"레오노레, 어머님과 기베 라이제강과 할아버님께 알려 주세요. 그리고 안게리카. 영주 후보생의 호위 기사들을 전부 모아 주세요."

"옛!"

다른 방에서 대기하고 있던 측근들이 바쁘게 집합하기 시작했다. 멜키오르과 샤를로테가 긴장감이 감도는 호위 기사들의 살벌한 분위기를 보고 깜짝 놀랐다. 두 사람에게 따라오라고 말하면서, 빌프리트가 나한테 손을 내밀었다.

"가자, 로제마인. 아버님이 안 계신 사이에 멋대로 구는 것은 용납

하지 않겠다."

"예, 빌프리트 오라버니. 숙청 덕분에 정적이 없어졌다고는 해도 너무 건방지게 구는 것 같죠? 뒷일을 위해서라도 이번 기회에 확실하게 두들겨 주도록 해요."

내가 빙긋 웃으면서 빌프리트의 손을 잡았다.

"자신들이 추대하려는 라이제강의 공주가 제일 무섭다는 걸 깨닫게 해 주면 된다."

"그게 무슨 뜻이죠?!"

라이제강의 노인들

    기세 좋게 샤를로테의 방에서 뛰쳐나오기는 했지만, 나는 빌프리트의 속도를 따라가지 못했다. 기수를 타고 본관으로 향했다.

    "너무 느리다, 로제마인."

    그렇게 말하며 선두에서 빠른 걸음으로 걸어가는 빌프리트를 봤다. 나도 모르게 어라? 하고 고개를 갸웃거렸다. 빌프리트를 둘러싸고 있는 측근들의 위치가 달라졌음을 알아차렸기 때문이다. 항상 가장 가까운 곳에 있던 램프레히트가 멀리 떨어졌다. 그리고 이름을 바친 바르톨트의 위치가 많이 가까워졌다. 이름을 바치면 신뢰감이 달라지는 걸까.

    그런 생각을 하면서 하르트무트가 알려 준 응접실로 향했다. 문을 지키는 플로렌치아의 호위 기사에게 라이제강계 귀족이 와 있는지를 확인하고, 안에 들여보내 달라고 부탁했다. 영주 후보생이 전부 모여서 '안에 들여보내 달라'고 부탁하는 사태에 호위 기사는 상당히 난처하다는 얼굴로 들여보내도 되는지 안쪽에 물었다.

    "여러분, 이렇게 모여서 어쩐 일이십니까?"

    방 안에서 조용히 나온 사람은 하르트무트의 아버지인 레베레히트였다. 플로렌치아의 문관이라서 동석하고 있었던 모양이다. 빌프리트가 한 걸음 앞으로 나섰다.

    "라이제강계 귀족이 와 있지? 우리를 안에 들여보내 주기를 바란다. 어머님 혼자서 교섭하시도록 할 수는 없다."

"부탁드려요, 레베레히트. 저에 관한 이야기죠?"

레베레히트는 떨떠름한 표정을 지어 보이고는 일단 방 안으로 들어갔다. 그리고 플로렌치아에게 확인한 뒤에 우리를 들여보내 줬다. 안에는 플로렌치아와 그 측근이 있었고, 맞은편에는 연회에서 얼굴을 본 적은 있지만 딱히 교류는 없었던 라이제강 측 노인들이 앉아 있었다.

"오오, 로제마인 님!"

"여러분은 대체 뭘 하고 계신 겁니까?"

"에렌페스트의 장래에 관한 중요한 이야기입니다. 로제마인 님은 라이제강의 희망. 중앙 신전의 신전장이 되신다니, 말도 안 되는 일이 아니겠습니까. 아우브 에렌페스트는 대체 무슨 생각을 하고 계시는 것입니까?"

약속도 없이 쳐들어 온 사람이라는 걸 믿을 수 없을 만큼 당당한 태도로 노인들이 말했다. 플로렌치아가 살짝 한숨을 쉬었다.

"아까부터 말씀드린 것처럼, 에렌페스트의 장래에 관한 중요한 이야기니까, 부디 아우브 에렌페스트가 돌아오신 뒤에 이야기하도록 하죠."

물러나라는 말을 듣고, 라이제강의 노인들이 고개를 저었다.

"플로렌치아 님은 잘 이해하시고 아우브를 설득하셔야 하지 않겠습니까……. 페아베르켄이 눈을 가려 버린 아우브를 구출하는 것은 제1 부인만이 할 수 있는 일. 설마 플로렌치아 님까지 제 자식을 아끼는 마음에 페아베르켄에게 사로잡힌 것은 아니시겠지요?"

노인들은 질베스타가 자기 자식을 아끼는 마음에 눈이 멀어 버렸다고 말하더니, "아우브는 그런 점까지 베로니카 님을 많이 닮으셨다.”라면서 한숨을 쉬었다. 편애가 너무 심한 영주의 태도를 바로잡지 않으면 영지의 장래가 잘못될 수 있다는 노인들의 주장은 결국 내가 중앙 신전 신전장이 되지 않도록 차기 영주로 삼으라는 것이었다.

플로렌치아가 미소를 지으며 “제 주위에 페아베르켄은 오시지 않은 것 같습니다.”라고 말하자, 노인들은 웃는 얼굴로 고개를 끄덕였다.

“그렇다면 플로렌치아 님께서도 로제마인 님을 에렌페스트에서 내보내선 안 된다는 걸 알고 계신다는 뜻이로군요. 왕명에 의해 중앙 신전에서 제사를 치를 수 있는 영주 후보생이 필요하다면…… 에렌페스트에는 마침 신전에 들어가기에 좋은 다른 영주 후보생이 있지 않겠습니까. 교섭하기에 따라서는 어떻게든 되겠지요.”

노인들은 빌프리트를 슬쩍 보면서 그렇게 말하고는 자기들끼리 얼굴을 마주 보며 웃었다. 범죄자인 베로니카가 키웠고 본인도 죄를 저지른 빌프리트 쪽이 신전에 들어가기에 적합하다, 기원식에서 청색 신관 의상을 입고 라이제강에 왔으니까 중앙 신전에도 갈 수 있을 것이라고 귀족답게 돌려서 말하자 빌프리트가 분하다는 것처럼 입을 꾹 다물었다.

……라이제강에 갔던 때도 이렇게 빈정대는 말을 들었겠지.

이런 모습을 보자니 정말로 어릴 때의 잘못이 평생 영향을 주는 세계라는 게 뼈저리게 느껴지면서 우울한 기분이 들었고, 신전에 대한 나이 든 사람들의 인상까지 새삼 확인하게 되면서 한숨이 나오려고 했다.

“양어머님, 방에서 나가 주시지요. 이런 말을 듣고 마음이 아파지시면 태중의 아이에게도 좋지 않습니다.”

"어머님, 가시죠."

샤를로테가 플로렌치아의 손을 잡으려고 했지만, 플로렌치아는 온화한 미소를 지으면서 확실하게 거부했다.

"아닙니다. 그 마음만 받겠습니다. 로제마인, 샤를로테. 아이들만 남겨 두고 제가 이 자리를 떠날 수는 없습니다."

미소 짓는 플로렌치아를 지키려는 것처럼 나는 빌프리트와 함께 플로렌치아 앞에 서서 라이제강의 노인들을 마주 봤다.

"저는 여러분이 무슨 말씀을 하시는 건지 곤혹스러울 따름입니다. 중앙 신전에 갈 예정은 없습니다. 대체 누가 그런 말씀을 하셨나요?"

"영주 회의에 출석했던 이들이 입을 모아서 그리 말하고 있습니다. 저희에게도 독자적인 정보망이 있습니다, 로제마인 님."

영주 회의에 출석하는 귀족은 한정된다. 왕의 양녀가 된다는 사실은 새어 나가지 않았다면 그 숫자는 더 좁혀진다. 하지만, 중앙 신전에 들어가는 것이 마치 결정된 사항이라는 듯 말했다는 점이 마음에 걸렸다.

"아무리 첸트의 명령이라고 해도, 에렌페스트에게 무엇이 중요한지도 모르는 아우브와 구두 약속만 할 뿐이고 실행하지는 않는 빌프리트 님이 에렌페스트를 이끌게 된다니, 저희는 그저 불안할 따름입니다. 로제마인 님이야말로 에렌페스트를 이끌기에 마땅한 분이십니다."

중앙 신전에 갈 필요는 없다, 필요하다면 빌프리트를 보내라고 떠들어 대는 노인들을 보고 있는데, 보니파티우스가 뛰어 들어왔다.

"로제마인, 무사하느냐?!"

"오오, 보니파티우스 님! 마침 잘 오셨습니다……."

라이제강의 노인들은 보니파티우스를 보고는 눈을 반짝였고, 나를 에렌페스트에 붙잡아 줬으면 좋겠다고 부탁했다. 보니파티우스는 그런 노인들을 곤란하다는 표정으로 바라봤다. 개인적으로는 같이 붙잡고 싶지만, 왕의 양녀가 된다는 사실을 알고 있는 보니파티우스는 그럴 수 없기 때문이겠지.

……할아버님이 저 사람들을 부추기지는 않은 것 같네.

빌프리트보다 내가 차기 영주에 어울리니까 중앙 신전에 보내서는 안 된다고 입을 모아 말하는 노인들에게 보니파티우스는 이상하다는 것처럼 고개를 갸웃거렸다.

"로제마인이 중앙 신전에 간다는 이야기는 들어 본 적이 없는데, 대체 누가 그런 소리를 했나?"

"영주 회의에 갔던 귀족들이 하나같이 그리 말하고 있습니다. 모르셨습니까?"

"모른다."

보니파티우스가 딱 잘라서 말했더니 노인들이 동요한 것처럼 얼굴을 마주 보기 시작했다. 내 옆에 서 있던 빌프리트가 약간 질렸다는 얼굴로 노인들을 둘러봤다.

"로제마인은 중앙 신전으로 갈 예정이 없다. 그대들, 누군가에게 속은 것이 아닌가?"

그들로선 가장 지적받고 싶지 않은 상대였기에 발끈한 건지, 얼굴이 살짝 험악해졌다. 그리고, 귀족답게 돌려 말하는 표현으로 빌프리트에게 빈정대기 시작했다.

아아…… 빌프리트는 기원식 때도 이런 식으로 괜히 상대를 자극해서 화나게 하고, 흥분하게 만들었겠구나.

빌프리트에게 딱히 악의는 없겠지만, 분위기 파악을 전혀 못 하고 있다. 지적한 사람이 나나 보니파티우스였다면 라이제강의 노인들이 이렇게까지 흥분하지는 않았을 것이다. 과거에 베로니카가 저질렀던 악행까지 늘어놓으면서 빌프리트를 나무하는 노인들과, 빈정대는 말을 참고 있는 빌프리트를 보니 머리를 쥐어뜯고 싶어졌다.

……빌프리트 오라버니는, 나보다도 사교에 안 어울리는 것 같다.

"여러분의 말씀은 잘 알겠습니다. 라이제강이 오랫동안 온갖 고초를 겪으신 것도, 빌프리트 오라버니가 경솔한 발언을 한 것도 사실입니다."

노인들이 기대하는 눈빛으로 "알아 주시는 것입니까, 로제마인 님." 이라고 말했고, 빌프리트는 상처받은 얼굴로 나를 쳐다봤다.

"……하지만, 에렌페스트에서, 그리고 라이제강에서 풍요가 약속될 수 있도록 기원식을 치르기 위해 라이제강에 방문했던 빌프리트 오라버니께도 그렇게 말씀하셨던 것인가요?"

"로제마인 님……?"

"조금 전에 빌프리트 오라버님께 앞날을 전혀 내다보지 못한다고 하셨는데, 여러분이야말로 앞날을 보지 못한다고 생각합니다."

내가 빙긋 미소를 지었더니, 노인들과 빌프리트가 일제히 깜짝 놀란 듯 눈을 깜박거렸다.

"여러분은 제가 중앙 신전으로 간다고 생각하고 계시죠? 그렇다면, 제가 가 버린 뒤에 에렌페스트의 제사를 누가 치르게 될지, 전혀 상상도 못 하고 계신 게 아닌가요?"

내가 빌프리트를 슬쩍 보면서 그렇게 말했더니, 빌프리트가 씩 웃으면서 노인들을 둘러봤다.

"지금은 로제마인이 성인이 된 뒤에, 멜키오르가 신전장 자리를 이어받을 계획이다. 하지만, 그대들이 말한 대로 로제마인이 중앙으로 가게 되면 나는 약혼이 취소되면서 지지 세력을 잃게 된다. 그대들이 말한 것처럼, 영주 후보생 중에서 신전에 들어가기에 가장 적합한 존재가 되겠지."

"예, 그런데 기원식을 치르기 위해 방문했더니 못된 소리만 들었죠. 앞으로 라이제강에는 제사가 필요 없다고 판단하게 될지도 모릅니다. 라이제강이 식량 창고의 역할을 다하기 위해서는 기원식이 무엇보다 중요한 제사인데 말이죠……."

앞으로 라이제강에서는 제사를 치르지 않을 가능성을 시사하고, 나는 웃는 얼굴로 협박하기 시작했다.

"하지만, 라이제강의 수확이 없으면 에렌페스트는 꾸려 나갈 수 없습니다. 라이제강의 수확량이 떨어지면 에렌페스트도 곤란해집니다."

라이제강이 거만하게 굴 수 있는 것은 에렌페스트의 곡창 지대라는 확고한 지위를 차지하고 있기 때문이다. 하지만 제사를 치르지 않으면 그 지위는 단번에 뚝 떨어진다. 나는 더 짙게 웃으며 말했다.

"분명히, 지금까지는 라이제강의 수확이 없으면 꾸려 나갈 수가 없었습니다. 그런데 말이죠, 여러분. 제사를 치른 덕분에 하르덴첼도 수확량이 급증했고, 에렌페스트와 다른 영지 간의 교역도 왕성해졌습니다. 예전과 달리 다른 영지에서 식량을 들여오는 것도 어렵지 않게 됐죠."

지금까지는 에렌페스트가 다른 영지와 그다지 교류를 갖지 않았지만, 앞으로는 종이나 머리 장식을 대가로 식량을 수입할 수도 있다. 다른 영지에서 식량을 들여오는 일을 통해 상대적으로 라이제강의 영향력을 깎아 버리는 정도는 간단한 일이라고 꼼꼼하게 가르쳐 줬다. 그것은 아우브의 말 한마디로 결정할 수 있는 일이다. 에렌페스트가 시골이고, 다른 영지들이 거들떠보지도 않던 시절밖에 모르는 노인들은 순식간에 얼굴이 새파랗게 질려 버렸다.

"로제마인 님, 라이제강의 피를 이은 공주인 당신께서 대체 무슨 말씀을 하시는 것입니까? 지지 세력인 저희를 배신하시겠다는 말씀이십니까?!"

"어머나, 배신이고 자시고…… 저는 에렌페스트의 신전장이고 영주의 양녀입니다만? 제사를 깎아내리고, 제 오라비를 모멸하고, 아우브에게 경의도 품지 않는 귀족들이 제 지지 세력이네 해 봤자 난감할 따름입니다. 아우브가 될 생각은 없다고 몇 번이나 말씀드렸는데, 정말 곤란하군요."

뺨에 손을 대고서 보란 듯이 한숨을 쉬었다. '지지 세력으로서 불만'이라는 의미가 통한 것 같다. 노인들이 믿을 수 없다는 얼굴로 나를 쳐다봤다.

라이제강의 노인들과 나를 번갈아 보면서 보니파티우스가 "로제마인, 말이 조금 심하지 않으냐……."라고, 수습하려는 것처럼 말했다.

"그런데 말이죠, 할아버님. 라이제강 전체의 뜻이라면서 순위를 더 낮추라고 양아버님께 요망을 전하셨었죠? 저는 귀족원에서 다른 모든 이들과 함께 에렌페스트의 순위를 올리기 위해 열심히 노력했는데, 그 노력을 부정당해서 정말 슬펐습니다."

내가 안게리카 같은 근심 어린 얼굴로 "제 지지 세력에게 배신당한 기분이었죠." 라고 탄식했더니, 그 회의 때 라이제강의 뜻에 기울어 있었던 보니파티우스가 "윽." 하고 말문이 막혀 버렸다.

"그렇다고 해서 라이제강에서는 제사를 치르지 않겠다는 것은……."

"걱정하실 것 없습니다, 보니파티우스 님."

빌프리트가 분위기를 딱 잘라 버리는 것처럼 웃는 얼굴로 입을 열고는 라이제강의 노인들을 둘러봤다.

"그대들도 신전에 들어가면 그만이다. 스스로 제사를 치르면 지금까지와 마찬가지로 수확을 얻을 수가 있겠지. 에렌페스트를 위해 라이제강의 소중한 공주가 하는 일이다. 그대들도 로제마인을 도우면 그만이다. 실무에서 은퇴했다 해도 마력은 있으니 문제없겠지."

빌프리트가 웃는 얼굴로 잘라 말했다.

……여전히 분위기 파악은 못 하지만, 틀린 말은 아니네.

"빌프리트 오라버니와 샤를로테는 제 부재중에 빈자리를 메우기 위해 제사를 시작했고, 지금도 저를 돕고 있습니다. 제 지지 세력이라는 귀족들께 그 빈자리를 부탁드리는 것도 좋겠네요."

봉납식 때문에 혼자만 귀족원에서 돌아와야만 하는 게 불쌍하다고 생각한다면, 은퇴해서 사교를 줄이고 있는 노인들이 도와주면 정말 큰 도움이 된다. 내가 그렇게 말했더니 신전과 제사를 기피하는 노인들이 얼굴을 찌푸렸고, 멜키오르는 기뻐하는 목소리로 "그렇다면, 제가 귀족원에 들어간 뒤에도 안심할 수 있겠군요." 라고 말했다.

"소문을 있는 그대로 받아들인 저희 라이제강 사람들이 아주 큰 폐를 끼쳤습니다."

기베 라이제강은 오자마자 그런 말로 사죄했다. 내가 얼마나 차기 영주가 될 생각이 없는지, 얼마나 기분이 나빴는지에 대해 설명한 결과, 기베 라이제강이 도착했을 때는 라이제강의 노인들도 어깨를 축 늘어뜨리고 얌전해져 있었다.

"상당히 무례한 짓을 저질렀습니다만, 그들의 발언은 하나같이 로제마인 님을 걱정하는 마음에서 나온 것입니다. 부디 관대한 마음으로 용서해 주십시오."

기베 라이제강은 담담히 지금까지 베로니카가 저질렀던 일과 내가 양녀가 된 뒤에 라이제강계 귀족들의 입지가 향상된 일에 대해 말했다. 수확량 향상, 봄을 부르는 의식 재현, 제지 공방과 인쇄 공방, 마력 압축법과 가호 증가, 내가 하나하나 인식하지 못했던 것들도 내가 한 일이라고 말했다.

"라이제강에 이만한 이익을 가져다주신 일족의 공주께서 양녀라는 이유만으로 차기 아우브가 되지 못하고, 방해된다는 것처럼 중앙 신전으로 쫓겨나게 된다는 말을 듣자 힘든 생을 살아왔던 노인들은 도저히 참을 수가 없었습니다."

왕명으로 중앙 신전으로 간다는 게 노인들에게는 라이제강의 공주가 또다시 험한 대우를 받게 된다는 뜻으로 여겨졌던 모양이다.

"로제마인 님은 빌프리트 님께 마음을 두실 수 있습니다. 베로니카 님께 학대받고 정치에서 떼어놓기 위해 신전에 들어가게 됐던 페르디난드 님과 똑같은 일이 로제마인 님께도 되풀이되는 것은 아닌지, 그렇게 걱정하는 노인들의 마음도 부디 헤아려 주시면 감사하겠습니다."

방식이 과격해서 폐를 끼쳤다는 기분만 들지만, 라이제강의 노인들이 나를 걱정했다는 말은 사실이겠지. 정중하게 설명하는 기베 라이제강에게 나는 "그렇군요."라고 대답하며 고개를 끄덕였다.

"로제마인은 상냥한 아이이니까 약속도 없이 아우브께서 부재중이신 때에 갑자기 찾아오시지만 않는다면 좀 더 라이제강의 뜻을 받아들일 수 있었으리라고 생각합니다. 저를 걱정하는 바람에 이렇게 왔습니다만, 원래는 다과회를 하고 있었답니다."

플로렌치아는 그런 말로 나를 감싸면서 기베 라이제강에게 빙긋 웃어 보였다.

"로제마인도 진심으로 라이제강에서만 제사를 하지 않겠다고 생각하는 것은 아닙니다. 그렇죠?"

라이제강 전체의 뜻이라면서 순위를 낮추라고 하거나, 구 베로니카 파벌의 숙청 이후에 질베스타를 욕보이기도 하는 바람에 인상이 나빠져 있었을 뿐이다.

"예. 자신의 파벌을 저버리시면서까지 에렌페스트의 풍요를 바라셨던 양아버님의 뜻에 따라 주셨더라면 라이제강에 대해 제가 받았던 인상은 달랐으리라고 생각합니다."

일단 기베와의 대화를 통해서 지금까지와 마찬가지로 제사를 치르겠다고 약속했고, 그 대신에 라이제강도 질베스타에게 더 협력해 달라고 부탁했다.

"로제마인의 부탁을 받아들여서 기베 라이제강이 아우브의 뜻에 협조해 주신다면 이번 일은 불문에 부치겠습니다. 다행히도 아우브께서는 부재중이시니, 약속이 없었다는 사실을 알고 있는 사람은 여기 있는 이들뿐이니까요."

"감사할 따름입니다, 플로렌치아 님."

플로렌치아가 갑작스러운 방문을 불문에 부치기로 하면서 노인들의 일은 잘 정리된 것 같다. 개인적으로도 나를 걱정해서 그랬다는 이야기를 잔뜩 들었기 때문에 노인들에게 심한 벌이 내려지지 않았다는 사실에 안심했다. 다 끝난 건가? 라고 생각했을 때, 기베 라이제강이 빌프리트를 빤히 쳐다봤다.

"빌프리트 님, 베로니카 님이 그들에게 무슨 짓을 했는지, 어째서 라이제강이 당신까지도 이렇게 원망하는지, 생각해 본 적은 있으십니까?"

대놓고 빈정대지 않고 조용히 그렇게 묻자, 빌프리트는 눈을 살짝 가늘게 뜨고는 기베 라이제강을 바라봤다.

"아우브와 측근들에게 이야기를 들어서 알고는 계시지만, 이해하시지는 못한 것으로 여겨집니다. 당신께서는 그 누구보다 베로니카 님이 만드신 파벌의 혜택을 입으며 자라셨습니다. 베로니카 님이 하셨던 일을 다시 한번 생각해 보시고, 당신에 대한 제3자의 시선도 잘 생각해 주시기를 바랍니다."

부주의하게 라이제강을 자극하는 이유가 빌프리트의 이해가 부족한 탓이라고 지적하고, 기베 라이제강은 노인들을 데리고 돌아갔다. 빌프리트는 뭔가를 생각하는 것처럼 가만히 자기 발만 쳐다보고 있었다.

며칠 뒤, 나는 신전으로 돌아왔다. 하르트무트가 조용히 이야기하고 싶다고 해서 나는 도청 방지 마술구를 사용하며 대화를 시작했다.

"라이제강의 노인들을 부추긴 자를 알아냈습니다. 아무래도 해당 인물이 여럿 있는 것 같아서 찾아내기가 힘들었습니다."

하르트무트는 약간 피곤한 얼굴이었다.

"먼저, 빌프리트 님께 이름을 바친 바르톨트더라고요?"

"예?"

"빌프리트 님께 이름을 바치고 명령에 거역할 수 없다는 점을 이용해서 감언이설을 불어넣거나, 측근들을 은근슬쩍 이간질도 하고, 라이제강에서 준 과제라면서 말도 안 되는 어려운 일을 강요하고, 영주 후보생들 사이에 정보 교환을 못 하도록 수작을 부리기도 했던 모양입니다."

하르트무트의 보고를 듣자 내 얼굴이 일그러졌다. 이름을 바친 사람에게 배신당했다는 건가.

"명령에 거역할 수는 없지만, 주인을 위해서 행하는 일들이 결과적으로 배신이 될 수도 있겠죠. 그 부분은 정말 어려운 일입니다."

하르트무트는 그렇게 말하면서 어깨를 으쓱거렸다. 이름을 바친 자를 어떻게 다룰지는 주인 나름인 것 같다.

"바르톨트는 베로니카 님께서 키워 주셨는데도 파벌을 배신한 아우브와 빌프리트 님께 큰 반감을 품고 있었던 것 같습니다."

"그래서……?"

"빌프리트 님과 그 주변의 급격한 변화를 눈치채고 바르톨트의 수상한 행동을 알아차린 분이 플로렌치아 님이셨습니다. 아우브가 부재중인 틈에 바르톨트에 대한 견제와 라이제강 세력을 깎아내리는 일을 동시에 처리하실 예정이셨던 모양입니다."

"양어머님이?!"

생각도 못 한 이름이 나와서, 눈이 휘둥그레지고 말았다.

"바르톨트를 부추기고, 중앙 신전으로 가는 데 대한 타진이 있었다는 뜻을 넌지시 비치고, 몇 가지 루트를 통해서 라이제강의 노인들을 부추겼던 것 같습니다. 그들을 아우브가 부재중인 성으로 향하게 하고, 폭언 등을 이유로 기사단에게 노인들을 체포하도록 해서 이 틈에 영향력을 깎아내릴 계획이셨던 듯합니다."

우리가 다과회를 하느라 북쪽 별채에서 나오지 않는 날을 노리고 실행한 모양이다. 하르트무트가 알아차린 건 계산 밖이었던 것 같고.

"제 아버지가 계획했다는 모양입니다. 기분 나쁜 느낌의 수법이 어디서 본 듯하기도 합니다만……."

하르트무트가 피곤한 목소리로 "부모 자식 간에 서로 속였다고 해야겠지요."라고 말했다. 증거나 증언을 모으고 레베레히트에게 따져서 진실을 알아내느라 상당히 고생했던 것 같다.

"원래는 라이제강을 더 호되게 틀어막아 버릴 예정이었다는 것 같습니다. 로제마인 님 덕분에 꽤 조용히 끝났다고 아버지가 말했습니다."

"그건 다행이지만, 양어머님도 그런 계획을 세우시는군요. 저는 그쪽에 놀랐어요."

얌전히 미소 짓는 모습만 봤기 때문에 너무나 큰 충격으로 다가왔다.

"숙청 이후에 최대 파벌이 돼서 흥분하고 있었으니, 지금이 노인들을 움직이기에 가장 수월했을 것입니다. 아마도 브륀힐데가 제2부인이 되기 전에 라이제강의 힘을 어느 정도 깎아 두려 하셨겠죠. 이 일에 대해서는 엘비라 님의 힘을 빌릴 수도 없었을 테니."

귀족의 방식을 알고 나자 나도 모르게 먼산을 보는 눈이 되었다. 질베스타가 없는 상황에 크게 부푼 배까지 끌어안고서 혼자 라이제강의 노인들을 맞이하는 플로렌치아가 걱정돼서 다과회를 그만두고 뛰쳐나갔던 내가 바보 같다는 기분이 들었다.

"……바르톨트는 어떻게 됐나요?"

이름을 바쳤으면서 주인을 망치려고 했던 바르톨트가 어떻게 됐는지 궁금해서 물었더니, 하르트무트는 "그의 이름을 받은 빌프리트 님의 판단에 달렸습니다." 라고 말했다.

"플로렌치아 님은 바르톨트를 감시하면서 빌프리트 님께서 스스로 알아차리시도록 조금씩 단서를 주실 생각이었던 것 같습니다."

귀족으로서의 교육이니까 건드리지 말라고 레베레히트가 엄하게 말했다는 모양이다.

"이번에는 저도 생각 없이 주인을 위험에 뛰어들게 하지 말라고 아버지에게 꾸중을 들었습니다."

묘한 움직임이 보였을 때는 누군가가 뒤에서 조종하고 있는 경우가 많다. 자세히 살펴보지 않으면 주인을 위험에 빠트릴 뿐이라고 혼났다는 것 같다.

"저도 아직 더 배워야 할 것 같습니다."

하르트무트는 자기가 보낸 올도난츠 때문에 다과회를 중단하게 됐고, 라이제강의 노인들과 내가 마주하게 됐고, 게다가 이번 일로 이익을 본 사람은 영주 부부뿐이고 우리에겐 아무런 소득도 없다는 결과로 끝난 것이 마음에 걸리는 모양이다. 나는 '측근으로서 참으로 창피합니다'라면서 풀이 죽은 하르트무트에게 차를 권했다.

"하르트무트가 없었다면 배후 관계를 알지도 못하고 끝났을 거예요. 하르트무트는 정말 열심히 해 줬습니다. 차라도 마시고, 맛있는 과자를 먹도록 하죠."

양아버님의 귀환

　나는 신전과 인쇄업 인수인계를 하면서 귀족원 공부를 복습하기도 하고, 고아원 아이들의 공부를 도와주기도 하면서 하루하루를 보내고 있었다. 마술구를 받아서 이번 겨울에 세례식을 치르는 나이의 아이는 가을에 질베스타와 면담을 해야 한다. 아우브가 후견해서 귀족이 될 자격이 있는지를 확인하는 것이다. 그래서 아이들은 필사적으로 여러 가지를 공부하고 있고, 생활 태도에 문제가 있다는 말을 듣지 않도록 조심하고 있는 모양이다. 고아원 아이들의 노력에 지지 않도록 멜키오르와 수확제에 가야만 하는 견습 청색 신관들도 열심히 하고 있다.

　자기 마술구를 받은 디르크는 내가 로데리히와 필린느에게 만들게 했던 회복약을 써 가면서 필사적으로 마력을 담고 있다는 것 같다. 귀족원에 갈 때까지 아직 삼 년도 넘게 남았지만, 가능한 한 빨리 마력을 모아 둬야만 한다.

　그런 나날을 보내고 있는데, 성에 있는 오틸리에에게서 올도난츠가 왔다. 장례식 때문에 아렌스바흐에 갔던 질베스타 일행이 귀환했다는 듯하다.

　"페르디난드 님께서 보내신 선물이 잔뜩 있다는 것 같습니다. 그리고 저녁 식사를 같이할 수 있게 성으로 돌아오도록, 이라고 하셨습니다."

　나는 들뜬 기분으로 멜키오르와 다른 측근들과 함께 성으로 돌아갔다. 선물이 너무나 기대된다. 시간을 멈추는 마술구에 맛있는 생선이 잔뜩 들어 있으려나.

"잘 다녀오셨습니까."

질베스타가 마차에서 내렸다. 호위 기사인 칼스테드도 함께 내렸다. 질베스타 일행이 내리자, 이번에는 하인들이 마차에 실려 있던 짐들을 내리기 시작했다. 질베스타 일행의 마차 뒤에는 측근들의 마차가 있고, 그 뒤에는 짐을 잔뜩 실은 마차가 줄지어 있었다. 갈 때도 짐이 가득 실려 있었는데, 올 때도 가득하다.

……짐이 갈 때보다 많아졌네. 마차 숫자가 더 많아.

"짐이 정말 많네요. 마치 페르디난드 님이 결혼하러 가시던 때 정도인 것 같아요."

돌아온 질베스타에게 인사를 하고 줄지어 있는 마차를 보면서 그렇게 말했더니, 질베스타가 엄청나게 짜증 난다는 얼굴로 나를 쳐다봤다.

"이게 다 누구 덕분일 것 같으냐? 너희 둘은 날 짐꾼 하인이라고 생각하는 게 아니냐?"

난 딱히 질베스타를 하인이라고 생각한 적이 없고, 페르디난드가 부탁한 물건을 보냈을 뿐이다. 즉, 범인은 한 사람뿐이다.

"아, 그렇군요. 페르디난드 님 탓이라는 말씀인가요. 사람을 함부로 부리는 동생 때문에 양아버님도 정말 힘드시겠네요."

나는 질베스타를 위로해 줬건만 어째선지 기다란 소매로 슬쩍 가리면서 손날로 머리를 때렸다. 대체 왜?

"너, 엄청난 물건을 보냈다는 것 같더구나. 준비했던 소재 가지고는 부족하다고 그 녀석이 골치를 앓았다."

"대체 무슨 뜻일까요?"

"내가 알겠냐. 일단 뒤쪽에 있는 마차 세 대의 짐은 네 물건이다. 아렌스바흐에서 있었던 일에 관한 이야기는 저녁 식사 때 하겠다. 그때까지 뭐가 들어있는지 확인하고 정리해 둬라."

질베스타는 그렇게 말하면서 '저리 가라'는 것처럼 손을 저었다. 나는 '마차 세 대 분'이라는 말에 놀라면서 마차와 질베스타를 번갈아 쳐다봤다. 질베스타 일행, 사람이 탄 마차 외에 짐만 실은 마차가 다섯 대 줄지어 있다. 그리고 그중에 세 대가 내 짐이라는 것 같다.

"로제마인 님, 서둘러서 확인하도록 하죠. 저녁 식사 때까지 끝내야죠."

오틸리에가 리젤레타와 그레티아를 불러서 마차로 갔다. 짐 확인과 분류를 시작했는데, 첫 번째 마차의 짐을 보고서 벌써 질려 버렸다. 너무 많다.

"이건 빈 식기와 솥이군요. 바셴으로 씻었으니까 신전 주방으로…… 아니, 영지 대항전 때 어머님께서 준비해 주셨던 것도 있었죠. 어떤 게 어디 식기였더라?"

평소에 직접 요리를 하는 게 아니다 보니, 전속 요리사들에게 물어보지 않으면 어디에 쓰는 솥인지도 모른다. 빈 솥이 잔뜩 있다는 건 식사를 했다는 뜻이니까 일단은 안심인데, 뒷정리가 생각보다 큰일이다.

"일단 신전 주방으로 운반해서 푸고와 니콜라한테 선별하게 하고, 엘비라 님께 돌려드릴 때 새로운 음식과 과자를 담아서 드리는 건 어떨까요?"

"필린느의 의견을 채용하겠습니다. 식기와 솥은 신전 주방으로 운반해 주세요."

나는 지시를 내리고, 신전으로 보낼 마차에 싣도록 했다.

"이쪽은 뭘까요? …… 아렌스바흐의 옷감?"

아렌스바흐는 더운 곳인지, 꽤 얇은 천이 잔뜩 들어 있는 상자가 있었다. 그레티아가 천을 꺼내서 살짝 펼쳐 보고는 고개를 갸웃거렸다.

"꽤 얇은 천이군요. 에렌페스트에서는 한여름이 아니면 못 쓸 것 같습니다만?"

"위쪽에 얇은 천을 겹치면 디자인의 폭이 넓어질 수 있을 테고, 아우렐리아한테 선물하면 고향의 천이니까 기뻐할지도 모르겠네요."

염색한 천을 고르던 때에 선택한 것들을 보면 우리와 취향이 비슷하다고 브륀힐데가 말해 줬다. 아들인 지크레히트의 여름옷을 짓는 데도 도움이 될지도 모른다.

"이렇게 받은 천은 아는 여성들께 나눠드릴 것이니까 전부 로제마인 님의 방으로 운반하도록 하죠. 다른 영지의 천은 귀하니까 기뻐할 겁니다."

오틸리에가 신이 나서 어떤 천을 누구에게 줄지 생각해야겠다고 말하며 하인들에게 운반하라고 명령했다. 나는 천이 든 상자는 전부 오틸리에에게 맡기고, 다른 상자를 열어 보기로 했다. 시간을 멈추는 마술구 상자가 또 있었다.

"페르디난드 님은 시간을 멈추는 마술구를 대체 얼마나 많이 가지고 계신 걸까요?"

"어머나, 로제마인 님. 페르디난드 님이 아렌스바흐에 가실 때와 의상을 전해드렸던 때 등등, 몇 번인가 음식을 전해드리지 않았던가요. 페르디난드 님은 그쪽에 쌓여 있던 것을 돌려주셨을 뿐입니다."

리젤레타가 쿡쿡 웃으면서 말했다.

그렇구나……. 내가 그렇게 많이 보냈나?

"지금까지 이쪽에서 보내기만 하고 돌아오지를 않았으니까, 이번에 상자가 이렇게 많아졌겠죠. 그런데 페르디난드 님도 답례품을 채우느라 힘드셨겠네요."

리젤레타의 말을 듣고 페르디난드가 음식의 답례로 뭘 보낼지 고민했을 모습이 생각나서 살짝 재미있다는 생각이 들었다. 하지만 그 직후에, 생각하기를 포기하고 유스톡스에게 맡겼을 것 같다고 생각을 바꿨다.

……유스톡스, 파이팅!

그런 생각을 하면서 시간을 멈추는 마술구를 열었더니 거기에는 처음 보는 이상한 물건들을 조금씩 나눈 것이 가득 채워져 있었다. 같이 보고 있던 하르트무트와 클라리사가 감탄한 목소리로 말했다.

"어머나! 아렌스바흐의 소재군요. 아마도 상당히 귀한 것들일 겁니다. 이쪽은 로제마인 님이 보내신 소재와 조합 도구에 대한 답례가 아닐까요?"

"뭐가 들어 있는지 메모도 딸려 있으니까 그건 그대로 도서관 공방으로 운반하는 것이 제일 좋을 것 같습니다."

두 사람이 지시해서 소재 상자는 도서관 공방으로 운반하게 됐다.

나는 다음 상자를 열었다. 확, 하고 코를 찌른 것은 약간 비릿한 기운이 섞인 바다 냄새. 나는 바로 뚜껑을 활짝 열었다. 작은 슈프레쉬가 한쪽에 잔뜩 채워져 있었고, 레기쉬도 보였다. 그밖에 모르는 물고기도 잔뜩 있고, 이미 잘라 놓은 것도 있는 데다, 이름과 손질 방법이 적힌 메모도 들어 있었다.

"꺄아! 생선이에요! 잔뜩 있어요."

"로제마인 님, 물고기가 움직이니까 빨리 닫으세요!"

다무엘이 쾅, 소리를 내며 닫아 버려서 순식간에 물고기가 내 눈앞에서 사라져 버렸지만, 상자 가득 채워져 있던 물고기 덕분에 내 가슴도 기쁨으로 가득 채워졌다.

……페르디난드 님, 고마워요! 나, 지금, 진짜 행복해요!

어떻게 요리해 달라고 할지 머릿속에서 생선 요리 조리법이 빙글빙글 맴돌기 시작했다. 찜 요리를 못 하는 건 아쉽지만, 슈프레쉬 어묵은 꼭 만들어 달라고 할 생각이다.

"로제마인 님, 이 물고기는 어디로 나를까요?"

"절반은 성의 조리장으로, 나머지 절반은 신전으로 보내죠. 모두에게도 행복을 나눠 줄 거예요."

다른 짐들에는 레티치아가 과자의 답례로 보낸 자잘한 아렌스바흐의 소품과 요리에 사용하는 것 같은 신기한 조미료와 향신료가 들어 있었다. 편지도 여러 통 있었다.

"이런 자잘한 것들의 분류는 도서관에서 소재를 분류할 때 같이 하도록 하죠."

"알겠습니다."

크게 구분한 뒤에 마차를 도서관과 신전으로 보냈다. 라자팜에게는 올도난츠로, 프랑에게는 날아가는 편지로, 각각 짐이 잔뜩 도착한다고 알렸다.

"이미 피곤하신 것 같지만, 이 뒤에는 방에서 세세한 분류를 하셔야 합니다."

리젤레타의 말에 나는 고개를 끄덕였다. 천과 소품을 누구에게 어떤 순서로 어떻게 나눠 주는지도 큰일이다. 그런 섬세한 사고를 잘 못 하는 나는 진력을 내면서 북쪽 별채의 방으로 향했다.

같이 북쪽 별채로 가는 사람은 빌프리트, 샤를로테, 멜키오르다. 세 사람 모두 질베스타가 준 선물을 들고 있다.

"숙부님이 보내신 짐은 정말 네 것뿐이었군."

빌프리트가 질렸다는 얼굴로 말했다. 나는 뚱해져서 입술을 삐쭉 내밀었다.

"오라버니는 양아버님이 주신 선물이 있잖아요? 저는 하나도 없어요."

"그렇게 받았으면서도 모자란다는 거냐?!"

"페르디난드 님의 짐과 양아버님이 주시는 선물은 별개가 아닌가요."

질베스타한테서 페르디난드가 내 것만 준비한 탓에 급하게 아이들 몫을 준비해야 했다고 투덜대는 소리를 들었는데, 그건 내 탓이 아니니까.

"언니가 숙부님께 음식과 소재를 보냈으니까요. 숙부님이 언니에게만 답례를 보내는 것도 당연한 일이 아닐까요."

샤를로테 말대로, 페르디난드의 선물은 내가 보낸 물건에 대한 답례니까 내 몫만 보낸다고 해도 이상한 일은 아니다. 하지만 정말로 내 것뿐이고, 다른 남매에게 보내는 선물은 하나도 없다. 정말 시원시원할 정도로 하나도 없다. 페르디난드는 사교상 실례가 되지 않는 선에서 필요 최소한의 선물만 하는 사람이니까.

페르디난드가 아렌스바흐로 갔던 때에 나는 디트린데 몫은 물론이고 레티치아 것까지 선물을 준비했었는데, '그런 건 필요 없다'라고 말했던 적이 있다. 디트린데에게 주면 디트린데가 레티치아에게 내려 줄 것이라고 페르디난드는 말했었다.

"형제가 있다는 건 알고 있으니까, 보통은 좀 더 배려하지 않던가?"

"조금 아쉽기는 하네요."

빌프리트와 멜키오르가 그런 이야기를 나누는 모습을 보고 나는 말을 해야 좋을지 그냥 가슴속에 담아 두는 게 좋을지 잠시 고민한 뒤에 입을 열었다.

"빌프리트 오라버니, 페르디난드 님은 베로니카 님께 그런 평범한 배려를 받아 본 적이 없기 때문에 누군가 한 사람에게 선물을 보낼 때는 다른 형제에게도 보내는 쪽이 좋다는 의식 자체가 없어요. 페르디난드 님께서 받았던 선물이라는 것은 아마도 양아버님이 내려 주신 것들이겠죠."

페르디난드 님의 말 구석구석에 담겨 있는 내용을 바탕으로 추측했을 뿐이지만, 이라고 덧붙여 서 말했더니 빌프리트가 깜짝 놀란 것처럼 눈이 살짝 휘둥그레졌다. 하지만 샤를로테는 이해한다는 표정으로 고개를 끄덕였다.

"알 것 같네요. 저도 할머니께 뭔가를 받은 적이 없으니까요. 할머니가 주신 물건은 오라버니가 내려 주신 것들이었어요."

"그랬나?"

"예. 저는 할머님께 뭔가를 받은 적이 단 한 번도 없어요. 세례식 전의 오라버니는 동쪽 별채에서 할머님이 소중히 여기셨고, 본관에

놀러 오면 아버님과 어머님이 귀여워해 주셔서 그때는 오라버니가 너무나 부러웠었죠."

샤를로테의 말을 듣고 빌프리트는 충격을 받은 표정이 됐다. 하지만 샤를로테는 더 이상 베로니카에 대해 언급하지 않았고, 페르디난드의 처지를 동정했다.

"저는 어머님께서 주시는 선물이라도 받았지만, 숙부님은 어머님도 안 계셨으니까 그런 것을 모르셔도 어쩔 수 없는 일이겠죠."

"예. 페르디난드 님은 저희가 다른 분들께 나눠드리면 된다고 생각하셨겠죠. 어쩔 수 없는 일이라고 생각하며 천과 생선을 나눠드릴 테니까 페르디난드 님이 보내신 선물이 없었던 것에 대해서는 그것으로 참아 주세요."

내가 그렇게 말했더니 멜키오르는 "기대하겠습니다." 라고 솔직하게 기뻐했다.

방에서 선물을 분류하고 있었더니 금세 저녁 식사 시간이 됐다. 나는 아렌스바흐에서 있었던 이야기를 기대하면서 식당으로 갔다.

"아렌스바흐는 어떠셨나요? 페르디난드 님께 비밀의 방을 줬나요? 식사는 제대로 하고 계셨나요?"

"서쪽 별채이기는 했지만, 비밀의 방을 받았다. 지기스발트 왕자님과 같이 확인했으니까 그 부분은 틀림없다."

"그렇다면 일단은 안심이네요."

걱정거리가 하나 줄어서 나는 안도의 한숨을 쉬었다. 하지만 질베스타는 나를 빤히 노려봤다.

"란체나베의 사자가 온 데다, 장례식 준비 때문에 바빠 죽겠는 시기에 서쪽 별채에 있는 방으로 짐을 옮기라고 해서 정말 힘들었다고 페르디난드의 측근이 은근히 투덜거렸다."

측근들은 방의 확인과 청소가 힘들었다는 모양이지만, 그래도 페르디난드는 기뻐했다는 것 같다.

"게다가 네가 보낸 소재를 줬더니 아침까지 비밀의 방에서 나오질 않더군. 장례식 기간에는 매일 밤을 새웠던 모양인지 안색이 정말 끔찍했다. 아마도 낮에 잤겠지. 아침보다 저녁 쪽이 더 힘이 넘쳤다."

"아무리 그래도 너무 신이 난 게 아닌가요?!"

"그 정도는 예측하고 비밀의 방과 소재와 회복약을 준 게 아니었냐?"

……밤을 새라고 비밀의 방을 부탁한 게 아닌데! 페르디난드 님은 정말 바보야!

"뭐, 그런 의미에서 페르디난드는 잘 지내는 것 같았으니 문제없겠지. 장례식에서 신경이 쓰였던 것은 란체나베와 중앙 기사단이다."

질베스타는 거기서 페르디난드 이야기를 끝냈다. 지금까지 가만히 듣고 있던 플로렌치아가 걱정된다는 투로 "……무슨 일이 있었나요?"라고 물었다.

"습격이라고 할까, 반란이라고 할까, 혼란이라고 할까……. 장례식 자리에서 중앙 기사단 일부가 갑자기 날뛰기 시작했다."

질베스타의 말에 의하면 정말로 갑작스러운 일이었다고 했다. 장례식이 한창인 도중에 중앙 기사단 일부가 날뛰기 시작했다는 것 같다. 바로 아렌스바흐의 호위 기사들과 중앙 기사단이 움직여서 날뛰던 기사들을 제압했다는 모양이다.

"다섯 명이 날뛰었고 그중에 두 명은 사망. 세 명은 포박해서 바로 중앙으로 보냈다. 다른 사람은 다치지 않았고, 바로 진압됐다."

날뛰기 시작하고 사람들이 무슨 일인가 주목했을 때는 이미 주위에 있는 기사들이 제압하기 위해서 움직였다는 듯하다. 실제로 장례식은 아무 일도 없었다는 것처럼 계속됐다는 모양이고.

하지만 다음날에는 왕족의 명령을 받은 중앙 기사단이 아렌스바흐의 차기 영주를 베어 버리려고 하는 사건이 벌어졌다. 저녁 식사 자리에서 디트린데가 '중앙 기사단과 왕족이 무기를 겨눴다'라고 야단법석을 피운 덕분에 그 자리에 없었던 사람에게는 큰 사건이 벌어졌다는 인상을 줬다고 한다.

"누가 무엇을 노리고 벌인 사건인지는 전혀 모른다. 하지만 출석한 사람들의 가슴에 중앙 기사단에 대한 불신을 심어 줬다고 본다."

"페르디난드 님은 뭐라고 하셨나요……?"

"그렇게 난리를 피울 일은 아니라고 디트린데 님에게 충고했는데, 그랬더니 왜 날 걱정해서 왕족에게 항의하지 않는 거냐고 디트린데 님이 따지고 들었다. 페르디난드도 왕족과 중앙 기사단과 이야기하느라 힘들었던 것 같은데, 거기에 대한 감사나 위로는 없었다."

질베스타는 화가 난다는 것처럼 한숨을 쉰 뒤에 팔짱을 끼었다.

"디트린데 님 곁에는 란체나베 왕의 손자가 있었고, 계속 걱정했었지. 페르디난드보다 훨씬 약혼자처럼 보였다. 디트린데 님은 성결식도 치르기 전인데 애인이……."

"질베스타 님."

플로렌치아가 빙긋 웃으며 말을 잘랐다. 아이들에게 들려 줄 만한 이야기가 아니라는, 위압감이 담긴 말 없이 웃는 얼굴로 쳐다보자 질베스타는 입을 다물었다.

……그러고 보니까, 귀족원 다과회에서 신분 차이가 나는 연애를 했다는 말을 했었지? 헤어졌다고 했던 모양인데, 아직도 지속하고 있었구나.

소중히 여겨 주는 연인이 있다면 페르디난드를 상대하기는 힘들겠지. 페르디난드는 얼핏 보면 웃는 얼굴에 상냥한 사람처럼 보이지만, 친해지면 친해질수록 함부로 대하니까.

"란체나베는 유르겐슈미트 말고 다른 나라죠? 그쪽 분도 아우브 아렌스바흐의 장례식에 오신 건가요?"

분위기를 파악한 샤를로테가 슬쩍 다른 화제를 꺼냈다. 플로렌치아의 시선에 꼼짝도 못하고 있던 질베스타가 바로 그 이야기를 받았다.

"국경문이 있어서 란체나베와 아렌스바흐는 교류를 하고 있다. 봄끝 무렵, 영주 회의가 끝날 무렵부터 가을 끝 무렵까지 란체나베의 대표자가 아렌스바흐에 머물고, 무역을 위한 배가 드나든다는 것 같다. 국경문을 통해 배가 나가는 모습은 처음 봤는데, 꽤 재미있더군. 파랗고 넓은 바다 위에 커다란 국경문이 자리 잡은 것도 꽤 신기한 광경이었다."

그런 교류가 있기 때문에 란체나베의 대표자도 장례식에 참석했다는 모양이다. 그때 란체나베 사람이 입고 있던 의상에 은색 천이 사용된 것처럼 보였다고도 했다.

"나는 멀리서 봤을 뿐이고, 에렌페스트에 있었던 것은 작은 조각이었기 때문에 같은 소재인지 아닌지는 모르겠지만, 은색이다 보니 아무래도 신경이 쓰이겠지. 란체나베라면 마력이 전혀 없는 소재가 있어도 이상한 일은 아니겠지?"

게를라흐의 여름 저택에서 은색 천을 발견했던 보니파티우스는 복잡한 표정을 지으면서 질베스타의 이야기를 들었다.

"경계는 필요하지만, 마력 공격은 막아도 다른 베는 공격 같은 것들까지 막을 수 있는 건 아니다. 암살이나 처음 발견한 자가 펼치는 첫 일격을 막는 정도라면 효과가 크겠지. 하지만, 천은 방어구로서 큰 도움이 안 된다."

슈타프로 만든 검으로는 자를 수 없지만, 둔기라면 충격이 그대로 전해지고 천으로 가려지지 않은 부분에는 평소처럼 마력이 통한다. 방어구로서는 도움이 안 된다고 보니파티우스가 말했다.

"양아버님, 페르디난드 님께는 자세히 말씀하셨죠?"

"비밀의 방을 확인하러 갔을 때 말했다. 가능하다면 입수해서 연구해 보고 싶다고 했었지."

질베스타의 말에 의하면 란체나베 사람들은 유르겐슈미트의 피를 이어받은 왕족과 현지 사람의 외모가 전혀 다르다는 것 같다. 이런저런 이야기를 들어 보니 갈색 피부인 데다 얼굴 생김새도 조금 다르게 보인다는 모양이다.

"처음 봤을 때는 조금 놀랐었지. 란체나베인은 대부분이 현지 사람이니까 그 사람들은 유르겐슈미트에 오면 신기한 기분이 든다고 했었다."

다른 나라 이야기에 멜키오르가 눈을 반짝거렸다.

"란체나베는 어떤 곳일까요? 저도 한번 가 보고 싶습니다. 아, 하지만, 먼저 다른 영지부터 가 보고 싶습니다. 귀족원도 형님과 누님의 이야기를 들었기 때문에 가게 되는 날이 기대됩니다."

멜키오르의 말을 듣고서 나도 고개를 크게 끄덕였다.

"저도 같은 생각입니다. 란체나베에는 어떤 책이 있을까요? 란체나베의 도서관에도 한번 가 보고 싶어요. 물론 다른 영지의 도서관에도 관심이 있죠. 역사가 오래된 단켈페르거나 클라센부르크의 도서관에는 훌륭한 책이 잔뜩 있을 테니까요."

······상상만 해도 황홀한 기분이 든다.

내가 줄지어 꽂혀 있을 책들을 떠올리고 있었더니, 샤를로테가 곤란하다는 얼굴로 웃었다.

"······언니의 도서관에 대한 마음이 충분히 전해지기는 했지만, 멜키오르와 같은 생각은 아닐 것 같아요."

질렸다는 듯한 샤를로테의 한마디에 나는 웃어서 얼버무렸다.

질베스타에게서 아렌스바흐의 이야기를 듣고 저녁 식사를 마쳤다. 페르디난드의 이야기를 물어보려고 해도 '자세한 건 편지를 읽어라'라는 말로 딱 잘라 버렸다.

"로제마인, 짐 속에 페르디난드가 보낸 편지가 있었지? 그중에는 레티치아 님이 보낸 편지도 있다는 것 같다. 최대한 빨리 답장을 보내도록 해라."

"알겠습니다."

페르디난드의 편지

"양아버님도 그렇게 말씀하셨으니까, 빨리 편지를 읽고 답장을 써야만 해요. 하지만, 제가 편지가 들어 있는 짐을 도서관으로 보내 버렸으니까 내일은 도서관으로 가겠습니다."

식사를 마치고 방으로 돌아온 뒤에 나는 내 측근들에게 내일 예정을 말했다. 오틸리에는 "이쪽 분류는 어떻게 할까요?"라면서 걱정스러운 얼굴로 천이 가득 채워져 있는 상자를 봤다.

"시종들이 제게 맞는 각 계절의 귀색을 고른 뒤에 양어머님, 샤를로테, 어머님, 아우렐리아의 천을 고르도록 할까요."

"천을 드리기 위해서는 다과회를 개최해야 합니다만, 어떻게 할까요?"

"예? 다과회, 말인가요?"

이럴 수가. 이렇게 나눠 줄 때는 다른 사람과 비교하거나 저쪽이 더 좋은 것 같다는 생각을 갖지 않도록 가능한 개별적으로 선물하는 쪽이 좋다고 여겨지는 모양이다.

으아…… 귀찮아. 선물을 나눠 주려고 몇 번이나 다과회를 해야 한다니!

"오틸리에, 제가 선택하고, 각각 다과회를 열어서 초대하고, 그분께 건네드리기에는 시간이 너무 부족해요. 뭔가 다른 방법은 없는지 생각해 주세요."

내가 인수인계 때문에 바빠서 몇 번이나 다과회에 시간을 빼앗길 수 없다는 사실은 측근들이 가장 잘 알고 있다. 시종들은 "어떻게 할까……." 라면서 생각에 잠겼다.

"배가 많이 부른 양어머님께 부탁드리는 건 마음에 걸리지만, 제 몫을 고른 뒤에 전부 양어머님께 보내고 그쪽에서 다른 분들께 나눠 드리도록 하는 건 어떨까요?"

"그건 그다지 좋은 방법이 아닙니다. 플로렌치아 님이 주시는 선물이 돼 버립니다. 파벌이나 역학 관계를 생각하면 로제마인 님께서 선물하시는 형태가 되는 쪽이 좋겠죠."

오틸리에는 그렇게 말했지만, 나는 플로렌치아가 주는 선물이 돼도 상관없다고 생각한다.

"……저는 일 년 뒤에는 떠날 테니까 그 이후의 파벌 형성을 위해서라도 양어머님께 맡기는 쪽이 좋다고 생각합니다. 지금, 가장 입장이 불안정한 분은 양어머님이시니까요."

나는 하르트무트의 이야기를 들을 때까지는 전혀 생각도 못 했지만, 사실 나와 빌프리트의 약혼 취소 때문에 가장 큰 문제가 생긴 사람은 플로렌치아다.

빌프리트는 나와 약혼을 취소하고 싶어 했다. 차기 영주 따위는 되고 싶지 않다고 질베스타에게도 말했을 정도였고. 약혼을 취소해서 입장이 불안정해지기는 했지만, 자기 바람이 이루어졌으니 수긍할 수 있겠지. 샤를로테와 멜키오르도 자신의 장래에 선택지가 늘어났다고 기뻐했으니까 문제없다.

하지만 플로렌치아는 지금까지 라이제강이라는 지지 세력을 가지고 있는 내가 빌프리트의 제1 부인이 될 예정이었기 때문에 조용히 있었다. 친아들이 차기 영주가 되고 양녀를 통해서 라이제강계 귀족들을 같은 편으로 끌어들일 수 있다고 생각했기 때문에 브륀힐데를 제2 부인으로 들여도 아무런 문제가 없었다.

나와 브륀힐데는 나이가 비슷하니까 만약 브륀힐데에게 아이가 생기더라도 나와 빌프리트의 아이가 있으면 라이제강이 어느 쪽을 우선할지는 뻔히 보인다. 그래서 질베스타의 제2 부인으로 맞이하는 것을 환영했다.

하지만 나와 빌프리트의 약혼이 취소되면 모든 전제가 뒤집혀 버린다. 라이제강계 귀족은 일제히 브륀힐데에게 붙을 테고, 거기서 아이가 태어나면 플로렌치아의 피를 이은 아이가 차기 영주가 될 가능성은 현저히 낮아진다.

"……로제마인 님은 라이제강 귀족이자 자신의 측근인 브륀힐데를 우선하지 않으시나요? 빌프리트 님과의 약혼을 취소하고 아우브와의 양자 결연도 취소하신다면 에렌페스트에 남는 관계는 본가…… 즉, 라이제강과의 인연뿐입니다."

오틸리에가 나를 조용히 바라보면서 물었다. 측근들이 가만히 내 대답을 기다리고 있다는 것이 시선을 통해서 느껴졌다. 내 대답이 에렌페스트에 남는 사람들의 움직임에 큰 영향을 줄 것이 틀림없다.

"저는 양어머님과 샤를로테의 입장을 강화해 두고 싶습니다."

굳이 따지자면 라이제강계 귀족이 많은 내 측근들을 둘러보면서 확실하게 말했다. 나는 플로렌치아의 입장이 불안정해지는 것도, 조정 역할을 맡기 위해서 에렌페스트에 남는 쪽을 선택한 샤를로테가 불우한 처지가 되는 것도 바라지 않는다.

"브륀힐데는 라이제강을 이끌고 에렌페스트를 안정시키기 위해서 제2 부인이 되기를 원했습니다. 양어머님의 입지를 위협하려는 게 아니죠. 저는 브륀힐데가 아니라 제1 부인인 양어머님을 지지합니다."

엘비라도 큰 권력이 뒤에서 밀어 주던 제2 부인 트루델리데 때문에 입장이 불안정해졌고, 세대교체 때문에 골머리를 앓았다. 내 선택을 나무라지는 않겠지.

"……알겠습니다. 이 천들의 절반 가량은 로제마인 님을 위해 챙겨 두고, 나머지 절반은 플로렌치아 님께 맡기도록 하죠."

"절반이나 남겨 둔다고요?"

나는 각 계절의 귀색만 챙기면 충분한데. 절반이라는 말을 듣고 눈을 깜박거렸더니, 오틸리에가 피식, 하고 짓궂게 웃었다.

"어머나, 저희 측근에게는 내려 주지 않으실 생각이신가요?"

그 생각은 전혀 못 했다. 하긴, 플로렌치아보다 항상 열심히 일해 주는 측근들을 먼저 챙겨야 했다. 나는 내 몫을 선택한 뒤에 측근들에게 자기가 좋아하는 천을 가져가라고 말했다. 그리고 남은 천은 '이 사람에게는 꼭 나눠 주세요'라는 부탁을 적은 편지와 함께 전부 플로렌치아에게 선물하기로 했다.

다음날, 시종으로는 그레티아 한 사람을, 문관과 호위 기사는 전부 데리고 도서관으로 갔다. 조미료를 구분해야 하기도 하고 점심과 저녁 식사 준비를 부탁해야 하니까 푸고를 비롯한 전속 요리사들도 같이 갔다. 사전에 올도난츠로 연락을 해 뒀기 때문에 라자팜이 맞이해 줬다.

"다녀오셨습니까, 로제마인 님."

"다녀왔어요, 라자팜. 이쪽에 도착한 짐을 분류하겠습니다. 소재

는 공방으로 운반했나요? 그리고 올도난츠로 부탁한 것처럼 비밀의
방에서 편지를 읽고 답장을 쓸 수 있도록 테이블과 문구류를 넣어 줬
으면 싶은데……."

"전부 준비해 뒀습니다. 로제마인 님이 비밀의 방을 열어 주시면
곧바로 정돈하도록 하겠습니다."

요리사들이 하인들의 안내를 받으며 주방으로 가는 것을 확인하
고 나는 라자팜을 따라서 공방으로 갔다. 과연 지시한 대로 짐을 운
반해 뒀다.

"이 상자의 소재를 문관들이 분류하고 정리해 주세요. 하르트무트
의 지시에 따라 주시고요. 남성 호위 기사도 이쪽을 도와주세요. 클
라리사와 필린느가 운반할 수 없는 것도 있을 수 있으니까요."

문관 전원을 동원할 때면 자꾸만 다무엘까지 문관처럼 다루게 된
다. 그걸 솔직하게 말하면 다무엘이 너무 불쌍하니까, 남성 호위 기
사들을 전부 동원해서 돕게 했다. 무거운 소재도 있고, 높은 곳에 수
납해야 하는 경우도 있으니까 남성이 많으면 편리하다.

"저는 비밀의 방에서 편지를 읽고 답장을 쓰겠습니다. 그동안에
소재 분류와 정리를 부탁드릴게요. 소재 분류와 수납 방법은 알고 계
시죠?"

"물론입니다. 맡겨만 주십시오."

신전도 도서관도, 내 공방은 페르디난드가 준비해 줬다. 그래서
어느 쪽이건 배치는 똑같다. 하르트무트와 클라리사가 공방의 배치
는 완벽하게 파악하고 있다고 자신 있게 말했으니까, 두 사람에게 맡
겨 두면 문제없겠지.

나는 그레티아에게 부탁해서 레티치아가 보낸 물건이 든 상자에

서 편지를 꺼내 달라고 했고, 라자팜에게 말해서 3층에 있는 내 방으로 갔다.

"갑작스러운 일이라서 이쪽의 테이블과 문구류를 넣을 예정입니다만, 괜찮으시겠습니까?"

"예. 새 가구를 준비할 필요는 없습니다."

나는 라자팜에게 고개를 끄덕여 보이면서 비밀의 방을 열었다. 이 비밀의 방에는 의자와 페르디난드의 '아주 잘했다'가 들어 있는 마술구가 있다. 다른 사람이 건드리는 게 왠지 싫어서 나는 마술구가 든 가죽 주머니를 들고 일단 비밀의 방에서 나온 뒤에, 테이블과 문구류 준비가 끝나기를 기다렸다.

테이블이 들어간 뒤에 그레티아가 성에서 가지고 온 잉크와 종이를 넣었고, 테이블 위에 종이를 올려놔 달라고 했다. 사라지는 잉크도 준비해 뒀다.

……나, 완벽해.

"그럼, 읽고 오겠습니다. 호위 기사는 안게리카만 남아 주면 충분합니다. 필요하면 부를 테니, 다른 분들은 짐 분류를 도와주세요."

혼자 비밀의 방에 들어가서 나는 바로 레티치아가 보낸 편지부터 읽기 시작했다. 질베스타가 빨리 답장을 보내라고 했기 때문이다. 솔직히 페르디난드가 보낸 편지는 잔소리가 잔뜩 적혀 있을 것 같으니까 뒤로 미룬 건 아니다.

친부모님의 목소리가 담긴 귀여운 스밀 마술구가 정말 기뻤다는 이야기, 처음에는 페르디난드에게 어느 타이밍에 어떤 방법으로 써야 좋을지를 몰랐지만, 유스톡스가 실제로 시범을 보이면서 가르쳐 줬다는 이야기가 적혀 있다.

"유스톡스 덕분에 스밀 마술구를 잘 다룰 수 있게 됐습니다…….
이거, 생각해 보면 정말 엉뚱한 장면이네."

미간에 주름을 짓고서 가르치는 중인 페르디난드에게 유스톡스가
'지금입니다'라든지 '이럴 때 사용하시죠'라고 말하면서 하얀 스밀
인형을 내미는 광경을 떠올렸더니, 묘한 웃음이 치밀어 올라왔다.

그 스밀에서 '가끔은 칭찬도 해 주세요'라는 내 목소리가 나오면
분명히 페르디난드는 짜증 난다는 쓸쓸한 표정으로 칭찬하는 말을
해 줬을 것이다. 가까이에서 보고 있으면 괜히 화풀이를 할 것 같으
니까 조금 떨어진 곳에서 몰래 보고 싶다.

"그나저나 레티치아 님은 과자가 없으면 힘들구나. 페르디난드
님, 좀 더 살살 해 주세요."

봄의 영주 회의를 마친 뒤에 갑자기 교육이 엄해졌다고 적혀 있
다. 이유는 적혀 있지 않아서 모르겠지만, 아렌스바흐에서 꼭 필요
한 교육이라는 모양이다. 알고 있어도 힘들어서 항상 페르디난드가
상으로 주는 에렌페스트의 과자와 스밀 마술구에 마음을 의지할 정
도로, 엄한 교육을 헤쳐 나가기 위해서는 필수라는 내용이 적혀 있
었다.

"음…… 그러면 새로운 과자가 필요하겠네."

페르디난드가 주기 쉽도록 쿠키나 작게 자른 카트르 카르를 소분
해서 주머니에 넣었는데, 아이스크림이나 티라미수처럼 시간을 멈
추는 마술구가 있어야만 운반할 수 있는 것도 준비해 주는 게 좋을지
도 모르겠다.

아무튼, 레티치아는 나한테 정말 감사한다고 했고, 이번에 페르디
난드가 답례품을 보낼 때 자신도 같이 보내고 싶다고 생각해 줬다는

듯하다.

뭘 보내야 좋을지 고민하고 있는데 유스톡스가 조미료와 향신료처럼 요리의 폭을 넓힐 수 있는 물건들은 어떠냐고 제안했다는 모양이다. 왠지 유스톡스와 사이가 좋아 보이네.

뭐…… 페르디난드 님과 에크하르트 오라버니보다 물어보기 쉽다는 건 틀림없지만.

"에렌페스트에 없는 물건은 사용하는 방법을 모를 수도 있으니까 유스톡스의 조언대로 조리장에게 배운 아렌스바흐의 조리법도 동봉합니다…… 라니. 레티치아 님, 정말 착해!"

나는 동봉된 조리법을 훑어봤다. 모르는 재료투성이니까 일단 만들어 보지 않으면 어떤 맛이 나올지는 모르겠다. 푸고와 요리사들의 노력에 기대해 보자.

……기왕이면 보내 준 조미료와 향신료로 뭔가 만들어서 보내 주는 것도 좋겠지?

나는 조금이라도 즐겁게 공부할 수 있도록 레티치아에게 새로운 과자를 보내겠다는 이야기, 스밀 마술구를 좋아해 줘서 기쁘다는 이야기, 보내 준 조미료로 새로운 요리를 만들 테니까 시식을 부탁한다는 이야기 등을 적었다.

페르디난드의 교육이 엄해진 데는 이유가 있는 것 같고, 레티치아도 이해하고 있는 모양이다. 내가 레티치아에게 좀 더 상냥하게 대해 주라고 무책임하게 말할 수는 없다. 하다못해 페르디난드에게 칭찬하는 말이 나오는 난이도를 낮춰 달라고 부탁할 테니까 칭찬을 많이 받으라고 조언하는 게 고작이겠지.

……레티치아 님도 '아주 잘했다'가 들어 있는 녹음 마술구가 필

요할지도 모르겠네.

레티치아의 편지를 다 읽었으니, 이제 페르디난드가 보낸 편지를 읽을 차례다. 여러 통이 있는데 틀림없이 어떤 편지에는 잔소리가 들어 있고, 어떤 편지에는 칭찬하는 말이 들어 있겠지.

"……어떤 것부터 읽을까?"

나는 두근두근하면서 봉투를 열었다. 팔락, 하고 펼쳐 봤더니 잔소리가 좍~ 줄지어 있었다.

먼저 약혼자에게 비밀의 방을 주라고 왕족과 교섭한 것은 상당히 비상식적인 일이라느니, 연좌 회피를 직접 교섭해서 따낸 것은 너무 걱정한 게 아니냐고 꾸중하는 말들이 적혀 있었다.

어째서 약혼자에게 방을 주지 않는지, 주게 되면 주위에서 어떻게 보는지가 적혀 있다. 아무래도 나는 디트린데에게 결혼하기도 전에 남자를 침실에 들이라고, 그리고 페르디난드에게는 결혼도 안 했는데 디트린데와 같은 방에서 생활하라고 왕명으로 강요 비슷한 짓을 했다는 모양이다.

왕명이니 비밀의 방을 주겠다는 말을 들었을 때, 디트린데와 조금이라도 거리를 두고 싶은데 대체 무슨 짓을 저지른 거냐는 생각에 두 손으로 머리를 감쌌다는 듯하다.

……아냐아아아아아! 난 그런 생각이 아니었어!

디트린데가 영주의 배우자에게 배정되는 본관의 방이 아니라 서쪽 별채에 방을 준비해 주면서 서로가 안도한 것 같다. 단, 신변 안전 때문에 그녀는 왕명의 실행을 꺼렸고, 왕족이 확인하러 오는 장례식 직전까지도 방을 주지 않으려고 했다. 그래서 가장 바쁜 시기에 방을 옮기게 돼서 이사 작업이 정말 힘들었다고 했다.

페르디난드에게 주어진 방은 게오르기네가 제3 부인이었던 시절에 사용했던 방이라고 한다. 유스톡스와 에크하르트 두 사람이 '독을 검출하기 전에는 들어갈 수 없다'고 하면서 여러 종류의 검출 약을 뿌려대서 아렌스바흐의 측근들을 완전히 질려 버리게 만들었다는 모양이다.

하지만…… 유스톡스와 에크하르트 오라버니의 걱정하는 마음도 이해가 돼. 무슨 일이건 꼼꼼하게 확인해야 하니까.

독의 흔적이 없다는 것을 확인하고 방을 통째로 바센으로 씻어 낸 뒤에 이사 작업을 시작했다고 적혀 있다. 그동안 페르디난드는 비밀의 방을 공방으로 개조했다고 한다.

"방을 이동하면서 집무실과 거리가 멀어졌고, 게오르기네의 별궁에서는 더 멀어지면서 유스톡스가 정보를 얻기 힘들어졌고, 비밀의 방 따위는 없어도 생활은 가능하다. 하지만 가능한 한 빨리 공방을 갖고 싶다고 생각했던 건 사실이니까, 이번 일은 불문에 부치겠다……. 뭐야, 지금까지 잔소리를 실컷 적어 놨잖아요! 어디가 불문이라는 거죠?!"

흥! 하고, 일단 편지를 향해 화를 냈다. 페르디난드와 '불문'이라는 말의 의미를 서로 맞춰 볼 필요가 있다.

"게다가 침대에서 자는 것보다 비밀의 방에서 등걸잠을 자는 쪽이 잠이 더 잘 오니까 이제는 장의자가 필요하다. 영지 대항전 때에 사용했던 것이 잠자기에 좋았다……. 뭐야, 그 장의자, 나한테 준 거잖아요?! 자기 대신 남겨 두고 간다고 했으면서, 둘 데가 생겼으니 다시 돌려주라는 거냐고요?! 아니면, 새로 주문해 달라는 거야?!"

일단 페르디난드가 충실한 비밀의 방 라이프를 즐기고 싶어 한다는 마음은 잘 알았다. 하지만 정말로 비밀의 방에서 안 나오게 될 것 같으니까 장의자 설치에 관해서는 유스톡스와 에크하르트의 의견을 들은 뒤에 결정해야겠다. 응, 그렇게 하자.

비밀의 방 편지 외에는 란체나베의 내방을 중심으로 하는 아렌스바흐의 정세가 적혀 있는 편지도 있었다. 아마도 장례식이 시작되기 직전에 적은 듯한 내용이다.

란체나베 공주의 입국을 거부한다는 왕의 결정을 전했더니 란체나베의 사자가 자기 좋을 대로 뜯어고친 그쪽 사정을 말했고, 디트린데가 란체나베를 동정하는 바람에 일이 상당히 귀찮아졌다는 것 같다.

장례식 기간에 왕족과 란체나베의 회담을 마련하기로 했다든지, 이 마력이 부족한 시기에 란체나베로 수출하는 마석을 거의 공짜로 주려고 했다든지 해서 무역 관계가 엉망이 돼 버렸다는 것 같다. 그 상태가 너무 끔찍할 지경이라서 페르디난드가 야단을 쳤더니 디트린데는 반성은 고사하고 '당신은 날 정말로 사랑하지 않아!'라고 영문을 알 수 없는 반론을 하고는 란체나베의 사자가 머무는 저택으로 달려갔다는 모양이다.

"대체 무슨 심리에서 그런 말이 나왔는지 그 자리에 있던 그 누구도 이해하지 못하고 곤란해하고 있다. 같은 이상한 사람이니까 너는 이해하는 부분이 있지 않을까? ……라니, 뭐야아아아? 그런 건 나도 모른다고요."

매사에 그런 식으로 디트린데가 난리를 피우고 있다는 모양이다. 란체나베 왕의 손자가 마음에 들어서 곁에 두고 있는 덕분에 페르디난드는 일에 집중할 수 있고 마음의 여유도 조금 생겼지만, 업무량은 예전과 비교도 안 될 만큼 많아졌다는 것 같다.

"디트린데 님, 차기 아우브 맞지? 아무리 그래도 그러면 곤란할 텐데……."

란체나베 사자의 저택에 자주 출입하는 디트린데를 나무라기도 하고, 데리고 나오려고 게오르기네가 분투하고 있다는 것 같다. 게오르기네에게 이끌려서 성으로 돌아오는 디트린데의 모습이 여러 번 목격됐다는 모양이다.

디트린데의 행동을 도저히 감당할 수가 없으니 레티치아의 교육이 엄해질 수밖에 없다. 성에서는 가능한 한 빨리 레티치아를 차기 영주로 삼아야 한다는 쪽으로 의견이 모이고 있다는 것 같고.

음…… 이것도 디트린데 님 덕분이라고 해야 하려나?

마지막 편지는 질베스타가 도착하고 조합용 도구와 소재를 손에 넣은 뒤에 적은 것 같다. 마지에 관한 얘기만 적혀 있다. 내가 보낸 샘플이 예상을 벗어난 품질이라는 점. 제작 과정에서 마력을 너무 많이 사용하는 탓에 골치가 아플 지경인 제조법이라는 점. 마력을 이렇게까지 사용한 마술구다 보니 그에 상응하는 답례를 하기가 힘들다는 점. 낭비가 너무 심한 제조법이라서 깜짝 놀랐다는 점 등등이 줄줄이 적혀 있었다.

"이상의 이유로 급히 제조법을 개량했다. 이렇게 조합한 마지를 보내도록……. 뭐야, 며칠이나 밤을 새워 가며 공방에서 뭘 했나 싶었더니 제조법을 개량했다고?! 그런 건 나중에 해도 되잖아요?! 페르디난드 님 바보!"

최고 품질 마지 삼백 장이라는 엄청난 요구를 했으니까 조합을 위한 시간은 최대한 길게 확보해 두는 쪽이 좋을 것 같다는 그럴듯한 이유가 적혀 있다. 하지만 장례식 기간에 몸이 망가질 수도 있는 생활을 해도 된다는 이유는 아닌 것 같다.

"새로운 제조법에 필요한 소재를 보냈다는 건, 그 상자에 가득 채워 놓은 많은 소재는 나한테 보내는 답례나 선물이 아니라는 뜻이겠지? 아으, 페르디난드 님 너무해. 왕족에 대한 요구는 비상식적이었지만 비밀의 방은 기뻤고, 오랜만에 조합을 했더니 너무 재미있어서 멈출 수가 없었다고 솔직하게 말하면 될 텐데!"

오랜만에 연구에 몰두했고 그게 너무나 재미있었다는 점은 제조법과 관계없는 조합과 소재가 어쩌고저쩌고하는 내용이 줄줄이 적혀 있는 편지를 보면 충분히 알 수 있다. 텐션이 많이 올라갔다는 증거다.

뒷면에 적혀 있는 새로운 마지의 제조법은 사라지는 잉크로 적혀 있다. 나는 하르트무트와 다른 사람들에게도 가르쳐 줄 수 있도록 내 손에 닿아서 빛나는 내용을 다른 종이에 옮겨 적었다.

"……응?"

마지막 말은 제조법이 아니었다. 나는 펜을 내려놓고 그 말을 가만히 쳐다봤다.

"너의 게두르리히를 알려 줬으면 싶다……?"

무슨 의도로 적은 말인지 알 수가 없었다.

게두르리히를 고향이라는 의미로 사용한 걸까, 아니면 다른 의미를 담아서 사용한 걸까. 뭐라고 대답해야 좋을까. 어떻게 대답하면 어떤 반응이 돌아올까. 생각하면 할수록 더더욱 모르겠다.

어쩌면 내가 일 년 뒤에 에렌페스트를 떠난다는 사실을 알고 있는

걸까. 아니면, 영주 회의에서 있었던 다른 영지들의 움직임을 통해서 중앙 신전 신관장이 될 거라고 예측했을 뿐인지도 모른다. 그런 생각을 하고 있는데, 머릿속에 페르디난드의 얼굴이 떠올랐다.

너무나 조용하고, 감정을 완전히 배제한 무표정한 얼굴이었다. 정면을 똑바로 바라보는 밝은 금색 눈동자를 띤 얼굴이 발치에 냉기가 감도는 것 같은 차가운 목소리로 '너는 왕이 되기를 바라는가?'라고 내게 물었다.

"그런 건 바라지 않아요. 제가 바라는 건 책을 읽는 일이니까."

그때는 그렇게 대답했다. 하지만, 지금은 쉽게 대답할 수가 없다. 아렌스바흐로 가서 결혼하는 것이 정해지자 페르디난드 님을 협박했을 때 입을 통해서 나왔던 감정 쪽이 더 강해져 있다.

"페르디난드 님을 돕기 위해서라면 구르트리스하이트를 손에 넣어서 왕이 돼도 좋아요."

나는 페르디난드에게 상담도 하지 않고 행동해 버리고 말았다. 이미 차기 첸트 후보가 됐고, 다음 영주 회의 전에 왕의 양녀가 돼서 구르트리스하이트를 손에 넣을 예정이다.

……페르디난드 님은, 어떻게 생각할까?

그런 생각을 했더니 무서운 기분이 들어서 나는 내 게두르리히에 대한 답을 내놓을 수 없게 되었다. 대답을 피하고 편지의 답장을 쓴 뒤에 비밀의 방에서 나왔다.

"페르디난드 님의 제조법대로 마지 삼백 장을 만들어야지."

왕의 양녀가 돼 버리면 페르디난드 대신 조합을 할 수도 없고, 지기스발트와 약혼하면 틀림없이 편지도 주고받지 못하게 돼 버린다. 아마도 이 마지 제작이 페르디난드와의 마지막 서신 교환이 될 것이다. 내가 자유롭게 움직일 수 있는 시간은 계속 줄어들고 있다. 지금은 페르디난드의 부탁을 이뤄 주는 데 시간을 쓰고 싶다.

……대답은, 마지를 만든 다음에 하자.

나는 문제를 뒤로 미뤘다.

토론베 사냥과 성결식

"정말 훌륭하군요. 정말 많은 공부가 됩니다. 비싼 소재는 가능한 사용하지 않고 마력 소비를 억제하면서 품질을 높여 가는 수완은 역시 경험 차이가 크게 작용하는군요."

내가 편지에서 베껴 적은 페르디난드의 개량 제조법을 보고 하르트무트와 클라리사가 감탄해서 한숨을 쉬었다. 둘이서는 알아차리지 못했던 소재와 순서를 사용해서 최고 품질 마지 조합에 필요한 마력과 경비를 크게 낮췄다는 모양이다.

"그만큼 조합 절차와 필요한 소재의 종류가 늘어나지 않았나요?"

페르디난드의 개량판 제조법은 절차가 조금 복잡해졌다. 내 제조법이 더 빨리 만들 수 있다고 어필했더니 하르트무트가 쓸쓸하게 웃었다.

"마력이 풍부한 로제마인 님과 달리 저나 클라리사가 만든다면 페르디난드 님의 제조법 쪽이 훨씬 빨리 만들 수 있습니다."

내 제조법은 꼭 필요한 금가루를 양산하는 데에 많은 시간이 들어가고, 회복약이 없으면 다음 공정으로 넘어갈 수도 없다. 금가루는 물론이고 회복약의 소재와 조합까지 필요하기 때문에 내 제조법은 도저히 다른 사람이 만들 수 없다는 것 같다.

"로제마인 님의 제조법은 보조도 제대로 못 하겠지만, 소재를 꼼꼼히 조합해서 품질을 보완해 가는 페르디난드 님의 제조법이라면 저희도 어느 정도 도와드릴 수 있습니다."

개량판이 돼서야 겨우 상급 문관이 중간중간 손을 댈 수 있는 마력량의 조합이 됐다는 모양이다. 내 제조법이 얼마나 많은 마력을 소모하는 것이었는지, 그리고 페르디난드가 얼마나 귀찮은 일을 부탁했는지를 잘 알 수 있었다.

"이 제조법에 따르면 마지막 합성은 페르디난드 님이 하시겠다는 것 같군요."

제조법을 자세히 본 클라리사가 말했다. 나도 자세히 봤더니 페르디난드가 바라는 것은 마지막 합성 바로 직전까지인 것 같다. 최고 품질의 마지 삼백 장이 아니라 그것을 만들기 위한 마지를 준비해 달라는 듯하다.

"마지막 합성은 스스로 하시는 쪽이 마력 면에서도 소재 면에서도 효율적이라고 판단하셨겠죠. 로제마인 님의 도움으로 공방을 얻으신 덕분에 변경한 게 아닐까요?"

하르트무트의 말을 듣고서 나는 고개를 끄덕였다. 마지막 합성을 직접 하게 되면 필요한 불연지의 양이 달라진다. 자기 공방을 얻었으니 중요한 공정은 페르디난드 자신이 할 수 있게 됐다. 그래서 지시에 변화가 생겼을 것이다.

"불연지는 비싸고 희소합니다. 비용 절감을 위해서는 사용량을 최대한 줄이는 게 좋겠죠."

클라리사가 공방에 보관하고 있는 불연지를 보며 말했다. 페르디난드가 지정한 양을 만들려면 지금 있는 것들로는 부족하다.

"플랑탱 상회에 있는 불연지는 로제마인 님이 전부 사들이셨죠? 부족한 분량은 어떻게 하실 생각이십니까?"

클라리사가 플랑탱 상회에서만 구입할 수 있는 물건을 전부 사들였는데 어떻게 손에 넣어야 좋을까요, 라고 중얼거렸다. 나는 깜짝 놀라서 클라리사를 보며 말했다.

"어쩌긴요……. 없으면 만들면 되잖아요?"

"소재가 희소하다는 것 같은데, 어떻게 만드는 겁니까?"

클라리사가 깜짝 놀란 얼굴로 물었지만, 나는 싱긋 웃으면서 고개를 저었다. 여기서 전부 대답해 줄 생각은 없다.

"지금은 아직 비밀로 해 두고 싶어요. 그보다 빨리 정리하도록 하죠. 재료를 준비해야 조합도 할 수 있으니까."

나는 그레티아와 함께 레티치아가 보내 준 물건들을 분류했고, 편지에 적혀 있는 음식 조리법을 보면서 조미료와 향신료도 조금씩 맛을 봤다. 하르트무트네는 다음에 조합할 때 알기 쉽게 소재의 배치를 생각하면서 정리하도록 했다.

"로제마인 님, 이쪽 소재는 정리가 끝났습니다. 이 뒤에는 어떻게 할까요?"

"신전으로 돌아가겠습니다. 성결식 준비도 필요하고 인수인계도 서둘러야 하는데, 저와 하르트무트가 계속 신전에 돌아가지 않으면 멜키오르 쪽이 곤란하겠죠?"

너무 오랫동안 신전을 비울 수는 없다. 나는 유디트에게 비밀의 방에서 적은 편지의 답장을 성에 전해 달라고 부탁했고, 조미료와 향신료, 아렌스바흐의 조리법 등은 신전 주방으로 운반하기로 했다.

"이 조미료로 또 새로운 요리를 생각하실 겁니까?"

"그래요. 조금씩 맛을 봤는데, 새로운 맛이 나올 것 같아요."

향신료를 섞으면 약간 부족하기는 해도 카레 같은 뭔가를 만들 수 있을 것 같다. 부족한 맛을 어떻게 채울지를 생각하느라 고민해야 하겠지만, 그래도 조금 기대가 된다.

……천천히 고민할 시간이 있으면 좋을 텐데 말이야.

신전으로 돌아와서 나는 프리츠를 불러 별 축제를 준비하는 사람들이 주워 가기 전에 타우 열매를 주워다 달라고 부탁했다. 별 축제가 지나고 나면 숲에서 타우 열매를 줍기 힘들어지기 때문이다.

"앞으로 50장은 더 필요해요. 타우 열매는 여유 있게 주워다 주세요. 그리고 타우 열매를 채집하러 갈 때는 마력을 지닌 아이들은 빼주시고요. 숲에서 무슨 일이 일어나면 곤란해요."

타우 열매를 줍기 위해 숲에 갔다가 다쳐서 피라도 흘리면 큰일이 난다. 내 눈이 미치는 신전 안이라면 모를까, 숲에서 일이 벌어지면 큰일이다.

"그럼, 공방에서 종이를 만들 사람들과 숲으로 갈 사람들을 나누겠습니다."

"예, 잘 부탁드려요. 쑥쑥이 나무를 사냥할 때도 마력을 가진 아이들은 보내지 마시고요. 저는 쑥쑥이 나무에 대해서는 널리 알리고 싶지 않아요."

"알겠습니다."

……나랑 동행하는 건 이름을 바친 측근들이면 되려나.

프리츠는 우수했기에 부탁한 지 사흘 뒤에는 타우 열매가 준비되어 있었다. 나는 이름을 바친 호위 기사인 마티아스와 라우렌츠, 그리고 꼭 동행하겠다고 우기는 하르트무트를 데리고 오랜만에 고아원 뒤쪽으로 갔다. 평민 마을로 이어지는 문이 있는 뒤쪽에 왔더니 그대로 평민 마을로 나가고 싶어졌다. 한참 동안 문을 바라본 뒤, 나는 회색 신관들이 토론베 사냥을 준비하고 있는 곳으로 갔다.

바구니에 가득 채워진 타우 열매와 회색 신관들이 중심이 돼서 낫 같은 날붙이를 들고 있는 광경이 나한테는 딱히 특이한 것도 아니지만, 마티아스와 라우렌츠한테는 정말 신기했던 모양이다.

"로제마인 님, 이건 대체 뭡니까? 뭘 하는 거지요?"

"이건 쑥쑥이 나무 열매고, 불연지의 재료예요. 지금부터 소재를 사냥할 건데…… 지금부터 보는 광경, 여기서 얻은 정보는 결코 다른 곳에서 발설하지 말아 주세요. 이건 명령입니다."

내가 비밀로 하라는 명령을 하자 모두가 순간적으로 움찔, 하고 몸을 떨었다. 이름을 바친 것에 의한 마력적인 속박이 작용했겠지. 세 사람이 얌전한 얼굴로 알았다고 말한 것을 확인한 뒤, 나는 회색 신관들이 있는 쪽으로 다가갔다.

"프리츠, 준비되셨나요?"

"예. 아이들은 고아원에서 작업을 하고 있으니까 이쪽으로 오는 일은 없겠죠."

나는 프리츠에게 "고맙습니다." 라고 말하며 고개를 끄덕이고, 날붙이를 든 사람들이 선 주위를 경계하고 있는 마티아스와 라우렌츠를 봤다.

"제가 이 열매를 던지면 두 사람은 바로 저를 안고 뒤로 물러나 주세요. 하르트무트는 후방, 최소한 하얀 돌바닥 위에서 대기하고요."

나를 안은 채 후퇴하는 역할을 호위 기사 두 사람에게 부탁하고, 나는 라우렌츠와 함께 하얀 바닥과 흙이 드러나 있는 경계에 섰다. 여기서 던지면 타우 열매가 틀림없이 흙 위에 떨어진다. 뒤로 던지지 않는 한은 실패할 이유가 없다.

주변에 진지한 눈빛으로 날붙이를 겨누고 있는 회색 신관들이 있다 보니 호위를 맡은 라우렌츠가 주위를 둘러보면서 상당히 긴장한 표정을 짓고 있다. 하지만 그들의 시선은 지금부터 나타날 쑥쑥이 나무에게 향해 있을 뿐이다.

나는 준비해 둔 바구니로 손을 뻗어 두 손에 하나씩 타우 열매를 들었다. 마력이 빨려 나가는 게 느껴진다. 예전보다 흘러 나가는 양이 적다고 느껴지는 건 내 마력이 늘어났기 때문일까.

말랑말랑했던 열매에 우둘투둘하게 씨앗이 생기더니 이내 단단해졌다. 발아 직전의 약한 열기를 느낀 순간, 나는 "에잇!" 하고 외치며 힘차게 타우 열매를 던졌다.

"가랏, 쑥쑥이 나무!"

"우왓?! 토론베?!"

동행한 귀족 세 사람을 놀라게 한 토론베 사냥은 순식간에 끝났다. 체력, 마력 모두 늘어난 나한테는 발아하게 만드는 데도 큰 부담이 아니었고, 필요한 양의 가지를 얻을 수 있었다.

"토론베를 이렇게 간단히 사냥할 수 있다니, 말도 안 됩니다."

"기사는 검은 무기가 있어야만 사냥할 수 있다고 들었습니다만……."

평민이 간단히 토론베를 쓰러트리는 모습을 보고 마티아스와 라우렌츠가 충격을 받았는데, 자라기 시작한 가지를 잘랐을 뿐이다. 이렇게까지 충격을 받을 일이 아니다.

"기사들이 사냥하는 건 평민들이 감당할 수 없게 된 토론베고, 성장해 버렸을 때는 검은 무기로만 쓰러트릴 수 있으니까 그렇게 골치 아파할 일은 아니에요."

"그나저나 로제마인 님은 어째서 이 일을 비밀로 하시는 겁니까?"

비밀로 하는 이유를 잘 모르겠다고 라우렌츠가 고개를 갸웃거렸다.

"타우 열매가 토론베가 된다는 것을 기사단에게 고지하고, 위험해지기 전에 없애는 쪽이 좋지 않겠습니까?"

"평민 마을 사람들이 총출동해서 타우 열매를 주워다 서로에게 던지는 축제가 있으니까, 지금 이대로도 큰 문제는 없어요. 기사들이 타우 열매를 전부 없애 버리려고 평민 마을의 숲을 어지럽히고 다니거나, 평민 마을 사람들이 즐거워하는 축제가 없어지는 쪽이 더 곤란해요."

기사단과 평민 마을 사람들의 숫자를 비교해 보면 인해전술을 펼칠 때는 평민 마을에 맡기는 쪽이 좋다. 만약에 기사단이 없애기로 해서 별 축제의 열매 던지기 행사가 없어지고, 그 뒤에 기사들이 주우러 갈 수 없는 사정이 생긴다면 숲이 토론베투성이가 돼 버릴 가능성도 있다. 지금 이대로도 잘 돌아가고 있으니까 쓸데없는 짓을 벌일 필요는 없다. 평민 마을 숲에 있는 타우 열매는 평민 마을 사람들이 회수하니까 그냥 맡겨 두면 된다.

"평민들이 줍지 못하고, 숲의 짐승들도 안 건드리고 남아서 성장한 것들만 기사단이 토벌하면 되니까 문제없다고 생각해요."

"하지만, 마력이 많은 신식이 있으면 큰 혼란이 벌어질 우려가 있지 않겠습니까?"

하르트무트의 걱정에 나는 고개를 저어서 부정했다.

"타우 열매를 발아시키려면 마력이 잔뜩 필요해요. 그렇군요. 귀족원에서 마력 압축을 배운 하급 귀족 성인이라면 발아시킬 수도 있겠죠. 하지만, 그 정도 마력을 지닌 신식은 축제에 나올 수 있는 나이가 되기 전에 죽으니까 거의 없기도 하고, 이 하얀 돌바닥 위에서는 발아하지 않아요. 시내에서 던지는 정도면 딱히 위험하지도 않다는 얘기죠."

신식은 마력을 흡수하는 아이용 마술구를 가지고 있지 않아서 어린 나이에 죽는다고 했더니 세 사람 모두 고개를 숙였다. 아이용 마술구가 없는 아이들은 귀족 거리에도 있다.

"지금의 고아원에는 귀족 아이들이 많으니까 우연한 계기로 발아시킬 가능성도 있어요. 위험하니까 저는 제가 없어진 뒤에도 고아원에서 쑥쑥이 나무 사냥을 시킬 생각은 없어요. 병사와 평민 마을 사람들이 숲에서 얻은 어린 가지를 플랑탱 사회에 팔 수 있도록 병사들을 통해서 알리는 정도에서 끝내려고 해요."

비싼 상품이니까 고아원에서 사냥하는 게 좋지만, 안전이 최우선이다. 위험 요소는 최대한 없앨 생각이다. 그리고 마술구를 가지고 귀족이 되고자 하는 아이는 회복약을 사용해서라도 마술구에 마력을 담아야 한다. 토론베 사냥에 마력을 사용할 상황이 아니다.

그리고 귀족이 될 수 없는 아이의 마력으로는 발아시킬 수가 없다. 그것은 디르크가 작년 성결식 날 다른 사람과 같이 놀다가 발아시키지 못한 것만 봐도 분명한 사실이다. 마력 압축 방법을 가르쳐 줄 수 없는 고아원 아이들은 토론베를 발아시킬 수가 없다. 어른이 되면 하나 정도는 발아시킬 수 있게 될지도 모른다는 정도라고 할까.

귀족원에서 배우고, 귀족으로서 신전으로 돌아온 디르크라면 가능할 수도 있겠지만, 토론베 사냥에 마력을 쓸 상황이 아닐 것이다.

예전에 토론베를 신식이 살아가기 위한 마술구 대용품으로 삼으려고 했던 때에 벤노가 말해 줬던 이런저런 것들이 머릿속에 떠올랐다. 하지만, 나는 그것을 말하지는 않고 프리츠 쪽을 봤다.

"그럼 프리츠, 고아원에서 쑥쑥이 나무를 사냥하는 일은 오늘이 마지막입니다. 다음부터는 숲에서 우연히 마주쳤을 때 사냥하거나, 우연히 사냥한 사람들에게서 사들이거나 둘 중 하나만 하세요. 큰 수입원이 될 테니 많이 필요하겠지만, 안전이 제일 중요하니까요. …… 이걸 사용한 종이가 만들어지면 플랑탱 상회를 통해서 사들일 테니까, 방으로 가져다주세요."

"알겠습니다, 로제마인 님."

신전 안에서의 토론베 사냥이 끝나면 금세 성결식이다. 오전에는 신전에서 치르고, 오후에는 성에서도 치러야 해서 바쁜 하루가 된다.

내가 신전장으로서 예배당에 들어가 단상에 올라갔더니 자크가 보였다. 황토색처럼 보이는 새 옷을 입고 있는 걸 보면 자크는 가을에 태어난 모양이다. 옆에 있는 봄의 귀색을 입은 사람이 신부겠지. 머리 장식은 두 사람의 귀색에 맞춘 것이다.

루츠의 정보에 따르면 이 사람은 자크보다 세 살 어린 소꿉친구라는 것 같다. 얌전하지만 착실하고, 새로운 것이나 흥미가 가는 것에 몰두하는 자크의 발상력을 칭찬하면서 계속 지지해 준 사람이라는 듯하다. 다른 마을에 가면 그녀에게 뭘 가져다줄지 생각하는 것이 자크의 즐거움이었다는 모양이다.

봄부터 가을까지는 다른 마을에 가 버리는 자크을 걱정하던 그녀에게 그녀의 부모님은 인제 그만 결혼하거나 딱 잘라서 이별하고 다른 상대와 결혼하든지 둘 중 하나를 선택하라고 하셨다는 것 같다. 헤어질 생각이라고는 털끝만큼도 없었던 자크는 바로 결혼하기로 결심했고, 오늘 의식을 치르게 됐다는 듯하다.

……자크 부부에게 행복이 쏟아지도록.

조심스레, 조심스레, 하고 주의하기는 했지만, 평소보다 조금 많은 축복이 날아가 버렸다. 이 정도라면 애교로 넘어갈 수 있는 수준이다. 천장 부근에서 터진 검은색과 금색 빛을 바라보며, 나는 다음 의식을 생각하고서 식은땀을 흘렸다.

……자크 때 이 정도라니……. 다음 의식은 투리의 성인식이지? 괜찮을까?

오후부터는 귀족가로 이동해서 성결식이다. 그 뒤에는 미혼 성인이 결혼 상대를 찾는 연회도 있다. 코르넬리우스와 하르트무트는 이미 약혼자가 있으니 약혼자와 둘이 출석해서 상대가 없는 친구에게 이성 친구를 소개하거나 마음에 둔 사람이 있는 친구를 무책임하게 응원한다든지 하겠다는 모양이다.

성으로 이동할 때 레서 버스의 호위로 같이 탄 다무엘이 조수석에서 고개를 푹 숙였다. 내 성인 측근 중에서 상대가 없는 사람은 다무엘뿐이기 때문이다. 매년 '올해는 꼭……'이라면서 기합을 넣었지만, 올해는 그럴 기합도 없는 듯하다.

"이제 저한테 결혼은 무리입니다, 로제마인 님."

지금까지 몇 년이 지났는데 에렌페스트에서는 찾지도 못했고, 중앙으로 가면 하급 귀족이 거의 없다고 하니까 결혼은 절망적이라고 다무엘이 중얼거렸다.

"독신도 좋지 않나요? 책이 있으면 살아갈 수 있어요."

"로제마인 님은 책이 있으면 만족하시는지 모르겠지만, 저는 평범한 결혼을 하고 싶습니다. 주위에 행복한 결혼을 한 사람들이 많아서 너무 부럽습니다."

평소에 가까이서 접하는 측근들은 러브러브한 상태고, 동갑 친구들도 기혼자들 투성이라는 것 같다. 이제 몇 년만 있으면 사이좋은 친구의 아이가 세례식을 치른다는 모양이다. 참고로 측근들 사이에서 그 문제에 대해 투덜대는 소리를 했더니 악의라고는 전혀 없는 웃는 얼굴로 '제 아이가 세례식을 치러도 다무엘은 독신일 것 같군요'라는 말을 들었다나.

……하르트무트!

"그리고, 결혼을 해야만 중앙에도 갈 수 있습니다."

"……그렇게 결혼하고 싶으면 필린느가 성인이 될 때까지 기다리는 수밖에 없겠네요."

"로제마인 님, 필린느는 저와 결혼할 생각이 없다고 제 눈앞에서 대놓고 말했습니다. 명령으로 결혼하라고 하셔서 필린느를 불쌍하게 만드는 일은 하지 말아 주십시오."

진지한 얼굴이기는 했지만, 다무엘은 기분 탓인지 풀죽은 얼굴로 그렇게 말했다. 같은 입장인 선배라서 잘 따르는 것과 장래의 반려로 생각하는 건 별개다, 라고 자신을 달래려는 듯했다.

"그건 콘라트를 거두는 수단 중에 하나로 결혼 이야기를 했던 때의 일인가요?"

"……그렇습니다."

다무엘은 역시나 차였다고 해석한 모양이다. 필린느의 이야기를 들었을 때는 뒤에서 이런저런 조정이 가능한 다무엘이 멋있다고 생각했는데, 지금 모습을 보니 과연 필린느의 안목이 괜찮은 것인지 조금 걱정이 됐다.

　"필린느는 다무엘이 감싸 주는 여동생 같은 입장이 아니라, 옆에서 걸어갈 수 있는 한 사람의 여성이 되고 싶은 거예요. 그렇게 되면 자기가 먼저 다무엘에게 구혼하겠다고 필린느가 말했어요."

　"예?! 필린느가 제게 구혼 말입니까?! ……아니, 속지 않습니다. 아무리 생각해도 그건 아닙니다."

　다무엘이 한순간 기대하는 표정이 됐다가 바로 경계하기 시작했다. 결혼 관계로 속은 적이 그렇게 많았던 걸까? 걱정되는 반응이다.

　"저는 거짓말 같은 건 안 해요. 하지만 하르트무트에게 구혼한 클라리사를 참고하겠다고 필린느가 말했었어요. 다무엘은 장래에 다리를 걸어서 넘어트리고 메서로 위협하는 단켈페르거식 구혼을 당할 가능성이 있어요."

　"그건 거짓말이라고 해 주세요!"

　"전 거짓말은 안 해요."

　다무엘이 세상에, 라고 머리를 쥐어뜯으며 신음했지만, 그래도 절망적이라면서 쭈그러져 있던 때보다는 훨씬 힘이 생긴 것 같다.

　"협박 구혼이 무섭다면 다무엘이 먼저 움직이면 된다고 생각하는데 말이죠."

　내가 살짝 웃으면서 그렇게 말했더니 다무엘은 내 눈치를 보면서 입을 열었다.

　"로제마인 님은…… 제가 어떻게 하면 좋겠습니까?"

"어떻게라뇨? 필린느의 구혼을 받아들여도 좋고, 다무엘이 먼저 구혼해도 상관없는데요?"

"그게 아닙니다. 제 이동 말입니다. 리젤레타에게는 중앙에 같이 가 줬으면 좋겠다고 부탁하셨잖습니까?"

리젤레타 이야기를 꺼내며 다무엘이 물었다.

"하급 기사인 제가 중앙에 가 봤자 도움이 되기나 할지, 로제마인 님께 불이익이 되지는 않을지 판단하기가 곤란한 상태입니다. 로제마인 님께서는 제가 어떻게 했으면 싶으십니까?"

영주 양녀의 호위 기사인 지금만 해도 다무엘은 험담을 잔뜩 들었다. 내가 어려서 오래 알고 지낸 사람을 떼어 놓기 힘들 뿐이겠지, 라는 소리를 주위에서 들었다. 하지만 중앙에 갈 무렵이면 내 외모도 어엿한 소녀처럼 되어 있을 것이다. 내가 독신 하급 기사를 고향에서 데려가서 중용한다면 이상한 소문을 불러올 게 뻔하다고 한다.

"제가 결혼을 했다면 다르겠지만, 지금의 저는 로제마인 님에게 좋지 않은 오해를 사게 될 것 같습니다. 그리고, 제가 같이 중앙에 간다고 해서 도움이 되기는 하겠습니까?"

다무엘은 자신 없는 목소리로 그렇게 말하고는 어깨를 축 늘어트렸다.

"제 측근은 다무엘이 있어야 잘 뭉치게 됩니다. 미약한 마력을 탐지하는 수완도 인정하고, 기사면서 서류 업무를 잘하는 것도 장점이라고 생각하죠. ……그리고, 측근 중에서 제일 오랫동안 알고 지냈으니까, 같이 있어 주면 마음이 든든해요."

"그, 그렇습니까……. 정말 감사합니다."

다무엘은 살짝 쑥스러운지 뺨을 긁었다. 나도 부끄러우니까 그만

해 줬으면 좋겠다고 생각하면서 계속 말했다.

"하지만 필린느는 성인이 될 때까지 에렌페스트에 남아 있을 테고, 인수인계 기간이 짧은 신전 관련 일들이 너무나 걱정돼요. 제가 중앙으로 이동한 뒤에 인쇄 관련 일도 평민 마을 사람들과 잘할 수 있을지 불안하고요. 그러니까, 다무엘이 여기 남아 줬으면 싶은 생각도 없지는 않아요."

신전에서 페르디난드의 교육을 가장 오랫동안 받았다는 점, 헨릭을 도우면서 인쇄 관련 업무를 궤도에 올려놓도록 조언할 수 있다는 점, 고아원장이 될 필린느를 위험에서 지켜 주는 것, 중앙에서 받아들일 준비가 될 때까지 평민 마을의 구텐베르크를 지켜 주는 것 등을 생각해 보면 다무엘이 가장 적합한 사람이다.

"저는 가능한 지켜 줄 생각입니다만, 중앙에 가건 에렌페스트에 남게 되건 다무엘은 절대 편하지 않을 겁니다. 그러니까 선택은 맡길게요. 다무엘이 어느 쪽을 선택하건 저는 기쁠 거예요."

한참 생각에 잠겨 있던 다무엘은 성에 도착하기 직전에 고개를 들었다. 회색 눈동자에는 확실한 결단의 빛이 보였다.

"로제마인 님, 저는 에렌페스트에 남겠습니다."

필린느가 정말로 구혼한다면 성인이 된 필린느와 같이 중앙으로 이동한다. 결혼을 못 한다면 내 명예를 우선해서 그대로 에렌페스트에 남겠다는 모양이다.

"결단해 줘서 정말 기뻐요. 그런데 말이죠…… 다무엘. 구혼을 기다리는 것보다 먼저 구혼해서 필린느의 마음을 사로잡는 정도는 하는 쪽이 남자답다고 할까, 더 멋있거든요?"

브리기테를 위해 앞뒤 가리지 않고 마력 압축을 해서 어떻게든 따라잡으려고 노력했던 다무엘은 정말 멋있었다. 최종적으로는 슬픈 사랑으로 끝났지만, 책으로 만들고 싶을 만큼 멋있었다.

"아마 그쪽이 필린느도 어머님도 기뻐하실 거예요."

"엘비라 님의 책에 나오는 건 한 번이면 충분합니다!"

투리의 성인식

성결식 때, 나는 전에 엘비라가 조언해 준 것처럼 보니파티우스에게 도청 방지 마술구를 건네고는 '다른 사람들에게는 비밀로 해 주세요'라는 말과 함께 다무엘을 맡아 달라고 조용히 부탁했다. 보니파티우스가 쾌히 받아 줘서 정말 다행이다. 다무엘에게 보고했더니 깜짝 놀란 얼굴로 '정말 다행입니다'라면서 기뻐해 줬다.

성결식이 끝나고 며칠 뒤, 신전으로 돌아온 나는 다무엘을 데리고 멜키오르의 방으로 갔다. 에렌페스트에 남게 될 다무엘을 상담역으로 삼아 달라고 제안하기 위해서.

"다무엘은 할아버님 밑에 들어가기로 결정됐습니다만, 신전에서 필린느를 보좌할 예정입니다. 신전에서 업무를 본 이력이 꽤 기니까, 멜키오르의 상담역으로 삼는 건 어떨까요?"

"신전 일을 도와주신다면 보니파티우스 님이 아니라 제가 받아들여도 좋겠습니다만……."

"멜키오르가 다무엘을 마음에 들어 해서 돌려주지 않게 되면 곤란하니까요. 샤를로테와 멜키오르는 우수한 측근을 얻으려고 제 측근들을 노리고 있잖아요?"

내가 이동한 뒤에 에렌페스트에 남게 되는 내 측근들을 자기 측근으로 삼아도 되는지 샤를로테가 비밀리에 물은 적이 있었다. 특히 문관은 상위 영지에서도 인정할 정도로 우수하다 보니 더더욱 끌어들이고 싶은 모양이다. 하지만 성인이 된 뒤에 이동할 예정인 필린느와 결혼해서 이동할 예정(결정은 아니다)인 다무엘을 빼앗기는 건 곤란하다.

"그렇군요. 아쉽네요. 그렇다면 로제마인 누님의 측근이 신전에 있는 동안에 제 측근들을 단련시켜 달라고 하겠습니다."

측근으로 끌어들이는 일은 단념해 준 모양이다. 나는 가슴을 쓸어내리고 신전장실로 돌아갔다. 거기에 있는 측근들을 모아서 내가 중앙으로 이동한 뒤에 내 측근들을 포섭하기 위해 물밑에서 묘한 다툼이 벌어지고 있다고 말했다. 레오노레가 납득했다는 듯 고개를 끄덕였다.

"영주 부부의 일을 도우면서 우수하다는 점을 널리 알리고 말았으니까요. 영주 일족이 포섭하고 싶어 하는 이유도 이해합니다."

질베스타가 다른 곳에 알리지 말라고 명령했기 때문에 노골적으로 교섭할 수는 없다. 하지만 내가 이동해 버리고 나면 권유 경쟁이 벌어질 가능성이 큰 모양이다.

"필린느를 비롯한 사람들에게는 로제마인 님이 떠나신 뒤에도 성인이 되면 로제마인 님을 섬기기로 약속했다고 증명할 뭔가가 있으면 좋을지도 모르겠군요."

"레오노레?"

"로제마인 님의 문장이 들어간 마석 소품이 있다면 필린느네가 자기 주인이 누군지 주장하기 편해질지도 모릅니다. 하급 귀족이 영주 일족의 권유를 계속 거절하기란 정말 힘듭니다."

윗사람의 요청을 거절하다니 건방지다, 는 말을 들어도 이상할 게 없다. 그건 에렌페스트에서 데리고 나갈 전속들도 마찬가지라고 레오노레가 말했다.

"누가 어떤 억지를 부릴지 모를 일입니다. 로제마인 님이 계시는 동안에 나눠주고 기정사실로 만들어 둘 필요가 있겠죠."

평민들에게 나눠 준 부적과 별개로 내 문장이 들어간 물건을 만들어 주는 쪽이 좋다는 모양이다. 중앙에서 내 전속이라고 주장하는 데도 도움이 된다는 것 같고.

"아우브와의 양자 결연은 취소될 테니까 에렌페스트의 문장이 아니라 로제마인 님 개인의 문장이 필요하겠죠."

"제 문장이라면 이미 있습니다."

로제마인 공방의 문장을 그대로 쓰면 된다. 그건 양자 결연을 취소해도 달라지지 않는 내 문장이다. 책과 잉크와 식물지의 재료인 나무와 꽃의 머리 장식을 바탕으로, 벤노, 프랑과 함께 궁리해서 만든 나만의 문장.

"어디에 문장을 새기는 게 좋을까요?"

"평소에 지니고 다닐 수 있는 물건이 제일 좋을 것 같습니다. 다른 사람이 쉽사리 빼앗을 수 없는 반지나 목걸이가 좋지 않을까요?"

……쉽사리 빼앗을 수 없다……. 뭐, 중요한 점이기는 하지만.

"제가 제일 가공하기 쉬운 건 마석이에요. 부적을 만들 때 마법진을 새겼던 요령으로 문장을 새기면 될까요?"

"조합하실 때 마석의 크기에 주의해 주셨으면 싶습니다. 로제마인 님은 측근에게도 전속에게도 전부 같은 것을 단번에 만들 생각이 아니신지요? 평민과 귀족의 차이, 전속 본인과 그 가족에 따라 차등을 둘 필요가 있습니다. 중앙으로 간다면 깐깐한 시선으로 보는 분도 계실 수 있겠죠."

레오노레의 지적을 듣고 나는 고개를 끄덕였다. 솔직히 귀찮다…… 라고 생각했지만, 귀족에게는 그런 차이가 중요하니까.

"로제마인 님, 에렌페스트에 남는 측근들에게 나눠 주시겠다면, 저도 잊지 말아 주세요."

유디트가 그렇게 주장하자 나는 씁쓸하게 웃으면서 알겠다고 말했다.

"마석에 문장을 새기는 정도라면 시간이 오래 걸리지도 않으니까, 빨리 끝내도록 하죠. 프랑, 길베르타 상회에 연락해 주세요. 가을에 사용할 머리 장식과 의상을 주문하고 싶어요."

……투리한테는 성인식을 치르기 전에 주자.

우흐흥, 하고 콧노래를 부르며 비밀의 방에 들어가서 나는 측근, 전속, 전속의 가족 각자에게 줄 마석을 골랐다. 에렌페스트에 남는 측근들 것은 필린느, 다무엘, 유디트면 되려나. 오틸리에와 브륀힐데는 나중에 따라올 예정이 없으니까 내 측근이라는 사실을 증명하는 물건을 받아도 곤란하겠지.

구텐베르크들은 아직 누가 같이 갈지 모르는 상황이니까 뒤로 미뤘다. 투리와 어머니, 그리고 로지나, 푸고, 엘라, 빌마의 마석을 골랐다. 전속의 가족들 것은 아버지와 카밀, 그리고 엘라의 어머니 것이 필요하다.

푸고의 가족은 에렌페스트에 남게 되지만, 엘라의 어머니는 같이 이동하는 쪽을 선택했다는 듯하다. 아무대로 엘라에게 아이가 태어난 뒤 가능한 빨리 직장에 복귀할 수 있도록 아이를 돌봐 줄 생각이라는 것 같다. 여급 일을 그만두고 싶어 했기 때문에 이번 일이 마침 좋은 기회가 됐다고 들었다.

……크기와 숫자는 이 정도면 되겠지?

나는 내 서자판을 꺼내고는 꽃이 들어가서 조금 복잡한 문장을 빤히 쳐다보면서 슈타프를 스틸로로 변화시켜서 마수로 만든 마지에 마력으로 베껴 그리기 시작했다. 하지만 한 장을 완성했을 때, 내가 준비한 마석의 숫자를 보면서 한숨을 쉬었다. 같은 문장을 몇 번이나 그리기란 정말 힘들다. 마법진 안에는 문자와 기호도 들어가고, 약간 삐뚤어져도 효과에는 차이가 없으니까 문제가 없지만, 문장은 그림뿐이다. 조금만 삐뚤어져도 엄청나게 눈에 띈다.

"이 문장, 복사 후 붙여 넣기를 할 수 있다면 간단할 텐데……. 그러니까, 태블릿을 사용하는 것처럼 손가락으로 시작 지점과 끝나는 지점의 범위를 지정해서…… 안 되려나?"

나는 별생각 없이 우라노 시절 감각으로 마지를 손끝으로 톡톡 두드려서 시작 지점과 끝나는 지점을 지정했다. 내 마력이 살짝 빛나고, 내가 상상했던 것처럼 마력으로 범위가 지정됐다.

"으아?! 됐네?!"

마지 위에 옅은 노란색 마력이 있다. 어쩌면 이대로 복사 후 붙여 넣기를 할 수 있을지도 몰라. 감동해서 몸을 부들부들 떨면서 나는 범위가 지정된 부분을 봤다.

"혹시 이대로 복사 후 붙여 넣기가 되려나? 해 볼까?…… 좋았어. '복사해서 딱'!"

나는 기합을 넣어서 범위를 지정한 부분을 보며 손가락을 움직였다. 문장이 분열됐다. 원래 자리에 있는 것과 내 손가락 움직임에 맞춰서 움직이는 것까지 두 개로 갈라진 것이다. 그대로 공백 부분으로 이동시켜서 손가락으로 톡, 하고 이동할 곳을 지정했더니 거기에 두 번째 문장이 생겼다.

"우와, 대단해! 이거, 진짜 편리한데?"

신난 나는 필요한 사람 숫자만큼 복사 후 붙여 넣기를 했다. 붙여 넣은 문장을 마력으로 마석에 새기기만 하면 완성이다. 하는 김에 다른 마석에 마력을 주입해서 변형시키고, 끈이나 사슬을 끼우기 위한 고리 부분을 만들었다. 이러면 평민도 간단히 몸에 지닐 수 있다.

"순식간에 다 만들었네."

나는 내 눈앞에 굴러다니는 문장이 들어간 마석을 봤다. 이 복사 후 붙여 넣기를 사용하면 사본 작업이 엄청나게 편해지겠지. 다 같이 복사 후 붙여 넣기를 하면 책 숫자를 엄청나게 늘릴 수 있다. 이게 있으면 책이 없는 지기스발트 왕자와 결혼하는 것도 무섭지 않아. 별궁의 도서실을 책으로 꽉 채울 수도 있겠지.

"다 같이 사본 계획이야! 나, 천재야! 이얏호!"

완전히 들뜬 상태로 공방에서 나온 나는 세기의 대발견을 측근들에게 가르쳐 줬다. 하지만 보통 종이에는 복사 후 붙여 넣기를 할 수 없었다. 마지에 마력 잉크로 적은 것이어야만 마력으로 범위를 지정할 수 있었다.

……뭐야아아아아! 책을 복사하는 데 쓸 수가 없잖아! 다 같이 사본 계획이 순식간에 날아가 버렸어!

하는 김에 다른 사람에게도 가르쳐 주려고 한 그때, 처음 사용하면서 등록돼 버린 주문이 잘못됐다는 것을 알아차렸다. 나 말고는 아무도 알아차리지 못했으니 어쩔 수 없다. 유르겐슈미트에서 복사 후 붙여 넣기의 정식 주문명은 '복사해서 딱'이 돼 버렸다.

……으아아아아아아! 실패했다! 나도 잘 알고 있었는데! 정확히

는 '카피 앤드 페이스트'라는 걸 말이야!

어쨌거나 완성은 했다. 지금 막 만든 따끈따끈한 문장이 들어간 마석을 그 자리에 있던 유디트와 다무엘과 필린느에게 줬다.

"제 문장입니다. 제가 떠난 뒤에 누가 자신을 섬기라고 말했을 때 보여주면 효과가 있다는 것 같아요."

"감사합니다. ……이 문장이 들어간 마석은 하르트무트 쪽에도 주는 게 좋을 것 같습니다. 남는 사람과 평민 전속 장인에게도 필요해서 만드셨다는 것은 알고 있지만, 부디 한 번 생각해주십시오."

다무엘의 말을 듣고, 나는 하르트무트 쪽에서 직접 마석을 준비해주면 문장을 새겨 주겠다고 약속했다.

길베르타 상회에서 코린나와 투리가 재봉사를 데리고 찾아온 것은 문장이 들어간 마석이 완성되고 사흘 뒤의 일이었다.

"제 이동에 동행할 전속과 그 가족에게 줄 문장입니다. 에렌페스트에서 사람을 빼 가는 걸 막기 위해 이동한 곳에서 누구의 전속인지를 명확하게 보여주기 위해 만들었어요. 이쪽이 전속인 투리와 에파 것, 이쪽이 동행자인 귄터와 카밀 것입니다."

"로제마인 님, 이건…….."

너무 편애하는 게 아니냐고 말하고 싶은 것 같은 투리한테서 코린나 쪽으로 시선을 옮기고, 나는 빙긋 미소를 지었다.

"코린나, 다른 동행할 재봉사가 결정되면 가르쳐 주세요. 그 사람 것도 준비하겠습니다. 제 전속 요리사와 그 가족, 전속 악사에게는 이미 줬으니까요."

"알겠습니다."

코린나가 웃는 얼굴로 고개를 끄덕였고, 자기 가족만 받은 게 아니라는 사실을 알게 된 투리는 안심했다는 듯 가슴을 쓸어내렸다. 나는 그런 투리의 땋은 머리를 빤히 봤다. 머리를 내린 투리를 보는 일은 이번이 마지막이다. 여름 끝 무렵의 성인식 이후에는 성인 여성으로서 머리를 올리게 된다.

……가슴도 꽤 커졌네. 난, 아직도 납작한데.

마지 조합과 가을에 행해질 엔트비켈른을 위해 마력 압축을 확실하게 해 두고 있는 내 몸은 아직도 성장이 멈춰 있었다. 마지 제작과 엔트비켈른이 끝나면 다시 마력 농도를 낮출 생각이다.

……성인식이 얼마 안 남았다는 건, 슬슬 결혼 상대도 정해졌으려나? 투리가 결혼……. 결혼이라. 상대가 누구인지는 모르겠지만, 왠지 싫어! 우리 투리가 결혼이라니!

멋대로 상상하다가 왠지 원통해져서 상상 속에서 투리의 결혼 상대에게 펀치를 날렸다. 우리 투리를 빼앗아 가는 놈이니까, 한 대 정도는 맞아라! 라는, 아버지 같은 기분이 마음속에 떠올랐다.

"……로제마인 님, 왜 그러시는지요?"

"아, 아닙니다. 잠시 딴생각을 좀 했습니다. 머리 장식 디자인은 지금까지 그랬던 것처럼 투리에게 맡길 테니까, 최고급 실로 만들어 주세요. 투리의 머리 장식을 오래 사용하고 싶습니다."

앞으로 왕의 양녀가 돼서도 쓸 수 있는 품질의 물건을 만들어 줬으면 좋겠다. 신분에 맞지 않는다고 내려 줄 수밖에 없게 되는 건 너무 슬프니까.

"투리의 성인식도 얼마 안 남았군요. 의상과 머리 장식은 준비했나요?"

"예. 의상은 겨울에 어머니와 함께, 머리 장식은 직접 만들었으니까요. 그래서 본가가 아니라 길베르타 상회에서 성인식에 나가게 됐습니다."

빈민가에 있는 본가에서 나가기에는 의상이나 머리 장식이 너무 호화로운 탓이겠지. 부모님과는 신전에서 만나기로 했다는 모양이다. 오랜만에 문 앞에서 아버지와 어머니 얼굴을 볼 수 있을 것 같다.

……힘이, 난다!

"저는, 투리를 위해서 특대급 축복을 보내드릴게요."

"다른 사람들과 똑같이 부탁드리겠습니다. 너무 편애하시는 것은 좋지 않습니다. 지난번 별 축제 때도 구텐베르크의 결혼이라는 이유로 신전장님의 축복이 너무 기울어진 것이 아니냐는 소문이 있었으니까요."

……으윽. 조금 많았을 뿐인데.

일단 다른 사람과 똑같이 해 달라고 확실하게 못을 박아 버렸다. 내가 기분 내키는 대로 축복을 하면 틀림없이 편차가 생길 거야. 진지하게 대책을 마련해야만 할 것 같다.

나는 도서관 공방에서 조금씩 마지를 조합하면서 내 측근들에게 축복 대책에 관해 물어봤다.

"축복에 사용하는 마력량을 조절하시겠다는 말씀이십니까? 대체 무엇을 위해서일까요."

성녀답게 파바박, 하고 뿌려대면 좋을 텐데, 라고 말하는 하르트무트와 클라리사의 의견은 치워 뒀다. 사람들에게 축복을 선사하는 신전장이 아는 사람이라고 편애하는 것도 평민 마을에서는 그다지 좋은 소리를 못 듣는 것 같고, 내가 너무 과도하게 하면 후임인 멜키오르가 고생할 테니까. 그리고 투리한테서 '다른 사람들과 똑같이'라는 주문이 들어왔다. 투리가 싫다는 표정을 짓지 않도록 대책을 마련해야만 한다.

"기분 내키는 대로 하면 멋대로 큰 축복이 돼 버려서 정말 조절하기 힘들지만, 견습 청색 신관들이 견학할 테니까 시범이 될 정도의 축복으로 하는 것도 중요해요."

내 말을 듣고 잠시 생각에 잠겼던 코르넬리우스가 고개를 들었다.

"마석을 써서 축복하시는 건 어떨까요? 아렌스바흐와의 경계문에서 했던 성결식에서는 페르디난드 님께서 꺼내셨던 마석을 사용했던 기억이 있습니다만……."

코르넬리우스의 지적을 듣자 램프레히트의 결혼식에서는 '과다한 축복 방지'를 위해서 마석을 썼던 일이 생각났다. 그 방법이면 괜찮을지도 모른다. 호위 기사로 동행했던 레오노레도 "괜찮은 생각이군요."라고 말하면서 웃었다.

"마석을 사용해서 축복하는 모습을 보여드리면 멜키오르 님도 똑같이 축복하실 수 있을 거라고 생각됩니다. 로제마인 님은 마력 제한, 멜키오르 님은 로제마인 님과 같은 수준으로 축복을 늘리기 위해서라 목적은 다르지만, 어쨌거나 마력을 사용하면 축복의 양을 조절할 수 있지 않을까요?"

나는 코르넬리우스와 레오노레의 말을 듣고서 눈을 반짝반짝 빛냈다. 마석을 쓰면 투리의 부탁을 들어줄 수도 있고, 나처럼 축복할 수 없을지 고민하는 멜키오르에게 해결책을 제시할 수 있는 데다가 실패하지 않고 견습 청색 신관들에게 시범을 보여줄 수도 있다. 완벽해.

"훌륭한 생각이네요! 마석을 쓰도록 해요."

여름 성인식 당일. 나는 나보다 먼저 예배실에 입장하는 하르트무트에게 마석을 건넸다. 몇 번인가 축복 연습을 하면서 마력을 조절해 둔 마석이다. 이러면 축복의 양은 문제없겠지.

"축복 때 이 마석을 드리면 된다는 말씀이군요."

의식의 흐름을 다시 확인한 뒤, 나는 하르트무트가 예배실에 입장하는 모습을 지켜봤다. 청색 신관들이 예배실에 입장하는 모습을 보고 있던 멜키오르가 "의식에 참여하는 건 처음이라서, 조금 긴장됩니다." 라고 중얼거렸다.

"어머나, 오늘은 견학이니까 그렇게 긴장하지 않아도 돼요."

오늘은 견습 청색 신관들이 의식을 견학하는 날이기도 하다. 오늘은 견학만 하는 날이니까, 파란색 의식용 의상을 입은 견습 신관들은 옆에 있는 벽 앞에서 줄지어 서 있을 뿐이다. 시끄럽게 굴지만 않으면 된다.

"수확제에서는 제가 의식을 치러야 한다고 생각하니까 어쩔 수 없이 긴장이 됩니다."

멜키오르가 그렇게 말하자 견습 청색 신관들이 일제히 고개를 끄덕였다. 가을 수확제에서 실패할 수는 없다고 긴장한 분위기가 느껴진다. 안 그래도 범죄자의 자식이라고 차가운 시선을 받고 있는데, 실패를 거듭할 수는 없다는 듯하다.

"긴장감은 중요하지만, 벌써 긴장하면 버티질 못해요. 오늘은 의식 중에 큰 소동만 벌어지지 않으면 됩니다. 어깨에 힘을 빼세요."

그렇게 말했지만 긴장은 거의 풀리지 않은 모양이다. 평소처럼 미소를 지으려고는 하지만 어딘가 긴장한 얼굴로 견습 청색 신관들이 선두에 있는 멜키오르를 따라서 예배실로 들어갔다.

멜키오르 일행이 들어가고 조금 지나자 "신전장, 입장." 이라는 말이 들리면서 문이 열렸다.

나는 성전을 안고서 예배실에 입장했다. 단상에 올라가서 제일 먼저 투리를 찾았다. 정확히 말하자면 다른 사람은 눈에 들어오지도 않았다. 나와 눈이 마주친 투리가 후훗, 하고 웃으면서 고개를 살짝 옆으로 돌렸다.

······꺄아! 투리, 미인이다!

지금까지는 땋아서 등에 늘어트리고 있던 청록색 머리카락을 위로 올렸고, 입술연지도 발랐다. 그랬을 뿐인데 투리가 단숨에 어른 여성이 돼 있었다. 옆머리를 복잡하게 땋아서 그런 걸까. 주위에 있는 여성들보다 머리 모양에 신경을 많이 쓴 것처럼 보였다.

투리의 머리카락을 꾸며 주고 있는 것은 직접 만든 머리 장식이다. 실력이 많이 좋아진 투리가 직접 만들었으니까 성인식에 참석한 여성 중에서 제일 예쁘다. 그리고 좌우에 두 개를 꽂아서 더더욱 눈에 띈다. 하지만 머리 장식 자체는 결코 요란한 것은 아니다. 작은 꽃이 여러 개 달려서 청순한 분위기를 자아내고 있다.

그 꽃에 사용한 색은 내가 처음에 투리의 세례식을 위해서 만들어 줬던 머리 장식과 같은 색이었다. 꽃의 모양, 실의 질, 만든 사람의 실력이 전혀 다르다 보니 같은 물건으로 보이지 않는다. 하지만 옆머리를 땋은 머리 모양과 같은 색의 머리 장식이다. 세례식 때와 비슷한 분위기를 내려고 의식했다는 걸 알 수 있다. 가족이 다 같이 만들었던 머리 장식이 원점이라는 사실을 떠올리게 해 줬다.

파란색 옷은 평민 마을에서 너무 튀지 않게, 그리고 앞으로도 입을 수 있도록 심플한 원피스 모양이다. 하지만 주위 사람들이 단색으로 자수를 놓은 옷을 입은 것과 달리 어머니가 염색해주신 천을 사용했다. 내가 가지고 있는 의상과는 꽃무늬와 색이 다르지만, 같은 그러데이션을 사용했다. 왠지 세트로 맞춘 것 같아서 기쁘다.

투리의 손가락이 가슴께로 이동했다. 거기에는 내가 얼마 전에 준 마석이 빛나고 있다. 투리의 생일에 맞춰서 파란색 마석을 줬는데, 의상과 비슷한 색이라서 잘 안 보였던 것 같다.

……아아, 뭐야, 왠지 너무 기뻐서 눈물이 나올 것 같아.

눈물을 참기 위해서라도, 나는 주위를 둘러봤다. 분홍색 머리가 보였다. 혹시 저 사람은 페이가 아닐까. 분명 투리와 함께 세례식을 치렀을 테니까. 저쪽 구석에 견습 청색 신관들이 줄지어 있다. 내가 실패하는 모습을 보여줄 수는 없다.

그렇게 일부러 투리한테서 의식을 돌리고 나는 성인식을 치렀다. 하르트무트에게 마석을 받아서 축복을 내렸다.

"불의 신 라이덴샤프트시여, 제 기도를 들어주시고, 새로운 성인의 탄생에 그대의 축복을 내려 주소서, 그대에게 바치는 것은 그들의 마음, 기도와 감사를 바치고, 성스러운 가호를 받사옵나이다."

마석에서 파란빛이 튀어나왔고, 축복이 돼서 새로운 성인들에게 쏟아졌다. 투리가 주문한 대로 다른 사람들과 똑같은 정도의 성인식이다. 투리는 안심한 것처럼 쏟아지는 축복의 빛을 바라봤고, 그 뒤에 '참 잘했어요'라고 말하는 것처럼 날 보면서 미소를 지어 줬다.

……나, 해냈어.

의식이 끝나자 예배실 문이 열렸다. 그 문 너머에는 예상했던 대로 아버지와 어머니가 계셨다. 세례식을 마치지 않은 카밀은 역시 집에 두고 온 모양이다.

아쉽다고 생각하고 있었더니, 아버지와 어머니도 웃는 얼굴로 가죽끈에 걸어서 목에 차고 있던 문장이 들어간 마석을 보여주셨다. 씩 웃은 아버지가 '꼭 따라갈 테니까'라고 말해 주셨다는 걸 알 수 있었다.

가족을 전부 이동시키는 건 내 고집이다. 나와 가족의 관계를 알고 있는 사람이 전혀 없는 것도 아니고, 하르트무트도 조사하는 데 성공했다. 다른 사람이 알아낼 가능성도 있다. 에렌페스트에 두고 가면 어떤 형태로든 이용당하게 될지도 모른다. 가족이 이용당하면 내가 어떻게 폭주하게 될지 모르니까, 내 손이 미치는 범위에 두기로 했다. 내 고집이지만, 가족들은 그걸 당연하다는 얼굴로 받아들여 줬다.

너무 기쁘고 좋아하는 마음이 가슴속에서 소용돌이치면서 마력이 부풀어 올랐다. 큰일 났다고 생각했을 때는 이미 늦었다. 파박, 하고 파란색 빛의 축복이 의식 때와 비교도 안 될 만큼 잔뜩 쏟아졌다.

"뭐, 뭐야?!"

문을 통해서 나가려던 새 성인들이 깜짝 놀라서 뒤를 돌아봤고, 정리를 시작하려던 신관들이 깜짝 놀라서 "으악?!" 소리를 냈다. 벽 앞에 서서 견학하던 견습 청색 신관들은 입이 떡 벌어져서 축복의 빛을 보고 있었다.

확, 하고 세차게 뒤를 돌아본 투리의 시선이 따갑다. 말은 안 했지

만 파란 눈동자가 "뭐 하는 거야, 마인!" 이라고 화를 내고 있다.

……미안해요, 미안해요. 이럴 생각은 아니었어요!

허둥지둥하면서, 나는 필사적으로 변명거리를 생각했다. 하지만, 머릿속이 새하얘진 탓에 제대로 된 변명이 생각나지 않았다.

"……더, 덤으로 드리는 축복…… 아니, 아니, 아닙니다. 견학하고 있는 견습 청색 신관들에게, 마석을 사용하지 않는 축복의 시범을 보여줄까 싶어서……. 호호호호호……."

"훌륭한 시범이셨습니다, 로제마인 님."

하르트무트가 감동한 얼굴로 말했는데, 과연 그 자리에 있던 다른 사람들한테도 통했을까. 아니겠지. 아버지와 어머니는 놀란 얼굴에서 웃음을 참는 듯한 얼굴이 됐지만, 투리는 여전히 무서운 얼굴이다.

마지막의 마지막에 실패하면서 투리의 성인식이 끝났다.

아우브의 면접

가을 세례식을 실수 없이 마치고, 그 뒤에는 엔트비켈른을 위한 마력을 모아 두기 위해서 몇 번인가 성에 가서 마력을 공급했다. 블렌루스가 들어간 맛있는 회복약은 없어서 상냥함이 들어간 회복약을 계속 마시며 매일매일 마력을 저장했다.

그 무렵, 신전은 수확제 준비로 부산해지기 시작했다. 마차와 짐 수배, 데려갈 시종 선별, 농촌에서 치를 의식의 확인 등 처음 치르는 수확제를 위해서 꼼꼼하게 준비하는 견습 청색 신관들의 모습을 볼 수 있었다.

가을 수확제에는 징세를 위해 문관이 동행하기 때문에 구 베로니카 파벌의 아이들이 너무 싫은 일을 겪지 않았으면 좋겠다는 생각도 들었다. 일단 문관에게는 확실히 다짐을 받아 두기는 했지만, 눈이 미치지 않는 곳에서 일어나는 일까지는 어떻게 할 도리가 없다. 누구를 어디로 파견할지를 정하는 회의를 열어서 청색 신관과 견습 청색 신관의 조합을 정했다.

"필린느도 견습 청색 무녀가 됐는데, 수확제에는 안 가나요?"

멜키오르의 질문에 나는 "안 보내요." 라고 대답했다.

"필린느는 제 방과 시종을 물려줄 생각으로 고아원장 후임으로 지명했습니다. 지금은 공유 상태니까 필린느가 수확제에 가기 위한 시종이나 전속 요리사가 없습니다. 그리고 다른 견습 청색 신관들과 달라서 수확제에 참가해야만 겨울을 날 수 있는 것도 아니니까요."

이번에 미성년자 견습 청색 신관들을 수확제에 파견하는 이유는 사람 손이 부족해서 그런 것도 있지만, 그들의 월동 준비를 위해서 반드시 필요하기 때문이다. 그런 이유라도 없으면 미성년자를 제사에 파견하지 않는다. 참고로 멜키오르는 영주 후보생이라서 견습 청색 신관이 아니라도 직할지를 돌아다닐 수 있으니까 별개로 취급한다.

"신전에 사람이 하나도 없는 상황을 피하기 위해서라도 필린느는 수확제에 보내지 않습니다. 남아서 신전을 지키게 할 생각입니다."

그런 이야기를 하고 있는데 회의실에 올도난츠가 날아왔다. 하얀 새가 내 앞에 내려앉더니 질베스타의 목소리로 말하기 시작했다.

"사흘 뒤에 면접을 보겠다. 겨울에 귀족으로서 세례식을 치를 아이들의 보고서를 제출하도록."

견습 청색 신관들이 같은 말을 세 번 반복하는 올도난츠를 가만히 보고 있다. 고아원에 형제가 있는 아이도 있으므로, 고아원에서 귀족이 되는 아이가 어떤 취급을 받게 될지가 궁금하겠지.

"올겨울에 고아원에서 귀족으로서 세례식을 받는 나이의 아이는 두 명입니다. 보고서는 성으로 돌아갈 로데리히에게 들려 보낼 테니 잘 부탁드리겠습니다."

나는 질베스타에게 그런 내용으로 올도난츠를 보내서 대답했다. 올겨울에 귀족으로서 세례식을 받을 가능성이 있는 아이는 벨트람과 디르크뿐이다. 나이가 같은 아이는 있기는 하지만, 한 사람은 부모 곁으로 돌아갔고 또 한 사람은 하르트무트의 면접에 떨어져서 마술구를 받지 못했다. 그래서 귀족으로서 세례식을 치를 자격이 없다.

수확제 이야기를 마치고 나는 신전장실로 돌아왔다. 모니카를 보내서 빌마에게 면접 일시를 전달하고 두 사람의 보고서를 수령해 달라고 부탁했다. 그리고 올도난츠로 훈련 중인 라우렌츠를 불렀다. 동생 벨트램이 세례식을 받게 될지 아닐지가 결정되는 중요한 면접을 치르게 된다. 형으로서 한마디 해 주고 싶을 것 같다고 생각했다.

빌마가 보낸 보고서를 읽고 있었더니 바로 라우렌츠가 찾아왔다.

"로제마인 님, 면접 일시가 정해졌다는 올도난츠가……."

"예, 맞아요. 고아원에 가서 벨트램에게 한마디 해 주세요. 부모가 없는 아이로서 아우브를 후견인으로 삼아 세례식을 치르게 되니까 세례식 이후에는 세상에서 형제로 인정해 주지 않게 됩니다. 그래도, 가능한 신경을 써 줬으면 싶다고 생각해요."

세례식에서 부모가 정해지는 귀족 사회의 관례를 생각해 보면 벨트램은 부모가 없는 아이다. 세간에서는 고아원에 들어간 시점에서 '동생이 아니다'라고 생각하는 것이 당연한 사회다.

"성적이 우수하다고 인정받을 것. 그리고 복수심 등의 사상적 문제가 없고 아우브 에렌페스트를 섬길 의사가 있는 사람이 아니라면 귀족으로서 세례식을 치를 수 없어요. 빌마가 보낸 보고서를 보면 벨트램은 성적이나 생활 태도에는 딱히 문제가 없습니다."

"그렇습니까."

안심한 듯 가슴을 쓸어내리는 라우렌츠에게 "하지만 사상에 관해서는 모릅니다."라고 말했다. 고아원에서는 착한 아이처럼 굴려고 노력하고 있지만, 영주를 따르겠다고 할지는 모를 일이다.

"부모님을 체포하고 자신을 고아원에 보낸 아우브에 대해 마음의 응어리도 없이 섬기기는 힘들 거라고 생각합니다. 하지만 앞으로 귀족으로서 살아가게 된다면 이름을 바칠 것을 강요하겠죠. 벨트람을 잘 달래서 받아들이게 해 주세요."

부모님이 처형당하면서 이름을 바친 라우렌츠가 지금은 어떻게 살고 있는지, 질베스타 등에 대해 어떤 생각을 가졌고, 감정을 어떻게 처리하고 있는지 가르쳐 줬으면 싶다고 부탁했다. '귀족 사회로 돌아가겠다'고 말하는 벨트람은 세례식만 치르면 예전 같은 생활로 돌아갈 수 있다고 생각할 가능성이 크다. 조금이나마 자신의 상상과 현실 사이의 골을 메울 수 있으면 좋겠다고 생각했다.

"세례식도 치르지 않은 아이를 위해 애써 주신 데 대해 감사하고 있습니다. 이미 오래전에 버림받았어도 이상하지 않은 일이니까요."

더 도와줄 수 있으면 좋겠지만, 내 손이 미치는 범위는 그리 넓지 않다. 그리고 주위에서 너무 손을 뻗어 주지 말라고 벌써 몇 번이나 말했다.

"로제마인 님, 디르크에게는 말해 주지 않아도 될까요?"

"그래요. 필린느. 디르크는 페슈필 연습이 조금 더 필요하겠지만, 그 외에는 문제없어요."

페슈필 연습도 열심히 하게 됐지만, 그것도 마술구를 손에 넣은 뒤에 시작한 바로 최근의 일이다. 이따금 고아원으로 연습을 보러 가는 로지나의 보고에 따르면 이대로 열심히 하면 세례식 발표회도 잘 치를 수 있을 것 같다고 한다.

"디르크는 그렇게 당당하게 하르트무트한테 자기 의견을 말했고, 목표도 정해져 있어요. 아우브와 면접을 해도 아무 문제가 없겠죠. 다른 귀족 아이들과 달리 고아원에서 살 수 있는 게 영주 일족의 은혜를 받아서라는 사실을 이해하고 있으니까 충성심도 딱히 의심하지 않습니다."

오히려 디르크한테 걱정되는 것은 귀족으로서 살아가기 위한 상식을 어떻게 배워 나갈지에 대한 부분이다.

"고아원에서 자란 디르크에게 부족한 것은 귀족으로서의 상식과 마음가짐입니다. 가능한 한 많이 가르쳐 주세요. 영주 후보생인 저는 모범이 될 수가 없습니다."

디르크는 구 베로니카 파벌 사람 중 누군가의 아이이자 고아원 출신이라는 말을 들으며 귀족으로서 살아가야만 한다. 내가 영주 후보생으로서 알게 된 귀족의 상식보다는 하급 귀족이 살아가는 방식 쪽이 도움이 되겠지. 필린느는 "열심히 하겠습니다."라고 대답하며 고개를 끄덕였다.

"다무엘도 지도를 부탁드려요. 그리고 로데리히. 빌마의 보고서를 양아버님께 전해 주세요."

"알겠습니다."

면접 당일이 됐다. 질베스타는 호위 기사, 시종, 문관을 두 명씩 데리고 신전에 왔고, 위엄 있는 얼굴로 나를 봤다.

"고아가 내게 도움이 될지 아닌지가 가장 중요한 점이다. 도움이 안 되는 자를 위해서 수고를 들일 생각은 없다. 목숨은 구해 줬으니까, 그 이상의 취급에 대해서 너는 참견하지 않도록."

내가 그 아이들을 불쌍하다고 생각하고 도와주고 싶다고 생각하는 선이나 기준이 귀족 사회와 다르다는 정도는 알고 있다. 연좌에서 구해 준 것만으로도 충분하다. 그것은 페르디난드를 연좌에서 구해 주는 일이 상당히 어려웠던 것만 봐도 잘 알 수 있다.

"구 베로니카 파벌의 아이들을 어떻게 끌어들일지는 영주 일족에게도 중요한 일이라고 생각합니다. 그들의 목숨을 구해 주신 이상, 저는 양아버님이 어떤 판단을 내리시건 간에 불만을 입에 담지 않겠습니다."

"……그런가. 알았다면 됐다."

질베스타는 어깨의 힘을 살짝 빼면서 말했다.

그리고 면접이 시작됐다. 고아원을 관리하는 빌마가 디르크와 벨트람을 데리고 와서 보고를 올렸다. 이미 보고서를 받은 질베스타는 가볍게 고개를 끄덕이며 들었다. 진녹색 눈동자에 진지한 빛을 담고서 디르크와 벨트람을 번갈아 보면서.

"흠. 둘 다 열심히 노력한 것 같군. 성적은 아주 우수하다. 디르크는 세례식 때까지 페슈필을 좀 더 연습하면 좋을 것 같지만, 벨트람은 성적에 관해서는 아무런 문제도 없다."

거기서 일단 말을 끊고, 디르크를 보며 말했다.

"디르크, 너는 범죄자인 구 베로니카 파벌 누군가의 아이로 인식되며 귀족 사회에서 살아가게 된다. 상당히 힘든 생활이 될 것 같다만, 그래도 귀족이 되기를 바라는가?"

디르크는 검은색에 가까운 짙은 갈색 눈동자를 빛내면서 고개를 크게 끄덕였다.

"바랍니다. 저는 로제마인 님께서 저희에게 해 주셨던 것처럼 고아원을 지키기 위한 힘이 필요합니다. 그것은 고아가 얻을 수 없는 것입니다. 아무리 힘들더라도 귀족이 되고 싶습니다."

하르트무트의 면접에서 말했던 것처럼 디르크는 열심히 자신의 바람을 말하고 마술구를 내려 준 질베스타에게 감사의 말을 전했

다. 디르크의 눈에는 순수한 바람만이 있을 뿐이다. 부모가 처형당한 것도 아니기 때문에 영주에 대한 어두운 감정은 전혀 찾아볼 수가 없다.

"로제마인 님께서 주신 회복약을 사용해도 아직 마력은 벨트램의 절반도 모으지 못했지만, 귀족원에 입학할 때까지는 반드시 모으겠습니다."

그 솔직한 생각을 들은 질베스타가 볼에 살짝 미소를 드리웠고, 동시에 약간 동정하는 것처럼 디르크를 바라봤다.

"……너는 구 베로니카 파벌의 아이로 간주한다. 따라서 성인이 될 무렵에는 영주 일족에게 이름을 바쳐야 하겠지. 거기에 대해서는 어떻게 생각하지?"

연좌를 회피하기 위해 구 베로니카 파벌의 아이들은 이름을 바쳤다. 견습 청색 신관들이나 고아원 출신자도 같은 취급을 받는다. 디르크는 구 베로니카 파벌의 아이가 아니지만, 고아원에서 귀족이 되는 이상 같은 취급을 받게 된다. 설명을 들은 디르크는 깜짝 놀란 얼굴로 고개를 갸웃거렸다.

"제가 주인을 선택할 수 있습니까? 그렇다면 고아원을 지켜 주시는 분을 주인으로 모시고 싶습니다. 고아의 생활에서는 어떤 귀족에게 보내질지, 사 주실지, 그 뒤에 어떤 취급이 기다리는지를 전혀 모릅니다. 예전에는 주인이 화풀이로 회색 신관을 죽이는 일도 흔했다고 들었습니다. 그에 비하면 저 스스로 제 주인을 선택할 수 있다는 것만으로도 행운이라고 생각합니다."

질베스타는 귀족과 근본적으로 다른 사고방식 때문에 살짝 쓸쓸한 미소를 지으며 "그런가. 이름을 바치는 것이 행운인가……." 라고 말하며 고개를 끄덕였다.

"디르크, 네가 에렌페스트의 귀족으로서 세례식을 치를 것을 인정한다."

"감사합니다."

디르크가 작은 소리로 '야호'라고 말하는 게 보였다. 질베스타는 얼굴에 기쁨이 가득 드러난 디르크에게서 벨트램 쪽으로 시선을 옮겨 빤히 쳐다봤다.

"뭔가 하고 싶은 말이 있는 것 같군?"

입을 꾹 다물고 있는 벨트램에게 질베스타는 조용한 말투로 "말해 봐라." 라고 압력을 가했다. 벨트램은 천천히 입을 열었다.

"……정말로 디르크 같은 고아가 귀족이 되는 것입니까?"

"디르크 같은 고아라고 했는데, 너도 고아다. 너희 둘은 같은 입장일 텐데?"

질베스타의 말을 들은 벨트램은 발끈한 것처럼 눈을 크게 뜨고는, "아닙니다." 라고 말했다.

"디르크와 다릅니다. 저는 기베 뷜토르의……."

"네가 알고 있는 기베 뷜토르는 이미 존재하지 않는다. 다른 이가 기베 뷜토르가 됐으니까. 그리고, 고아원에 있는 너는 고아다. 내가 후견인이 돼서 부모가 없는 아이로서 귀족이 되는 것이니 디르크와 다를 바가 없다. 세례식에서 부모가 정해지는 귀족 사회에서 너는 부모가 없는 것이 된다."

라우렌츠와도 형제로 인정받지 못하고, 고아원 출신인 디르크와 똑같은 입장이라는 말을 들은 벨트램은 "알고 있습니다." 라고 말한 뒤에 입을 꾹 다물고는 살짝 고개를 숙였다. 말을 들어서 알고는 있었지만, 이해를 거부하는 듯한 태도를 보고 나는 살짝 한숨을 쉬었다.

"고아원에서 보낸 보고서에 따르면 너는 하루라도 빨리 고아원에서 나가고 싶다든지, 원래 있던 귀족 사회로 돌아가고 싶다는 생각으로 노력하고 있는 것 같더군? 하지만 귀족으로서 세례식을 치른다고 해도 과거의 생활로 돌아갈 수는 없다."

꽉 쥐고 있는 벨트램의 주먹이 떨리기 시작했다. 격정을 필사적으로 참고 있는 것처럼 보인다. 하지만, 이 현실은 받아들여야만 하는 일이다.

"세례식을 치른다고 해서 부모가 돌아오는 것은 아니고, 사는 곳도 여전히 신전이다. 조금 나이가 있는 아이들과 마찬가지로 견습 청색 신관으로서 살아가게 된다. 그런 현실을 이해한 상태에서 내 후견을 받아 귀족으로서 세례식을 치를 각오가 되어 있나? 디르크처럼 주인을 선택할 것인가? 나는 내게 순종하지 않는 범죄자의 자식을 에렌페스트의 귀족으로서 대우할 생각은 없다."

질베스타가 엄한 눈빛으로 쳐다봤다. 벨트램은 눈을 꽉 감았다.

"부모를 처형한 영주 일족을 섬길 수 있는지, 아닌지. 그것이 가장 중요하다. 성이나 귀족원에서 온갖 소문과 악의를 마주하고, 연좌가 무슨 뜻인지를 이해하고, 지금의 처지에 감사할 줄 아는 나이였던 아이들은 자신의 주인을 선택할 각오도 되어 있다. 하지만, 갑자기 가족을 잃고 주위의 시선도 모른 채 고아원에서 로제마인의 비호를 받았던 어린아이들은 지금의 처지를 고마워할 리가 없겠지?"

잠시 말이 없던 벨트램이 "……감사하고 있습니다." 라고 말했다.

"형님도 죄를 범한 사람은 부모님이고, 잘못한 사람은 부모님이라고 말했습니다. 이렇게 살아 있는 것 자체가 기적적인 일이라고도 했습니다. 알고 싶지는 않았지만, 알고 있습니다. 저희는 영주 일족의 자비 덕분에 살아 있습니다."

"그렇군. 형이 그렇게 말했나……."

"……예. 형님은 로제마인 님께 이름을 바쳤습니다만, 저는 멜키오르 님께 바치고 싶었습니다."

여러 번 고아원에 와서 공부를 도와주기도 하고, 견습 청색 신관들과 같이 카루타나 트럼프를 하는 등, 그렇게 자신들을 생각해 주는 멜키오르라면 섬기고 싶다고 생각한 모양이다.

"……이름을 바칠 생각이라면 됐다. 너도 후견인이 되어 주마."

질베스타의 말을 들은 벨트램의 어깨에서 힘이 빠져나갔다.

두 사람이 귀족으로서 세례식을 치르기로 정해졌으니 겨울 세례식 의상과 들러리를 어떻게 할지에 대해 의논하고, 대략적으로 결정했다. 의상은 물려받은 것으로 하고, 들러리는 신전장인 내 측근 중에서 보내기로 했다.

세례식 이야기가 끝나서 디르크와 벨트램이 퇴실했고, 엔트비켈른에 관한 이야기를 시작했다.

"그레첼의 엔트비켈른은 플로렌치아가 출산한 뒤에 할 예정이다."

"출산 이후 말씀이신가요?"

"그래. 회복약으로 몸 상태를 추스르고 엔트비켈른에 참가하겠다고 한다. 아무리 말해도 듣지를 않는군."

질베스타로서는 참가시키고 싶지 않은 것 같지만, 플로렌치아는 영주의 제1 부인으로서 양보할 수 없다고 말했다는 모양이다.

"양어머님의 몸 상태도 걱정되지만, 엔트비켈른 준비는 잘 되고 있나요?"

"상인들에게서 어떤 가게를 만들고 싶은지에 대한 설계도가 올라왔고, 문관들과 기베 그레첼이 도시를 설계했다. 마력은 어느 정도 모여 있다. 마력 압축과 가호 재취득 덕분이지. 솔직히 말해서, 정말 큰 도움이 됐다."

"그건 정말 다행이네요."

질베스타가 가호를 재취득한 덕분에 당초 예상보다 편하게 마력을 모을 수 있었다는 것 같다. 나도 마력 압축에 힘썼으니까 마력은 어떻게든 되겠지.

"그러고 보니, 광역 바셴은 어떻게 하실 건가요? 이번에는 페르디난드 님도 안 계신 데다 저도 엔트비켈른 직후에 그레첼로 가는 건 무리예요."

엔트비켈른으로 건물을 깔끔하게 만든다고 해도 거리 전체까지 바셴으로 깨끗하게 만들지 않으면 의미가 없다. 평민들에게 다른 영지의 상인들을 받아들일 준비를 하면서 동시에 오랜 세월 동안 눌어붙은 때까지 제거하라고 하는 건 무리다. 거리 전체를 대상으로 하는 바셴이 필수다.

"……그것 말인데, 클라리사를 빌려줄 수 있겠나?"

질베스타의 말에 나는 "클라리사 말인가요?"라고 대답하며 입술을 삐죽 내밀었다. 클라리사는 하르트무트의 약혼자인 데다 아직 단켈페르거에 적을 두고 있다. 나한테 이름을 바쳤으니까 내가 개인적으로 일을 시키는 데에는 문제가 없지만, 다른 영지의 사업에 차출할 수는 없다.

"그리 좋은 일이 아니라는 건 알지만, 상당히 유효한 광역 마술 보조 마법진을 가지고 있다는 이야기를 브륀힐데에게 들었다. 귀족원의 디터에서 광역 바셴을 사용했다더군. 클라리사가 보조해 준다면 기베나 브륀힐데를 비롯한 그레첼 귀족들이 어떻게든 하겠다는 모양이다. 엔트비켈른을 하는 날은 그레첼에 가 달라고 명령해 줄 수 없겠나?"

우리 영주 일족은 공급실에 있어야 하니까 그레첼에서 바셴을 쓰는 일은 다른 사람에게 맡기는 수밖에 없다. 브륀힐데는 나나 페르디난드 정도의 마력이 없기 때문에 보조 마법진과 머릿수로 어떻게든 해 보겠다고 생각한 듯하다.

"측근인 브륀힐데를 통해서 네게 부탁하겠다고 했지만, 아우브인 내가 부탁하는 것이 마땅하다고 거부당했다."

"뭐, 엔트비켈른은 영지의 사업이고 양아버님이 하시는 일이니까 양아버님이 부탁하는 쪽이 옳다고 생각해요."

나는 그렇게 말하면서 질베스타를 쳐다봤다.

"클라리사에게 명령하는 것까지는 좋지만, 조건이 있습니다. 영주 일족의 측근 중에서 상급 귀족을 전부 그레첼로 같이 보내 주세요."

"측근 상급 귀족을 전부?"

"예. 제 측근만 파견하는 건 납득할 수 없습니다. 아직 다른 영지에 적을 두고 있는 클라리사 혼자만이 아니라, 영주 일족 전원의 측근들도 협력해 줬으면 싶어요. 이건 아우브가 주도하는 영지의 사업이고, 사람이 많은 쪽이 편하다는 점은 엔트비켈른도 광역 바셴도 마찬가지니까요. 아마도 그레첼의 귀족만으로는 부족할 테고, 영주 일족이 그레첼을 적극적으로 지원하는 일은 라이제강계 귀족들을 끌어들이기 위해서도 필요합니다."

"……알았다. 영주 일족 측근 상급 귀족에게는 그레첼로 가라고 하겠다."

질베스타가 고개를 끄덕였으니 나는 클라리사에게 올도난츠를 보냈고, 브륀힐데와 의논해서 광역 바셴의 계획을 세우라고 했다. 바로 브륀힐데한테서 고맙다는 올도난츠가 날아왔다.

"정말 감사합니다, 로제마인 님. 클라리사에게서 연락이 들어왔습니다. 영주 일족의 측근들이 힘을 빌려주시리라고는 생각도 못 했는데, 덕분에 상당히 편하게 거리를 정화할 수 있을 것 같습니다."

올도난츠에서 들려오는 목소리가 상당히 밝은 것으로 보아 브륀힐데가 엔트비켈른을 위해서 바쁘게 뛰어다니고 있음을 알 수 있었다.

"성공시키기 위해 저도 도움을 아끼지 않겠습니다."

그렇게 대답했다. 바로 또 다른 올도난츠가 날아왔다. 브륀힐데가 보냈나 싶었는데, 올도난츠는 내가 아니라 질베스타 쪽으로 날아갔다.

"레베레히트입니다. 아우브 에렌페스트, 플로렌치아 님께 엔트빈두게가 찾아오신 것 같습니다."

출산의 여신이 찾아왔다면 아기가 나올 것 같다는 얘기가 틀림없다. 질베스타가 벌떡 일어났다.

"멜키오르에게 연락해라. 바로 성으로 돌아가자."

질베스타의 측근이 멜키오르에게 알리기 위해서 움직이기 시작했다.

"양아버님, 저는……."

"너는 같은 배에서 난 형제가 아니니까 성에 돌아가 봤자 본관 영주 구역에는 들어갈 수 없다. 가능하다면 여기서 엔트빈두게에게 기도해 다오."

출산 때 플로렌치아에게 마력을 줄 수도 있다는 듯하다. 그때 제공하는 마력은 남편이나 직접 낳은 자식 같은 혈족이 아니면 반발이 크다는 모양이고. 내가 가 봤자 아무런 도움도 안 된다.

나는 질베스타와 멜키오르가 서둘러 성으로 돌아가는 모습을 배웅한 뒤에 신전장실로 돌아갔다. 내 방에 있는 작은 제단 앞에서 출산의 여신 엔트빈두게에게 기도를 바쳤다.

며칠 뒤, 멜키오르가 신전으로 돌아왔다. 여자아이가 태어났다는 모양이다.

그리고 또 일주일이 지나, 나는 성으로 불려갔다. 엔트비켈른을 시작하기 위해서. 영주 일족은 자기 측근 중에서 상급 귀족들을 그레첼로 파견했다. 내 측근 중에서는 클라리사, 하르트무트, 코르넬리우스, 레오노레, 오틸리에가 그레첼에서 바셴을 하기로 했다.

이렇게 해서, 그레첼은 얼룩 하나 없는 새하얀 거리로 다시 태어났다.

수확제와 구텐베르크의 선택

그레첼의 엔트비켈른이 무사히 끝났다. 나는 성의 공급실에 틀어박혀서 마력을 담을 뿐이었지만, 바셴을 하고 온 측근들이 그 모습을 가르쳐 줬다.

"많은 인원으로 바셴을 했는데, 순식간에 그레첼이 아름답게 변했습니다. 하늘에 떠 있는 무수한 마법진에서 일제히 물이 쏟아지는 모습은 꽤 장관이었습니다."

"앞으로는 아름다운 거리를 유지하기 위해서 기베의 명령을 받은 병사들과 2호점에 짐을 운반하기 시작한 상인들이 신경 쓰기로 했다는 것 같습니다. 목공 공방의 짐을 실은 제1진 마차가 에렌페스트에서 출발했다고 브륀힐데가 말했습니다."

"영주 일족 측근 상급 귀족들이 집합한 덕분에 기베 그레첼이 아주 기뻐했다는 것 같습니다. 지시를 내린 아우브께 호감을 가진 것으로 보였습니다."

코르넬리우스가 광역 바셴의 보고를 올렸고, 레오노레가 브륀힐데의 보고를, 오틸리에는 기베와 주위 귀족들의 반응을 가르쳐 줬다.

"저는 그레첼에 내려가 봤습니다. 거래를 마치고 각 영지로 돌아가던 상인들이 왔던 때와 전혀 달라진 그레첼의 모습을 보고 내년의 거래를 기대하겠다고 말했습니다. 돌아간 상인들이 보고하면 귀족원에서도 화제가 될지도 모릅니다."

세상에, 하르트무트와 클라리사가 깨끗해진 시내를 돌아다니면서 이것저것 눈으로 확인했다는 모양이다. 아직 문도 창틀도 없는 가게들이 늘어선 구역이 재미있었다나.

"클라리사, 정말 고맙습니다. 거리 전체의 세정은 보조 마법진 유무에 따라 차이가 큽니다. 아직 단켈페르거에 적을 두고 있는 클라리사에게 무리한 부탁을 했습니다만, 정말 큰 도움이 됐어요."

"아닙니다, 도움이 돼서 정말 다행입니다. 이번 일을 통해서 저도 확실하게 로제마인 님의 측근으로 인정받은 것 같아서 정말 기쁩니다."

하르트무트가 신관장직을 맡았으니 단켈페르거에서 에렌페스트로 적을 옮길 수는 없다. 그래서 보통은 영지와 깊이 관련되지 않는 일만 맡겼었다. 내 일을 돕고 있기는 했지만 신전에도 들어가지 못했고, 그래서 영주 회의가 끝난 뒤에는 자신이 정말로 도움이 되기는 하는지 불안했다는 모양이다.

"저는 마지 조합을 도와준 것만으로도 충분히 큰 도움이 됐습니다만……."

그래도 다른 사람에게서 내 측근이라고 인정받는 건 또 다르다는 듯하다. 멀리 보내서 미안했는데, 클라리사 자신이 얻은 게 있어서 다행이라고 생각했다.

상인들이 각자 자기 영지로 돌아가는 계절은 동시에 수확제 시기이기도 하다. 이번 수확제에서는 샤를로테가 기원식 때 갔던 기베들의 지역을 돌고, 빌프리트와 나와 멜키오르도 담당 구역을 나눠서 직할지를, 청색 신관들이 남은 기베의 지역을 나눠서 돌기로 했다.

"하르트무트에게는 봄에 빌프리트 오라버니가 갔던 라이제강계 기베를 맡기겠습니다. 잘 부탁해요."

"로제마인 님은 직할지에다 작은 신전의 인수인계, 쾰른베르거 주변 기베도 담당하시고 계십니다. 부디 무리는 하지 않으시기를 바랍니다."

나는 핫세의 작은 신전을 지키며 비밀의 방을 멜키오르에게 인계하고, 쾰른베르거에서 구텐베르크를 회수해 와야 하기 때문에 꽤 바쁘다.

수확제에는 평소대로 다무엘과 안게리카를 호위 기사로 데리고 간다. 나머지는 신전의 시종과 전속들이고. 그들이 익숙한 작업처럼 수확제 준비를 하는 모습을 슬쩍 보면서, 나는 남는 측근들에게 일을 배정했다. 수확제에서 돌아온 안게리카, 다무엘과 교대할 수 있도록 휴가를 받는 사람도 있고, 필린느처럼 신전 업무를 맡아서 열심히 일하는 사람도 있다. 미성년자 측근들에게 주인이 부재중인 이 시기는 귀족원 예습을 하기에도 딱 좋은 시기라서 이 틈에 열심히 공부해 두도록 권해 뒀다.

핫세에 있는 작은 신전의 교대 인원을 데려가는 마차와 호위 병사 수배를 부탁했다. 고아원에는 월동 준비를 진행하라는 지시를 내렸고, 공방에서 만든 불연지는 플랑탱 상회를 통해서 사들여서 도서관으로 운반하도록 했다. 그렇게 수확제 준비를 하면서 나는 도서관에도 바지런히 드나들며 페르디난드의 마지 제작에도 시간을 할애하고 있었다.

……가능하다면 귀족원에 갈 때 가져가고 싶은데 말이야. 지난번처럼 페르디난드 님이 영지대항전 때 에렌페스트의 다과회실에서 자고 가게 된다면 직접 건네줄 수도 있고.

마지를 만드는 사이에 출발하는 날이 다가왔다. 제일 먼저 출발하는 인원은 마차로 멀리 떨어진 기베의 토지까지 가야 하는 청색 신관들이다. 어린 견습 신관과 같이 가는 사람도 있다. 지금까지는 미성년 견습 신관을 참가시키지 않았기 때문에 청색 신관들이 당혹스러워하는 게 느껴졌다.

"캄펠, 프리다. 처음 참가하는 어린 견습 신관들이 동행하게 됐습니다. 여러모로 힘들겠지만 잘 부탁드려요. 그리고 견습 신관들은 귀족으로서 세례를 받았으니까, 여러분보다 입장이 위라고 생각하는 사람도 있겠죠? 하지만 신전에서는 청색 신관들 사이에 차이가 없습니다. 견습 신관 여러분은 선배들의 말을 잘 듣도록 하세요."

처음 참가해서 뭐가 뭔지 하나도 모르는 아이들은 짐이나 마찬가지니까 폐를 끼치지 말라고 잘 말해 뒀다. 먼 곳에 가서 말릴 사람도 없는데 귀족의 권력을 꺼내 들면 귀찮아지니까.

"징세를 맡을 문관들에게는 너무 심하게 굴지 말라고 확실하게 말해 두기는 했습니다만, 지금 징세와 관련된 일을 맡은 사람은 라이제강계 귀족이 많습니다. 도발하는 말이나 구 베로니카 파벌에 대해 빈정대는 말을 할지도 모릅니다. 하지만 그 자리에서 감정을 폭주시키지 않도록 최대한 조심하고, 저나 멜키오르에게 보고하겠다고만 말해 주세요."

플로렌치아가 라이제강의 노인들에게 한 방 먹였고, 내가 친족이라는 이유로 무조건 라이제강의 편을 들어주지 않는다는 것도 알고 있을 테니까. 영주 일족이 뒤에 있다는 것을 알면 그렇게까지 심하게 대하지는 않을 것이다.

긴장한 얼굴로 고개를 끄덕인 견습 신관들이 "다녀오겠습니다." 라고 말하면서 차례로 마차에 올랐다. 짐을 잔뜩 실은 마차가 천천히 출발하기 시작했다.

마차를 타고 기베의 토지로 가는 신관들이 출발했고, 다음은 하르트무트와 샤를로테 차례다. 본인은 기수로 이동하니까, 먼저 마차로 짐과 신전의 시종들을 보낸 것이다.

샤를로테는 신전에 출발 인사를 하러 와서 갓 태어난 여동생 이야기를 잠깐 한 뒤에, 짐과 회색 신관을 태운 마차를 보냈다. 샤를로테 자신은 귀족 측근들과 같이 내일 출발한다는 모양이다.

마지막으로 직할지를 도는 영주 후보생이 출발한다. 빌프리트를 배웅하고, 멜키오르의 짐을 보냈다. 멜키오르 자신은 호위 기사의 기수에 같이 탄다는 듯하다.

나는 핫세에 가서 교대할 회색 신관들을 보내고 호위 병사들에게 인사했다. 아버지는 목에 가죽 끈을 걸었고, 거기에 문장이 새겨진 마석이 매달려 있는 게 보였다.

"이번에도 잘 부탁드리겠습니다."

"맡겨만 주십시오."

그런 짧은 대화지만 아버지와 말을 주고받는 게 너무나 기쁘다.

핫세로 가는 마차를 보낸 뒤 나는 레서 버스를 꺼내서 시종들에게 짐을 실어 달라고 부탁했다.

"로제마인 누님의 기수는 편리하군요. 저도 빨리 쓸 수 있게 됐으면 좋겠습니다."

"샤를로테의 말에 따르면 크기를 변화시키는 데 마력을 상당히 소모한다는 것 같아요. 귀족원에 들어가서 마력 압축을 열심히 하는 데서부터 시작해야 하겠죠."

그렇게 말했더니 멜키오르는 약간 불만이라는 것처럼 입술을 삐죽 내밀었다.

"로제마인 누님이 중앙으로 이동하시게 되니까 저는 로제마인 누님의 마력 압축 방법을 배울 수 없는 세대가 될 거라고 아버님이 말씀하셨습니다."

"뭐, 그렇게 되겠죠. 페르디난드 님이 없어지면서 조건을 채울 수 없게 됐기 때문에 올해부터 이미 다른 사람에게 마력 압축을 가르쳐 주지 않고 있으니까요. 그리고 제가 에렌페스트에 있을 수 없게 된 이상, 그 계약은 더는 퍼트리지 않는 쪽이 좋다고 생각해요."

마티아스에게 들은 이야기인데, 게오르기네도 자력으로 2단계 압축을 했다는 듯하다. 원래는 스스로 잘 생각하고 자기 힘으로 어떻게든 하는 일이고, 내가 왕족이 되면 도서관 지하 서고의 존재를 알릴 생각도 하고 있다. 거기 있는 압축 방법을 시험해 보는 것도 가능할 테니까.

"많은 분께 이야기를 듣고 스스로 잘 생각할 것. 그리고 고어 공부를 확실히 해 둘 것. 지금 제가 할 수 있는 조언은 이 정도겠죠."

"성전을 읽기 위해서 공부를 하고는 있지만, 오래 걸릴 것 같습니다."

멜키오르는 하아, 하고 한숨을 쉬고는 어깨를 축 늘어트렸다.

내 레서 버스는 멜키오르의 측근들이 탄 기수에 둘러싸인 모양새로 작은 신전을 향해 이동했다. 작은 신전의 비밀의 방을 열어서 모니카에게 정리해 달라고 부탁하고, 전속 요리사들에게 일을 시작해 달라고 했다. 이런저런 지시를 내린 뒤에 멜키오르를 불러서 프랑과 호위 기사를 데리고 핫세의 겨울 저택으로 향했다.

"리히트, 내년부터는 신전장이 바뀌게 됩니다. 오늘은 새로 취임할 사람을 소개하기 위해서 멜키오르와 같이 왔습니다."

촌장 리히트에게 신전장 자리를 교대한다는 이야기를 전한 뒤에 의식을 치르고, 열기가 가득한 볼페를 견학했다. 오늘 멜키오르는 핫세의 겨울 저택에서 자게 된다. 다음 날 아침에 징세관과 징세 관련 확인을 한 뒤에 멜키오르와 같이 작은 신전으로 이동했다. 인수인계 시작이다.

"멜키오르, 이것이 작은 신전을 지키는 마석입니다. 기원식과 수확제 때 두 번, 마력을 공급합니다. 이렇게 색이 변할 때까지 마력을 주입하면 돼요. ……마력량이 걱정된다면 마석에 마력을 담아 준비해 두면 좋을지도 몰라요. 그리고 샤를로테와 빌프리트 오라버니께도 등록을 부탁해서 도와 달라고 하는 것도 좋을 것 같고요."

"로제마인 누님은 전부 혼자서 하셨군요."

멜키오르가 약간 풀이 죽은 듯 말했지만, 매일 목숨을 걸고 마력 압축을 해 왔던 나와 마력량을 비교할 수는 없지. 그런 기세로 압축했다가는 나처럼 발육 부진이 돼 버릴 테고.

"멜키오르는 처음부터 전부 혼자서 할 필요는 없어요."

수호 마석에 마력을 등록한 뒤에는 시종과 핫세의 회색 신관들이 내 비밀의 방에서 가구를 전부 끌어내고 있는 쪽으로 시선을 옮겼다.

"멜키오르가 사용할 가구는 어떤 건가요? 이 비밀의 방에 있는 가구도 가능한 한 같이 넘기도록 할게요. 일 년에 두 번만 사용하는 곳에 돈을 들이는 것도 아깝잖아요? 여기에 새 가구를 넣는 것보다는 다른 곳에 사용하는 쪽이 좋을 것 같아요."

영주 일족은 남의 물건을 물려받는 경우가 거의 없다 보니 멜키오르가 잠깐 놀랐지만, 멜키오르의 회계를 담당하는 듯한 시종은 안도한 표정을 보였다. 신전용 예산은 있지만, 핫세와 에렌페스트 신전의 예산이 따로 나오는 것은 아니다. 새로운 방을 꾸리는 일은 예상치 못했겠지.

"이불처럼 천으로 된 것들은 바꿔야 하겠지만 탁자나 침대 같은 목제 가구는 그대로 쓰도록 하죠. 로제마인 님의 말씀대로 인수인계로 바쁜 와중이니, 일 년에 몇 번밖에 사용하지 않는 물건을 위해 성에 있는 가구 중에서 고르거나 새로 주문할 시간은 없습니다."

시간이 아깝다는 시종의 말에 멜키오르는 "그렇군요. 그럼 감사히 받도록 하겠습니다." 라고 말하면서 수긍한 표정을 지었다.

"토르, 릭. 멜키오르가 사용하지 않을 물건들을 마차에 실어 주세요. 에렌페스트 신전으로 가지고 돌아가겠습니다."

"알겠습니다."

비밀의 방을 완전히 비운 뒤, 내 등록을 삭제하고 멜키오르가 다시 등록했다. 그 뒤에 다시 가구를 집어넣는다.

"귀족님들은 방 하나를 물려주는 데도 꽤 귀찮은 일이 많군요."

예배실 문이 활짝 열리고 짐이 오가는 광경을 보고 있던 병사들이 그렇게 말했다. 열쇠만 주면 끝나는 평민들과는 사정이 달라서 재미있게 보이는 모양이다.

"마력 등록 덕분에 안전성이나 방범성은 높지만, 넘겨줄 때 귀찮기는 하죠."

"방을 후임에게 넘기신다는 건, 정말로 다른 곳으로 가신다는 겁

니까? 귄터 씨가 선발된 가족과 같이 이동한다면서 인수인계를 시작
해서 깜짝 놀랐습니다만……."

가족과 이동하기 위해서 아버지도 문에서 인수인계를 하고 있는
듯하다.

"어머나, 제가 이동한다는 사실은 아직 다른 사람들에게는 비밀입
니다. 다른 데서 말하지 않도록 조심해 주세요."

아버지 쪽을 흘끗 보면서 그렇게 말한 뒤, 병사들과 시시한 잡담
을 나누면서 짐을 쌓는 상황을 지켜보거나 작은 신전을 관리하는 노
라, 마르테와 부족한 물자의 보충에 대한 이야기를 나눴다.

"그렇게 걱정스러운 표정을 짓지 않아도 괜찮아요, 마르테. 제가
이동해도 핫세와 에렌페스트 신전의 왕래는 계속될 테고, 핫세의 작
은 신전이 사라지는 일도 없어요."

"예."

"그리고 동행해 주시는 병사분들께 고마운 마음을 표현하는 부분
에 대해서도 인수인계를 했습니다. 그러니까 앞으로도 잘 부탁드릴
게요."

병사들에게 줄 돈은 질베스타에게 평민 마을의 정보를 팔아서 얻
으라고 멜키오르에게 조언했다. 예산이 없으면 다른 곳에서 끌어오
면 된다는 상인 교육에 측근들의 눈이 휘둥그레졌었다. 하지만 귀족
원에서 얻은 정보를 관련 있는 부서에 팔아넘기는 것과 마찬가지라
고 설명했더니 이해했다. 하나같이 얌전한 얼굴로 듣고 있었으니까
열심히 질베스타한테서 돈을 받아 내겠지.

핫세의 작은 신전에서 인수인계를 마친 뒤 멜키오르는 남쪽으로,

나는 동쪽을 향해 출발했다. 기수를 타고서 차례차례 여러 지역을 돌면서 직할지의 수확제를 마치고는 후버, 브론, 그라츠, 히르쉬에 있는 기베의 여름 저택을 돌면서 퀼른베르거로 향했다.

기베 퀼른베르거와 인사한 뒤에 의식을 치르고, 다음 날 아침에 세금을 거뒀다. 전부 확인한 뒤에 구텐베르크들을 모아 철수한다.

"이번에도 긴 출장을 하느라 고생이 많으셨습니다. 처음 간 사람들도 많았죠? 퀼른베르거는 어떠셨나요?"

루츠와 길의 보고를 들어 보니 유디트가 꽤 꼼꼼하게 손써 줬다는 모양이다. 처음 나간 사람들은 역시나 풍토가 달라 당혹해하거나 몸이 안 좋아지기도 했었지만, 익숙한 사람들은 기분 좋게 일할 수 있었고 꽤 쾌적했다는 모양이다.

……중앙에서 준비할 때도 유디트와 다른 사람들의 조언을 받는 쪽이 좋을지도 모르겠네.

나는 구텐베르크들에게 퀼른베르거에서 일하면서 있었던 일에 관한 이야기를 들으면서 에렌페스트의 신전으로 돌아갔다. 그리고 잠에게 준비해 달라고 부탁했던 초대용 목패를 각 공방에 건넸다.

"중요한 이야기가 있으니까 공방 대표, 구텐베르크 본인, 구텐베르크가 제자로 인정한 사람은 신전으로 와 주세요. 일시는 닷새 뒤세 점 종입니다."

글자를 못 읽는 사람을 위해서 일단 내용을 읽어 줬다. 이번에는 함께 출장을 갔던 제자들이 많았던 탓에 귀족의 초대장을 받고 움찔움찔하는 모습이 많이 보였다. 이번엔 또 뭐야? 라는 표정인 루츠, 요한과는 정말 다르다.

"저…… 로제마인 님. 하이디 씨도 참석시킬 생각이십니까?"

쭈뼛쭈뼛 그렇게 물은 사람은 잉크 공방의 호레이스다. 나는 프랑등 신전 사람들이 하이디의 언동을 받아들이지 못했던 일이나 요제프가 하이디를 말리느라 고생했던 일을 떠올리면서 몇 초 동안 생각한 뒤 빙긋 웃었다.

"잉크 공방은 부부가 함께 구텐베르크니까 둘 중 한 사람만 참가하면 되는 것으로 하죠. 하이디가 남아 있겠다고 하면 잉크 연구에 쓸 만한 다른 영지의 소재 약간을 요제프를 통해 선물로 주겠다고 전해 주세요."

하이디가 틀림없이 남아 있고 싶어질 아렌스바흐의 소재를 몇 가지 말했더니 호레이스가 감동했다는 듯 눈을 반짝거렸다.

"감사합니다! 로제마인 님은 정말로 성녀시군요."

⋯⋯어라? 하이디를 남아 있게 만드는 게 그렇게 감동할 일인가?

수확제에서 돌아온 청색 신관을 맞이하는 사이에 소집일이 됐다. 이번에는 평민 마을 장인들을 초대했으니까 고아원장실을 사용하기로 했다. 초대한 인원이 많아서 현관 앞에 있는 홀에서 이야기할 수 있도록 의자를 늘려 달라고 부탁하고, 니콜라에게 차와 과자를 준비하게 했다.

가장 익숙한 플랑탱 상회의 벤노와 마르크, 루츠를 선두로 구텐베르크들과 그들이 소속된 공방 사람들이 굳은 얼굴로 들어왔다. 귀족의 장소에 발을 들이는 것이 평민에게 어떤 의미가 있는지 잘 알고 있기에, 나는 그 사람들이 인사를 조금 빼먹거나 좌우 팔다리가 동시에 움직이는 모습을 보고도 못 본 척했다.

이야기를 시작하기 전에 "귀족과 접해 본 적이 없는 평민 장인이니까 어느 정도 말실수는 신경 쓰지 않고, 벌하지도 않겠습니다."라고 확실하게 말해 뒀다. 이것은 공방 대표들의 긴장을 풀어 주기 위한 말이기도 하지만, 주로 내 측근들에게 들려주기 위한 목적으로 한 말이다. 중간에 일일이 노려보거나 말을 자르면 곤란하니까.

"아직 다른 곳에서까지 공공연하게 말할 수 없는 일이다 보니 이렇게 초대했습니다. 지금부터 이야기하는 내용은 다음 봄이 끝날 때까지 절대로 입 밖에 내지 말아 주세요."

나는 다음 봄이 끝날 때 에렌페스트를 떠난다는 이야기, 성인이 되면 그쪽에서 인쇄를 시작하기 위해서 구텐베르크들이 따라와 줬으면 좋겠다는 생각을 전했다.

"구텐베르크 본인이나 제자가 와 주면 고맙겠습니다. 보통은 귀족의 사정상 명령을 하는 것이지만, 저는 가능한 여러분의 희망을 들어 주고 싶습니다. 결혼이나 약혼 때문에 제약이 생기는 사람도 있을 테니까, 이주를 강요하지는 않습니다. 하지만 이주할 수 없을 때는 지금까지처럼 장기 출장을 가서 기술을 전수하게 할 생각이니까, 장기 출장은 강제가 됩니다."

이주는 강제가 아니라는 말에 공방 대표들이 나란히 안도한 표정을 지었다. 소중히 키워 온 후계자를 빼앗기면 곤란하겠지. 이주 이야기를 알고 있는 벤노는 태연한 얼굴로 차를 마시고 있지만, 처음 들은 듯한 루츠는 비취 같은 녹색 눈동자를 크게 뜨고서 나를 쳐다봤다.

"에렌페스트를 떠나는 것은 결정 사항입니까?"

"그래요. 번복할 수는 없을 것 같습니다."

"구텐베르크는 3년 뒤에 이동하는 것이 틀림없습니까?"

……루츠까지 벤노 씨랑 똑같은 소리를! 그렇게 의심하는 눈으로 날 보지 말라고!

"의상과 장신구 전속인 길베르타 상회와 르네상스는 제가 이동할 때 같이 이동해 주셔야 하니까 봄이 끝날 때 이동하게 될 것 같습니다. 플랑탱 상회도 공방과 점포를 준비하고 새로운 인쇄 협회를 만드는 등의 일을 하기 위해서 먼저 이동하겠다고 벤노가 말했습니다."

내가 그렇게 말하면서 시선을 보냈더니, 벤노는 가볍게 고개를 끄덕이고는 다른 사람들에게 플랑탱 상회가 앞으로 어떻게 움직일지에 대해 설명했다.

"저는 먼저 움직여서 구텐베르크를 받아들일 준비를 갖추겠습니다. 플랑탱 상회에서 이주하는 인원은 저, 마르크, 루츠 세 명으로 예정하고 있습니다. 루츠는 미성년자이기에 부모의 허락이 필요하니까 부모를 불러서 이야기를 나눈 뒤에 정식으로 결정하겠습니다."

벤노의 말을 들은 루츠가 도전적으로 씩, 웃었다.

"부모님을 설득해서라도 같이 가겠습니다. ……투리한테 뒤처질 수는 없으니까요."

"익숙한 사람이 같이 가 준다면 정말 든든하겠습니다. 하지만……제가 성인이 되기 전에는 다른 영지에서 자유롭게 움직일 수 없습니다. 그래서 구텐베르크들의 이동은 3년 뒤입니다. 성인이 되기 전에 마음대로 움직일 수 있는 에렌페스트가 특수했던 것입니다."

내가 아쉽다고 말했더니 "음……." 하는, 뭐라 형언할 수 없는 목소리가 들려왔다.

"미성년자가 후원자가 되는 일은 보통 에렌페스트에서도 있을 수 없는 일입니다. 받아들여 준 에렌페스트가 특수한 것인지도 모르겠지만, 가장 특수한 건 로제마인 님이라고 생각합니다."

요한의 말에 구텐베르크들이 일제히 고개를 끄덕였다. 호위 기사로서 문 앞에 서 있는 다무엘까지 고개를 끄덕이고 있다. 이게 무슨 일이람. 내 뒤에 서 있는 하르트무트 혼자만 "특수한 것이 아니라 특별한 것입니다." 라고 정정하고 있는데, 그건 됐고.

"이주할 때는 가족까지 같이 가도 좋습니다. 길베르타 상회의 머리 장식 장인은 가족 전체가, 부부가 전속인 요리사는 어머니가 동행한다고 이미 보고를 받았습니다."

"배려는 감사합니다만, 저는 못 갑니다. 여기서 제 공방을 가지려고 계속 노력해 왔기 때문에……."

구텐베르크들이 고민하는 와중 인고가 신음하는 듯한 목소리로 말했다. 젊은 장인이라서 일을 받기가 힘들었던 인고지만, 구텐베르크가 된 지금은 거리에서 상당히 인기 있는 공방이 됐다는 모양이다. 다프라도 늘었고, 새로 들어오고 싶다고 희망하는 사람들도 많다고 한다. 나 말고도 다른 후원자의 주문이 있고, 지연이 생겼으니 다른 곳으로 갈 수는 없다고 했다.

가족도 이동시킬 수 있으니까 그나마 다행이기는 하지만, 나도 지연이 있고 내 도서관이 있는 에렌페스트를 떠나고 싶지 않다고 생각하고 있으니 인고의 심정은 아주 잘 이해한다.

"알겠습니다. 인고는 여기에 머물러 주세요."

"정말 고맙습니다. ……디모, 넌 어쩔 거냐? 가고 싶으면 다프라 계약을 해제해 줄 수도 있다. 다른 동네, 재미있었지?"

인고가 옆에 앉은 자기 제자 디모를 보면서 말했다. 인고의 말을 듣고 디모가 고개를 들었다.

"저, 로제마인 님. 스승님이 아니라 제가 가게 되어도 공방은 얻을 수 있을까요?"

"일할 곳이 필요하니까 공방은 드립니다. 아무래도 장인 자격까지는 줄 수 없지만, 그 지역에서는 새로운 기술인 인쇄를 가져가면 자격을 얻는 것 자체는 간단하지 않을까요?"

내 말을 들은 디모가 기쁘다는 듯 눈을 반짝였다. 디모는 인쇄기 제작에 초기부터 관여했으니까 인고 대신 와 주면 마음이 든든하다.

디모가 "가겠습니다." 라고 결의를 표명하자, 자크가 안절부절못하는 느낌으로 몸을 조금 움직였다.

"로제마인 님, 희망하면 명령도 해 주십니까? 다프라는 명령이 없으면 간단히 움직일 수 없습니다. 스승이 가지 말라고 하면 그것으로 끝입니다."

인마! 라고, 자크의 공방 대표가 눈꼬리를 끌어 올렸지만, 자크는 가고 싶은 생각이 가득한 모양이다. 회색 눈동자가 번쩍번쩍 빛나고 있다. 구텐베르크 칭호를 갖고 싶다면서 공방을 찾아왔던 첫인상 때부터 전혀 달라지지 않았다.

"모르는 지역에 가면 재미있는 것들이 잔뜩 있고, 발상의 계기가 될 만한 일도 많습니다. 그리고, 저는 다른 거리에도 제 이름이 들어간 물건을 만들어 놓고 싶습니다."

우물 펌프와 마차 개조 등, 에렌페스트 곳곳에서 자크와 내 이름을 볼 수 있다. 자크는 다른 영지에서도 그렇게 하고 싶은 듯하다. 상당한 야심가다. 같이 가고 싶다고 생각한다면 나는 데리고 간다. 자크의 발상력과 설계 실력은 대신할 사람이 없으니까.

"알겠습니다. 본인이 희망해도 스승이 반대하는 경우에는 명령하도록 하죠. 하지만, 신혼인 부인과 상담한 뒤에 정해 주세요."

"그 사람은 괜찮습니다. 구텐베르크의 이동에도 같이 따라가고 싶다고 했을 정도니까요."

"괜찮다는 말은 본인에게 듣기 전까지는 함부로 해서는 안 됩니다. 자크는 일단 꼭, 부인의 의견을 들으세요. 제가 명령하는 것은 그 다음입니다."

구텐베르크들의 이동에 따라가도 반년에 한 번은 에렌페스트에 돌아온다. 장기 출장과 다른 영지 이주는 다르다. 갑자기 이혼 소동이 벌어지지 않도록 대화는 필수다.

"하이디는 틀림없이 가겠다고 할 것 같은데, 대표님은 어쩌실 겁니까?"

"……하이디는 그렇다 치고, 요제프 너는 벨프 자격까지 가진 후계자 아니냐?"

요제프와 비어스는 머리를 감싸 안고서 신음하기 시작했다. 비어스한테는 자기 딸인 하이디보다 요제프가 없어지는 쪽이 더 문제라는 모양이다. 요제프가 "음~" 하고 생각하면서 머리를 벅벅 긁었다.

"호레이스 너, 벨프 자격을 딸 수 있겠냐?"

"제가요?!"

호레이스가 깜짝 놀라서 황당하다는 소리를 냈다. 하지만 그럴 만도 하다고 생각했다. 벨프 자격은 장인이 되기 위한 필수 자격이다. 각 협회에 소속된 복수의 벨프에게 인정받는 실적을 남기면 협회 회장이 주는 자격이다. 공방만 준비하면 그만인 공방장과는 또 다른, 프로 중의 프로에게 주어지는 것이다.

참고로 인쇄 협회와 식물지 협회는 지금까지 벤노가 인정한 사람에게만 주고 있는데, 공방의 숫자 자체가 아직 부족하고 배운 대로 일하는 게 고작이다 보니 아직 벨프가 없다. 재직 기간이 최소한 10년은 필요하니까 나중에 일크너에서 새로운 종이를 발명하고 있는 사람들이 벨프 자격을 얻을 것이다.

"하이디를 붙잡는 것보다는 호레이스가 자격을 따는 쪽이 쉬울 것 같단 말이야. 그리고 타나랑 결혼하면 공방 쪽은 어떻게든 될 것 같은데……."

타나가 누구인지는 모르겠지만, 공방장인 비어스의 혈족 중 누군가겠지. 요제프의 목소리에는 말로 표현할 수 없는 체념이 감돌고 있다. 하이디를 말리는 일은 상당히 어려운 문제인 모양이다. 비어스도 포기한 얼굴로 고개를 끄덕였다.

"하이디를 말리는 것보다는 그쪽이 현실적이지. 잉크 만드는 방법은 이미 알고 있으니까 돈만 잡아먹는 연구 귀신은 후원자와 같이 보내 버리는 쪽이 좋겠지."

엄청난 이유로 후계자인 딸이 에렌페스트를 떠나도 좋다는 결론을 내렸다. 대신할 후계자로 결정된 호레이스는 깜짝 놀란 표정이지만, 어떻게든 열심히 해 줬으면 싶다.

"저는 스승님 손녀와 약혼하기로 해서…… 아무래도 이주는……."

요한이 조금 쑥스러운 투로 말하면서 고개를 저었다. 스승은 조금 미묘한 얼굴로 요한을 보면서 "우리 공방에서 누구를 보낼지는 조금 생각하게 해 주게." 라고 말했다.

"나중에 벤노를 통해서 답을 보내 주세요. 아직 급한 일은 아니니까요."

"고맙습니다."

나중에 벤노를 통해서 답을 받았다. 아무래도 스승의 손녀는 요한이 아니라 다닐로와 결혼하고 싶다는 모양이다. 말이 없고 묵묵히 일하는 장인 기질을 지닌 요한보다는 밝고 말을 잘하는 다닐로 쪽이 좋다는 것 같다. 공방으로서도 여러 명의 후원자를 얻을 수 있는 다닐로와 큰 후원자가 나밖에 없는 요한을 비교하면 다닐로를 곁에 남겨두고 싶은 듯하다.

"아가씨, 부디 요한을 잘 부탁합니다, 라고 전해 달라더군요. 요한은 풀이 죽어서 로제마인 님과 이주하고 싶다고 했답니다."

길이 그렇게 보고해 줬다. 요한이 불쌍하다고 생각하며 머릿속에서 다닐로와 요한을 비교해 봤다. 분명히 다닐로 쪽이 여성한테 인기가 좋겠지.

……미성년 여자애니까. 요한한테는 요한의 장점이 있는데.

보고를 듣고서 하아, 하고 한숨을 쉬었더니 길이 말하기 힘들다는 표정으로 나를 보면서 입을 열었다.

"로제마인 님, 나는……."

평민 장인들에게 둘러싸여서 생활하던 쾰른베르거에서 돌아온 직후라서 그런지, 살짝 반말이 섞였다. 그 부분이 내 시종을 그만두게 하는 것은 아닌지 불안해하던 예전의 길을 생각나게 했다. 나는 약간 반갑다는 기분을 맛보면서, 서랍에서 문장이 들어간 마석을 꺼냈다.

"길은 3년 뒤에 오게 할 생각입니다. 그래도 좋다면 이걸 받아 주세요. 제가 3년 뒤에 데려갈 사람의 증표입니다."

내가 문장이 들어간 마석을 내밀었더니 길은 기쁘게 웃으며 받아 줬다.

"이제…… 니콜라와 빌마한테도 문장이 들어간 마석을 줘야지."

니콜라는 필린느가 성인이 될 때까지 기다렸다가 같이 이동할 예정이고, 빌마는 일단 엘비라에게 맡겼다가 내가 성인이 된 뒤에 부를 생각이다.

두 사람을 신전장실로 불러서 마석을 내밀었더니 니콜라는 기뻐하면서 "어디를 가건 로제마인 님을 위해서 열심히 노력하겠습니다." 라고 말하고, 마석 안에 있는 문장을 비춰 보면서 기뻐해 줬다.

"빌마는 제 전속 화가가 되어 주시겠어요? 아니면 어머님의 전속 화가 쪽이 좋은가요?"

"로제마인 님의 전속 화가가 되고 싶습니다. 엘비라 님은 좋은 고객님이시지만, 제 주인은 로제마인 님이시니까요."

빌마는 싱긋 웃으면서 마석을 받아 줬다. 다행이다. 빌마와 같이 웃고 있는데 문밖에서 하르트무트가 왔다고 알리는 방울이 울렸다.

"로제마인 님, 샤를로테 님이 이제 곧 돌아오실 것 같습니다."

"어머나, 예정보다 이르네요. 현관까지 마중 나갈 테니까, 차와 과자 준비를 부탁드릴게요."

수확제에 갔던 사람 중에 샤를로테가 마지막으로 돌아왔다. 나는 하르트무트와 같이 정면 현관으로 마중하러 나갔다. "니콜라와 빌마에게도 문장을 건네셨습니까?" 라고 말하는 하르트무트의 목에도 문장이 들어간 마석이 빛나고 있다. "함께 가지만, 그래도 문장이 들어간 마석이 갖고 싶습니다." 라고 말하며 자신과 클라리사 두 사람 몫의 마석을 가지고 왔다. 원래는 나중에 데리고 갈 사람들의 신분 보장을 위해서 주는 물건이다 보니 하르트무트와 클라리사에게 주는 건 아니라고 생각했다. 하지만 하르트무트가 문장을 받은 사람을 괴롭힐 수 있다고 다무엘이 걱정했기 때문에 결국 문장을 새겨 줬다. 하르트무트는 아주 기분이 좋다.

"다녀왔습니다, 언니."

"어서 와요, 샤를로테. 먼 길 오느라 힘들었죠? 잠시 차라도 하시겠어요?"

"기꺼이 함께하겠습니다."

샤를로테를 신전장실로 초대해서 차와 과자를 먹으며 수확제 이야기를 들었다. 북쪽은 봄을 부르는 의식을 행하게 된 뒤로 수확량이 크게 늘었고, 주민의 생활도 많이 편해졌다는 모양이다.

"그레첼의 엔트비켈른이 끝났으니까 내년부터는 마력이 모이는 대로 의식 무대를 새로 만들어야 할지도 모른다는 이야기를 하고 왔습니다. 시간을 조금 들이면 북쪽 귀족들은 영주 일족 편으로 끌어들일 수 있을 것 같아요."

……귀족 관련 사교는 역시 샤를로테가 대단하네.

보고를 듣는 중에 니콜라가 새로 우린 차를 가지고 왔다. 그 가슴에는 급하게 끈을 꿰어 만든 듯한 문장 마석이 빛나고 있다. 기본적으로는 장식품을 달지 않는 회색 무녀가 마석을 달고 있는 모습을 보고 샤를로테의 눈이 휘둥그레졌다.

"어머나, 그건 로제마인 공방의 문장이죠? 아까 하르트무트도 차고 있었는데, 뭔가 의미라도 있는 건가요?"

샤를로테의 물음에 나는 내가 성인이 됐을 때 데려갈 사람들을 누군가가 사 가시지 않도록, 주인에게 버림받았다고 여겨지지 않도록 줬다는 이야기를 했다. 하는 김에 하르트무트와 클라리사는 같이 가지만, 자기들도 갖고 싶다고 해서 마석을 줬다는 이야기도 했다.

"언니, 저도 갖고 싶어요."

"예? 하지만, 저건 제가 데려갈 사람에게 주는 물건이니까……."

설마 샤를로테가 하르트무트와 클라리사 같은 소리를 할 줄은 몰랐던 탓에 똑바로 바라봤더니, 샤를로테는 조금 창피하다는 듯 고개를 끄덕였다.

"예. 저는 언니를 따라갈 수도 없고, 계속 에렌페스트에 있을 생각입니다. 하지만, 그건 언니가 비호한다는 증표 같은 물건이고, 떨어져 있어도 주인이라는 사실을 뜻하는 마석이잖아요? 저도 언니와 멀리 떨어지더라도 자매라는 사실을 보여주는 무언가를 갖고 싶다고 생각해요."

주종 관계가 아니라 자매 관계를 뜻하는 뭔가가 갖고 싶다는 말이 내 언니 마음을 제대로 때렸다. 이건 무슨 일이 있어도 열심히 만들어야만 하는 안건이 아닐까.

솔직히…… 귀여운 여동생이 조르는 거잖아?! 떨어져 있어도 자매라는 사실을 보여주는 뭔가가 필요하다고 했잖아? 만들 수밖에 없지! 언니로서!

"어떤 것을 원하나요, 샤를로테? 제가 가능한 원하는 대로 해 줄게요!"

"세상에! 제가 지금보다 더 언니의 시간을 빼앗을 수는 없어요. 평민 마을 장인들에게 금속 장신구를 만들어 달라고 하면 충분합니다."

"평민 마을 장인……?"

"예. 주종 관계를 보여주는 물건과 헛갈리게 되니까 마석으로 만들 필요는 없어요. 다른 사람에게 저와 언니의 관계를 보여줄 수만 있으면 충분합니다."

동전 정도 크기의 금속에 로제마인 공방의 문장을 새긴 물건이면 충분하다고 샤를로테가 말했다. 주종과 자매는 의미가 다르니까 소재를 바꾸는 쪽이 좋다는 듯하다.

나는 샤를로테와 이야기를 하면서 크기와 소재를 정하고 설계도를 그려 나갔다. 설계도가 완성되자 길을 불러서 요한에게 의뢰하라고 부탁했다. 아마도 겨울 중에 만들어 주겠지.

"요한은 실력이 좋으니까 훌륭하게 만들어 줄 거예요."

"기대할게요, 언니."

에필로그

신전에서의 회의를 마치고 플랑탱 상회로 돌아간 루츠는 크게 기지개를 켰다. 로제마인의 귀족 측근이 동석하는 회의는 어쩔 수 없이 긴장된다. 자신보다 더 귀족에게 익숙하지 않은 구텐베르크들은 괜찮았을지, 머릿속 한구석에서 생각했다.

"하아, 피곤하다."

"장인들이 귀족들에게 한소리 안 듣고 끝나서 다행이네요."

벤노와 마르크도 몸을 풀면서 옷을 갈아입기 위해서 각자 자기 방으로 갔다. 귀족에게 대응하기 위한 옷은 입고 있으면 어깨가 결린다는 모양이다. 계속 견습 복장이었기 때문에 딱히 갈아입을 필요가 없는 루츠는 두 사람이 옷을 갈아입고 집무실에 올 때까지 차를 준비했다.

"그러고 보니까 나리는 이동에 대해 자세한 내용을 알고 계신가요?"

루츠는 옷을 갈아입고 집무실에 들어온 벤노와 마르크에게 차를 내주면서 물었다. 이번에 모인 구텐베르크들에게는 가르쳐 주지 않았던 자세한 내용을, 먼저 이야기를 들었던 벤노에게는 알려 줬을 수도 있다.

하지만 벤노는 가볍게 손을 흔들면서 "중앙에 가게 됐다는 이야기밖에 못 들었다."라고 말했다. 그 부분도 입막음당한 모양이다. 특히 인쇄 관계에서 접하는 하급 귀족들에게는 절대로 말하지 말라고 한

게 아닌가 싶다.

"뭔가 일이 귀찮아진 것 같네요."

"신전에서도 이 가게 안에서도 쓸데없는 말은 하지 마라. 어디서 퍼져 나갈지 모르는 일이니까."

돌고 돌아서 귀족들에게 퍼져 나갈지도 모른다고 걱정하는 벤노에게 루츠는 고개를 끄덕여 보였다. 로제마인에 관한 일을 비밀로 삼는 데는 익숙했다.

"그리고, 그 녀석의 계획은 대부분 앞당겨지게 된다. 게다가 규모가 커지는 경우도 많지. 방심하지 말고 언제든지 출발할 수 있게 준비를 진행해 둬라."

지금까지의 경험에 의한 경계다. 루츠는 로제마인의 계획과 진행 양상을 떠올리며 고개를 끄덕였다. 루츠도 같은 걱정을 하고 있었다. 로제마인의 전속에게 빠른 준비는 필수다.

"우리가 이동한 뒤, 신전 공방과의 교섭은 다미안과 미로스에게 맡길 예정이다. 네 출장 중에 대리로 드나들었으니까 인수인계 자체는 어렵지 않을 거야. 하지만 공방측 책임자가 변경되진 않는지, 업무상의 상성에 문제는 없는지 네 눈으로 잘 확인해 줬으면 싶다. 그 부분이 잘못되면 귀족님이 공방으로 쳐들어올 수도 있으니까."

평민 마을 공방과 달리 신전 공방에는 유스톡스나 하르트무트 같은 귀족이 드나드는 일도 있다. 많이 알려진 일은 아니지만, 영주도 몰래 들어온 적이 있을 정도고. 행여나 잘못 대응하면 큰일이 난다.

"나리도 마르크 씨도 중앙으로 간다면, 플랑탱 상회는 누구에게 맡기실 겁니까?"

"여동생 미르다한테 맡긴다. 그쪽은 이미 여름에 이쪽으로 옮겨

와서 인수인계를 시작했다."

벤노는 그렇게 말하면서 종업원 가족이 사는 방이 있는 위쪽을 가리켰다. 벤노의 여동생은 두 명이 있다. 코린나와 길드장의 아들과 결혼하기 싫어서 거리 밖에 있는 남자와 결혼한 미르다. 루츠의 세례식 직전쯤에 거리 밖에 식물지 공방을 만들 때 미르다에게 신세를 졌다. 그 뒤에도 핫세의 작은 신전을 정비할 때나 다른 영지의 상인을 받아들일 때 상담하거나 도움을 받기도 했다. 동생 미르다 부부라면 플랑탱 상회를 맡겨도 되겠다고 판단했을 것이다.

루츠도 몇 번인가 만난 적이 있다. 생김새는 코린나와 닮았고 얼핏 보면 푸근한 분위기지만, 이익을 얻었을 때의 웃는 얼굴이 벤노와 정말 닮았다고 생각한 기억이 있다.

"루츠 너는 일단 이동에 대해 생각해라. 로제마인은 자기 전속이라면 가족까지 전부 데려가겠다고 했다. 너는 네 가족에게 어떻게 할지 물어봐라. 중앙으로 이동하면 언제 돌아오게 될지 모르니까."

그 말을 들으니 루츠는 다른 영지로 이동한다는 실감이 스멀스멀 샘솟기 시작했다. 구텐베르크 일로 에렌페스트 내부 이곳저곳을 돌아다니면서 이미 자기 꿈이 이루어졌다는 기분을 맛보고 있었다. 하지만 에렌페스트를 떠나서 다른 영지에 간다는 실감이 들자, 루츠의 가슴속에 어린 시절의 동경이 되살아났다. 자신의 세계가 넓어진다는 예감에 두근두근하는 기분을 참을 수가 없다.

"……저, 부모님을 설득해서 꼭 따라가겠습니다. 투리네도 간다니까 더더욱 가야죠. 지는 건 싫으니까!"

주먹을 꽉 쥐고서 선언했더니 벤노가 "힘이 너무 들어갔어." 라는 말과 함께 머리를 툭 때렸다. 눈앞에는 질렸다는 듯한 벤노와 약간 씁쓸하게 웃는 마르크의 얼굴이 있었다.

"열심히 하겠다는 마음도 네 결의도 이해하지만, 부모님하고는 확실하게 얘기해 둬라. 이상하게 틀어져서 또 신전에 불려 가는 일은 사양하고 싶으니까."

"그게 대체 언제 적 이야기인가요?! 그 뒤로 벌써 몇 년이나 지났는데…… 7년이라고요!"

내년 여름에는 성인이 되는데, 세례식을 치른 지 얼마 안 되었던 시절의 이야기가 나오니까 너무나 창피했다. 하지만 그런 루츠의 심정을 전혀 모르는지 알면서도 무시하는 건지, 벤노는 고개를 살짝 갸웃거렸을 뿐이었다.

"7년이나 지났나? 바로 얼마 전 일 같은데……."

"너무 바빠서 그랬겠죠. 시간이 정말 빠르게 흘렀네요. 루츠도 많이 컸을 겁니다. 그 시절에는 키가 아마도 요 정도 아니었던가요?"

벤노와 마르크가 절절한 기분을 맛보는 말투로 루츠의 세례식 전후의 추억에 관한 이야기를 시작했다. 자기 자신도 성장했지만, 그 시절에는 아직 로제마인이라고 불리지 않았던 마인은 견습 청색 무녀였다. 신관장은 하르트무트가 아니라 페르디난드였고. 이렇게 생각해보니 꽤 많은 변화가 있었다.

당시의 루츠와 마인이 상인 세계에 대해서 얼마나 상식이 없었는지를 줄줄이 늘어놓는 두 사람의 이야기를 듣자 루츠는 귀를 막고 싶어졌다. 어린 시절부터 가정 사정에 휘말려 버렸기 때문에 반론하기가 힘들다. 친척 아저씨 같은 눈으로 자신을 쳐다보기까지 하니까, 쥐구멍에라도 숨고 싶은 기분이 들었다.

"인제 그만 하세요. 지금은 그 시절과 전혀 다르니까요. 부모님께도 다소나마 인정받고 있습니다."

"뭐, 그러지 않으면 미성년 남자애한테 약혼을 허락할 리가 없으니까."

루츠는 싱글싱글 웃는 벤노를 살짝 노려봤다. 평민 마을, 특히 빈민가에서 여성은 성인이 되기 전에 약혼하는 것도 신기한 일이 아니지만, 남성은 가족을 부양할 수 있는 수입을 얻기 전에는 결혼할 수 없다. 미성년자인 루츠가 투리의 약혼자가 될 수 있었던 것은 서로의 사정은 물론이고 루츠의 벌이가 괜찮은 덕분이었다.

"휴가는 줄 테니까, 부모님하고 잘 얘기하고 와라. 아…… 그리고 집에 돌아가기 전에 투리도 만나고. 약혼한 뒤로 한 번도 못 만났지?"

마인이 로제마인이 된 사정을 알고 있는 데다 여러모로 사정을 봐줬기 때문에 벤노와 마르크는 루츠와 투리의 가정 사정을 훤히 알고 있었다.

"선물은 준비해 뒀냐?"

"했습니다. 같이 간 사람들이 말해줘서."

여러모로 사정이 있어서 출발 직전에 급하게 약혼하기는 했지만, 어쨌거나 약혼자는 약혼자다. 같이 간 사람들이 몇 번이나 '선물은 꼭 챙겨라'라고 말해 줬다.

"기분 잘 맞춰 주고."

더는 놀림당하고 싶지 않아서 루츠는 재빨리 자기 방으로 뛰어갔다.

지금 시간이면 투리는 공방에 있을 테니 루츠도 공방으로 향했다.

루츠는 출장을 다녀온 뒤 휴가를 받았지만, 투리한테는 딱히 쉬는 날이 없다. 아마도 지금쯤은 귀족원에 갈 로제마인의 의상과 머리 장식을 준비하느라 바쁜 시기겠지. 어쩌면 중앙으로 이동하기 위한 준비를 시작했을지도 모른다.

"어머나, 루츠. 돌아왔군. 귀여운 약혼자 보러 왔니?"

"선물만이라도 주고 싶은데, 불러 주실 수 있을까요?"

"선물이라니. 우와, 여전히 사이가 좋구나. 부럽다."

루츠 얼굴을 보자마자 공방 접수를 맡은 여성이 그렇게 놀려댔다. 예전 같았으면 '연인이 아니다'라고 반론했겠지만, 약혼자가 된 것은 사실이다. 반론할 수가 없으니 놀리는 대로 가만히 듣고 있었다.

……투리, 약혼한 직후에는 이렇게 놀림당하느라 힘들었겠지.

루츠는 퀼른베르거에 갔기 때문에 거의 놀림당하지 않았지만, 투리는 매일 이런 일을 겪었을 것이다. 그런 생각을 하면서 기다리고 있었더니 발소리가 들여왔다.

"잘 다녀왔어, 루츠."

손을 흔들면서 나오는 투리를 보고 루츠는 살짝 놀랐다. 목소리는 기억 속에 있던 그대로였다. 하지만 생김새가 다르다. 머리 모양이 달라졌다. 머리카락을 올렸고 치마 길이도 길어졌다. 겨우 그것뿐인데, 자기가 모르는 어른 여성처럼 보였다.

"저기, 루츠. 시간을 내주셨으니까 잠깐 밖에 나갈까? 하다못해 중앙 광장쯤까지만이라도."

투리가 빙글빙글 웃고 있는 접수 여성의 시선을 신경 쓰는 것처럼 가까이 다가와서 작은 소리로 속삭였다. 예전과 하나도 다를 게 없는 동작인데, 성인이 된 투리를 처음 본 탓에 루츠는 자기 심장이 묘하게 시끄럽다고 느꼈다. 투리의 말을 잘 알아듣지도 못한 채 그냥 무의식중에 "그래." 나 "그러게." 같은 말만이 입에서 나왔다.

투리가 서둘러서 루츠의 팔을 잡아끌며 공방 밖으로 나가는 동안, 루츠는 땋은 머리가 없어지면서 드러난 하얀 목덜미를 신기하다는 기분으로 쳐다봤다.

……어라? 시야도 달라진 것 같네.

투리는 성장이 다르고 체격이 큰 탓인지 한 살 어린 루츠는 평소에 조금 올려다본다는 기분이었다. 투리의 성장이 멈춰서인지 루츠가 성장기에 들어간 탓인지는 모르겠지만, 지금까지 보였던 것과 조금 다르다는 느낌이 들었다.

……투리랑 비슷한가? 내가 조금 큰가?

그랬으면 좋겠다고 생각하면서 루츠는 투리의 머리를 보고 있었다.

"왠지 멍한 것 같은데, 왜 그래? 피곤해?"

투리가 자기 얼굴을 들여다보면서 묻자, 루츠는 움찔 놀랐다. 넋이 나가 있는 사이에 중앙 광장에 도착해 있었다. 갑자기 인파 속에 내던져진 듯한 기분이 들 정도로 투리가 말을 걸기 전까지는 주위 상황이 전혀 눈에 들어오지 않았고, 시끄러운 소리도 들리지 않았다. 루츠는 조금 떨떠름한 기분으로 뺨을 긁었다.

"아니…… 그냥 조금 놀랐을 뿐이야. 그러니까, 투리가 성인이 된 모습을, 난, 처음 봤으니까."

"뭐? 아, 그렇구나. ……루츠는 처음 봤구나. 성인식을 치른 뒤로 벌써 계절 하나 정도가 지나서, 나한테는 이게 평소 모습이지만."

성인식 직후에는 일 관계자나 동네 아는 사람들한테 '순식간에 어

른처럼 보이게 됐다'든지 '성인이라, 다 큰 아가씨가 됐구나'라는 말을 들은 적이 많았다는 모양이다. 아무래도 계절이 바뀔 정도로 시간이 지나면 그런 말을 하는 사람도 없어지는 것 같다며 투리가 살짝 웃었다. 길어진 치맛자락을 살짝 집어 놀리면서, 쑥스럽다는 듯이 뺨을 물들였다.

"후후, 나 어른처럼 보여?"

"보여. 잠깐 다른 사람이 아닌가 싶었을 정도야."

루츠가 솔직하게 대답했더니 투리는 깜짝 놀랐다는 반응을 보이면서 "그래?"라고 말하고는 눈을 돌리고 분숫가에 앉았다. 옆자리를 살짝 두드리면서 "중앙에 가는 이야기, 들었지?"라고 물었고, 루츠는 투리가 두드린 자리에 앉았다.

"난 부모님을 설득해서라도 따라간다고 대답했어. 이제 집에 가서 말하려고."

루츠는 아마도 허락해 줄 거라고 생각하지만, 벤노가 옛날이야기를 꺼낸 탓에 아주 조금 불안해졌다. 그 심정을 털어놓았더니 투리는 웃으면서 "괜찮아."라고 말해 줬다.

"우리는 가족이 전부 이동하니까 루츠도 챙겨 줄 수 있다고 아버지가 칼라 아주머니랑 디도 아저씨한테 말해 뒀어."

"그렇구나. 귄터 아저씨께 고맙다는 말씀을 드려야겠네."

귄터가 도와준다면 부모님을 설득하기도 쉬워진다. 루츠는 마음이 꽤 편해졌다. 투리에게도 "가르쳐 줘서 고마워."라고 말했다.

"약혼자니까, 이젠 가족이나 마찬가지잖아."

"가족이나 마찬가지……."

"그래. 카밀은 루츠가 돌아올 날만 기다렸고, 어머니도 환영하고 계시거든."

왠지 낯간지러운 기분이 들었다. 약혼하자마자 바로 퀼른베르거로 갔기 때문에 루츠 자신은 아직 전혀 실감이 나지 않았다. 하지만 주위에서는 루츠를 투리의 약혼자로 취급해 주고 있었다.

……나도 확실하게 생각을 바꿔야겠지.

그렇게 생각하면서 루츠는 투리의 가족 이야기에 귀를 기울였다. 카밀은 세례식을 치르면 플랑탱 상회에서 견습 일을 시작하고, 중앙에 새로 세울 점포의 다루아 견습 1호가 될 예정이라는 것 같다.

"플랑탱 상회를 선택해서 다행이라고 말했어. 만약 다른 곳을 골랐더라면 견습으로 들어갈 곳을 다시 찾거나 더부살이 견습을 선택하거나, 둘 중 하나잖아?"

"그러게, 그렇게 되면 정말 힘들었을 거야. 겨우 계절 하나나 둘 정도 일하고 나서 일하는 곳을 바꿔야 하니까."

"로제마인 님 덕분에 큰일이 날 뻔했다고 카밀이 화냈었는데, 그건 비밀로 해 줘."

루츠는 자기도 모르게 웃고 말았다. 로제마인이 그 일을 알면 얼굴이 새파래지겠지. 로제마인은 카밀이 아기 때 헤어졌지만, 그 뒤에도 계속 그림책이나 장난감을 보내 주고 있는 소중한 동생이다. 카밀이 화냈다는 것을 알면 풀이 죽어서 울기까지 할 게 틀림없다.

"저기, 루츠 얘기도 좀 해 줘. 퀼른베르거는 어떤 곳이었어?"

"좋은 곳이었어."

퀼른베르거는 국경문이 닫히면서 인구가 줄었기 때문에 한산하다는 인상이었지만, 기베가 잘 통치하고 있는지 정말 살기 좋았다. 주민들은 온화하고, 하이디를 위해서 보기 드문 소재를 찾으려고 분투하는 호레이스에게 협력해 주기도 했고, 처음 출장을 와서 몸이 안 좋아진 사람들에게 친절하게 대해 주기도 했다. 장인들 사이의 다툼도 딱히 벌어지지 않고 출장을 마쳤다는 생각이 들었다.

"투리는 성인식 어땠어? 그 녀석, 폭주하지 않았어?"

구텐베르크가 신전에 모였을 때 잡담을 나눴는데, 그때 사람들이 자크가 결혼했던 별 축제는 신전장의 축복이 평소보다 훨씬 많았다는 이야기를 하며 웃었던 적이 있다. 자크가 그랬을 정도라면 투리의 성인식은 엄청난 일이 벌어졌을 것이다. 루츠가 물었더니 아니나 다를까, 투리가 눈꼬리를 들어 올렸다.

"폭주하지 않을 리가 있겠어! 정말 큰일이었다니까."

"역시 저질렀구나."

"미리 부탁해 둔 덕분에 처음에는 괜찮았어. 보통 축복이었거든. 하면 되는 아이니까. 그런데 말이야, 문이 열리고 사람들이 나가려고 하는데 의식 때보다 많은 듯한 축복이 확~ 하고 쏟아져서……."

문이 열렸다는 얘기로 보아 아마도 귄터와 에파의 모습이 보였기 때문이라고 루츠는 추측했다. 아무리 중앙 광장의 난리통 한가운데라도. 투리는 그 부분을 말하지 않았다.

"새로운 성인은 물론이고 신관들도 깜짝 놀랐어. 그런데 덤으로 주는 축복이라느니, 축복 시범을 보여주려고 했다느니 같은 되지도 않는 소리로 넘어가려고 하더라니까."

루츠의 머릿속에 자신도 예상하지 못한 사태가 벌어져서 필사적으로 변명거리를 생각하는 로제마인의 모습이 간단히 떠올랐다.

"아하하하, 예상대로였네."

"정말 대체 뭐 하는 건가 싶지 않아? 아버지랑 어머니는 웃음을 참았지만, 나는 야! 하는 심정으로 째려봤어."

"그게 제일 효과적이지 않았을까? 투리 화난 얼굴은 무서우니까."

"너무해, 루츠."

투리가 뾰로통한 표정을 짓자 루츠는 "미안, 미안해." 라고 사과하고는, 가지고 있던 천 주머니에서 선물을 꺼내서 기분을 풀어 주려고 했다.

"이걸로 기분 풀어. 퀼른베르거의 전통 문양 자수래. 그리고 이건 퀼른베르거에서는 많이 피지만 이쪽에서는 보기 힘든 꽃 그림. 디모가 그린 것을 한 장 받았어."

인고의 목공 공방은 로제마인의 전속이다. 책장이나 책 상자 등의 주문을 받으면 영주의 양녀에게 어울리도록 장식에 상당히 힘을 쏟아야 한다. 앞으로 그레첼의 숙박 시설에 들일 창문이나 문도 적당히 넘길 수 있는 물건이 아니라는 듯하다. 그래서 디모는 조각의 문양으로 사용할 만한 화초를 찾아서 그림을 그리고 있다고 했었다.

"언제였더라, 투리가 다른 영지에서 들어온 주문에서 신기한 꽃 그림을 보고 자기도 신기한 꽃을 보고 싶다고 했었잖아? 아무래도 실물은 가지고 올 수 없었지만, 이거라면 머리 장식에 참고할 수 있지 않을까 싶어서 말이야."

"너무 좋다! 고마워 루츠. 매번 어떤 꽃으로 할지 고민된다니까."

역시 일과 관련된 물건을 좋아하는지, 투리는 파란 눈을 반짝반짝 빛내면서 그림을 보고 있다. 루츠는 디모에게 열심히 부탁한 보람이 있다고 생각하면서 쏩쓸하게 웃었다.

"그리고, 이거 읽어 봐 줄래?"

퀼른베르거 주민들에게 들은 이야기를 적어 둔 종이 뭉치다. 투리는 그것을 팔락팔락 넘기면서 읽었다. 먼 옛날, 국경문이 열려 있던 시절 외국인의 이야기가 남아 있는 덕분인지, 그레첼과 전혀 다른 문화가 파고든 신기한 이야기가 많았다.

"그레첼 이야기도 재미있었지만, 퀼른베르거 이야기도 재미있네."

"그러게. 이걸 책으로 만들 수 있는 말로 다시 써 달라고 해서 겨우내 책으로 만들고 싶었는데, 좀 힘들 것 같아."

벤노한테서도 언제든 출발할 수 있도록 이동 준비를 최우선으로 하라는 말을 들었다. 공방 인수인계를 하고 나면 순식간에 봄이 될 것이다. 루츠는 퀼른베르거에 있었기 때문에 준비가 다른 사람들보다 늦은 상태다. 로제마인의 예정이 앞당겨졌을 때 '넌 준비가 안 됐으니까 남아라'라는 소리를 듣기는 싫다. 루츠의 투덜거림을 듣고 투리가 웃었다.

"중앙에 간 뒤에 첫 번째 일로 하면 되지 않을까?"

인쇄할 것이 하나도 없는 상태로 가는 것보다는 좋을지도 모른다. 루츠는 퀼른베르거의 이야기가 적힌 종이를 봤다.

"하긴, 새 공방에는 새 책이 있어야겠네."

"그 전에 루츠는 아저씨랑 아줌마부터 열심히 설득해야지."

투리의 격려를 받은 루츠는 기지개를 크게 켜고는 일어났다. 선물을 안고 공방으로 돌아가는 투리를 배웅한 뒤 집에 가기 위해 걸음을 옮겼다.

……일단, 먹을 걸 준비해야겠지.

루츠는 저녁 식사를 위해 바로 먹을 수 있는 부흐레트을 몇 개, 그리고 월동 준비용으로 챙겨 둘 육류와 꿀, 말린 버섯 등을 적당히 사서는 천 주머니에 쑤셔 넣었다.

루츠가 본가 앞 우물 광장에 도착했더니 어머니 칼라와 동네 아주머니 몇 명이 모여서 이야기를 나누고 있었다. 예전과 똑같은 광경을 본 루츠의 가슴 속에서는 반가운 기분과 이런저런 것들을 시시콜콜 캐물을 거라는 귀찮은 기분이 뒤섞였다.

"어머니, 다녀왔어요."

"루츠 아니니! 넌 항상 이렇게 갑자기 온다니까. 계속 말했지만 먼저 연락부터 좀 해라. 저녁밥이 모자라잖아!"

칼라는 루츠를 보자마자 눈꼬리를 끌어 올렸다. 언제 돌아올지 모르기 때문에 집에 간다고 미리 연락하는 경우는 거의 없었다. 결혼해서 집을 나간 자샤는 일하는 중에 들르거나 동업자인 아버지를 통해서 사전에 연락하기도 하는 모양이지만, 루츠는 일하는 곳과 집이 멀리 떨어져 있어서 그렇게 할 수가 없다. 그래서 연락이 들어가는 순간이 곧 집에 돌아왔을 때다.

"내 몫은 사 왔으니까 괜찮아요."

루츠가 천 주머니를 슬쩍 들어 올렸더니 칼라가 아니라 주위에 있는 여성들이 물고 늘어졌다.

"칼라는 어쩌다 집에 오는 아들한테 어디서 사 온 게 아니라 제대로 된 음식을 먹이고 싶은 거야. 미리 기별 정도는 하렴."

"어이쿠, 저녁만 산 게 아닌가 보네. 자루가 꽤 묵직해 보여."

"월동 준비용 물건도 들어 있나 보네. 좋은 아들이야."

칼라는 "뭐가 들었는데?"라고 말하면서 물이 든 통을 루츠에게 내밀었고, 그 대신 식재료가 들어 있는 천 주머니를 가져갔다. 루츠의 팔에 물의 무게가 묵직하게 더해졌다.

"뭐야, 엄마!"

"어쩌다 집에 오니까 이럴 때 효도를 해야지."

오랜만에 집에 왔는데도 예전과 전혀 다를 게 없는 취급을 받고는 루츠는 한숨을 한 번 쉬고 물통을 집까지 날랐다. 플랑탱 상회에서는 2층에 살고, 퀼른베르거에서도 2층에 방을 마련해줬었다. 무거운 물을 들고 6층까지 계단을 올라가는 일은 오랜만이다.

삐걱삐걱 소리가 나는 계단을 올라갈수록 동네 사람들 목소리가 멀어져 갔다. 자물쇠를 풀고 문을 열었을 때는 어머니의 표정과 목소리가 우물 광장에 있었던 때와 전혀 달라져 있었다. 칼라는 묘하게 진지한 얼굴로 루츠를 보며 말했다.

"⋯⋯어서 와라, 루츠. 중요한 얘기가 있지? 권터한테 조금 들었다."

루츠는 꿀꺽, 침을 삼켰다. 저녁 식사 준비를 출퇴근하는 하인에게 맡기는 플랑탱 상회와는 달리 집에서는 자기도 도와야만 저녁밥을 먹을 수 있다. 천천히 마주 앉아서 이야기할 시간 따위는 없다. 저녁 준비를 하는 칼라를 도우면서 루츠는 로제마인이 중앙으로 이동한다는 이야기를 하고, 동행하기 위한 허가가 필요하다고 말했다.

"다프라인 건 알고 있으니까 반대는 안 하겠지만, 봄이 끝날 때면 미성년이잖니. 하다못해 성인이 되는 여름 끝까지는 기다려 줬으면 싶었다."

"엄마, 난⋯⋯."

성인이 될 때까지는 부모 책임이라는 말을 듣고 루츠는 어떻게든 설득하려고 입을 열었다. 하지만 루츠보다 칼라 쪽이 빨랐다.

"뭐, 어차피 무슨 말을 하든 넌 듣지도 않을 테고, 다른 동네에 가느라 일 년에 반도 넘게 여기 없는 게 당연한 일이고, 열 살이 넘어서 가게에서 살게 된 뒤에는 일 년에 집에 오는 때가 두 손으로 꼽을 정도밖에 안 됐으니까 원래 없었던 거나 마찬가지야. 어디에 가건 크게 달라질 건 없다."

얄미운 소리처럼 들리지만 이게 허락해 주는 말이라는 걸 알고 있는 루츠는 씁쓸하게 웃었다. 거의 집에 오지도 않는 아들을 걱정해 주는 마음이 전해져 왔다.

"투리네 가족들은 같이 가는데. 아버지랑 어머니도 원하면 같이……."

"우리는 안 간다. 인제 와서 다른 지역에 가고 싶지도 않고, 여기엔 다른 아들도 있는 데다 손주들도 돌봐 줘야 할 테니까."

"그렇구나."

이곳을 떠나고 싶지 않다는 대답을 듣고 루츠는 고개를 끄덕였다. 어지간한 이유가 없으면 가족이 같이 이동하는 일은 없겠지. 출장이 많은 루츠는 다른 지역으로 이동하면 상식 차이 때문에 고생한다는 것을 알고 있다. 가족이 권하는 직업을 걷어차고 자기가 하고 싶은 일을 밀어붙인 건 루츠다. 같이 가고 싶다는 생각은 하지 않는다.

"아버지도 허락해 주실까?"

"귄터 얘기를 들은 뒤에는 나중에 우는소리라도 하면 그냥 안 둔다고 했었는데."

"여전히 말이 부족해서 알아듣기 힘들겠지만, 일로 인정받았으니까 고민하지 말고 돌진하라는 얘긴가?"

"아마 그런 얘기겠지."

여러 지역에서 지내거나 빙 둘러서 말하는 것을 좋아하는 귀족에게 대응하기도 하며 다양한 경험을 쌓다 보니, 루츠도 아버지의 언동에 숨겨져 있는 뜻을 읽을 수 있게 됐다. 일을 잘했다고 칭찬한다는 뜻으로 알아 두자. 아니라면 그때는 아버지 표현이 문제라고 지적하면 된다. 멋대로 오해하고 상처받던 아이였는데, 이젠 자신이 생각해도 배짱이 많이 생긴 것 같다는 기분이 들었다.

"뭐가 그렇게 우습니?"

"아니, 반대할 줄 알았는데. 나리도 또 신전에 불려 가는 일은 사양한다고 했거든."

"그건 나도 싫다."

칼라의 씁쓸한 얼굴을 보고 루츠는 웃었다. 잘 수습됐는데도 관계자 모두가 '두 번째는 죽어도 사양한다'고 생각할 정도로 강력한 일이었다는 점이 너무나 재미있었다.

"이번엔 널 혼자서 보내는 게 아니니까. 권터네가 같이 간다고 하니까 조금 안심이 된다. 원래 친척이기도 하고, 동네에서 잘 아는 사이니까."

좁은 범위에서 결혼하기 때문에 이 일대에 사는 사람들은 전부 친척이나 마찬가지다. 권터는 목공 관계가 아니라 병사가 된 탓에 부모들 사이의 관계가 적고 가까운 핏줄이라는 생각이 거의 안 들지만, 사실 권터와 디도는 육촌 형제. 권터의 아버지와 디도의 어머니가 사촌이었으니까, 친척이라면 친척이다.

"그리고 넌 이미 투리랑 약혼했으니까. 상대도 정해졌고, 언제든지 결혼할 수 있을 만큼 벌이도 있잖니. 부모가 걱정할 때는 지났어. 부모 역할은 거의 끝났다고 봐야겠지."

평민 마을에서는 아이가 결혼하면 부모가 할 일이 끝났다고 한다. 루츠는 아직 결혼을 하지는 않았지만, 그래도 부모가 참견할 나이는 아니다. 어머니가 자신에게 그렇게 말하는 것 같다는 생각이 들어서 루츠는 칼라를 빤히 쳐다봤다. 거기에는 어머니 나름의 배려와 이제 곧 자기 품을 떠나게 될 자식에 대한 아쉬움이 엿보였다.

"네가 정한 길이니까. 똑바로 하렴."

어머니의 마음에 부응해, 루츠는 힘차게 "네!" 라고 대답했다.

란
체
나
베
의

사
자

"이쪽은 디트린데 님의 승인이 필요합니다."

영주 회의가 끝나고 영지로 돌아왔더니 따분한 일상이 이어집니다. 서류를 들고 집무실에 입실한 문관이 산더미 같은 서류 위에 또 서류를 얹었습니다. 저는 진력이 난 기분으로 마력을 잉크로 사용하는 마술구 펜을 들어 차기 아우브로서 서명을 해 나갔습니다. 하지만, 아무리 생각해도 이상합니다. 저는 차기 아우브가 아니라 차기 첸트 후보입니다.

……차기 첸트가 되어야 할 제가 이런 잡일 때문에 시달려야 한다니!

분개하고 싶은 기분이 드는 것도 당연한 일이겠죠. 구르트리스하이트를 손에 넣으면 이런 집무에서도 해방될 테니까.

……제가 구르트리스하이트를 손에 넣지 못한 것은 다 그 왕족 때문입니다.

쉽사리 중앙에 갈 수 없는 몸이 귀족원의 영주 회의에 갔는데, 제 조사는 번번이 왕족이 방해했습니다. 정말로 유감입니다.

……그 지하 서고를 조사할 수만 있었더라면 조금이나마 알아냈을 텐데.

지극히 무례한 왕의 제3 부인이 '일단 고어 공부부터 하시지요?'라고 비웃었던 일을 떠올리니 너무나 불쾌한 기분이 들었습니다. 그 생각이 드니까 '페르디난드에게 비밀의 방을 주도록'이라고 명했던 트라오크발의 일까지 줄줄이 생각나면서 저는 더더욱 불쾌해졌습니다.

……'장례식을 위해 방문할 때 왕명이 실행됐는지 확인하겠다'라고요?

약혼자로서 주재하는 페르디난드에게 비밀의 방을 주라는 비상식적인 명령을 하는 트라오크발은 왕위에 놔두는 것 자체가 불안할 정도로 머리가 이상해진 것 같습니다. 한시라도 빨리 제가 구르트리스하이트를 손에 넣어서 정당한 첸트가 되지 않으면 유르겐슈미트는 틀림없이 무능한 왕 때문에 멸망해 버릴 것이 틀림없습니다.

……정말이지 이게 대체 무슨 일인가요. 제 어깨에 유르겐슈미트의 미래가 걸려 있다니.

중앙 신전에 있는 자들에게 '부디 구르트리스하이트를 얻으시고 정당한 첸트가 되어 주시기를'이라는 말을 들었던 일을 생각하고, "정말 곤란하군요." 라고 말하며 한숨을 흘렸습니다. 하지만 정말로 곤란한 것은 아닙니다. 저에 대한 정당한 평가니까요.

생각하다 보니 서류에 서명하던 손이 잠시 멈췄던 것 같습니다. 곁에서 서명이 끝나기를 기다리고 있던 문관과 눈이 마주쳤습니다. 구르트리스하이트만 있으면 이렇게 시선으로 재촉하는 무례한 문관과 얼굴을 마주칠 리도 없다고 생각하면서 저는 다시 서명을 시작했습니다.

"……어?"

갑자기 이상한 기분과 함께 팔에 소름이 돋았고, 등줄기가 오싹하는 기분이 들었습니다. 감기에 걸려서 몸이 좋지 않을 때의 오한과 가장 비슷했지만, 그렇다고 제 몸 상태가 좋지 않은 것도 아닙니다. 여름이 다가오는 지금, 추워서 그런 것도 아닙니다.

그 오한과 동시에 경계문이라는 말이 뇌리에서 번뜩였습니다. 그것으로 제게 무슨 일이 일어났는지 알았습니다. 아우브의 허가도 받지 않고 경계문으로 쳐들어오려는 자가 있다는 뜻이겠죠. 주추 마술에 마력을 공급하는 영주 일족만이 느낄 수 있는 감각입니다.

아버님의 사후에는 아우브가 없는 상황이기 때문에, 아렌스바흐 측에서 경계문을 닫을 수도 없습니다. 문을 지키는 기사에게서는 아무런 연락도 없는 상태에서 침입이 가능한 문은 이 아렌스바흐에 단한 곳뿐. 바다 위에 있는 국경문과 이어진 경계문입니다.

"바로 방으로 돌아가겠습니다. 마르티나, 기수복과 베일 준비를 부탁해요. 경계문의 상황을 봐야만 할 것 같습니다. 측근들을 모아 주세요."

펜을 툭 내려놓고 저는 자리에서 일어났습니다. 갑자기 사인을 그만두자 놀라는 문관에게 "당신, 방해됩니다." 라고 말하며 노려봤습니다.

"제 말을 못 들으셨나요? 경계문의 상황을 봐야만 합니다. 아마도 란체나베의 사자겠지요."

란체나베라는 말에 반응한 문관은 처리한 것과 아직 처리하지 않은 것을 재빨리 구분한 서류를 들고서 빠른 걸음으로 퇴실했습니다. 아마도 페르디난드 무리에게 보고하겠죠.

……문관들이 페르디난드 님에게 모든 것을 상담하고 집무를 전면적으로 맡기기 때문에 왕족이 이상한 명령을 해도 아무도 거절하지 못하게 되는 것입니다. 정말 못났군요.

약혼자에게 너무나 의존하고 있는 문관들의 무능함에 대해 마음속으로 욕을 하며 저는 방으로 돌아갔습니다. 시종들이 서둘러 가져온 기수복으로 갈아입고 햇살을 피하기 위한 베일도 썼습니다.

"남성분은 옷을 갈아입지 않아도 기수를 다룰 수 있으니 정말 부럽군요."

아마도 옷을 갈아입어야 하는 저보다 문관에게서 이야기를 들은 페르디난드 님이 먼저 경계문에 도착하겠죠. 그 자리의 지휘권을 빼앗기지 않기 위해 저는 발코니로 나와서는 기수를 타고 달려갔습니다.

눈앞에 파랗게 빛나는 바다가 펼쳐져 있습니다. 육안으로는 아주 작게만 보이는 경계문으로 들어오려는 검은 물체를 향해 저는 측근들을 거느리고 기수를 몰았습니다. 예상대로 해상에는 페르디난드 님과 기사단이 있었습니다.

"디트린데 님, 저 문을 통해 들어오는 배가 란체나베의 것이 틀림없습니까? 그다지 본 적이 없는 모양의 배입니다만……."

에렌페스트 출신인 페르디난드 님은 지금까지 란체나베의 배를 본 적이 없는 모양입니다. 저보다 더 문관들의 지지를 받으며 마치 아렌스바흐의 아우브 같은 태도로 집무를 보고 있는 그에게도 모르는 것이 있다는 사실을 알고 저는 약간의 우월감을 맛봤습니다.

"맞습니다. 작년부터 란체나베의 배 모양이 저렇게 바뀌었습니다. 낯선 모양이지만, 꽤 빨리 나아가게 됐다는 것 같더군요."

저는 페르디난드 님에게 대답하면서 아래쪽에 있는 특이한 모양의 배를 바라봤습니다. 크기는 전혀 다르지만 검고 긴, 날씬한 물고기 같은 모양입니다.

"경계문을 통과할 수 있는 크기로, 가능한 짐을 많이 실을 수 있는 길이를 생각한 결과라고 작년 환영 연회에서 사자에게 들었습니다. ……자, 보시죠. 문을 통과하면 신기하게 변화합니다."

제가 손가락으로 가리킨 것과 동시에, 문을 완전히 빠져나와서 항구를 향해 바다 위를 나아가던 배가 일단 멈췄습니다. 직후, 파닥파닥하고 작은 타일이 회전하는 듯한 움직임을 보이며 배가 은색으로 변하기 시작했습니다.

"대체 뭘 위해서 저런 것을?"

"어떤 효과가 있는지는 모르겠지만, 란체나베의 사자가 주재하기 위해서는 필요한 처치라고 합니다. 햇빛을 반사해서 눈이 부시니까 계속 검은색으로 있었으면 싶지만 말이죠."

저는 란체나베의 배에 대해 알고 있는 것을 가르쳐 주면서 생각했습니다. 아렌스바흐 이외의 국경문이 전부 닫혀 있는 지금, 교역은 영지 이익의 핵심입니다. 아무것도 모르는 페르디난드 님께는 가르쳐 줄 수 없습니다. 교역에 관해서는 제가 전면적으로 맡는 쪽이 좋겠죠.

"배가 항구에 도착하고, 그리고 성까지 와서 알현을 신청하고, 허가를 내리면 환영 연회가 열립니다. 아직 며칠은 더 걸리는 일입니다. 문의 침입자가 란체나베라는 것을 알았으니 성으로 돌아가도록 하죠."

"디트린데 님은 먼저 돌아가십시오. 설마 경계문에 기사가 없고, 타국의 침입을 간단히 허락하는 상황이리라고는 생각도 못 했습니다. 기사단에 명해서 저 경계문에도 기사를 배치하고 감시하도록 하겠습니다."

……페르디난드 님은 대체 무슨 말씀을 하시는 걸까요? 의미를 모르겠습니다.

"이 문을 지나는 자는 란체나베의 사자뿐입니다. 아무것도 없는 바다 위인 데다, 사자는 이미 도착하지 않았나요? 대단한 마력을 가진 것도 아닌 란체나베를 경계하는 의미를 도무지 모르겠군요."

이 경계문에 기사를 배치하다니, 그냥 쓸데없는 짓이 아닌가요. 페르디난드 님은 그런 것도 모르는 걸까요.

"앞으로 무역을 위해서 배들이 계속 전이해 온다면 감시가 필요합니다. ……기사단장, 즉시 경계문에 기사를 배치해 주십시오."

"예! 인원은 얼마나 필요할까요?"

가르쳐 줬는데도 페르디난드 님은 제 말을 무시하고 기사단장에게 말했습니다. 기사단장도 제 의견을 구하지도 않았고, 명령을 실행하기 위해서 둘이서 자세한 내용을 정하기 시작했습니다. 두 사람이 모두 저를 무시하다니, 말도 안 되는 일입니다.

"저는 이만 돌아가겠습니다!"

두 사람이 제 쪽을 보게 하고자 큰 소리로 말했지만, 페르디난드 님은 돌아보지 않았습니다.

"디트린데 님, 예년에 진행하던 것을 바탕으로 언제 환영 연회를 행하게 될지 예측할 수 있으시다면, 그쪽의 준비를 부탁드리겠습니다."

그 말만 남기고, 그대로 기사단장과 자기 측근들을 데리고는 경계문을 향해 기수를 몰아갔습니다.

……저를 너무 가벼이 여기는 게 아닌가요? 믿을 수가 없군요!

약혼자의 태도 때문에 화를 내면서 저는 측근들과 함께 방으로 돌아왔습니다. 그랬더니 이번에는 측근들까지 페르디난드 님의 말에 따라서 환영 연회를 준비하려고 움직이기 시작했습니다.

"기다리세요. 대체 누구 명령을 듣는 건가요? 당신들 주인은 누구죠?"

제가 나무라자, 측근들은 놀란 것처럼 눈이 휘둥그레졌습니다. 곤란하다는 듯 서로 얼굴을 마주 보던 측근 중에서 마르티나가 앞으로 나와서 말했습니다.

"디트린데 님, 저희는 페르디난드 님의 명령에 따라 움직이는 것이 아닙니다. 란체나베에서 온 사자를 맞이하는 연회의 준비가 되어 있지 않으면, 다른 나라에서 온 자가 차기 아우브이신 디트린데 님의 일 처리에 문제가 있다고 여길 수 있기 때문입니다."

"그렇습니다, 마르티나가 말한 대로입니다. 페르디난드 님의 명령이 없어도 저희는 디트린데 님을 위해 움직였습니다."

"란체나베의 환영 연회에 문제가 생겨서 디트린데 님께 오점이 생기도록 할 수는 없습니다. 연회 준비를 허락해 주세요."

시종들의 말을 듣고 저는 기분을 풀었습니다. 듣고 보니 맞는 말입니다.

"좋아요. 최소한의 인원을 이쪽에 남기고, 나머지는 가도록 하세요."

제가 살짝 손을 흔들었더니 측근들이 제각기 움직이기 시작했습니다. 그러는 중에, 마르티나가 편지를 가지고 왔습니다.

"디트린데 님, 게오르기네 님께서 하실 말씀이 있다고 하십니다."

"어머님께서? ……또 그 이야기겠죠. 정말 싫군요."

다른 사람에게서는 차기 아우브나 차기 첸트라고 불리고 있지만, 저는 아직 어느 쪽 입장도 확정되지 않은 상태입니다. 그래서 어머님 위로 올라갈 수도 없고, 아무리 싫어도 면회를 거절할 수는 없습니다.

어쩔 수 없이 허가를 내리자, 이미 준비가 되어 있었는지 그리 오래 지나지 않아서 어머님이 제 방으로 찾아오셨습니다. 인사를 나누자 어머님은 바로 도청 방지 마술구를 건네셨습니다.

제가 마술구를 손에 쥔 순간, 예상했던 내용이 어머님의 붉은 입술 사이에서 튀어나왔습니다.

"디트린데, 페르디난드 님에게 비밀의 방을 주는 것은 아직인가요? 장례식 때까지 준비해 두지 않으면 당신이, 그리고 아렌스바흐가 질책을 받게 됩니다."

"하지만 약혼 기간에 비밀의 방을 주라는, 말이…… 어머님은 너무나 심한 처사라는 생각은 안 드시나요? 정식으로 결혼한 것도 아닌 분에게 남편의 방을 주라니, 말도 안 됩니다."

객실에 비밀의 방을 만들 수 없는 이상, 페르디난드 님에게 비밀의 방을 주려면 남편의 방에 들어가도록 해야 합니다. 남편도 아닌 남자가 언제든 제 침대에 들어올 수 있게 되는 것입니다. 식을 올리기도 전에 남자를 잠자리에 들이는 것과도 같은 일이 아닌가요.

저는 구르트리스하이트를 손에 넣어서 첸트가 되면 페르디난드 님과의 약혼을 취소할 생각입니다. 제게 그 사람은 가능한 결혼을 피하고 싶은 상대고, 게다가 신전에 들어갔던 적도 있는 분입니다. 도저히 신뢰할 수 없습니다. 신전에서 흔히 있는 일이 제게도 일어난다면 주위에서 험담을 듣는 사람은 방을 내준 제가 되겠죠. 결코, 명령한 왕이 험담을 듣지는 않을 것입니다.

"하지만 비밀의 방을 주지 않으면 페르디난드 님을 일단 에렌페스트로 돌려보내야 합니다. 지금 아렌스바흐의 상황에서는 그럴 수가 없습니다."

친딸이 왕명에 의해 하위 영지의 신전에 들어가 있던 영주 일족에게 주어지고 임시 아우브가 되는데도 어머님의 진녹색 눈에는 아무런 감정도 보이지 않았습니다. 조금이나마 제 정조를 걱정하거나 너무나 부조리하고 비상식적인 왕명에 대해 화내 주시지는 않을지 사실은 기대하고 있었습니다. 하지만, 작은 희망은 또다시 덧없이 뭉개질 뿐이었습니다. 기대해 봤자 소용없다는 것을 알면서도 자꾸만 기대하는 저 자신이 원망스럽다고 생각하면서, 저는 어머님에게서 살짝 시선을 피했습니다.

……하지만, 제가 첸트가 되면…….

그렇게 되면 어머님의 눈에 조금이나마 제 모습이 비칠지도 모릅니다. 제가 차기 첸트 후보라는 사실을 알게 됐을 때, '당신이 첸트를 목표로 삼겠다고요? 할 수 있는 만큼 해 보도록 하세요'라고 처음으로 저를 격려해 주셨으니까요.

"가능한 한 빨리 주도록 하세요. 란체나베의 사자가 왔으니까 여름의 장례식 때까지 시간이 그다지 많지 않습니다."

"트라오크발 왕이 아렌스바흐에 비상식적인 왕명을 내리는 것이 아니라 하위 영지인 에렌페스트를 왕명으로 입 다물게 했으면 좋았을 텐데……."

어째서 상위인 아렌스바흐 쪽이 비상식적인 왕명을 받아들여야만 하는 걸까요. 이해할 수가 없습니다. 참는 것은 하위인 에렌페스트가 해야 마땅하지 않을까요.

"에렌페스트가 어떠한 수단을 강구했겠지요. 아무리 비상식적이라도 왕명은 왕명입니다. 비밀의 방을 주지 않으면 다른 영지의 아우브들이 모인 자리에서 아렌스바흐가 질책을 받습니다."

어머님의 말씀을 듣고 저는 입술을 꾹 다물었습니다. 질책만 받는 정도로 방을 주지 않고 넘어갈 수 있다면 그쪽이 좋다고 생각합니다. 최소한 제 몸의 안전은 보장되니까요.

그런 제 생각을 들여다보기라도 했는지, 어머님이 질렸다는 표정을 지으셨습니다.

"디트린데, 왕명은 숨겨진 방을 주라는 것 하나뿐입니다. 페르디난드 님에게 주는 방이 굳이 본관에 있어야 할 필요는 없습니다. 서쪽 별채에 있는 방이라도 좋지 않을까요."

서쪽 별채는 제2 부인이나 제3 부인에게 주어지는 방이 있는 곳입니다. 여성 아우브의 배우자로 아렌스바흐에 온 페르디난드 님에게 서쪽 별채의 방을 준다는 것을 전혀 생각도 못 했는데, 좋은 생각입니다. 서쪽 별채라면 배우자 중 한 사람이라는 처우가 되고, 왕명을 들을 수도 있고, 제 정조도 지킬 수 있습니다. 아무래도 어머님은 저를 조금이나마 생각해 주시는 것 같습니다. 가슴속에 기쁨이 서서히 퍼져 나갔습니다.

"서쪽 별채에 방을 주는 훌륭한 안이 있으셨다면, 좀 더 일찍 알려 주셔도 좋았을 텐데……. 그러셨다면 저도 좀 더 일찍 방을 줬을 것입니다."

제가 응석을 부리는 마음으로 말했더니 어머님은 빨간 입술을 천천히 끌어 올리면서 "지금이 제게 가장 좋은 때였을 뿐입니다."라고 말하며 미소를 지으셨습니다. 역시 그 눈에 제 모습은 비치지 않았습니다.

……항상 있는 일이죠. 기대 따위는 하지도 않았습니다.

하고 싶은 말을 하고는 잡담 한마디 하지 않고서 퇴실하는 어머님의 등을 지켜보며 저는 체념의 한숨을 쉬었습니다.

저녁 식사 때, 저는 페르디난드 님께 서쪽 별채에 방을 주겠다고 전했습니다.

"장례식 준비에 란체나베에서 온 사자와의 면회를 앞둔 이 바쁜 시기에, 본관에서 서쪽 별채로 방을 옮기라는 것입니까?"

그의 측근이 곤란하다는 것처럼 자기 주인을 쳐다봤지만, 그런 사정은 알 바 아닙니다.

"비밀의 방을 바란 것은 에렌페스트고, 명령한 사람은 첸트입니다. 제가 바란 일이 아닙니다. 필요 없다면 직접 트라오크발 왕에게 의견을 말씀하시지요. 저는 왕명에 따랐을 뿐입니다."

장례식 때까지 제가 왕명에 따라 방을 줬다는 사실만 있으면 충분합니다. 그다음은 페르디난드 님의 책임이니까.

"여름 장례식 전까지 옮기도록 하겠습니다. 각별한 배려, 감사합니다."

페르디난드 님은 평소처럼 상냥한 미소를 지으며 제 제안을 받아들였습니다.

……이 얼굴로 조금만 더 나이가 비슷하고, 출생의 문제와 신전에 있었다는 오점만 없었다면 좋았을 텐데……. 정말 아까울 따름이군요.

란체나베에서 온 사자에게서 그들이 머무르기 위한 저택에 들어갔다는 소식과 면회 의뢰 편지가 도착하자 성안은 본격적으로 환영 연회와 알현 준비로 바쁜 분위기가 되어 갔습니다.

환영 연회가 열리는 당일에는 오후부터 준비를 시작해야만 합니다. 가벼운 식사를 하고, 더운물로 목욕을 하고, 옷을 갈아입느라 시간이 걸리기 때문입니다. 저는 공식적인 자리에 나가기 위해서 옷깃이 높고 얼굴을 제외한 온몸을 완전히 가리는 듯한 얇은 하얀색 의상을 입고, 그 위에 호화로운 자수가 들어간 파란 웃옷을 걸쳤습니다. 하얀 의상에는 더위를 막아 주기 위한 마법진 자수가 놓여 있어서 더위를 조금이나 완화해 줄 수 있습니다. 그것이 없으면 두꺼운 파란 웃옷은 도저히 입을 수 없습니다.

"디트린데 님의 금발은 정말 호사롭고 아름다워서, 성인이 되신 게 아깝다는 생각이 듭니다."

시종들이 하나같이 아깝다고 말하며 머리카락을 복잡하게 땋아 올립니다. 그리고 얼굴을 가리기 위해 얇은 레이스 천으로 만든 베일을 씁니다. 베일의 천은 개인적인 취향에 따라 고를 수 있지만, 베일 자체는 아렌스바흐 여성이 공식적인 자리에 나갈 때 반드시 써야만 하는 것이기에 벗을 수가 없습니다.

준비를 마치면 저는 측근들과 함께 긴장감이라고도, 혹은 고양감이라고도 할 수 있는 심경으로 작은 홀을 향해 갑니다. 작년까지는 미성년자였기 때문에 인사만 하고 퇴장했었습니다. 환영 연회에 끝까지 참가하는 것은 처음입니다.

매년 환영 연회는 비교적 소규모로 열립니다. 한여름에 치르는 성결식을 위해 영지 내부의 기베들이 모였을 때, 다시 한번 란체나베의 사자와 기베가 교류를 가지기 위한 연회가 성대하게 열리게 됩니다.

"디트린데 님이 오셨습니다."

안에는 이미 아렌스바흐의 중진들, 그리고 페르디난드 님과 그 측근이 있었습니다. 페르디난드 님 곁에는 어린 레티치아와 그 측근의 모습도 있습니다. 작년의 저는 레티치아와 함께 퇴장해야 했지만, 올해는 마지막까지 있을 수 있습니다. 약간의 우월감을 품고 저는 레티치아를 내려다봤습니다.

작은 홀 안에 있는 사람 중에 여성들은 전원 베일을 썼고, 남성은 옷깃이 높은 하얀색 상의를 입고 하의로는 얇고 커다란 천 한 장을 몸에 감은 차림새입니다. 모든 이가 아렌스바흐의 의상에 여름의 귀색을 두르고 있는 가운데 페르디난드 님 혼자만 에렌페스트의 영지색을 띤 옷을 입고 있습니다. 다른 영지 사람이라는 것을 뜻해야 하는 그 색이, 저 사람이 두르고 있으니 그 자리의 지배자처럼 보였습니다.

"어머나, 페르디난드 님은 여름의 귀색이 아니시군요."

"여름의 귀색도 생각했습니다만, 이렇게 에렌페스트의 색을 걸치는 것을 통해서 만약 제가 이런저런 의견을 제시한다고 해도 결정권은 없다는 사실을 한눈에 알아볼 수 있도록 하는 쪽이 좋겠다고 생각했기 때문입니다."

온화한 미소를 지으며 그렇게 말했지만, 저는 어딘가 마음에 걸리는 기분을 느끼면서 고개를 끄덕였습니다. 보통은 하위인 에렌페스트가 아니라 아렌스바흐 사람으로 보이고 싶을 텐데. 그런데, 굳이 다른 영지의 색을 입은 것은 겸허한 태도라고 생각해야겠죠. 틀림없이.

"란체나베, 입장."

문 쪽에 있는 시종이 큰 소리로 말했습니다. 크게 활짝 열린 문으로 란체나베의 사자가 줄지어 들어옵니다. 란체나베의 사자도 아렌스바흐의 의상을 입고 있습니다. 란체나베는 기후가 아렌스바흐와 달라서 그쪽의 의상으로는 이쪽에서 지내기가 힘들다는 이야기를 들은 적이 있습니다. 하지만 그들도 여름의 귀색인 청색을 입지 않았습니다. 란체나베의 사자라는 것을 보여주기 위해서인지, 신기한 은색 천을 두르고 있습니다.

작은 홀로 들어온 인원은 열두 명. 그 절반은 저와 같은 외모이지만, 나머지 절반은 얼굴 생김새나 살갗 색이 다릅니다. 매년 보는 모습이지만 어째서 이렇게까지 달라 보이는지, 저는 너무나 신기할 따름입니다.

사자 중에서 한 걸음 앞으로 나와서 두 팔을 교차시키며 한쪽 무릎을 꿇은 사람은, 저보다 두세 살 연상인 남성이었습니다. 젊고 아름다운 사자의 모습이 눈길을 끕니다. 제 기억에 없는 것을 보아 작년에는 오지 않았던 모양입니다.

금색과 밤색의 중간 정도 색인 머리카락을 뒤로 모아서 머리 장신구로 묶었습니다. 조모님 정도 세대의 아렌스바흐에서 유행했던 남성의 머리 모양입니다. 지금도 장년 남성 중에는 머리카락을 등 언저리에서 묶은 사람들이 있다 보니 비교적 익숙합니다.

"처음 뵙겠습니다, 아렌스바흐 여러분. 란체나베의 치아프레도 왕의 손자, 레온치오라고 합니다. 다른 이들을 소개하기 전에, 물의 여신 플류트레네의 맑은 흐름에 이끌린 좋은 만남에 축복의 기도를 바치는 것을 허락해 주십시오."

"……허락합니다."

설마 란체나베의 사자가 귀족으로서의 인사를 하리라고는 생각도 못 했습니다. 저는 깜짝 놀라면서 허락했습니다.

레온치오는 유르겐슈미트의 귀족과 마찬가지로 마석이 달린 반지를 왼손 가운뎃손가락에 끼우고 있었습니다. 전속성 마석이 달린 반지가 그가 왕족이라는 지위에 있다는 사실을 보여주고 있습니다. 가볍게 축복했더니, 그는 "앞으로 잘 부탁드리겠습니다." 라고 말하며 고개를 들었습니다.

　……어머나?

　레온치오 님은 고개를 든 순간, 페르디난드 님을 보고서 한순간 놀란 표정을 보였습니다. 바로 웃는 얼굴 너머로 숨어 버렸지만, 믿을 수 없는 것을 봤다는 것만 같은 얼굴이었습니다. 저는 페르디난드 님의 표정을 슬쩍 살폈지만, 그쪽은 아무렇지도 않은 것 같습니다.

　레온치오 님은 순간적으로 놀랐던 일 따위는 없었다는 것만 같은 웃는 얼굴로 사자들을 소개하기 시작했습니다. 절반 이상이 작년에도 왔던 사람들이고, 레온치오 님과 그 측근만이 처음 방문했다는 모양입니다.

　"유르겐슈미트의 왕은 란체나베를 멸망하게 만들 셈입니까? 그럴 생각이 아니라면 공주를 받아들여 주셨으면 합니다."

　공주를 받아들이지 않는 것이 란체나베의 멸망과 연결된다는 말을 이해할 수가 없어서 저는 고개를 갸웃거렸습니다. 제가 어떤 의미인지 묻기도 전에 페르디난드 님이 차갑게 웃는 얼굴로 이야기를 잘라 버렸습니다.

　"아쉽게도 첸트가 정한 일이니 저희는 힘이 되어드릴 수 없습니다."

　란체나베의 사정은 들으려 하지도 않고 너무나 매정하게 딱 잘라서 말해 버리는 페르디난드 님의 태도에 저는 레온치오 님이 불쌍하게 여겨졌습니다.

"페르디난드 님, 그렇게까지는 말씀하시지 않아도……. 란체나베의 사정을 듣고, 다시 한번 첸트께 부탁을 드리면 다른 답을 해 주실지도 모릅니다."

제 말을 듣고 레온치오 님이 조금 안도했는지 어깨에서 힘이 빠져나갔습니다. 하지만 페르디난드 님은 그게 마음에 안 들었던 모양입니다. 여전히 차가운 얼굴로 레온치오 님을 보고 있습니다.

"첸트가 앞서 한 말을 철회하는 일은 없을 것입니다. ……첸트가 바뀌었을 때, 새로운 첸트에게 의견을 구하는 게 타당하지 않겠습니까?"

란체나베에게 친근하게 대하려는 자세는 전혀 보이지 않고 매정하게 딱 잘라 버리는 페르디난드 님의 말투에 화가 났습니다. 아렌스바흐에 있는 국경문만이 열려 있는 이상, 란체나베는 유르겐슈미트의 유일한 무역 상대입니다. 첸트에게도 중요한 무역 상대니, 조금 더 친하게 지내면서 다리 역할을 해야 하겠죠.

……이래서 아렌스바흐와 란체나베의 관계에 대해 잘 모르는 시골 분은 곤란합니다.

저는 차가운 태도로 페르디난드 님에게서 고개를 돌리고, 레온치오 님에게 최대한 상냥한 미소를 지어 보였습니다. 아렌스바흐의 부탁으로는 첸트의 의견을 바꿀 수 없을지도 모르지만, 당사자가 사정을 말하고 진지하게 부탁하면 받아들여 줄지도 모릅니다. 첸트는 에렌페스트의 비상식적인 부탁을 들어준 상식을 벗어난 왕이니까요.

"레온치오 님, 다행히도 이번 여름에는 장례식을 위해서 왕족이 아렌스바흐에 찾아올 예정입니다. 그때에 다시 한 번 부탁드리는 것이 어떨까요?"

"디트린데 님, 그게 무슨 말씀이십니까? 경비 관계상, 란체나베에서 온 자를 왕족에게 다가가게 하는 일은 허가할 수 없습니다."

페르디난드 님이 경악한 표정을 지었습니다. 왜 그렇게 놀라는 건지, 저는 이해할 수가 없습니다. 면회 여부를 결정하는 사람은 페르디난드 님이 아니라 왕족일 텐데.

"면회를 허가하는 분은 왕족이고, 저는 당신께 허가를 받아야 하는 입장이 아닙니다. 아렌스바흐로서도 소중한 무역 상대가 멸망하는 일은 피해야만 하니까요. 저는 레온치오 님의 이야기를 들어야 한다고 생각합니다."

"들을 필요는 없습니다."

제 의견을 차례로 각하하며 저의 의견은 전혀 들으려 하지 않는 페르디난드 님 때문에 화를 참을 수가 없습니다. 입장 차이를 깨닫게 해 줄 필요가 있습니다.

"저는 이야기를 듣겠다고 말하고 있습니다. 방해하지 마세요. 측근이 함께 있으니 걱정 따위는 필요 없습니다. 아무리 저를 게두르리히처럼 생각하신다고 해도, 에이비리베 같은 질투는 정말 꼴사납습니다."

제가 매섭게 노려봤더니 페르디난드 님은 깜짝 놀랐다는 듯이 밝은 금색 눈동자를 크게 뜨고서 움직임을 멈췄습니다. 아무래도 '에이비리베와도 같은 질투'가 정곡을 찌른 모양입니다.

······질투 때문에 정신을 못 차리다니, 페르디난드 님도 참으로 곤란하군요.

저는 징계도 내리기 위해 "에이비리베의 동석은 필요 없습니다."

라는 말로 페르디난드 님의 동석을 거부하고 레온치오 님과 이야기를 나누기 위해 측근들을 줄줄이 데리고 다른 방으로 향했습니다. 페르디난드 님의 측근 한 사람이 '아무런 문제도 없었다고 보고하기 위해서'라는 이유로 동석을 바랐기에 그에 대해서는 관대한 마음으로 허가했습니다.

측근들을 포함하면 열다섯 명 정도나 되는 무리가 큰 홀 근처에 있는 회의실로 이동했고, 저는 레온치오 님께 의자를 권했습니다.

"란체나베가 멸망한다는 것이 대체 무슨 말씀이신가요?"

제가 묻자 레온치오 님은 잠시 생각하는 듯하더니 "디트린데 님은 란체나베의 기원을 어느 정도 알고 계시는지요?"라고 물었습니다.

"아렌스바흐의 무역 상대로서 주요한 수입품에 대해서는 배웠지만, 역사에 대해서는 귀족원 강의에서도 배우지 못했습니다."

수입품은 그렇다 쳐도 역사에는 전혀 관심이 없었고, 알고자 생각했던 적도 없습니다. 측근들이 얼굴을 살짝 찌푸렸지만, 제 기억에 란체나베의 역사는 존재하지 않습니다.

"유르겐슈미트에서는 알려지지 않은 것입니까……."

그리고는 레온치오 님은 란체나베의 역사를 말하기 시작하셨습니다. 약 사백 년 전 옛날, 오이사발 왕 시대의 일이었다고 합니다. 역사 수업에서 배운 왕의 이름이 나왔습니다만, 잘 기억나지는 않습니다. 저는 아는 척하는 표정으로 이야기를 흘려들었습니다.

"오이사발 왕이 나이가 들어 다음 첸트를 선택해야 했을 때, 구르트리스하이트를 손에 넣은 차기 첸트 후보가 세 명 있었습니다."

"어머나, 세 명이나 구르트리스하이트를 손에 넣었다고요……?"

저는 너무나 깜짝 놀랐습니다. 구르트리스하이트는 첸트를 정하기 위한 마술구라고 생각해 왔기 때문입니다. 유르겐슈미트에는 하나밖에 없고, 그것을 손에 넣은 자만이 첸트라고 생각했습니다. 설마 여러 사람이 손에 넣을 수 있으리라고는 생각도 못 했습니다.

"구르트리스하이트는 슈타프에 베껴 쓰는 것이니 여러 명이 가지고 있어도 그렇게 이상한 일은 아니지 않겠습니까?"

레온치오 님이 너무나 당연하다는 것처럼 말씀하셔서, 바로 "그렇지요."라고 맞장구를 쳤습니다. 유르겐슈미트의 귀족인 제가 다른 나라에서 오신 분보다 모른다고 말할 수는 없습니다.

"오이사발 왕이 선택한 후계자는 디트린데 님도 잘 아시다시피 하일아인드 왕이었습니다."

……그러고 보니 그런 이름의 첸트도 있었죠. 뭘 했던 왕이었던가요?

딱히 언급할 가치가 있는 공적이 없기 때문에 강의에서도 거의 다룬 적이 없는 왕의 이름입니다. 저는 웃는 얼굴로 고개를 끄덕이면서 생각해 봤지만, 아무리 생각해도 떠오르는 것이 전혀 없었습니다.

"자신이 첸트로 선택되지 못했음을 납득할 수 없었던 톨퀸하이트는 가지고 있던 마술구와 마석을 챙기고는 신천지를 찾아서 유르겐슈미트를 뛰쳐나갔습니다."

톨퀸하이트는 자신의 처자식과 측근들을 데리고 배를 타고서 국경문을 넘어 유르겐슈미트 밖으로 나갔다고 합니다. 국경문에 있는 전이진 너머에 있는 곳은 란체나베라고 불리는 토지였고, 마술을 사용하지 못하는 사람들만이 사는 곳이었다고 레온치오 님이 말했습니다.

토지는 척박했지만 어떻게든 사람들이 살아갈 수 있는 땅임을 확인한 톨퀸하이트는 자신이 손에 넣었던 구르트리스하이트를 써서 영지의 주추를 만들었고, 엔트비켈른으로 자신들이 살기 위한 도시를 만들었다는 모양입니다.

"사람들은 아무것도 없는 곳에서 갑자기 나타난 배, 순식간에 생긴 하얀 도시에 경악해 톨퀸하이트를 신의 나라에서 온 사람이라고 숭배하기 시작했습니다. 톨퀸하이트는 왕으로서 란체나베에 군림하게 됐습니다."

구르트리스하이트를 손에 넣은 자를 신처럼 숭배한다는 점은 유르겐슈미트도 마찬가지입니다. 손에 넣으면 존경을 받는 것이 틀림없습니다. 저는 사람들이 일제히 보내는 칭찬과 존경의 눈길을 받는 제 모습을 생각하며 희열을 느꼈습니다. 하루빨리 구르트리스하이트를 손에 넣어야만 합니다.

"하지만, 신처럼 숭배받기는 했지만 톨퀸하이트에게는 큰 문제가 있었습니다. 유르겐슈미트에서 온 톨퀸하이트 일행과 마력이 없는 란체나베 사람들 사이에서는 아이를 낳을 수가 없었습니다. 또한 구르트리스하이트는 슈타프에 베껴 쓰는 것입니다. 당연한 얘기지만 톨퀸하이트가 사망하면 사라지게 됩니다."

……어머나. 그렇다면 그렇게 돼서 유르겐슈미트의 구르트리스하이트가 사라져 버렸던 것이군요.

어째서 정변이 일어났는지를 알게 됐습니다. 첸트를 계승해야 했던 제2 왕자가 돌아가시자 구르트리스하이트가 사라져 버린 것이겠죠. 그 뒤에 싸웠던 제1 왕자와 제3 왕자도 슈타프에 베껴 쓰는 것이라는 사실을 몰랐던 게 틀림없습니다. 제2 왕자의 죽음과 함께 사라지는 물건이라는 것도 모르고 싸웠고, 그리고 지금도 구르트리스하이트의 소재는 여전히 모르는 상태입니다.

……베껴 쓰려면 어디로 가야 할까요?

레온치오 님의 이야기가 옳다면 어딘가에 있는 구르트리스하이트를 베껴 써야만 합니다. 마법진을 빛나게 해서 차기 첸트 후보가 된 저라면 할 수 있을 것입니다.

"주추 마술에 등록된 자라면 마력을 공급할 수 있으니 톨퀸하이트가 죽은 뒤에도 도시를 유지할 수 있었습니다만, 그것은 슈타프를 가진 자가 있을 때의 일입니다. 슈타프를 지닌 자가 없으면 주추를 유지할 수 없기 때문에 언젠가는 도시가 붕괴하게 됩니다. 디트린데 님은 차기 아우브이시니 알고 계시겠죠?"

"예, 물론이지요."

저도 주추 마술을 얻기 위해 슈타프가 필요하다고 배웠습니다. 그때는 귀족원 1학년 시점에서 전원이 슈타프를 얻었으니 굳이 강의에서 가르칠 내용도 아니라고 생각했습니다. 하지만 나라 밖으로 나가서 마술로 도시를 만들어 버린 이들에게는 사활 문제입니다. 슈타프를 가진 사람이 없고 주추 마술을 계승할 수 있는 사람이 없으면 나라는 붕괴해 버립니다.

"란체나베로 간 사람들은 왕족과 그 측근이었기 때문에 마력이 높은 아이가 태어납니다. 귀족원에서 교육을 받은 부모로부터 이쪽의 귀족들과 같은 교육을 받습니다. 하지만, 슈타프는 유르겐슈미트에서만 얻을 수 있습니다. 톨퀸하이트는 아들에게 주추 마술을 계승시키기 위해 슈타프를 갖도록 해 줬으면 싶다고 첸트에게 부탁했습니다."

하지만 그 부탁은 들어줄 수 없었습니다. 슈타프는 유르겐슈미트의 귀족만이 가질 수 있기 때문입니다. 당시의 첸트가 못되게 굴어서 그런 것이 아니라, 유르겐슈미트의 귀족으로 등록되지 않은 사람은 슈타프를 얻을 수가 없습니다.

"그래서 란체나베의 공주를 유르겐슈미트로 보내고, 태어난 아이가 성인이 돼서 슈타프를 얻은 뒤에 왕으로서 돌려보내기로 했습니다. 란체나베가 힘을 가지는 일을 경계했던 당시의 첸트는 한 세대에 한 명만을 돌려보낸다는 제약을 걸고, 남자를 돌려보낼지 여자를 돌려보낼지를 선택하도록 강요했습니다."

톨퀸하이트는 고민했다는 듯합니다. 태어나는 아이의 마력은 모친의 마력에 좌우되기 때문에 란체나베 왕족이 높은 마력을 유지하기 위해서는 여자아이를 돌려받는 쪽이 좋을 것입니다.

하지만 한 세대에 한 사람만 돌려보내는데, 슈타프를 가진 여왕이 임신해서 마술을 못 쓰는 상태가 이어지게 된다면 란체나베로서는 사활 문제가 걸립니다. 측근의 가족과 자신의 딸 등, 란체나베에도 마력이 높은 여성은 여러 명이 있으니 남성을 돌려받는 쪽이 아이를 늘리기가 쉽겠죠. 그래서 톨퀸하이트는 남자아이를 돌려받기로 결정했다는 모양입니다.

"유르겐슈미트로 공주를 보내고, 공주가 낳은 남자아이가 성인이 돼서 슈타프를 얻은 뒤에 왕으로서 란체나베에 돌아가는 것이 두 나라 사이의 약속이었습니다. 그런데, 공주의 입국을 거부하다니……."

레온치오 님이 씁쓸하다는 듯 표정을 일그러트렸습니다. 나라를 지키기 위해 공주를 보냈는데 거부당한다면 너무나 막막하겠지요. 왠지 제 가슴까지 아파 왔습니다. 동시에, 약속을 어긴 트라오크발 왕에게 진심으로 분노를 느꼈습니다. 계속해서 비상식적인 일만 벌이는 그를 지금 당장이라도 첸트 자리에서 끌어내리고 싶어졌습니다.

"벌써 십여 년 전에 여러 개의 마석이 도착한 뒤로 무역 이외의 관계가 완전히 두절됐습니다. 게다가 공주의 입국까지 거부당하면 저희는 대체 어찌해야 좋을지……."

레온치오가 테이블 위에 올려놓은 주먹을 꽉 쥐고서 고개를 숙인 모습을 보고 저는 결심했습니다.

"제가 페르디난드 님께 사정을 말씀드릴 테고, 첸트께도 부탁드리도록 하겠습니다. 안심하세요. 저는 차기 첸트 후보이니까요."

레온치오 님이 호박색 눈동자를 놀란 기색으로 물들이고서, "차기 첸트 후보……?"라고 중얼거리면서 저를 바라보시고 계십니다. 그 눈동자에 담긴 칭찬과 기대가 너무나 기분 좋습니다. 저는 레온치오 님께 최대한 상냥한 미소를 지어 보였습니다.

저는 다음 날 바로 페르디난드 님을 불러 탁자를 사이에 두고 마주 앉아서 설명했습니다. 옛날부터 전해져 온 약속에 의해 란체나베가 멸망하지 않도록 왕족 중에서 공주를 보낸다는 사실을. 그리고 약속을 어긴 첸트가 얼마나 심한 짓을 했는지를 호소했습니다.

"그러니 트라오크발 왕에게 사정을 설명하고 생각을 바꾸도록 하고 싶습니다."

왕족과 대면해서 교섭하는 것은 페르디난드 님의 역할입니다. 여름의 장례식 때까지 확실하게 대책을 마련해 줬으면 싶다고 말하며 저는 미소를 지었습니다.

사정을 알게 되면 페르디난드 님도 란체나베에게 조금이나마 협조적인 태도를 보이리라 생각했습니다. 하지만 그 사람의 마음은 전혀 움직이지 않은 모양입니다. 턱을 괴고 앉아서 저를 빤히 관찰하는 것처럼 쳐다보면서 "……그게 전부입니까?"라고만 말했습니다.

"그게 전부, 라는 것이 무슨 의미인가요?"

"말 그대로입니다. 란체나베 쪽에 아주 유리한 이야기만 했을 뿐이고, 딱히 새로운 정보도 없습니다. 첸트가 의견을 바꿀 정도의 사정은 아니라고 생각됩니다."

"뭐라고요?! 란체나베가 멸망한다고 하지 않았나요. 첸트나 아우브를 계승할 사람이 없는 것이 얼마나 큰일인지 페르디난드 님은 모르시는 건가요?!"

믿을 수 없는 발언이었습니다. 란체나베가 붕괴한다고 했는데, 이 사람은 정말로 제 말을 듣기는 한 걸까요. 어쩌면 머리가 나빠서 제대로 이해하지 못했을지도 모르겠네요. 저는 있는 힘껏 페르디난드 님을 노려봤습니다.

"란체나베가 멸망한다는 것은 너무 과장된 표현입니다. 톨퀸하이트가 옮겨 가기 전에도 그 땅에는 사람들이 살았으니, 하얀 모래에 마력을 채워서 만들어 낸 유르겐슈미트와는 사정이 전혀 다릅니다. 멸망한다고 해도, 고작해야 톨퀸하이트가 세운 도시가 붕괴하는 정도겠죠."

제가 노려봤는데도 페르디난드 님은 아무 일도 없었다는 것처럼 미소를 지으며 말했습니다.

"슈타프를 가진 남자아이가 없어지는 일이 란체나베에게는 사활 문제겠지만, 유르겐슈미트에게는 아닙니다. 공주를 받아들여서 발생하는 이점이 너무나 적습니다. 설령 란체나베가 멸망한다고 해도, 구르트리스하이트가 있으면 국경문을 닫고서 다른 곳을 향해 새로 열수도 있습니다. 무역 상대가 란체나베일 필요는 없습니다."

저는 페르디난드 님을 매섭게 노려봤습니다.

"지금은 그 구르트리스하이트가 없지 않나요?"

"……그렇습니다만, 그리 머지않은 미래에 손에 넣는 이가 나타나겠죠."

"그렇겠죠. 물론 저도 온 힘을 다해서 찾을 생각이기는 합니다만, 언제 손에 넣을지는 모르는 일이 아닌가요."

제 말에 페르디난드 님은 눈을 몇 번 깜박인 뒤에 "뭐, 그렇겠군요."라고 힘없이 동의했습니다. 지금은 있는 힘껏 제게 협력하겠다고 맹세해야 하는 상황이 아닌가요. 아무래도 반응이 너무 둔합니다. 여자 마음을 너무 모르는 게 아닐까요.

"페르디난드 님은 이점이 적다고 하셨는데, 지금의 왕족은 사람이 너무 적으니까 공주와 결혼하게 되면 큰 이점으로 이어질 터입니다만?"

저는 가슴을 활짝 펴고서 공주를 받아들이는 데 따른 이점을 제시했습니다. 하지만 페르디난드 님은 "지금의 유르겐슈미트에 구르트리스하이트를 손에 넣을 가능성이 큰 사람을 들여서는 안 됩니다."라고 말하면서 고개를 저었습니다.

"공주를 받아들여서 왕족이 늘어나는 것은 이점이겠습니다만, 지금 시점에 마력량이 풍부한 공주를 받아들이면 왕위 계승에 혼란을 초래하게 됩니다. 그것이 좋은 일이 아니라고 판단했기에 왕족은 공주를 받아들이는 일을 거부했을 것입니다. 하다못해 구르트리스하이트를 손에 넣은 정당한 첸트를 옹립하기 전까지는 공주를 받아들이는 일은 연기하는 게 타당할 것입니다."

지금 상태로는 란체나베가 유르겐슈미트를 차지해 버릴 수도 있다고 걱정하는 모양입니다. 자신이 추측한 왕족의 사정만 뺀들뺀들 늘어놓고 절대로 움직이려고는 하지 않는 페르디난드 님의 나약한 태도에 저도 모르게 얼굴을 찌푸리고 말았습니다.

"아무리 그럴듯한 이유를 대면서 그런 말씀을 하셔 봤자, 페르디난드 님은 그저 첸트께 의견을 말하기가 무서울 뿐인 것은 아닌가요?"

"란체나베에서 신으로 숭배하던 일족이 그 힘을 잃었을 뿐이니, 굳이 첸트의 결정에 이의를 제기할 의미를 찾을 수가 없다고 생각합니다."

첸트의 결정에 이의를 제기하고 다른 나라를 두둔하는 것이 정말로 아렌스바흐를 위하는 일인지, 페르디난드 님은 그렇게 말씀하셨습니다.

"왕족으로서 군림해 온 그들이 어떤 결말을 맞이하게 될지 다소 상상이 됩니다만, 그것이 란체나베의 멸망이라고는 할 수 없습니다. 중심이 되었던 도시가 붕괴하면서 틀림없이 문명이야 후퇴하겠지만, 기묘한 모양의 배만 봐도 유르겐슈미트와 다른 기술이 발전하고 있는 것으로 보입니다. 왕족 이외에는 큰 피해를 보지 않을 수도 있습니다."

시점을 바꿔 보면 유르겐슈미트가 불안정한 지금 상황에서 란체나베의 힘을 깎아 둘 좋은 기회라든지, 무슨 일이 있으면 경계문을 닿을 수 있도록 최대한 빨리 주추를 물들여야 한다느니, 페르디난드 님은 제가 바라지 않는 말들만을 입에 담았습니다.

……제가 레온치오 님과 이야기를 나눴다고 이렇게까지 차가운 말씀만 하시다니.

대화에서 제외했을 뿐인데 '란체나베 왕족이 멸망할 뿐이라면 상관없다'고 말하다니, 이 사람만큼 에이비리베라는 호칭이 어울리는 사람도 없을 것입니다.

"페르디난드 님. 제 바람을 들어주세요. 저는 레온치오 님 일행이 끔찍한 일을 당하기를 바라지 않습니다. 부디 이해해 주시지요."

"란체나베의 공주를 받아들이라고 하시면서, 끔찍한 일을 당하기를 바라지 않는다는 말씀이십니까? 란체나베의 사자도 여성인 당신에게는 깊은 이야기를 하지 않았겠지만, 란체나베의 공주들은 별궁에 들어가면……."

페르디난드 님이 말하려고 했지만, 저는 "란체나베가 바란 취급이 아닌가요?"라는 말로 그 발언을 잘라 버렸습니다. 왕이 그것을 바라고 공주는 그것을 각오하고 왔으니, 저희가 생각할 일이 아닙니다.

"디트린데 님은 각오해서 이곳으로 온 공주가 어떤 취급을 받게 되더라도 그 공주를 받아들여야 한다는 말씀이십니까?"

페르디난드 님이 밝은 금색 눈동자로 저를 똑바로 바라보고 있습니다. 아플 정도로, 그 시선에서는 들끓는 감정을 필사적으로 억제하고 있다는 것이 느껴졌습니다. 아마도 제가 공주가 아니라 남성인 레온치오 님을 두둔한 것이 그리도 견디기 힘든 것이겠죠. 하지만, 저는 여기서 물러날 수 없습니다. 페르디난드 님을 똑바로 보며 저는 고개를 크게 끄덕였습니다.

"이쪽에 온 이후의 대우에 대해서는 본가에 호소하거나 첸트와 논의해서 개선하는 등, 공주가 대처할 일입니다. 란체나베의 붕괴에 비하면 대단한 일도 아닙니다."

페르디난드 님은 빙긋, 보다 짙은 미소를 지어 보였습니다. 겨우 제 주장이 통한 모양입니다.

"여름의 장례식에 방문하시는 왕족께 그런 내용으로 확실하게 부탁해 주세요."

"공주를 받아들이는 데 따르는 유르겐슈미트의 혼란에 비하면 란체나베의 붕괴 따위는 대단한 일도 아닙니다. 저는 첸트의 판단을 지지합니다."

페르디난드의 말이 무슨 의미인지 잠시 이해하지 못했습니다. 제 요구를 각하했다고 이해하는 데 몇 초가 걸렸고, 이해함과 동시에 저는 화를 참지 못하고 고함을 질렀습니다.

"그게 무슨 말인가요, 페르디난드 님?!"

"왕명으로 아렌스바흐에 온 제가 왕보다 란체나베를 우선해야만 할 정도라고 생각되는 사정은 아니었습니다. 차기 첸트를 옹립할 때까지 기다리도록 하죠."

제가 아무리 화를 내도 페르디난드 님은 표정도 의견도 바꾸지 않고, 왕족에게 중개도 하지 않을뿐더러 이의도 제기하지 않겠다고 딱 잘라서 말했습니다.

"당신처럼 벽창호에 차가운 사람은 처음 봅니다! 이런 분이 약혼자라니……. 당분간은 얼굴도 보고 싶지 않습니다. 당장 나가도록 하세요."

"알겠습니다."

페르디난드 님은 어렴풋한 미소를 지은 채, 시킨 대로 바로 자리에서 일어나 퇴실했습니다. 제가 이렇게나 기분이 상했는데 한 번 돌아보지도 않고 사죄도 없습니다.

……저런 분이 제 약혼자라니!

저는 생각나는 온갖 욕설과 폭언을 구사해서 페르디난드 님을 욕하며 그날 하루를 보냈습니다. 제게 부탁하신 분을 실망시켰다는 사실을 슬피 여기며 저는 란체나베의 사자가 묵고 있는 저택으로 기별을 보냈습니다.

"페르디난드 님은 정말 차가운 분입니다. 저는 지금까지 그런 분이라고는 생각도 못 했습니다."

란체나베 저택이라고 불리는 사자의 저택에서 저는 페르디난드 님을 설득하지 못한 데 대해 사과하고 하다못해 왕족과의 면회가 이루어질 수 있도록 노력하겠다는 뜻을 전했습니다.

"디트린데 님은 외모는 물론이고 마음도 아름다운 분이시군요. 좀더 일찍 만났더라면 좋았습니다."

레온치오 님의 호박색 눈동자가 저를 보자, 저는 말로 표현할 수 없는 쑥스러운 기분을 느꼈습니다. 유르겐슈미트에서는 정중하게 돌려서 표현하는 말을 구사하는 경우가 많다 보니 이렇게 직접적으로 칭찬하는 경우는 보기 드뭅니다. 게다가 레온치오 님은 얼굴이 황홀할 정도로 단정한 미남입니다. 자꾸만 심장이 거세게 뜁니다. 블루앙파의 방문을 느끼고, 저는 정신을 바짝 차렸습니다.

……여기서 여신들에게 농락당해서는 안 됩니다.

저는 차기 첸트 후보고, 첸트가 못 된다 해도 차기 아우브 아렌스

바흐입니다. 약혼자가 있는데도 레온치오 님과 사랑에 빠져서는 안 됩니다.

"레온치오 님의 마음은 기쁘게 생각합니다만……. 저는 차기 첸트 후보다 보니 뜻에 따라드릴 수가 없습니다."

"디트린데 님은 이미 구르트리스하이트를 가지고 계신 것입니까?"

레온치오 님의 말에 저는 살짝 고개를 숙이고 "아직 찾는 중입니다."라고 말하며 고개를 저었습니다. 그리고는 레온치오 님께 "여기서만 드리는 말씀입니다."라는 말과 함께 도청 방지 마술구를 건넸습니다. 구르트리스하이트에 대한 이야기나 왕족에 대한 험담은 공공연하게 말해도 되는 것이 아닙니다. 이렇게 도청 방지 마술구를 건네면, 공언해서는 안 되는 사적인 대화를 나누는 자리가 됩니다.

"실은, 지금 유르겐슈미트에서는 구르트리스하이트가 없는 왕족이 정보를 제한하면서 다른 이들은 찾지 못하도록 막고 있습니다. 저도 자격은 지니고 있습니다만, 구르트리스하이트에 다가갈 수가 없습니다."

"이게 대체 무슨 일인지……. 그러한 일이 용납된다는 것입니까……."

정보를 제한해서 정당한 첸트를 옹립하지 못하도록 막고 있는 왕족에게 레온치오 님이 화를 내셨습니다. 차기 첸트 후보인 저를 걱정해서 화를 내시는 것이겠죠. 약혼자가 제게 차가운 태도를 보인 직후에 보여 주신 뜨거운 마음과 상냥함 덕분에 저는 꽃의 여신 에플로레메의 모습이 보인 것만 같은 기분이 들었습니다.

"그렇게 화를 내 주시다니, 레온치오 님은 정말 상냥한 분이시군요. 페르디난드 님은 그저 질투만 하실 뿐이고, 그렇게 걱정해 주시지는 않는답니다."

후훗 하고 웃으며 미소를 지었더니, 레온치오 님은 잠시 고민하는 듯한 모습을 보이다 "디트린데 님, 당신은 지금의 약혼자를 사랑하고 계십니까?"라고 물었습니다.

"페르디난드 님은 왕명으로 정해진 약혼자입니다. 제게 거부권 따위는 없었죠. 사랑은 받고 있는 것 같습니다만, 그렇게 차가운 모습을 보면, 저는……."

차가운 언동 때문에 저는 그를 사랑할 자신이 없어졌습니다. 질투만 하는 에이비리베에게서 도망치고 싶은 게두르리히의 기분을 지금의 저는 정말 잘 알 수 있습니다.

"도망칠 수 없는 약혼자입니다. 레온치오 님. 이 일은 비밀로 해 주세요."

"……끔찍한 약혼자에게서 도망칠 수 있다면, 당신은 제 손을 잡아 주시겠습니까?"

믿을 수 없는 말에 저는 당혹스러운 기분을 맛보며 레온치오 님을 봤습니다.

"그게 무슨 말씀이신가요, 레온치오 님?"

"저는 유르겐슈미트의 첸트 후보라면 당연히 지녀야 할 슈타프가 없기에 첸트가 될 수는 없습니다. ……하지만, 구르트리스하이트가 있는 장소는 알고 있습니다. 당신이 첸트가 될 수 있도록 도와드릴 수는 있습니다."

"뭐라고요……?"

레온치오 님의 제안에 저는 침을 꿀꺽 삼켰습니다. 알고 싶다고 생각했던 구르트리스하이트의 소재를 아는 사람이 눈앞에 있고, 지금의 왕족이 아니라 제게 원조를 제안했습니다. 이것은 그야말로 드레팡아의 인도일 것입니다.

"디트린데 님이 저를 당신의 반려로 맞이해 주신다면, 그 장소를 알려드리겠습니다."

두근, 하고 가슴이 뛰었습니다. 레온치오 님이 반려가 되시겠다니, 저로서는 저항할 수 없을 정도로 감미로운 유혹입니다. 페르디난드 님과 달리 나이도 비슷하고, 신전에 있었다는 오점도 없습니다. 다른 나라에서 자랐다는 점이 문제이기는 합니다만, 유르겐슈미트의 귀족과 동등한 교육을 받은 것 같고 란체나베 왕의 손자라면 유르겐슈미트 왕족의 피도 짙다고 할 수 있겠죠. 조금 차이가 나기는 합니다만, 아마 마력량도 문제없습니다.

"하지만, 제 약혼자는 왕명으로 정해져서……."

"당신이 첸트가 되면 구르트리스하이트도 없는 거짓된 왕의 명령 따위는 아무런 의미도 없게 됩니다."

레온치오 님에게서 살며시, 달콤한 냄새가 났습니다. 좀 더 가까이에서 느끼고 싶어지는 달콤한 냄새입니다. 저는 아주 조금, 그분을 향해 몸을 내밀었습니다.

"소중한 약혼자가 아무리 설명을 해도 들은 척도 하지 않는 태도를 보이는 사내가 아닙니까? 귀여운 약혼자의 섬세한 부탁도 들어주지 않는 차가운 남자죠?"

레온치오 님은 상냥한 얼굴로 천천히, 페르디난드 님을 나무랐습니다.

제가 조금 전에 말했던 불만을 그대로 되풀이하는 것에 불과했지만, 몇 번인가 듣는 사이에 '페르디난드 님은 타인이 보기에도 끔찍한 약혼자'라고 자연스레 생각하게 됐습니다.

"형편없는 약혼자에게 의리를 지켜 봤자 의미 없는 일 아니겠습니까."

그러고 보니, 처음부터 첸트가 되면 제 약혼을 취소할 생각이었습니다.

"페르디난드 님은 제 숙부와 정말 많이 닮았습니다. 아마도 란체나베의 피를 이어받은 분이겠죠. 란체나베의 피를 이어받은 자를 약혼자로 삼으시겠다면, 제가 당신 곁에 있어도 좋지 않겠습니까?"

"……그렇군요."

"차기 첸트가 되었을 때라도 좋습니다. 저를 당신의 반려로 삼아 주십시오."

레온치오 님이 황홀하다는 듯 호박색 눈동자를 가늘게 만들고 상냥한 미소를 지으며 저를 바라보고 있습니다.

"디트린데 님, 제 손을 잡아 주십시오. 당신을 차기 첸트로 만들어 드리고 싶습니다."

도청 방지 마술구를 쥐고 있는 탓에 측근들은 무슨 이야기를 나누고 있는지 알 수가 없지만, 레온치오 님이 저를 향해 손을 내밀자 안색이 달라졌습니다. 마르티나가 큰 소리로 "안 됩니다, 디트린데 님!"이라고 말했습니다.

"방해하지 마세요."

저는 마르티나의 제지를 뿌리치고 자리에서 일어나, 멍하니 꿈꾸는 듯한 기분인 채로 레온치오 님께 다가갔습니다. 왠지 잘 돌아가지 않는 머리로 필사적으로 생각합니다. 이 기회를 놓치면, 제가 구르트리스하이트를 손에 넣는 건 틀림없이 힘들어지겠죠.

……이것은 시간의 여신 드레팡아의 인도이며, 레온치오 님은 결연의 여신 리베스크힐페가 맺어 주려 하시는 운명의 상대가 틀림없습니다.

저는 그런 확신을 품고, 제 손을 레온치오 님의 손에 얹었습니다.

내

희
망
과　문
제
점

제 장래를 크게 바꿔 버릴 올도난츠가 엘비라 님에게서 도착한 것은, 영주 회의 휴가를 받은 날이었습니다.

"리젤레타, 엘비라입니다. 쉬는 중에 미안합니다만 당신과 할 이야기가 있습니다. 다섯 점 종에 우리 집으로 와 주실 수 있을까요?"

저는 전언을 세 번 되풀이하고 노란색 마석이 된 올도난츠를 손에 들고 천천히 눈을 깜박였습니다. 너무나 갑작스러운 초대에 놀라면서 휴일을 같이 보내기로 약속한 약혼자 토르스텐 님 쪽을 봤습니다.

"오늘 약속은 어떻게 하죠?"

"어쩌고 자시고가 있겠습니까. 엘비라 님의 초대라면 마침 잘 됐군요. 저와 리젤레타는 약혼자니까 언제든 만날 수 있습니다. 오늘은 엘비라 님을 우선해 주세요. 좋은 보고를 기다리겠습니다."

토르스텐 님은 기분 좋게 말하고는 귀가할 준비를 시작했습니다만, 저는 애매한 미소만 지을 뿐 명확한 대답은 피했습니다. 말만 들으면 제 사정을 우선해 주는 상냥한 약혼자입니다. 하지만 그가 말한 '좋은 보고'를 생각하면 마음이 무거워집니다.

……토르스텐 님은 갑작스러운 호출에 대한 사과의 의미로 엘비라 님께 보니파티우스 님과의 면회를 요구할 수 있는 절호의 기회라고 생각하는 모양입니다만…….

엘비라 님의 호출은 아마도 로제마인 님의 이동에 관한 것이겠죠. 저를 긴급히 부르실 정도의 일이라면, 그것 말고는 짐작도 가지 않습니다. 그런 와중에 보니파티우스 님과의 면회를 요청할 수 있을까요. 게다가 면회 목적은 숙청 때문에 붙잡힌 토르스텐 님의 친족에 대한 중재를 부탁하는 것입니다.

"아직 결혼도 하지 않은 상대의 친족에 대해 보니파티우스 님께 부탁드리라니, 저 같은 중급 귀족에게는 짐이 무겁습니다만……."

훈련에서 보니파티우스 님과 자주 접하는 언니와 달리, 저와 보니파티우스 님 사이에는 접점이 거의 없습니다. 개인적으로 부탁을 드릴 수 있는 처지가 아니고, 영주 일족께 숙청 때 감형해 주시기를 부탁드리고 싶지도 않습니다. 옛날 일인 데다가 베로니카 님의 명을 받았다고는 해도 죄를 저질렀다면 그 죗값은 제대로 치러야 마땅하다는 생각이 더 큰 탓이겠죠.

……약혼 상태에서도 이 정도라면, 앞날이 걱정됩니다.

상급 귀족인 토르스텐 님이 중급 귀족인 저희 가문에 데릴사위로 들어오는 이유가 언니를 통해 보니파티우스 님과 인연을 맺기 위해서라는 건 알고 있습니다. 그래도 혼인 전부터 압력을 가하는 태도를 보니 한숨을 감출 수가 없습니다.

"이렇게 갑자기 불러서 미안해요. 오늘은 당신이 쉬는 날이라고 코르넬리우스에게 들었거든요."

아마도 로제마인 님이 안 계신 곳에서 이야기하고 싶으셨겠죠. 저희는 영주 회의 기간에 로제마인 님께 있었던 일에 대해 무난한 이야기를 나누며 차가 준비되기를 기다렸습니다. 차가 들어오자 시종들을 물리고는 당연하다는 것처럼 도청 방지 마술구를 손에 쥐고서 본론으로 들어갔습니다.

"플로렌치아 님이 출산을 앞두고 계시기 때문에 제가 로제마인 님의 이동 준비를 주도하게 됐습니다. 동행할 측근들도 조정할 생각입니다."

엘비라 님은 칠흑의 눈동자로 저를 바라보셨습니다. 저도 동행하기를 바라신다는 뜻이 전해져 옵니다. 그것을 기쁘게 여기는 한편, 언니처럼 제 희망만으로 동행할 수는 없는 입장이 원망스럽다는 생각이 들었습니다.

"성에서 지내는 시간이 적은 로제마인은 시종 숫자가 적어도 문제없다면서 줄여 버렸죠? 하지만, 중앙에 동행하는 시종이 측근으로 들어온 지 반년도 안 지난 미성년자 중급 귀족 한 사람이면 걱정이 됩니다."

시종은 주인의 생활을 보좌하는 사람입니다. 생활에 가장 밀접하게 붙어 있기 때문에 결혼 등의 이유로 다른 영지로 이동할 때는 자신이 신뢰하는 시종을 데려갑니다. 하지만, 왕의 양녀로 중앙으로 이동하는 로제마인 님을 따라가는 시종은 미성년자에 새로 들어온 그레티아뿐. 너무나 불안한 인사입니다.

……하지만, 로제마인 님의 상급 시종은…….

가장 오랫동안 로제마인 님을 모셨던 리카르다는 원래 아우브 에렌페스트의 시종입니다. 숙청으로 측근이 줄어서 힘든 상황인 영주 곁으로 돌아갔습니다. 그리고, 아우브의 명령으로 주인을 바꾸는 기특한 시종인 데다가 숙청이 없었더라도 에렌페스트를 떠나지 않았을 것입니다.

브륀힐데는 봄을 축복하는 연회에서 아우브와 약혼했습니다. 아우브의 제2 부인이 될 브륀힐데는 중앙으로 이동할 수 없습니다. 왕족과 상위 영지와도 교류가 많고, 사교 측면에서 상당히 마음이 든든한 인물이다 보니, 브륀힐데가 동행하지 못하는 것은 로제마인 님께 상당히 뼈아픈 일이겠죠.

오틸리에는 남편 레베레히트 님이 플로렌치아 님의 측근입니다.

레베레히트 님이 로제마인 님의 측근이 되거나 이혼이라도 하기 전에는 중앙으로 이동할 수 없습니다. 영주 부부의 측근이 적은 상황에서 레베레히트 님이 주인을 바꿀 수는 없을 테고, 로제마인 님과 동행하기 위해 이혼하는 것도 현실적인 일은 아닙니다.

"당신도 동행하지 않는다고 하던데, 제 딸은 주인으로서 실격인가요?"

"아닙니다. 로제마인 님은 제가 바라고 제가 정한 주인입니다. 곁에서 모시고 싶은 마음은 있습니다. 하지만……."

저는 입을 다물었습니다. 엘비라 님께 저희 가정 사정을 전하는 것을 주저했기 때문입니다. 토르스텐 님과 그 일족의 요망을 말해서 바쁘신 분을 번거롭게 해드리고 싶지 않았습니다.

"리젤레타, 사정을 들려주세요."

"저는 집안을 이을 딸입니다. 부모님께 상담할 수 없는 현재 상황에서는 어쩔 도리가 없습니다."

아버님께 상담도 없이 후계자라는 입장에서 벗어날 수는 없습니다. 로제마인 님의 이동에 관해서는 발설이 엄격하게 금지되었기에 일족 내부에서 조정할 수도 없습니다.

"그리고, 저는 빌프리트 님의 측근인 토르스텐 님과 약혼했습니다. 어느 일족도 약혼 취소를 받아들이지 않을 것입니다."

"연정이 우선이라는 말인가요? 성결식을 이번 여름으로 앞당기면 토르스텐 님도 부부로서 동행할 수 있도록 손을 쓸 수 있습니다만."

저는 그 광경을 상상하고는 고개를 저었습니다. 토르스텐 님과 결혼해서 중앙으로 이동한다 하더라도 그 사람은 로제마인 님의 측근 자리에 적응하지 못합니다. 근본적인 사고방식이 구 베로니카 파벌 귀족이기 때문에 오히려 로제마인 님께 부담이 되겠죠.

"제게 연정은 없습니다. 아마도 일족을 위해서는 약혼을 취소하는 쪽이 좋겠지만, 상급 귀족과의 혼사를 중급 귀족인 저희 가문에서 취소할 수는 없으니까요."

제가 살며시 한숨을 쉬자, 엘비라 님이 조금 걱정된다는 얼굴로 저를 보면서 뺨에 손을 얹으셨습니다.

"저도 토르스텐 님 같은 구 베로니카 파벌 귀족이라면 결혼하셨던 때부터 성심성의껏 플로렌치아 님을 모셔 온 당신의 일족과는 어우러지지 못할 것 같습니다. 벌써 무리한 일을 강요하고 있지는 않나요?"

감형을 요구하기 위해 보니파티우스 님에게 다리를 놓아 달라고 부탁한 것만이 아닙니다. 빌프리트 님과 로제마인 님의 골이 깊어지지 않도록 정보를 요구해도 '양녀가 양보하는 것이 도리가 아닙니까. 당신의 주인을 잘 타일러 주십시오'라는 내용을 미소와 함께 은근슬쩍 강요할 뿐이고, 서로에게 다가가려는 자세는 전혀 보여 주지 않고 있습니다.

……게다가, '그런 것보다, 보니파티우스 님께 친족의 중재를 부탁드립니다'라니!

"저로서는 토르스텐 님과 협력해서 차기 영주 부부를 돕고 싶다고 생각합니다만, 마음대로 되지는 않습니다."

측근들 사이의 사고방식에 큰 차이가 있고, 빌프리트 님과 로제마인 님 사이의 골을 더 깊게 만드는 결과로 끝난다는 기분이 듭니다.

"리젤레타 자신은 동행을 희망하는 것이 틀림없나요?"

"예. 하지만, 저는 중급 귀족입니다. 제가 왕의 양녀의 시종이 되기에는 사교 부분이 부족합니다."

지금까지 왕족이나 상위 영지와의 교섭은 거의 브륀힐데가 맡아 왔습니다. 영주 회의에서는 오틸리에가 수석 시종으로서 지휘를 맡았습니다. 그래서 제가 할 수 있는 일은 로제마인 님의 방을 돌보고 생활을 돕는 것뿐입니다. 그 일도 앞으로 일 년만 지나면 그레티아가 맡게 되겠죠.

"저…… 로제마인 님께서 바라신다면 저는 계속 모시고 싶다고, 진심으로 생각합니다. 하지만, 주인의 부탁도 명령도 없는 데다가 그에 걸맞은 신분도 아닌 제가 동행을 희망할 수는 없습니다."

"당신의 의견은 지당합니다. 로제마인은 항상 상대의 희망을 존중하지만, 자신의 희망을 말해야만 하는 때가 있다는 것을 가르쳐야 하겠군요."

그것은 제가 동행할 수 있도록 로제마인 님에게서 희망 사항을 끌어내 주시겠다는 말씀이실까요. 저는 제 희망이 이루어질 것 같은 분위기를 느끼자 왠지 제게 너무나 유리한 꿈을 꾸고 있는 듯한 심정이 됐습니다.

"엘비라 님, 어째서 저를 위해 그렇게까지 손을 써 주시는 건가요?"

"당신을 위해서가 아닙니다. 로제마인을 위해서입니다. 자주 쓰러지는 그 아이가 먹을 약을 다루는 법, 쓰러졌을 때의 간호는 하루아침에 익힐 수 있는 것이 아닙니다. 겨울에 막 측근으로 들어온 신입과 지금까지 접촉한 적도 없는 중앙 귀족에게 맡길 수 있다고 생각하나요? 당신을 곁에 둘 수 있도록 손을 쓰는 것은 이동 준비를 맡은 제 역할입니다."

엘비라 님은 피식 웃으시며 제 질문을 일축했습니다. 하지만, 그 명확한 말에 저는 너무나 안심했습니다. 딸인 로제마인 님을 위해서라면 중간에 손바닥을 뒤집듯 생각을 바꾸는 일은 없다고 믿을 수 있습니다.

"그리고, 당신은 로제마인을 위한 시종입니다. 그 아이를 위해서 일족 안에서는 혼인 상대를 찾을 수 없을 정도로 마력을 늘렸고, 그 아이를 위해서 의사 자격을 얻으려 했죠? 그 정도 충성심을 지닌 사람을 놓치는 것이 너무 아깝더군요······."

저도 모르게 깜짝 놀랐습니다. 분명히, 로제마인 님의 너무나 허약한 모습을 보고 저는 귀족원에서 의사 자격을 받을 수는 없을지 생각하며 강의를 선택했습니다. 하지만 측근이 된 시기가 너무 늦었기 때문에 자격을 취득하기에는 시간이 부족했습니다.

"······저는 원래 자격을 얻을 자신이 없었고, 조금이라도 더 의료 관계 지식을 얻고 싶었을 뿐이기에 가족에게도 동료 측근 누구에게도 말하지 않았습니다. 엘비라 님은 어떻게 알고 계시는지요?"

"측근들의 동향은 코르넬리우스가 주시하고 있으니까요. 그래도, 제일 먼저 알아차린 사람은 하르트무트라는 모양이더군요."

제가 어떤 과목을 수강했는지와 약의 조합법을 하르트무트에게 배우려고 했기 때문에 눈치챈 것 같습니다. 나름대로 숨기려고 했지만, 어설펐던 모양입니다.

"저는 로제마인 님이 상용하시는 약을 조합할 수 없고, 자격도 취득하지 못했습니다. 그리고, 중급 귀족이라서 사교 면에서는 힘이 부족합니다. 그래도 괜찮으시겠습니까?"

제가 엘비라 님의 칠흑색 눈동자를 가만히 바라보며 묻자, 엘비라 님은 저를 똑바로 마주 봐주셨습니다.

"약 조합은 하르트무트와 클라리사에게 맡길 수 있습니다. 사교라면 문관에게 일부를 맡기는 것도 가능한 데다, 중앙 귀족들이 더 잘하겠죠. 하지만, 그들은 로제마인의 평범한 삶을 지켜 줄 수가 없습니다."

"평범한 삶……."

"그래요. 시종의 가장 중요한 일은 주인의 생활을 보좌하는 것. 왕의 양녀가 될 그 아이에게는 일상을 지켜 줄 시종이 필요합니다."

제게 바라는 능력, 엘비라 님께 평가받은 능력이 무엇인지가 뚜렷해지자 저는 가슴속이 뜨거워졌습니다.

"저는, 온 힘을 다해서 로제마인 님을 섬기고 싶습니다."

제 마음이 정해지자 엘비라 님은 빠르게 움직이셨습니다. 로제마인 님의 희망을 이끌어 내고, 바로 아버님과 대화하는 자리를 마련하셨습니다.

엘비라 님의 초대를 받자 저는 아버님과 같이 갔습니다. 비밀 이야기를 해야 하니 엘비라 님은 시종들을 물리고 도청 방지 마술구를 건네주셨습니다. 그 중요성을 이해하셨겠죠. 아버님의 옆얼굴이 굳어졌습니다.

"오늘은 긴히 상담하고자 하는 일이 있습니다. 리젤레타를 후계자에서 제외하고, 로제마인의 시종이 되게 해 주세요."

"그건……."

"발설이 엄금된 일입니다만, 로제마인은 왕의 요망에 따라 중앙으로 이동할 예정입니다."

갑작스러운 말을 듣고 깜짝 놀란 아버님에게 엘비라 님은 담담하게 상황을 설명하셨습니다. 일 년 뒤에 약혼과 양자 결연을 취소한다는 것. 로제마인 님의 상급 시종이 누구 하나 동행하지 못하고, 이대로 가면 겨울에 이름을 바친 구 베로니카 파벌 귀족 하나만 남게 된다는 것.

"리젤레타에게 타진해 보니 가문의 후계자이고 빌프리트 님의 상급 측근과 약혼한 탓에 이동은 힘들다고 했습니다. 하지만, 다른 영지로 이동하는 이에게 시종의 존재가 얼마나 중요한지 시종 일족의 수장인 당신이라면 잘 알고 계시겠죠? 저는 제 딸 곁에 리젤레타가 필요하다고 생각합니다. 그러기 위해서는 협력을 아끼지 않겠습니다."

문제를 해결하기 위해 협력할 테니 저를 동행시키라는, 사실상 명령입니다. 잠시 생각하는 듯 고개를 숙이고 계시던 아버님이 고개를 들었습니다.

"리젤레타, 너는 동행을 희망하느냐?"

"예. 로제마인 님께서 친히 부탁하셨습니다. 저희 가문의 사정이 정리되면 저도 주인과 함께하고 싶다고 생각합니다."

자신의 희망을 확실히 말하라고 로제마인 님을 타이르셨던 엘비라 님의 목소리를 떠올리며 저는 아버님께 제 희망을 확실하게 말씀드렸습니다.

"그러냐…… 엘비라 님께서 협력해 주신다면 후계자 문제는 상관없다. 가도록 해라."

"괜찮겠습니까?"

"우데리크를 후계자로 지명하면 된다."

우데리크는 일족 남성이고, 원래 제 결혼 상대로 꼽혔던 사람입니다. 아쉽게도 색 맞춤에서 마력량이 맞지 않아서 약혼은 성립되지 않았습니다만, 그 사람이라면 일족도 수긍하겠죠.

　　"우데리크는 원래 리젤레타의 남편이 되어 일족의 수장이 되도록 교육해 온 아이입니다. 새로운 후계자로 임명해도 문제없을 것입니다. 개인적으로는 리젤레타에게 일족의 수장은 어려우리라 생각했기에 정말 다행입니다."

　　아버님은 오히려 안심했다는 것처럼 어깨에서 힘을 풀었지만, 저는 '일족의 수장은 어려우리라'라는 말에 살짝 고개를 숙였습니다.

　　"아버님, 저의 힘이 부족한 탓에 심려를 끼쳐드린 것 같아서 정말 죄송합니다."

　　"아니, 그 반대다. 마력이 너무 많아서다. 너는 내 자랑스러운 딸이지만, 일족의 마력량과 괴리가 너무나 커져서 일족의 수장에는 맞지 않게 돼 버렸다. 그게 전부다."

　　아버님은 천천히 한숨을 쉬셨습니다. 일족의 수장이 되면 일족의 결혼 상대 알선이나 상담을 받아 주는 일도 해야 합니다. 하지만 마력량의 괴리가 너무 커지면 힘들다는 모양입니다. 그 말을 듣고 잘 생각해 보니 아버님은 마력이 너무 늘어난 제 상대를 찾느라 퍽 어려움을 겪으셨습니다.

　　"로제마인 님의 마력 압축법이 앞으로도 널리 퍼져 나간다면 그래도 상관없었습니다. 리젤레타와 안게리카가 에렌페스트에 있고 로제마인 님, 보니파티우스 님과의 인연이 계속된다면 아무 문제도 없었죠. 여러 대에 걸쳐 저희 가문은 상급 귀족을 목표로 삼았을 것입니다."

아버님의 말씀에 엘비라 님이 고개를 끄덕이셨습니다.

"로제마인이 이동하면 모든 전제가 뒤집혀 버린다는 말씀이시군요."

"예. 우리 가문과 영주 일족 사이의 연줄이 사라지게 됩니다. 그리고, 로제마인 님과의 약혼이 취소되면서 빌프리트 님의 입장도 바뀝니다. 토르스텐 님의 입장도 어떻게 될지 모릅니다. ……일찌감치 우데리크에게 수장 자리를 넘기는 쪽이 일족에게도 도움이 될 것입니다."

"당신도 리젤레타의 약혼 취소를 바라신다는 말씀이시군요?"

엘비라 님이 확인하자 아버님은 눈살을 찌푸리고서 고개를 크게 끄덕이셨습니다.

"저는 주위의 소문을 들었을 뿐입니다. 일족의 수장인 당신에게 사정을 듣고 싶다고 생각합니다."

"보니파티우스 님께 잘 부탁한다는 말을 전해 달라는 요구에 지금도 제법 곤란한 상황입니다."

저와 토르스텐 님이 약혼하면서 그의 친족은 영주 일족과의 연줄을 요구했습니다. 라이제강의 공주인 로제마인 님을 섬기는 저는 물론, 그에 더해 보니파티우스 님의 마음에 들어서 보니파티우스 님의 주변 사람과 혼인해 달라는 요구를 받는 언니와의 연줄입니다.

숙청 탓에 구 베로니카 파벌이 차례로 처벌당하는 와중에 그의 일족 중에서도 잡혀가는 사람이 나왔습니다. 아직 결혼한 것은 아니지만 '친족 사이니까 잘 부탁한다'면서 아버님께 보니파티우스 님에게 다리를 놓아 달라고 부탁했다는 모양입니다.

"저는 베로니카 님의 언동에 마음 아파하시던 영주 부부를 가까이서 접해 왔습니다. 영주 일족이 어떻게든 오랜 고름을 짜내시려고 분투하는 지금 상황에 죄를 면하기 위해 영주 일족과의 연줄을 바란다고 하면 곤란할 따름입니다."

아버님은 이마에 손을 얹고서 한숨을 쉬셨습니다. 엘비라 님은 감탄하셨는지 "지금까지 잘 거절해 왔군요." 라고 말씀하셨습니다. 숙청이 벌어진 것이 지난 초겨울, 지금은 영주 회의를 마치고 봄의 끝 무렵입니다. 반년 가량이나 요구를 물리쳐 왔다는 뜻입니다.

"겨울철 동안은 모든 이가 바쁘고 약혼한 리젤레타가 귀족원에 있다 보니 저희 가문과의 접점 자체가 거의 없었습니다. 봄에도 영주 부부의 측근이 대폭 줄어든 데다, 영주 회의 준비로 바쁜 와중에 보니파티우스 님께 면회를 부탁드리면 되레 나쁜 인상을 주지 않을까? 라는 이유로 거절했습니다. 하지만, 결국 영주 회의가 끝나고 나니 적당한 거절 문구가 떨어지고 말았습니다."

"그래서 최근에는 토르스텐 님이 노골적으로 요구하게 된 것이군요."

제가 쉬는 날에 엘비라 님의 호출을 받은 대가로 보니파티우스 님과 만날 자리를 주선해 달라는 요구를 받았다고 전하자 아버님도 엘비라 님도 얼굴을 찌푸리셨습니다.

"만약 이대로 두 사람이 결혼한다고 해도 안게리카와 리젤레타가 로제마인 님과 함께 이동하게 되면 저희 가문과 영주 일족의 연줄이 사라지게 됩니다. 무엇을 위한 혼인이냐고 토르스텐 님의 친족 측에서 좋지 않은 말이 나오겠지요."

토르스텐 님의 격을 중급 귀족으로 떨어트려서까지 만든 연줄이 의미가 없어져 버리면 그의 일족은 심기가 불편해지겠죠. 그래도 중급 귀족인 저희가 참는 수밖에 없습니다. 눈에 훤히 보입니다.

"알겠습니다. 그럼 그쪽에서 약혼 취소를 제안하도록 손써 보겠습니다. 그 대신, 리젤레타 당신은 로제마인의 수석 시종이 되도록 하세요."

"중급 귀족인 제가 수석 시종이라는 말씀이십니까?"

"당신의 마력량 자체는 문제없습니다. 다음 결혼 상대로 상급 귀족을 선택하면 결혼으로 격을 올릴 수 있겠죠. 저는 당신이 로제마인과 가장 가까운 곳에 있기를 바랍니다."

왕의 양녀와 측근과의 연줄을 바라는 이는 중앙 귀족 중에도 있다고 엘비라 님이 말씀하셨습니다. 지금까지는 데릴사위를 들이는 것까지만 생각했었는데, 후계자가 아니게 되면 결혼 상대에 따라서는 제가 상급 귀족이 될 수도 있습니다.

"중급 귀족인 저희 가문에서 영주 일족의 수석 시종이……?"

너무 놀란 나머지 동요하시는 아버님을 흘끗 보시고는 엘비라 님은 이야기를 이어 가셨습니다.

"사교는 천천히 해도 좋습니다만, 오틸리에와 브륀힐데에게 가능한 한 인수인계를 받도록 하세요. 겨울 귀족원에 당신을 로제마인의 성인 시종으로서 보내도록 하겠습니다. 브륀힐데에게 교육을 받도록 하세요."

"알겠습니다. 엘비라 님, 잘 부탁드리겠습니다."

"그렇게 해서 엘비라 님의 협력 덕분에 약혼은 취소했고, 일족의 수장도 친족 남성분께 부탁드리게 됐습니다. 저는 로제마인 님과 함께 이동하겠습니다."

성의 측근 방에서 저는 측근 동료들에게 보고했습니다. "……뭐?"라고 눈이 휘둥그레지는 사람도 있었고, 칼스테드 님의 저택에서 있었던 일을 알고 있는 사람들도 있다 보니 반응이 완전히 둘로 갈라졌습니다.

"잘 정리돼서 다행이다, 리젤레타. 로제마인도 기뻐하겠지. 그렇게나 귀엽게 부탁했었으니까."

"리젤레타가 같이 가 줬으면 싶다고 부탁하시는 로제마인 님은 정말 귀여우셨죠."

코르넬리우스의 놀리는 듯한 웃음을 보고 레오노레도 그 모습이 생각난 것처럼 쿡쿡 웃었습니다. 저도 부끄러워하면서 필사적으로 부탁하는 로제마인 님의 모습을 떠올렸습니다.

"레오노레에게 진심으로 동의합니다. 정말, 정말로 로제마인 님의 부탁하는 모습은 너무나 귀여웠습니다. 측근이 되기를 정말 잘 했습니다."

그 말을 들은 하르트무트와 클라리사가 "로제마인 님이 바라셨다는 말입니까?"라고 말하며 경악한 표정을 지었습니다. 그렇습니다. 저는 로제마인 님과 엘비라 님이 바라셨습니다.

"……코르넬리우스, 나는 초대받지도 못했고, 무엇보다 엘비라 님께서 리젤레타를 위해 움직이셨다는 이야기도 못 들었는데?"

"안게리카와 리젤레타에 대해 이야기하는 자리였다. 이미 동행이 결정된 하르트무트를 초대하거나 리젤레타의 사정과 어머님의 동향에 대해 보고할 필요가 있나?"

코르넬리우스의 어깨를 꽉 붙잡는 하르트무트와 그 손을 뿌리치는 코르넬리우스의 공방에 살며시 등을 돌리고, 저는 오틸리에와 마주 봤습니다.

"제가 로제마인 님의 수석 시종이 될 수 있도록 교육을 부탁드립니다."

"알겠습니다. 솔직히 말씀드리자면, 당신이 동행하게 돼서 저도 안도했습니다."

오틸리에와 사교에 중점을 둔 교육을 부탁한다는 이야기를 하고 있는데, 갑자기 누가 제 팔을 꽉 붙잡았습니다.

"안 돼요! 너무해요! 이건 아니에요! 리젤레타 너무해요! 배신자~! 같이 남겠다고 하지 않았나요. 또, 저만 따돌리는 건가요?!"

돌아봤더니, 제 팔을 붙잡은 유디트의 연보라색 눈동자에 눈물이 솟아나고 있는 모습이 보였습니다. 에렌페스트에서 같이 열심히 해 보자고 약속했던 일이 생각났습니다.

······곤란하군요. 유디트를 어떻게 달래야 좋을까요?

소동의 사정 정취

"아우브 에렌페스트, 여기는 아렌스바흐입니다. 좀 더 영주다운 행실을 보여 주십시오."

"여기는 덥다. 방에 있을 때 정도는 괜찮지 않겠나."

장의자에 누워 있는 나를 보면서 칼스테드가 얼굴을 찌푸렸다. 일부러 정중한 말투까지 써 가면서 영주다운 태도를 요구하는 것이겠지. 그건 알지만, 무시한다. 아우브 아렌스바흐의 장례식에서 소동이 벌어졌기 때문에 현재는 객실 대기라는 이름의 격리 중이다. 기껏 다른 영지에 왔고 장례식도 끝났는데 바깥에 나가지도 못한다.

내가 투덜거리면서 의자를 가리켰더니, 칼스테드는 어쩔 수 없다는 얼굴로 다른 측근들을 둘러봤다. 시선을 받은 다른 기사가 씁쓸하게 웃으며 "아우브의 상대를 부탁드리겠습니다." 라고 말한 뒤에 장의자 뒤쪽에 가서 서자, 칼스테드는 내가 가리킨 의자에 앉았다.

"아무리 생각해도 더울 리가 없을 텐데. 페르디난드가 마법진을 주지 않았나."

내 말 상대를 떠맡게 된 칼스테드는 편한 말투로 자기 목 언저리를 가리켰다. 아렌스바흐의 여름은 에렌페스트와 비교도 안 될 만큼 덥다. 그래서 '장례식용 정장을 입을 때에는 이것을 속옷에 그리거나 자수해 넣도록'이라고 말하면서 간이 마법진의 견본 하나를 줬다. 바로 그릴 수 있도록, 그리고 중급이나 하급 귀족도 사용할 수 있도록 상당히 간략하게 만든 마법진이다.

"주위를 세심하게 배려하게 된 것을 보고 페르디난드도 성장한 모양이라고 기뻐한 내가 바보였다. 그건 일종의 괴롭힘 아닌가? 장례식 중에도 마력 조정에 신경을 쓰느라 정말 큰일이었다."

마법진이 너무 간소하다 보니 흘려 넣는 마력의 양을 스스로 조정해야 하고, 그래서 마력이 많은 나는 까딱 방심하면 너무 추워서 감기에 걸리는 게 아닐까 싶은 지경이었다.

"훗, 네가 장례식 중에 졸지 않도록 페르디난드가 마음을 써 준 것이겠지. 최소한 항상 도청 방지 마술구를 가지고 있는 나는 큰 도움이 됐다."

길고 따분한 장례식과 행사 중에는 칼스테드에게 도청 방지 마술구를 주고 말 상대를 시키거나 졸 것 같으면 깨워 달라고 부탁했었다. 하지만 이번에는 도저히 잘 수가 없었다. 깜빡 잠들었다가는 마력을 제어하지 못하게 돼서 한여름의 아렌스바흐에서 얼어 죽는 신기한 현상이 일어났을지도 모른다.

"졸지 않았던 덕분에 그 뒤에 있었던 사정 청취에서 자기 눈으로 본 것을 그대로 말할 수 있지 않았나."

"깨어 있었지만 안 보였다. 보려고 했더니 네가 어깨를 눌렀으니까."

정말로 갑작스러운 일이었다. 장례식 도중에 앞쪽에서 까만 망토 여럿이 일어나서 뛰어가기 시작했고, 바로 동료들에게 붙잡혔다. 나는 조금 뒤쪽에 있다 보니 잘 보이지 않았고, 일어나려고 했던 순간에 칼스테드가 '아우브가 호사가 구경꾼처럼 일어나지 마라'라고 말하면서 어깨를 눌렀다. 중앙 기사단이 일제히 움직이는 모습이 보였을 뿐이고, 그 뒤에 아무 일도 없었다는 것처럼 장례식이 계속되었기 때문에 솔직히 말해서 실제로 무슨 일이 있었는지는 전혀 모른다.

"무슨 일이 있었던 거지? 서 있던 너라면 보였을 텐데."

"자꾸만 묻지 마라. 나도 잘 모른다. 일어나서 달려가는 자가 보였나 싶더니 바로 제압당했으니까. 중앙 기사단 안에서 처리한 인상이었다."

소동이 일어난 뒤에는 칼스테드는 물론이고 다른 영지 아우브와 동행한 호위 기사들도 슈타프를 꺼내 들었지만, 장례식은 아무 일도 없이 끝났다.

"사정 청취를 해 봤자 내가 말할 수 있는 건 없으니까. 사정 청취라기보다는 그냥 설명만 듣고 끝나겠지."

설령 뭔가 다른 사정이 있다고 해도 우리에게까지 전부 전해질 리가 없다. 이런 일이 있었다는 설명만 듣고 끝날 것이 뻔하다.

"그래서 오랫동안 대기해야 하는 게 싫다. 너무 따분해."

방에서 보이는 바다도 사흘이나 보고 있으면 질린다. 바람도 없는데 수면이 계속 흔들리는 건 재미있지만, 가까이 가는 것조차 허락되지 않는다. 바로 흥미가 사라졌다. 에렌페스트에서 가지고 온 서류 업무조차도 남김없이 처리해 버렸을 정도로 심심하다.

"신호가 왔습니다."

아무래도 내가 꿍얼꿍얼 투덜대는 사이에 내 순서가 된 모양이다. 문 앞에서 대기하고 있는 기사의 목소리를 듣고 나는 바로 일어났다. 시종이 급히 흐트러진 옷매무새와 머리를 매만져 주기 시작했다. 칼스테드도 자리에서 일어나 사정 청취에 따라가는 자와 남는 자에게 각각 지시를 내렸다.

"아렌스바흐에서 보낸 자가 입실을 요청하고 있습니다."

"들여보내라."

탁자 위에 있는 다기와 과일도 일단 치우고 깔끔하게 정리한 방 안에서 나는 아우브다운 차림새로 마중하러 나온 자를 들이라고 말했다.

……훗, 완벽해.

"아우브 에렌페스트. 지극히 송구스럽습니다만 사정 청취해 협력해 주십시오."

"알았다. 어쨌거나 아우브의 장례식에서 소동이 벌어졌다. 사정 청취는 필요하겠지."

나는 지극히 진지한 얼굴로 자리에서 일어나, 호위 기사를 거느리고 방에서 나갔다.

"그럼, 잠시 이야기를 들려주셨으면 합니다."

마중 나온 자를 따라서 간 곳은 상당히 넓은 회의실이었다. 들어갔더니 정면에 지기스발트 왕자와 측근들이 있었다. 왕족이 있는 것은 예상대로다. 내가 봤을 때 오른쪽에는 페르디난드, 에크하르트, 유스톡스 세 명과 아렌스바흐의 문관들이 있다. 페르디난드의 안색이 오전에 있었던 장례식 때보다 좋아 보이는 것은 기분 탓일까.

……보아하니 장례식 중에 잤군.

왕명에 의한 비밀의 방과 로제마인이 내게 맡긴 조합 도구와 소재 등등을 얻었으니 페르디난드가 밤에 비밀의 방에 틀어박힐 거라고 유스톡스가 예상했었다. 오전 중에 안색이 안 좋은 게 신경 쓰였는데, 아마도 오랜만에 조합에 몰두한 탓이겠지.

질렸다는 심정으로 시선을 왼쪽으로 옮겼다. 거기에는 어째선지 게오르기네 누님과 측근들이 있었다.

……잠깐만, 보통은 차기 영주인 디트린데 님이 있어야 할 텐데?

그녀는 차기 영주다. 미성년자라면 모를까, 이미 성인이 돼서 영주 회의에도 출석했다. 그런데도 왕족이 동석하는 공적인 자리에 동석시키지 않은 것은 아렌스바흐가 그녀를 차기 영주로 인정하지 않는다는 사실을 보여주는 것이나 마찬가지다.

……여러모로 끔찍한 언동들을 보고 들었기 때문에 밖에 내놓고 싶지 않은 기분은 이해한다. 이해는 하는데…….

차기 영주를 전혀 신뢰하지 않음을 공적인 자리에서 보여주게 되면 데릴사위로 들어갈 페르디난드의 입장도 우스워지게 된다. 혼인이 연기된 데다 우습게 여겨질 요소가 더 늘어났다는 것 때문에 이를 갈고 싶은 기분이 들었다.

……이것도, 누님이 꾸민 일인가?

엄격하게 가르치려고 마음먹으면 그럴 수도 있었겠지. 그런데도 막내딸에게는 전혀 손대지 않았다. 딸의 어리석은 짓까지도 계산된 행동인 듯 보이는 것은 내가 너무 넘겨짚은 탓일까. 얇은 베일 너머로 보이는 빨간 입술이 웃고 있다.

"아우브 에렌페스트, 무슨 일이 일어났는지 알고 계신 것을 가르쳐 주십시오."

"제가 알고 있는 것은 전방에서 중앙 기사단이 일어났다는 정도입니다. 제 자리에서는 거의 보이지 않았습니다. 주위에 서 있던 호위 기사들에게서 중앙의 기사가 움직였다는 것, 그들의 행동을 막은 사람들 역시 중앙 기사단이라고 들었습니다."

이야기가 전부 끝나자, 중앙의 기사단장과 지기스발트 왕자가 시선을 주고받았다.

"그것으로 전부입니까? 그밖에는?"

"날뛴 자들은 전부 에렌페스트 출신의 기사들이었다. 그 사실에 관해 묻고 싶다."

두 사람의 말을 듣고, 나는 눈살을 찌푸리고서 나도 모르게 "중앙 기사단으로 이적한 자도 있었나?"라고 중얼거리고 말았다. 어머님의 방식이 마음에 들지 않아서 실력이 뛰어난 성적 우수자는 어머님에게서 도망치기 위해서 중앙으로 이적했다. 그건 알고 있다. 하지만, 그들이 귀성한 적이 없기도 하다 보니, 중앙에 에렌페스트 출신인 자들이 몇 명이나 있는지, 시종, 문관, 기사, 각각 몇 명이나 소속되어 있는지 등 자세한 사항은 모른다.

"네?"

"아, 죄송합니다. 제가 영주로 취임한 뒤에 중앙으로 이적한 자들은 문관뿐이었기에, 중앙 기사단에도 에렌페스트 출신이 있는 줄은 몰랐습니다."

기사단에 있는 자는 내가 취임하기 전에 이적했을 것이다. 누님이 차기 영주 자리에서 내려왔을 때 나를 섬기는 것을 거부한 자가 중앙으로 이동했다고 어머님에게 들은 적이 있다. 나를 섬길 생각이 없는 자는 에렌페스트에 필요 없다고 말이다. 하지만, 겨울 숙청을 거친 지금은 이런 생각도 든다. 중앙으로 이동한 자들이 누님에게 이름을 바쳤을 가능성도 있지 않을까.

……그 날뛴 자들에게도 뭔가 비밀이 있는 건 아닐까……?

너무 의심하는 것인지도 모른다. 하지만, 겨울 숙청에서 판명된 누님에게 이름을 바친 귀족들이 처음에 예상했던 것보다 많았다. 내가 모르는 곳에서 무슨 일이 일어나더라도 이상하지 않을 거라고 생각한다.

나는 누님 쪽을 봤다. 얇은 베일이라고 해도 얼굴을 가리고 있기 때문에 표정은 보이지 않는다. 하지만, 뭔가 꾸미고 있다는 생각이 자꾸 든다.

"어머나, 당신은 아우브인데도 중앙으로 이적한 귀족들을 인식하지도 못하는 건가요? 그래서는 중앙으로 이적한 자들도 제 실력을 발휘하지 못할 테고, 중앙과 연계를 취하지도 못할 텐데."

같은 어머니에게서 난 오누이다운 친근하게 들리는 말투로 주의를 주는 듯한 목소리에 나는 눈썹을 살짝 치켜들었다. 우리 사이가 좋았던 적은 단 한 번도 없다. 겨울 숙청에서 그 점을 아주 잘 이해했다.

"그래도 딱히 문제는 없었습니다, 에렌페스트는."

나는 그 주의를 가볍게 받아넘겼다. 지금은 플로렌치아의 출산과 그 빈자리 메우기, 그레첼의 재건축, 로제마인의 이동 준비와 인수인계, 급한 업무 때문에 벅찬 상황이다. 특별히 긴급한 것도 아닌, 겨울까지 확인해 두면 되는 중앙으로 이적한 자들의 조사 따위는 뒤로 미뤄 두고 있다.

……음?

시선을 느끼고 고개를 돌려보니 페르디난드가 나를 살짝 노려보고 있었다. 아마도 '좀 더 꾸며 봐라'라든지 '설명이 부족하다'라고 말하고 싶은 게 분명하다.

"왕족께서도 아시다시피, 중앙으로 나간 귀족은 겨울에도 귀성하지 않기 때문에 접점이 전혀 없습니다."

나는 '왕족께서도 아시다시피'를 약간 강조해서 말했다. 우린 딱히 곤란할 것이 없지만, 중앙에서는 에렌페스트와 로제마인의 정보를 얻지 못해서 곤란할 테니까.

"제가 영주로 취임한 뒤로는 힐쉬르의 추천으로 문관들만이 중앙으로 이적했습니다. 예전에는 기사도 이적했었군요. 처음으로 알았습니다."

우수한 기사가 아니면 중앙으로 이적할 수 없다. 보니파티우스가 기사단장을 맡아서 기사들을 단련시켰던 무렵의 일일까. 남의 일처럼 감탄하는 태도를 보여 줬다. 소동 자체를 전혀 보지 못했던 데다, 얼굴을 본 적도 없는 기사들의 책임까지 떠넘기려는 것은 참을 수 없다.

"아우브 에렌페스트는 본인의 영지 출신자가 소동을 벌인 것을 어떻게 생각하십니까?"

"제가 아우브로서 생각해야 할 일은 특별히 없습니다. 에렌페스트는 관계가 없습니다."

쓸데없는 책임을 떠넘기지 못하도록 딱 잘라 말했다. 얼굴도 이름도 모르는 이적자 따위를 생각할 이유가 없으니까.

"이적자가 벌인 소동입니다. 전혀 관계가 없다고 할 수는 없겠죠."

지기스발트 왕자는 에렌페스트를 끌어들이고 싶은 것인지, 그렇게 말하고 미소를 지었다. 조금이나마 책임을 지라고 말없이 호소하는 모양이지만, 완전히 무시했다. 입으로 말한 것은 아니니 나는 알아차리지 못한 것으로 치부하기로 했다. 눈치가 없다든지 우둔하다고 생각하거나 말거나, 괜한 책임을 지는 것보다는 낫다.

"그들에 대해서는 누님이 더 잘 아시지 않습니까? 나이를 따졌을 때, 제가 본 적이 없다면 누님과 같은 세대이거나 그 이전……. 결혼하기 전에 얼굴을 본 적이 있겠죠? 그리고, 대영지의 제1 부인으로서 중앙에서 접촉했던 적이 있을지도 모릅니다."

이름을 바친 자인지도 모른다고 의심했기에 나는 웃는 얼굴로 누님에게도 책임의 일부를 떠넘겼다. 일방적인 피해자 행세를 하게 둘 생각은 없다.

"어머나, 그런 근거도 없는 억측은 입에 담아서는 안 됩니다. 무엇보다, 제가 결혼한 지 몇 년이나 지났는지 알고는 계십니까?"

"예전부터 다른 영지 귀족과 관계를 맺는 것은 누님이 더 잘하셨으니, 아직까지도 관계가 있다고 해도 이상할 것이 없겠죠. 저는 누님의 인망이 부럽다고 생각합니다."

의혹을 품은 데 대한 사죄는 하지 않고, 나는 은근슬쩍 겨울에 있었던 숙청에 관한 냄새를 풍겼다. 아렌스바흐로 시집간 지 몇 년이 지났어도 그렇게나 에렌페스트에 영향을 미치고 있다. 그 수완과 깊은 집념은 정말로 대단하다고 생각한다. 최소한 나는 못 하는 일이다.

"호오, 그리도 인망이 있습니까?"

"제 인망이라기보다는 영지 차이 때문입니다. 예전의 에렌페스트와 대영지 아렌스바흐라면 중앙 귀족이 어느 쪽과 연줄을 바랄지, 생각할 필요도 없는 일이지요."

누님은 이적한 중앙 귀족과의 연줄 자체는 부정하지 않고, "하지만, 지금은 달라졌습니다." 라고 말했다.

"로제마인 님 덕분에 에렌페스트는 순위를 올렸고, 왕족과도 긴밀하게 지내고 있습니다. 그에 비해 아렌스바흐는 아우브도 돌아가셨고, 차기 영주가 아우브를 승계할 수도 없는 상황입니다. 지금의 중앙 귀족이 어느 쪽을 원할지, 차기 왕이 되실 지기스발트 왕자님이라면 잘 알고 계시겠지요?"

"하긴, 최근 몇 년 동안의 변화가 크기는 했습니다. 에렌페스트가 이렇게까지 중용되리라고 생각한 이는 없을 것입니다."

지기스발트 왕자는 감탄한 것처럼 고개를 끄덕이고 있는데, 나는 불경죄를 묻지 않는다면 그의 멱살을 움켜쥐고 싶은 기분이었다. '아렌스바흐를 조심하라고 내가 아나스타지우스 왕자를 통해서 말했을 텐데!'라고 말하면서.

……토루크가 아렌스바흐에서 나왔을 가능성이 있다고 말했잖아?!

하지만 이 자리에서 그 말을 할 생각은 없다. 마티아스의 기억과 문관의 말을 통해서 토루크가 사용된 것은 아닌지 추측하고는 있지만, 증거나 실물이 없다. 왕족이 자세히 조사하고 있기는 하겠지만, 결과를 기다리고 있는 상태다. 누님과 대영지 아렌스바흐에 싸움을 걸기에는 단서가 너무나 허술한 상태라 의혹을 제기한 에렌페스트가 역공을 당할 게 틀림없다.

……아마 지기스발트 왕자도 아렌스바흐에 토루크에 관한 의혹이 걸려 있다는 사실을 알리지 않으려고 연기하는 것이겠지. 그래, 틀림없이 그럴 거야.

정보를 전해 뒀는데 왕족이 아무 생각도 없으리라고는 볼 수 없다. 그렇게 나 자신에게 말하며 아렌스바흐는 물론이고 중앙에 대해서도 다소 경계하는 태도를 보이기로 했다.

"중앙 귀족을 겨울에 귀성시킨다고 하셨는데, 이래서는 그들의 귀성을 거부하는 쪽이 좋을지도 모르겠군요. 어떤 소동을 벌일지 모르는 일이니."

"아우브 에렌페스트, 그것은 왕명을 거부하겠다는 의미입니까?"

"겨울 귀성은 중앙 귀족에게 부여된 명령일 뿐, 저에 대한 명령은 아닙니다. 그들이 왕명을 수행할 수 있도록 중앙에서 힘을 써야 마땅하겠죠."

왕명대로 귀성시키고 싶으면 이번 소동의 뒤처리는 중앙에서 알아서 하라는 뜻을 담아 말하고 나는 중앙 기사단장을 보며 말했다.

"겨울에도 귀족원에서 폭주했던 기사가 있습니다만, 그때는 에렌페스트 출신 기사가 아니었습니다. 그렇다면 에렌페스트가 아니라 중앙 기사단의 문제입니다. 기사들이 두 번이나 폭주하다니, 중앙 기사단의 관리 책임을 물어야 할 사태가 아니겠습니까?"

"그래, 그 말이 옳다. 지난번에는 기사단원들을 해임해서 출신 영지로 돌려보냈는데, 그 정도로는 너무 물렀던 모양이다. 이번에는 이미 처분했다."

중앙 기사단장의 말을 듣자 지금까지 말없이 대화를 기록하고 있던 페르디난드가 눈살을 찌푸렸다.

"이미? 그들의 증언을 듣는 것이 중요한데도 말입니까?"

"심문해 봤자 소용없다. 그들의 주장은 전에도 이번에도 변함이 없다. 대화가 성립되지 않는다. 마치 우리의 말이 통하지 않는 것처럼 같은 이야기만 되풀이할 뿐이다. 그리고, 귀족원에서 디터에 난입했을 때와는 상황이 다르다. 왕족께서 임석한 다른 영지 아우브의 장례식에서 날뛰었으니."

"그렇기에, 다시 같은 일이 일어나지 않도록 심문하고 원인을 추궁할 필요가 있습니다."

중앙 기사단장과 페르디난드 사이에 말이 오갔다. 페르디난드의 표정과 말이 날카로운 것이 조금 묘하게 여겨져서 나는 팔짱을 끼었다. 두 사람 사이에 예전부터 뭔가 문제가 있었던 것처럼 느껴졌기 때문이다.

"나도 가능하다면 원인 추궁에 시간을 들이고 싶었다. 허나, 영주 일족을 공격하는 위험인물은 바로 처분하라고 다른 사람도 아닌 아렌스바흐의 차기 영주로부터 명령이 내려왔다."

모두의 시선이 중앙 기사단장에게 향했다. 아무래도 디트린데 님은 자신의 목숨을 노리는 귀족을 살려 두는 것은 용납할 수 없다고 단언한 모양이다. 영주 일족은 영지의 핵심이다. 그들을 공격하면 말이 필요 없이 중죄인이 된다. 그 자리에서 죽이더라도 할 말이 없다. 그건 알지만, 사정 청취도 하기 전에 처분하다니, 보통은 있을 수 없는 일이다.

"나로서는 이번 소동을 흐지부지하게 만들기 위해, 약혼자인 그대가 디트린데 님에게 그리 말하도록 한 것이 아닌가 싶을 정도다만."

"흐음, 그렇게 생각할 수도 있겠군요."

페르디난드에게 의혹의 눈길을 보내는 중앙 기사단장과 지기스발트 왕자를 보자 나도 모르게 얼굴이 찌푸려졌다. 저들이 지금까지 의혹을 품었던 대상은 아우브인 나, 제1 부인인 누님, 차기 영주의 약혼자까지 에렌페스트 관계자들뿐이다. 나야 누님의 관여를 의심하고 있지만, 다른 사람이 본다면 누님도 틀림없는 에렌페스트 관계자다.

……이대로 밀어붙이면 위험하겠군.

상황은 그다지 좋지 않다. 중앙 기사단의 말을 논파할 뭔가를 찾고 있는데, 아렌스바흐의 문관이 손을 들고 발언을 요청했다.

"페르디난드 님은 그러한 일을 하실 분이 아닙니다. 오히려 디트린데 님이 깊이 생각하지도 않고 안이하게 입에 담으시는 분이시기에, 이 자리를 사양하시도록 부탁드렸습니다."

"그렇군. 하지만⋯⋯."

아렌스바흐 문관의 말을 듣고도 지기스발트 왕자는 의심하는 시선으로 페르디난드를 봤다. 그 시선 때문에 나는 짜증을 감출 수가 없었다.

"페르디난드와 로제마인을 비롯해서 에렌페스트는 왕족의 요망에 응하고 있습니다. 그런데도 왕족께서는 충성이 부족하다거나 의심스럽다, 그리 생각하시는 것입니까?"

작작 좀 하라는 기분을 시선에 담아서 쳐다봤다. 아마도 엄청나게 차가운 눈빛이겠지. 지기스발트 왕자는 깜짝 놀란 듯 살짝 눈이 휘둥그레졌다.

"일단 모두의 이야기를 들을 뿐입니다. 딱히 에렌페스트를 의심하는 것은 아닙니다."

"그 말씀을 듣고 안심했습니다. 왕족께서 충성을 의심하신다면 저희로서도 그에 따른 대응이 필요해질 테니까요."

충성을 보이기 위해서 더 열심히 할지, 아니면 정나미가 떨어져서 거리를 둘 것인지는 확실하게 말하지 않았다. 하지만, 영지로서의 대응을 재검토할 필요가 생긴다.

⋯⋯가능하다면 중앙 귀족을 받아들이는 일을 거부하고 싶은데⋯⋯.

지금 시점에서 가능한 자위책을 생각하고 나는 살짝 눈살을 찌푸렸다. 소동을 벌였다고는 해도 멀리서 봤을 때는 무슨 일이 일어났는지도 모르는 상태에서 끝났다. 다른 영지의 비판은 그리 크지는 않겠지. 이례적으로 빠르게 처분당한 기사들은 전부 에렌페스트 출신이다. 아마도 나보다 누님과 인연이 깊다.

나는 천천히 누님 쪽으로 시선을 돌렸다. 베일 너머에 있는 얼굴은 잘 보이지 않지만, 왠지 눈이 마주친 듯한 기분이 들었다.

"어쩌면, 이번 소동의 배후에는 저와 중앙의 기사들을 만나게 하고 싶지 않다는 이유가 있었던 것은 아닐까요?"

"무슨 의미입니까?"

나는 지기스발트 왕자가 아니라 누님 쪽을 본 채로 계속 말했다.

"올겨울에 에렌페스트 출신자는 왕명으로 귀성하게 되어 있습니다. 그것을 막고 싶은 자가 있는 것은 아닌가, 그런 생각이 들었습니다."

"거기에 뭔가 근거는 있습니까?"

"글쎄요, 근거라고 해야 할지……. 그냥 감입니다."

아무런 근거도 없는 거냐고 약간 흥이 깨진 분위기가 됐지만, 나는 신경 쓰지 않는다. 왠지, 라고 대답하는 수밖에 없기 때문이다. 페르디난드는 '쓸데없는 소리는 하지 마라'라는 것만 같은 얼굴인데, 내 감을 보강하는 형태로 정보를 수집하려고 하겠지.

그래……. 단순히 감이다.

하지만 나는 내 감을 소중히 여기고 있다. 이쪽으로 가라고, 왠지 모르게 길을 가르쳐 주는 것처럼 느껴지는 때가 있다. 중요한 국면에서 그 감이 빗나간 적은 없다. 나와 오래 알고 지낸 자라면 근거가 없다 해도 나름대로 경계할 것이다.

"그럼, 에렌페스트의 청취는 이상으로 마치겠습니다."

몇 가지 확인을 주고받은 뒤 지기스발트 왕자가 그렇게 말하면서 사정 청취는 끝났다. 나는 퇴실하기 위해 자리에서 일어났다. 얇은 베일 너머에서 웃는 모양을 짓고 있는 빨간 입술이 보였다.

……아. 아무래도 누님과 확실하게 결판을 지어야 할 때가 오겠는데.

이것 또한 그냥 감이다. 하지만, 아마도 그 순간은 그리 머지않아 찾아올 것이다.

후기

오랜만에 뵙습니다, 카즈키 미야입니다.

「책벌레의 하극상 ~사서가 되기 위해서라면 뭐든지 할 수 있어~ 제5부 여신의 화신VI」를 구입해 주셔서 정말 감사합니다.

프롤로그는 플로렌치아 시점. 영주 회의가 끝나고 영지로 돌아올 때까지 사이에 영주 부부가 영지 사람들에게 어떻게 보고할지에 대해 의논하는 부분을 그렸습니다. 플로렌치아가 봤을 때, 로제마인이 왕의 양녀가 되면 어떤 영향이 있으리라고 예상했는지 말이죠.

본편은 영주 회의의 결정을 들은 영주 일족의 반응에서 시작됩니다. 손녀를 왕족에게 빼앗기는 보니파티우스의 분노, 신전을 인계받는 멜키오르의 초조, 차기 영주를 노릴 수 있게 된 샤를로테의 기쁨, 빌프리트의 감정 폭발. 한 가지 일에 대해 각자의 반응이 다릅니다.

로제마인의 이동 준비를 맡은 엘비라의 조정. 친어머니로서 움직이는 엘비라의 마음과 그녀의 지금까지의 이야기에 대해 꼼꼼하게 적었습니다. 너무 샛길로 빠진 것 같다고 생각했던 엘비라의 과거 이야기를 동시 발매된 드라마 CD 6의 SS에 넣어 봤습니다. 엘비라 역을 맡으신 이노우에 키쿠코 씨의 숙달된 연기와 함께 즐겨주시면 감사하겠습니다.

그 뒤에는 인수인계와 이동 준비. 느긋한 일상처럼 보이는 가운데 로제마인이 에렌페스트를 떠나기 위한 준비가 착착 진행되어 갑니다. 동행하는 사람, 남는 사람. 어느 쪽이 좋은 것도 나쁜 것도 아니고, 각자의 선택이 중요합니다.

제2부 끝에서 몸을 뒤집었던 아기 디르크가 벌써 세례식 직전이고, 영주와 하르트무트와 이야기를 해서 귀족이 되는 길을 선택했습니다. 쓰면서도 '잠깐 못 본 사이에 많이 컸네'라고, 친척 아이를 보는 듯한 기분이 들었습니다.

에필로그는 루츠 시점입니다. 평민 마을 시점은 오랜만입니다. 성인식을 치른 투리와 처음 만나는 루츠는 쓰면서도 즐거웠습니다. 이 부분은 꼭 있었으면 싶어서, 성인이 된 투리의 모습을 일러스트로 부탁드렸습니다. 그리고 칼라와의 대화입니다. 이번 권은 어머니와 자식 관계를 테마로 이것저것 가필했으니까, 평민 마을 부모자식의 모습도 즐겨 주세요.

이번 오리지널 단편은 리젤레타 시점과 질베스타 시점입니다.

리젤레타 시점에서는 본편에서 로제마인이 같이 가자고 부탁할 때까지와 리젤레타의 아버지에 대한 사실상의 명령. 리젤레타의 동행이 정해진 데 대한 동료 측근들의 반응 등을 담았습니다.

질베스타 시점은 장례식 이후에 있었던 사정 청취의 모습을 그려 봤습니다. 본편에서 했던 보고는 공식적인 견해고, 단편이 실제로 본 것입니다. 질베스타에게 중요한 것은 왕족보다 게오르기네와의 관계입니다. '단순한 감'이 어떻게 영향을 미칠지 기대해 주세요.

이번 권에서 시이나 님께서 새로 디자인해 주신 캐릭터는 라자팜과 레온치오입니다. 라자팜은 페르디난드에게 이름을 바친 하급 시종인데, 이번에 드디어 캐릭터 디자인이 나왔습니다. 레온치오는 란체나베 왕의 손자입니다. 생각보다 멋있어서 비틀거리는 디트린데의 기분이 이해가 되네요…….(웃음)

공지사항입니다.

·TV 애니메이션 제3기

띠지에도 있는 것처럼 2022년 봄에 TV 애니메이션 「책벌레의 하극상」제3기 방송이 결정됐습니다. 티저 일러스트도 공개합니다. 현재 열심히 제작 중입니다. 질베스타가 멋집니다. 악역들의 디자인과 기원식에서 입는 마인의 새로운 의상에도 두근두근한 기분이 멈추질 않습니다.

· 【10월 15일】 제2부 코믹스 6권 발매.

어린이용 성전 완성이 메인인 코믹스. 마인한테 첫 번째 책입니다. 서적 제5부와 비교해 보면 상당히 그리운 기분이 들 거라고 생각합니다.

· 【11월 10일】 오피셜 팬북 6 발매.

이 후기를 쓰고 있는 시점에서는 아직 제 작업이 시작되지 않았지만, 이 책이 발매될 무렵에는 아마도 한참 작업 중이겠죠. 이번에는 시이나 님의 캐릭터 설정을 즐겨 주시면 좋겠습니다. '언젠가 제4부 만화도 나올 텐데,

이 캐릭터는 부디 시이나 씨께'라고 부탁해서 귀족원 시절의 페르디난트, 켄트립스, 라잔타르크 세 명의 캐릭터 디자인을 해 주셨습니다.

· 【11월 25일】 제4부 코믹스 3권 발매.

귀족원 강의와 도서관 등록 소동이 들어 있습니다. 소설에서는 일러스트가 없었던 학생과 선생님을 카츠키 히카루 선생님이 잔뜩 디자인해 주셨습니다.

이번 표지는 엘비라와 의논하는 분위기로 구성했습니다. 로제마인과 엘비라, 그리고 이동하는 사람에게 주는 문장이 들어간 마석을 중심으로, 엘비라와 의논해서 동행이 결정된 측근들을 우선해서 최대한 많이 담아 주셨습니다. 타이틀에 가려진 측근들도 있습니다만, 그건 컬러 일러스트 뒷면에서 확인해 주세요. (웃음)

컬러 일러스트는 최고 품질 마지를 만드는 모습입니다. 하르트무트와 클라리사가 잔뜩 활약했지만, 흑백 일러스트에는 자리가 없어서 편지로 지시를 내리는 페르디난드까지 추가해서 파박, 하고 컬러로 부탁드렸습니다. 시이나 유우 님, 정말 감사합니다.

마지막으로 이 책을 구입해 주신 여러분께 최상급의 감사를 바칩니다.

제5부 Ⅶ권은 2021년 겨울에 나올 예정입니다. 그쪽에서 다시 뵙겠습니다.

2021년 6월 카즈키 미야

보다 좋은 서비스

하르트무트는 이름을 바친다고 했는데, 이름을 바쳤을 때랑 아닐 때랑 뭔가 차이가 있나요?

물론 이름을 바치지 않아도 로제마인 님에 대한 제 충성심은 변함이 없습니다.

사후 처리까지 안심, 안전한 지원을 계속해 보이겠습니다!!!

하지만 이름을 바치면 보다 세심한 배려와 사전 준비에 신경쓰고

그러니 부디

...... 과금 시스템 같아서 왠지 싫다.

폭렬 시스콤

언니께 어떻게 보답해야 좋을까요.

저는 항상 언니께 도움만 받고 있네요.

샤를로테, 그럴 때는 귀엽게 웃으면서 「언니 대단해요, 존경해요」라고 말하면 돼요

저, 존경하고 있어요.

저, 저기 언니.

어, 언니?

뜨어어어어어, 망상인데도 끔찍하게 귀엽다!!

보니파티우스처럼 돼 가는 로제마인

+057

책벌레의 하극상 [5부] 여신의 화신 Ⅵ

초판 1쇄 발행   2024년 6월 30일

저자 카즈키 미야

발행인 원종우
발행처 (주)블루픽

주소 (13814) 경기도 과천시 뒷골로 26, 2층
영업부 02-6447-9000 **편집부** 02-6447-9019 **팩스** 02-6447-9009
메일 edit@bluepic.kr **웹** vnovel.kr

ISBN 979-11-6769-282-5 04830

Honzukino Gekokujo Shisho ni naru tameni ha Syudan wo Erande Iraremasen
Dai Go-bu Megami no Keshin 6
By Miya Kazuki
Copyright © 2021 by Miya Kazuki
First published in Japan in 2021 by TO Books, Inc.
Korean translation rights arranged with TO Books, Inc.
through Shinwon Agency Co.